中 国

1859
—
1861

书 简

Ludovic de Garnier des Garets

[法] 吕多维克·德·加尼耶·戴加莱

著

Geneviève Deschamps, Odile Bach et Thierry des Garets

[法] 热纳维耶芙·德尚 [法] 奥迪勒·巴赫 [法] 蒂埃里·戴加莱

编

李鸿飞 译

著作权合同登记号　图字：01-2022-3298

图书在版编目(CIP)数据

中国书简：1859—1861 / (法) 吕多维克·德·加尼耶·戴加莱著；(法) 热纳维耶芙·德尚，(法) 奥迪勒·巴赫，(法) 蒂埃里·戴加莱编；李鸿飞译. —北京：北京大学出版社，2023.6

ISBN 978-7-301-33090-6

Ⅰ.①中… Ⅱ.①吕… ②热… ③奥… ④蒂… ⑤李… Ⅲ.①书信集–法国–近代②中国历史–近代史–研究 Ⅳ.① I565.64 ② K250.7

中国国家版本馆CIP数据核字(2023) 第063314号

Lettres de Chine 1859-1861 by Ludovic de Garnier des Garets
©Editions du Poutan 2013

书　　　名	中国书简：1859—1861 ZHONGGUO SHUJIAN: 1859—1861	
著作责任者	[法] 吕多维克·德·加尼耶·戴加莱（Ludovic de Garnier des Garets）　著 [法] 热纳维耶芙·德尚（Geneviève Deschamps）[法] 奥迪勒·巴赫（Odile Bach） [法] 蒂埃里·戴加莱（Thierry des Garets）　编 李鸿飞　译	
责任编辑	方哲君　翁雯婧	
标准书号	ISBN 978-7-301-33090-6	
出版发行	北京大学出版社	
地　　　址	北京市海淀区成府路205号　100871	
网　　　址	http://www.pup.cn　新浪微博：@北京大学出版社	
电子信箱	dj@pup.com	
电　　　话	邮购部 010-62752015　发行部 010-62750672　编辑部 010-62756694	
印 刷 者	天津中印联印务有限公司	
经 销 者	新华书店 720毫米×1020毫米　16开本　25.5印张　306千字 2023年6月第1版　2023年6月第1次印刷	
定　　　价	102.00元	

未经许可，不得以任何方式复制或抄袭本书之部分或全部内容。

版权所有，侵权必究

举报电话：010-62752024　电子信箱：fd@pup.pku.edu.cn

图书如有印装质量问题，请与出版部联系，电话：010-62756370

出版前言

　　1860年，英法联军从遥远的英法远渡重洋，在香港、澳门汇集并建立医院等后方基地后，沿着海岸线东进北上，先后夺占广州、舟山、上海、烟台、大连，偷袭天津塘沽守军，沿大运河向北京发动攻击。僧格林沁将军率清军精锐蒙古铁骑3万余人，一路抵抗，节节败退，在通州八里桥决战中，清军将士虽奋不顾身，英勇冲击，无奈刀枪剑戟、弓箭盾牌等冷兵器，难敌联军火炮轰击和来复枪齐射，几乎全军覆灭，清廷的心脏——紫禁城和圆明园成为了联军的攻击目标，咸丰皇帝仓皇撤离，从圆明园逃往承德避暑山庄避难。大清皇家御苑禁地——圆明园，先遭法军劫掠，再被英军火焚，延续了一个半世纪的辉煌胜景，欧洲人心目中的人间仙境，灰飞烟灭。这是英法联军制造的人类文明史上空前的大劫难。162年来，圆明园始终是中国人心中永远的伤痛，无法抹平，无法忘却。

　　圆明园，始建于康熙四十六年（1707），经过康熙、雍正、乾隆、嘉庆、道光、咸丰六帝的精心营建，在350公顷土地上，建成了200多座精美的中国式宫殿和园林，楼塔宫阙，金碧辉煌。园中还有一座由法国传教士王致诚、蒋友仁和著名宫廷画师、意大利传教士郎世宁等设计、中国工匠建造的西洋楼。王致诚在乾隆八年（1743）写给法国教会的一封长信中，对圆明园进行了淋漓尽致的描述与夸赞，称其为"万园之园""绝美之园"。一时间，因其迥别于西方园林的样式和风格，直接引发了欧洲各国王室在各自皇家园林中模仿建设亭台楼阁和曲径通幽的中式园林，至今在欧洲多个国家的皇家园林中仍有留存。法国建筑学家邱治平和法国历史学家贝尔纳·布里赛，先后对圆明园的价值作出过明白晓畅的评价。邱治平在他的法文著作《圆明园》中说："圆明园堪称世界奇迹之一，众多宫阙屋宇由大理石和贵重木材建成，金碧辉煌，是装饰稀世奇丽的艺术瑰宝。殿堂宅院宏伟幽深，理政御寝厅室典雅，各大书库藏卷浩繁，显示出天朝治国气派。由于能工巧匠大师们的才华，圆明园不只是离宫御苑，也是博物馆，是建筑博物馆、园林艺术博物馆；更因其收藏罕见的珍品和典籍，可称为文化艺术博物馆。"贝尔纳·布里赛则在他的名著《1860：圆明园大劫难》中，用更易为人们理解的比喻作出评价："其价值远远超过现在法国的罗浮宫、凡尔赛宫和法国国家图书馆的总和。"他对圆明园的这个价值评判，让无数欧洲人大吃一惊，也惊倒了大批国人。

　　远在万里之外的英吉利、法兰西，为何要派遣"远征军"征战中国，毁灭早已被欧洲人推崇为人间仙境、万园之园的圆明园？英法联军又是怎么组成的，由哪些军种构成，乘坐多少艘舰船，员额多少？携带着什么样的武器装备？联军官兵的饮食、弹药后勤保障以及伤病医疗如何保证？是否带有战地记者？英法两军如何沟通协调？他们与中国的军事进攻与外交谈判又是如何交替进行的？在英法军人眼中，清朝廷和清军官兵以及中国民众又是怎样的状态？英法联军为什么要抢劫、焚毁圆明园？……这些问题，中文的历史记载只有泛泛的语句、概述的言辞，一带而过，因而长期以来我们的历史教科书也只告诉我们是英法联军在1860年劫掠和焚毁了圆明园这样一个粗线条的概括性结论，几乎没有什么具体一些的细节和过程。因此，在相当长的时间里，无数的国人、非常有名望的专家学者甚至是文史学者都误认为劫掠与焚毁圆明园的是八国联军，这样的言论至今还在一些公开场合出现。可是世界历史上这么重大的历史事件、文明大劫难，怎么会是突然发生，其中有怎么样的原因呢？2005年，法国《欧洲时报》和杨咏橘社长无偿捐赠中文版权，浙江古籍出版社翻译出版的法国历史学家贝尔纳·布里赛《1860：圆明园大劫难》以及2015年上海远东出版社的修订增补版；为纪念圆明园罹难150周年，获得北京圆明园管理处陈名杰、曹宇明两任主任的接续鼎力支持，上海中西书局和北京圆明园管理处合作翻译出版的《圆明园劫难记忆译丛》（2010年第一辑、2013年第二辑，共计28种30册），令这些模糊的历史细节和过程大都变得清晰了起来。比如首先是法军抢劫了圆明园，然后是英军有组织、成规模的抢劫；比如法军反对焚毁圆明园，但主张毁掉紫禁城，点火焚毁圆明园的是英军第一师。追寻历史真相，还原历史细节，分析圆明园悲剧发生的原因，追究历史责任，是历史学者的责任，也成为众多中法有识之士的共识，法国前总统吉斯卡尔·德斯坦、希拉克和前总理拉法兰都曾各自作过清晰的表达，强调法国人必须对祖辈在中国犯下的罪行承担记忆的责任。拉法兰在为《圆明园劫难记忆译丛》撰写的序言中说："我非常愿意加入这场盛大庄严的纪念活动，悼念遭受当年英法联军铁蹄践踏的那段岁月，谴责英法联军当年对中国人民和人类文明犯下的野蛮罪行。""我们都清楚地明白这次卑劣的掠夺行为给中华民族带来了不可磨灭的惨痛记忆。"

2014年春访问巴黎，贝尔纳·布里赛赠送了一部法国普坦出版社刚刚出版的英法联军法军军官吕多维克·戴加莱的《中国书简：1859—1861》给我，并建议收入《圆明园劫难记忆译丛》之中。我翻看了这部新书后，认为布里赛的提议很重要，立即着手相关准备，并请求他帮助联系版权所有人和整理者，看能否在巴黎访问期间登门拜访，商谈翻译出版中文版的版权授权等事宜。过了两天，在贝尔纳·布里赛的陪同下，我和时任巴黎中国文化中心副主任刘志远、时任中国驻法国大使馆一等秘书王眉等一起访问了《中国书简：1859—1861》作者吕多维克·戴加莱的曾外孙女热纳维耶芙·德尚女士，在她家里，和她与银行家先生伯努瓦一起聚谈，听她讲述吕多维克的父亲收到这些信件后，不仅将其妥为保存，还亲手誊抄一份备存的历史往事，以及她在祖屋阁楼的一个皮箱中发现这批书信的经过。她将这些泛着淡黄色历史印记，但又保存完好的书信原件与誊抄件交给我们翻阅，还拿来了盛装这批书信的皮箱，告诉我们这是吕多维克从中国带回来的随身皮箱。她翻开皮箱盖，指着箱盖正中缝着的"安定门外箱包铺"七个汉字，让我们解读。看到这个商标，我们一致认为这应该就是当年吕多维克盛装中国战利品的皮箱。

　　作为西方世界最主要的圆明园劫难研究专家，贝尔纳·布里赛最早发现这批书信的史料价值，认为其中许多细节，尤其是抢劫圆明园珍宝部分的真实记录，可以为他的《1860：圆明园大劫难》和已经翻译出版的《圆明园劫难记忆译丛》提供重要补充。正是在他的建议下，热纳维耶芙·德尚女士与堂表兄弟将信件进行整理，2013年11月由法国普坦出版社出版。布里赛专门为本书法文版撰写序言，法国历史学家让-菲利浦·雷对这批书信进行了系统的解读，不仅对书信内容进行注释，还撰写了长篇导言，热纳维耶芙·德尚女士则撰写了吕多维克的人物履历以及家族历史。这些都成为读者全面了解吕多维克和法军与圆明园劫难关系的有益帮助。

本书作者吕多维克·德·加尼耶·戴加莱，出生于法国贵族家庭，毕业于圣西尔军校，全程参加这场"万里远征"的八千法军中的一个陆军徒步猎兵少尉，是率先攻入天津塘沽炮台的法军军官。战争结束返回法国后，曾获得"中国勋章"和天主教伊莎贝拉十字勋章。后在法国各地军营中辗转任职，逐级升迁，于1892年升为法军少将，先后任师长、集团军军长。1901年升任法国最高军事委员会委员。1903年退休，1927年3月19日去世，享年89岁，在巴黎荣军院圣路易教堂举行葬礼。

英法联军官兵回忆录、战场日记、战争报告，从他们回到英国、法国后的1860年、1861年就开始出版了，大约直到1875年7月联军统帅英国将军格兰特的《格兰特私人日记选》出版才告一段落。在这期间，劫掠《圆明园四十景》图的法军上校杜潘、外交官葛罗，英国外交官额尔金、巴夏礼等的战争记忆都先后出版。1932年，法军统帅蒙托邦的《蒙托邦征战中国回忆录》经他孙子整理后出版。吕多维克的这部《中国书简：1859—1861》是最新出版的一部，未来还应该会有新的战争记忆发现和出版。收入书中的45通书信，均为他1859年11月接到命令，准备行装、在布雷斯特登上"罗讷河"号军舰出发，跨越大西洋、印度洋、巽他海峡一直到中国参战，劫掠圆明园，转战交趾支那，到1861年7月返回法国的三年间，写给父母、兄弟姐妹的信件。这些信件，不只有对海上航行生活的描写，更有从1860年8月14日攻占塘沽炮台到11月1日登船撤离北京的战争现场记录，相当详细地记录了他参加战斗的情况以及杀戮清军官兵、洗劫圆明园的过程，其中有大量的细节描写。

　　法国历史学家让-菲利浦·雷对这批信件的解读，是我们了解研读这批重要史料的重要参考，我们也可以从中了解法国历史学界对圆明园劫难的基本认识。他认为这批书信记录了一场空前的军事行动，也是吕多维克自己对中国的观察，对战争、烧杀抢掠尤其是劫掠圆明园的罪行的忠实记录，指出吕多维克在信中"乐此不疲地描述各种稀奇古怪的事情。他多次提及英国人和法国人部署的实力、西方人在各个城市的存在状况、与原住民的接触交往"。"他毫无保留地说自己在清朝官员的尸体上偷了火药壶，也没有遮掩自己参加了对圆明园的抢劫。"让-菲利浦·雷还特别提醒读者："他把许多战利品送给家人朋友，把一只玉玺送给冉曼将军，当然还包括进献给皇后的四个丝绸画轴。"这四幅尺幅巨大的缂丝织锦三世佛画，现在就存放在枫丹白露宫中国馆的顶棚上。

　　贝尔纳·布里赛在所撰序言中说："关于这场远征，已有的各类记述大都出自军中高层，包括总司令蒙托邦将军、柯利诺将军、杜潘上校、巴吕海军上尉、特使葛罗男爵。他们下笔时就想着出版给人看，因而会小心地把握尺度，以免给自己带来麻烦，或者与官方说法相抵触。同时，他们也刻意把自己最好的一面展现给世人。"而在吕多维克笔下丝毫没有这些顾虑，这些信件写于中国战争现场，随即寄回法国，他是以一个"战胜者"的姿态和心理记录的，不必为了故事效果而美化或塑造自己的个性。我们在翻看这些书信原件时，也没有发现他回国后进行更改的痕迹。因此"应该说，在关于这场疯狂远征的文字当中，它属于最吸引人、最有价值的著作之列"。"前往北京一路上寄出的家信固然非常有价值，但讲述他于10月7日和8日在中国皇帝的夏宫圆明园的发现的信件（10月20日致父亲的信中提及）更加值得我们关注。"

吕多维克的书信记录的联军作战经过，尤其是抢劫圆明园的众多详尽细节，再一次为我们提供了研究第二次鸦片战争和圆明园劫难史的第一手原始资料。需要说明的是，为了完整地向学界呈现戴加莱书信的原始状态，提供战争记忆的第一手研究资料，在翻译和编辑过程中，译者和出版社严格遵循存真原则，照实翻译，照实编辑，照实出版，希望专家和各界读者在使用本书资料时，对书信中作者站在侵略者立场美化侵略战争、丑化中国的言论，以及关于中国历史、文化的一些错误认知，带着一种清醒的批判的态度，予以鉴别。

将这部书归入《圆明园劫难记忆译丛》范畴，予以翻译出版的设想首先得到了北京大学著名教授孟华的鼓励与支持，但由于多方面的原因，这一计划未能实现。其间，曾参与《1860：圆明园大劫难》翻译并负责修订的李鸿飞先生完成了书稿的翻译。2020年是圆明园罹难160周年，有幸得到北京大学出版社领导和典籍与文化事业部主任马辛民的热情支持，慨允出版事宜。巴黎中国文化中心原副主任刘志远帮助与本书的整理出版者——法国的热纳维耶芙·德尚女士、历史学家贝尔纳·布里赛及普坦出版社联系，帮助沟通相关版权与联络事宜；在翻译出版过程中，热纳维耶芙·德尚女士不仅接待我们到访，赠送法文版样书，还提供了多方面的便利，如帮助联系法国普坦出版社，免费提供书中相关图片资料等。值此本书付梓出版之际，谨向为本书的整理出版做出关键贡献的整理者——热纳维耶芙·德尚女士与丈夫伯努瓦，蒂埃里·戴加莱和夫人卡洛尔，奥迪勒·巴赫，菲利浦·戴加莱，历史学家贝尔纳·布里赛和夫人布吉丽特，让-菲利浦·雷，也向出版本书的北京大学出版社领导和马辛民主任，责任编辑翁雯婧、方哲君，译者李鸿飞与曾参与前期翻译工作的李声凤、李月敏女士，帮助与法国方面联系落实版权事宜的刘志远等表示诚挚的感谢。

  历史是最好的教科书，历史是最好的清醒剂。历史是一面镜子，以史为鉴，可以知兴替，可以使人们更好地面向未来。我们翻译出版这部战场书信集，倡言还原历史真相，追寻历史细节，不是为了延续仇恨，而是为了警醒世人，牢记圆明园劫难的惨痛教训，牢记落后就要挨打的惨痛教训，勿忘历史，勿忘国耻，团结一心，强国强军，进一步加强爱国主义教育，坚决避免这样的历史悲剧重演，为共建美好的人类命运共同体而努力。

翻译出版策划人　徐忠良

2022年4月9日于杭州·浙江传媒学院

目　录

001 / 序
009 / 前言
015 / 导言
037 / 吕多维克的信
　　039 / 巴黎，
　　　　　1859 年 11 月 22 日
　　041 / 巴黎，
　　　　　1859 年 11 月 26 日
　　044 / 布雷斯特锚地，
　　　　　1859 年 12 月 14 日，
　　　　　"罗讷河"号上
　　048 / "罗讷河"号上，
　　　　　驶离布雷斯特锚地之际，
　　　　　1859 年 12 月 17 日
　　052 / 特内里费，
　　　　　1859 年 12 月 27 日，
　　　　　于圣科鲁兹锚地
　　065 / 开普敦（好望角），
　　　　　1860 年 2 月 19 日
　　103 / 新加坡，
　　　　　1860 年 4 月 20 日

　　124 / "罗讷河"号船上，
　　　　　香港，
　　　　　1860 年 5 月 4 日
　　131 / 香港，
　　　　　1860 年 5 月 12 日，
　　　　　"罗讷河"号上
　　134 / 吴淞锚地，
　　　　　"罗讷河"号上，
　　　　　1860 年 5 月 29 日
　　153 / 芝罘营地，
　　　　　1860 年 6 月 10 日
　　160 / 烟台，
　　　　　芝罘营地，
　　　　　1860 年 6 月 18 日
　　163 / 烟台，
　　　　　芝罘营地，
　　　　　1860 年 7 月 7 日

170 / 烟台，
　　　芝罘营地，
　　　1860 年 7 月 23 日
177 / 北直隶湾，
　　　"罗讷河"号上，
　　　1860 年 7 月 25 日
179 / 北塘，
　　　1860 年 8 月 7 日
190 / 白河（河口），
　　　1860 年 8 月 23 日
204 / Chiao-Lan-Tza 营地（在世上最美丽的果园里），
　　　1860 年 8 月 27 日
208 / 天津城下的营地，
　　　1860 年 9 月 8 日
213 / 八里桥，
　　　1860 年 9 月 22 日
214 / 八里桥大营，
　　　1860 年 10 月 1 日
235 / 北京，
　　　1860 年 10 月 20 日
248 / 北京，
　　　1860 年 10 月 30 日
258 / 天津，
　　　1860 年 11 月 10 日
260 / "罗讷河"号上，
　　　1860 年 11 月 14 日

262 / 仍在"罗讷河"号上，
　　　大沽前的锚地，
　　　1860 年 11 月 27 日
266 / 吴淞锚地，
　　　"罗讷河"号上，
　　　1860 年 12 月 5 日
268 / 上海，
　　　1860 年 12 月 20 日
273 / 上海，
　　　1860 年 12 月 21 日
275 / 上海，
　　　1861 年 1 月 3 日
280 / 上海，
　　　1861 年 1 月 18 日
283 / R'R'R' 晚上版，
　　　"罗讷河"号上，
　　　1861 年 1 月 20 日
284 / 西贡，
　　　1861 年 2 月 11 日
297 / 西贡，
　　　其和要塞，
　　　1861 年 2 月 26 日
305 / 西贡（交趾支那），
　　　1861 年 3 月 14 日
313 / 西贡（交趾支那），
　　　1861 年 3 月 28 日
316 / 交趾支那，
　　　Fou-Yen-Moth，
　　　1861 年 4 月 9 日

325 / 西贡，
　　　1861年4月13日
326 / 西贡，
　　　文人营，
　　　1861年4月26日
334 / 西贡（交趾支那），
　　　1861年5月12日
339 / 西贡，
　　　1861年5月26日

340 / 新加坡，
　　　6月5日
342 / 加勒角（锡兰），
　　　1861年6月15日
344 / 开罗，
　　　1861年7月14日
345 / 土伦，
　　　1861年7月24日

347 / 附录
　　349 / 吕多维克其人
　　361 / 戴加莱将军
　　367 / 所获表彰
　　368 / 博若莱的一个望族
　　374 / "战争体验"的记录
　　392 / 参考书目

序

贝尔纳·布里赛

热纳维耶芙·德尚（Geneviève Deschamps，娘家姓戴加莱［des Garets］）与两位同辈堂表亲奥迪勒·巴赫（Odile Bach）、蒂埃里·戴加莱（Thierry des Garets）一道，把他们曾祖父（外曾祖父）吕多维克·德·加尼耶·戴加莱（Ludovic de Garnier des Garets）将军（就是本书信末署名L.d.G.者）的"中国书简"发掘出来，功莫大焉。1859年11月至1861年7月，这位担任猎兵少尉的年轻军官参加了英法联军对中国的远征，因此去过北京。在家书中，他讲述了自己的旅程，以及参与洗劫圆明园（1860年10月）的经历。他当时只有22岁，但思想之成熟给我们留下了深刻印象。

关于这场载入历史的殖民远征，已知有三十多部法文著作和十五六部英文著作行世。如今，吕多维克·德·加尼耶·戴加莱的《中国书简：1859—1861》首次付梓，加入这一行列。这部书信体的记录格外引人注目，原因在于，这些信件写给他至亲至爱的家人，其中既有年轻人的蓬勃朝气，更不乏真挚诚恳。应该说，在关于这场疯狂远征的文字当中，它属于最吸引人、最有价值的著作之列。

这样的见闻的确与众不同：它是纯粹的私人写作，不必考虑出版所需的"政治正确"。其中没有任何俗套，无须讨好谁，也不必担心得罪人，无须迁就读者大众，也没有什么事儿需要藏着掖着而自我设限。

吕多维克在信中花了很大篇幅描写他乘坐"罗讷河"（Rhône）号运输舰一路航行的经历：从布雷斯特（Brest）出发到第一个停靠站特内里费岛（Tenerife，是加那利群岛［Islas Canarias］之一），从特内里费到开普敦、新加坡再到上海（吴淞口），最后在中国北方海滨登陆。他为我们描述了船上生活的艰辛。

旅途漫长，吕多维克很用心地准备了许多书籍，比如古伯察

（Huc）神父的著作（《鞑靼西藏旅行记》［*Souvenirs d'un voyage dans la Tartarie et le Thibet*］、《中华帝国纪行》［*L'Empire chinois*］）和海军上将埃德蒙·朱利安·德·拉格拉维耶尔（Edmond Jurien de la Gravière）的《"巴约纳女郎"号护卫艇的中国海之行》（*Voyage de la corvette La Bayonnaise dans les mers de Chine*）等游记文学的经典，另外还有其他各类书籍。"书籍是我在船上全部幸福的源泉"，这是他的心里话。

12月27日，他在圣科鲁兹（Santa Cruz）的锚地写道："……踏上这次不寻常的旅程，是天意，是我人生之幸。我将在故土6000法里①之外一窥世界的究竟，而不是百无聊赖地在军营中打发日子，为一副中尉肩章虚度五年到六年。这种生活是多么荒谬乏味呀！不论怎么努力，都无法让它有丝毫意义。能前往世界的尽头，的确是难得的运气。我将有机会研究——或至少能亲见——这个世界，各国的气候、居民和千奇百怪的事物。"

"罗讷河"号于1860年1月9日跨越赤道，这对船上所有海员和乘客来说都是一场"盛典"，唱主角的是主导仪式的"赤道老爹"②——关于此事的记载值得仔细阅读。吕多维克还讲到他与上海徐家汇耶稣会的来往，法军在芝罘（今烟台）大营的短暂停留，联军在中国北方直隶湾（今渤海湾）北塘村附近登陆、头几次抢劫、攻占大沽口，以及朋友杜舍拉（Duchayla）战死，等等。

戴加莱与法军司令部官员的看法不谋而合。他写道，英国人"从不放过任何机会体现自己的能干，同时也令我们时常有一种感觉，即

---

① 1法里约等于4公里。——译者注
② "赤道老爹"是个类似"圣诞老人"的人物。旧俗中船只穿过赤道需要一场仪式，得到赤道老爹的许可，方能通行，其实就是一场闹剧。——译者注

我们只能完全听从他们的摆布。他们如此瞧不起我们，让我非常气愤"。他还愤愤地说："看到我们的付出被英国人抹杀到如此地步，实在难以忍受，而英国人在此地已经非常强势，恨不得把一切揽入囊中。去谈判的是他们，发号施令的也是他们。总之一句话，我们打开了中国的大门，却只是为英国人开了路。"

然后是对八里桥战斗的记述，这场战斗将决定整个战局的命运。在所有相关记录中，唯有吕多维克敢于披露这场战争的凶残，他写道："（我们）把能看到的人全部杀掉。我们还当场枪决了战俘。"

吕多维克前往北京一路上寄出的家信固然非常有价值，但讲述他于10月7日和8日在中国皇帝的夏宫圆明园的发现的信件（10月20日致父亲的信中提及）更加值得我们关注。

我们的主人公表现如何？吕多维克先把令人叹为观止的宫殿描绘了一番，接着是他的第一个自供状。他发现了"一枚巨大的绿玉御玺，印玺上半部是用同一块玉石雕刻的犀牛"，决定把它献给旅长冉曼（Jamin）将军。这个颇有骑士之风的举动后来让他懊恼不已……

他还抢到一把古董匕首和一块怀表，也同样献给了上司。不过，他自己留下了另一块怀表，其"瓷面上画着迷人的工笔画"。他自称瞧不上钻石和珍珠，但将"几样可爱的艺术品，有翡翠、白玉、景泰蓝瓷器和漆盒"等据为己有。这位抢劫者还说，自己带走了"一个皇上的蓝釉底铜镂雕鎏金马鞍、一支极珍贵的当地款式中国步枪"，还有一些小摆设。

谈及这场规模空前的抢劫时，他补充道："大兵们从来没有如此腰缠万贯，畅游在黄金、白银和各种极为华丽的布料的海洋中……然后全部打碎、糟蹋掉……"英国人也不甘示弱："他们一得知有东西可抢，立即闻风而至，还带来大车和干活的牲口……他们一到，就一窝蜂地冲进宫殿，将所见之物全部洗劫一空。不过，他们只找到了我们剩下的东西，因而恼怒至极。"

而他抢来的极品，是在一处洞穴深处的箱子里发现的"用黄绸包裹的四幅巨大的画轴"。这是用最美丽的丝绸制作的"三世佛"画像。由于没法搬运，他找来几个中国苦力帮忙，把这个"富丽堂皇的礼物"献给了总司令。如今，我们可以在枫丹白露宫看到这几个独一无二的珍品，就在欧仁妮（Eugénie）皇后中国馆的天花板上。这就要感谢吕多维克犯下的偷窃罪喽……

然而几天后，他行李中一个小箱子不见了，里面装着他"最漂亮"和"最贵重"的物品。他虽生性旷达，但仍不能释怀："盗贼被盗，现世现报，但总是感到不舒服。"吕多维克想把这些从圆明园偷的东西带走，不是据为己有，而是想给他的几个姐妹多置一些嫁妆，因为他们家境不算富裕。12月21日他在上海写信时，又一次提到那枚御玺："我得跟你说，我手里曾经握着一大笔财富，若你看到，会和我一样心碎的。我把御玺献给了冉曼将军，它的质地是一种我不认识的宝石，价值约十六万法郎，甚至更多。我们在北京拿的东西当中，有好几件是这种质地，中国人非常珍爱。所以，我手里曾经拥有的财富，足够给每个姐妹置办一份嫁妆了。一想到她们，我就更加生气，因为错过了也许是一生中唯一给她们幸福的机会。我们的家训'宁舍财富，不舍善心'，仿佛就是为我们而立。"

我们注意到，在洗劫圆明园过程中，本书的主人公下手时没有丝毫迟疑。他的笔下虽然没有为此自鸣得意，但文字间虚情假意，丝毫没有愧疚。的确，绝大多数军官（见杜潘［Dupin］上校化名瓦兰

[Varin]所写的书）和士兵，无论是法国人还是英国人，只要身在北京，满脑子就只有抢劫，甚至有些人因为无法抢得更多而感到遗憾（如英国戈登[Gordon]上尉）。只有极少数人拒绝动手，因为在他们的心目中，此时动手拿东西就等同于偷窃。

我们要指出，依然有为数不多的几个声音对洗劫行径予以谴责，比如贝齐亚（Béziat）上尉，但他的观点出现在1903年出版的一本书里（《征战中国》[*Campagne de Chine*]）。尤其要提及吕多维克的好友居斯塔夫·德·布瓦西厄（Gustave de Boissieu）——他们二人都是虔诚的天主教徒，接受过同样的道德教育，吕多维克每封信里都会谈到他的近况。（还可参考拙著《1860：圆明园大劫难》[*Le sac du palais d'Été*]，以及《北京传奇》[*Le Roman de Pékin*]第十章。）面对兵痞们制造的骇人场面，居斯塔夫·德·布瓦西厄自称极其反感。他坦言，这凄惨的景象令他深感羞耻和悲痛。

L.d.G.的家信让我们想起阿尔芒·吕西（Armand Lucy）在1860年远征中国期间写给"慈父"的信件，当时，吕西是蒙托邦（Montauban）将军的英语译员。这两个出色的年轻人年纪相仿，一个是军人，另一个是"百姓"，也就是文职人员。或许他们未曾谋面，但二人都十分厌恶英国人。吕西（还有后来的埃里松[Hérisson]伯爵，他对中国之行也有出色的记述）是"上帝的宠儿"，他不必乘大帆船绕道开普敦，经历漫长而拥挤的海上航行。吕西和埃里松随同蒙托邦将军从土伦（Toulon）出发，前往埃及的亚历山大港，再从苏伊士乘舒适的汽船，经红海、亚丁湾和锡兰，最终抵达上海。他们没有上过战场，因而，他们对于中国之行的描述和吕多维克的记录完全不同。从这个意义上说，吕多维克的记录更显珍贵。我们可以从中了解船上的生活状态以及远征期间士兵们的日常生活。

关于这场远征，已有的各类记述大都出自军中高层，包括总司令蒙托邦将军、柯利诺（Collineau）将军、杜潘上校、巴吕（Pallu）海军上尉、特使葛罗（Gros）男爵。他们下笔时就想着日后出版给人看，因而会小心地把握尺度，以免给自己带来麻烦，或者与官方说法相抵触。同时，他们也刻意把自己最好的一面展现给世人。

而在吕多维克笔下丝毫没有这些顾虑，他不必为了故事效果而美化或塑造自己的个性。他毫不掩饰自己的失望，因为他想晋升中尉未果，也没能获得勋章。因为他太年轻！他的心态和诚挚，让他能以真面目示人。

这也正是历史学家让-菲利浦·雷（Jean-Philippe Rey）对本书的评价。

最后，让我们以吕多维克对中国人的敬意结束这篇序言：

中国人非常聪明，而遗憾的是这个民族缺乏强有力的领导；我们能乘机获取多大的利益啊！但有朝一日，这个民族定将令世人生畏，因为她人口众多，智慧超群。

贝尔纳·布里赛（Bernard Brizay）为《1860：圆明园大劫难》作者，该书2003年由峭岩（Rocher）出版社出版，已译为中文和英文。

前 言

热纳维耶芙·德尚

奥迪勒·巴赫

蒂埃里·戴加莱

戴加莱伯爵将军
(布面油画,安德烈·姆尼塞克[André Mniszech]公爵绘)

祖屋的阁楼往往是藏宝之地，那里堆满了一代代人随手丢下的各种物品。现今出版的这部《中国书简：1859—1861》，以及最早的战地摄影师菲利斯·毕托（Felice Beato）1860年所拍照片的相册，就是在一个鲜有人去的阁楼里找到的，它们整齐地放在一只箱子里，几乎被人遗忘。但这批150年前的信件仍保持着巨大的文字魅力和历史价值。现在，它们终于出版了。

我们的曾祖父，吕多维克·德·加尼耶·戴加莱，当时是拿破仑三世军中的年轻少尉。1859年12月17日，他从布雷斯特启程，加入冒险的远征队伍，先是到达中国，而后又前往交趾支那。于他而言，一方面这场冒险是天赐良机，是他军旅生涯的良好开端，但另一方面，他当时才22岁，远离亲人也让他付出了相当的代价。在漫长的离家岁月里，他接连不断地写着家书，记下他的所见所闻。

吕多维克在远征途中写给亲人的信件是珍贵的文字资料，早在当时，他的父亲菲利克斯（Félix）就想到要保存下来，于是，他逐字逐句地誊录了一份，供家人闲暇时反复阅读，而不至于损坏原件。原始信件所用纸张又薄又脆，字迹纤细拥挤，有时候行列歪歪斜斜。因此，编辑本书时所依据的底本是菲利克斯的抄件。之所以放心地使用这个抄本，还有一个重要原因是，吕多维克后来重读过这些抄件，还在某些地方加了注释——我们认出了他的笔迹——并划掉了几个段落。

菲利克斯的抄件共928页，用波尔多皮革精装，

菲利克斯所抄信件的精装册

菲利克斯

路易丝

页面净尺寸为17.5厘米×22.5厘米。扉页上写着：

远征中国与交趾支那回忆
1859——1861
（吕多维克）路易·玛丽·德·加尼耶·戴加莱的信
（由其父菲利克斯誊录）①

菠莉娜

卡米耶

贝尔特

从布雷斯特启程后写来的每一封信，菲利克斯都注明了收到的日期和地点"里昂"（Lyon）或"荣希"（Jonchy），因为收信人居住在不同的地方。因此我们可以看出，信大约需要两个月才能寄达。每提出一个问题，要等四个月才能收到答复。

菲利克斯抄录的信件，都是吕多维克写给最亲密的家人的：父亲菲利克斯、母亲路易丝（Louise），几位姐妹以及弟弟亨利。1860年，大姐菠莉娜（Pauline）28岁，二姐卡米耶（Camille）25岁，三姐贝尔特（Berthe）24岁，弟弟亨利（Henri）21岁，最小的妹妹玛格丽特（Marguerite）18岁。而家里第四个孩子吕多维克当时22岁。

吕多维克

亨利

玛格丽特

为出版的需要，我们对此数量庞大的通信集有所删减，但删减处均未涉及重大事件。另外，我们也注意保持通信在时间上的连贯性，同时力求从各个方面呈现这份文字见证的原貌。

---

① 1960年前后，吕多维克的孙子弗朗索瓦·戴加莱曾把菲利克斯的抄件复印了十余份，分送给家人。

几乎没有来自中国的东西流传到我们手中，但吕多维克远行归来时，带回一些珍贵的照片：如在几个停靠站买的风景照，而尤为珍贵的是菲利斯·毕托①拍摄的十二幅"美景"。菲利斯是摄影师，远征期间为英国人效力。照片是吕多维克请一位在北京驻扎时间更久的朋友帮他搞到的。我们还在吕多维克的旅行记事本中找到了几幅他自己画的画，以及他的朋友、才华横溢的内维尔雷（Néverlée）少尉所作的几幅速写。

十九世纪荣希雪景

为了丰富本书内容，我们还在《远征中国图集》（*Atlas de l'expédition de Chine*，从我们的存档中找到的）以及1860年、1861年的《画报》（*L'Illustration*）杂志中广泛选取素材。在来信中，吕多维克多次要求家人关注当时的每一份杂志，并为他保存所有能找到的关于中国的图像资料。

让-菲利浦·雷所作的概括性导言，把《中国书简：1859—1861》

---

① 菲利斯·毕托所摄照片平均尺寸为25.5厘米×29.5厘米。有些照片是并列拼接起来的全景照，所以显得格外宽。照片印在蛋白纸上。

重置于它的历史背景之上，并通过附录中对家庭成员的介绍，更鲜明地反映了《中国书简：1859—1861》作者的性格。

我们的曾祖父最终以戴加莱将军的高位结束军旅生涯；在我们这些曾孙看来，他当年英俊的形象今天又有了一副新面孔。那是一位22岁的年轻少尉，勇敢、热忱、满怀理想；他如此引人入胜，如此情真意切的书信，也终于经我们之手呈献给世人。

导 言

让—菲利浦·雷

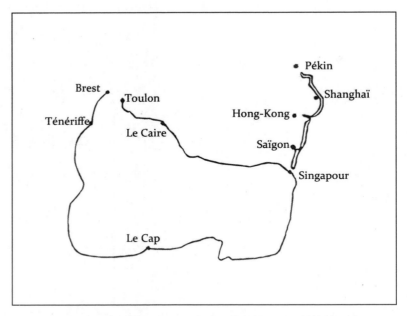

猎兵第 2 营吕多维克·德·加尼耶·戴加莱少尉所绘路线示意图

沙内海军少将指挥法军舰队离开芝罘、进攻北塘
(《画报》1860 年 10 月 13 日)

1860年7月19日，决定性的军事会议在芝罘召开。两位特使，英国的额尔金（Elgin）勋爵和法国的葛罗男爵，参与了会议，并在与库赞-蒙托邦、格兰特（Grant）、沙内（Charner）和贺布（Hope）等四位陆、海军将领讨论后发表了意见。会议决定两国舰队登船启航，最终在北塘前组织集结。7月28日，大约250艘军舰在直隶湾排列队形，在距离大沽炮台二十海里处抛锚。大沽炮台有中国人把守，阻断了白河的水路，即前往北京的通道。远征中国的行动是上一年最后几周在欧洲启动的，世上兵力最强的两个国家派出的两万名军人，现在已经做好了登陆的准备。而如此兴师动众，是要解决什么纠纷呢？

1644年，以满洲为核心的清王朝掌握了中国的皇权。作为高度集权化的国家政体之首，中国皇帝拥有绝对的权力。他要保证这个人口急剧增长的庞大帝国维持统一，而在全国约四亿居民当中，绝大多数是汉人。他还要维护国家的高效发展，首重农业和手工业，同时支持艺术事业。清朝早期几任重要的皇帝，尤其是康熙帝（1662—1722）和乾隆帝（1736—1795），修复了紫禁城，兴建了圆明园，它们既代表着皇家气派，也象征着社会繁荣。事实上，18世纪的中国社会立足于儒家文化传统，同时又表现出全方位的活力：国内市场蓬勃发展，水陆交通四通八达，商人同业工会大量涌现，城市迅速扩张……然而，这样的发展是在没有西方介入的前提下完成的。另外，全国只有一个口岸对外开放，就是广州。然而到十九世纪，形势开始发生改变，帝国已呈现出衰落之象。咸丰帝1850年登基，在位十余年间，太平天国起义打破了社会与文化的平衡，威胁着他从前六位皇帝手中继承的政权。的确，洪秀全以"均贫富"为号召领导的农民起义，从1850年在中国南方发起到1864年被全面镇压，曾一度蔓延到上海乃至

法国与英国舰队在白河口锚地（《世界画报》[Le Monde Illustré]）

北京地区。对于此次英法远征而言，太平天国起义更加深了局面的复杂程度，它既然使中国处于动荡之中，也必然威胁西方人的处境，这就迫使英法要"协助"皇帝抵御太平天国的进攻，虽然他们的真正目的是要让皇帝屈服。

咸丰皇帝（1831—1861，1850—1861年在位）

直到此时，绝大多数中国人对自身文明的优越性仍然深信不疑，对西方世界仍旧一无所知。而以欧洲人为主的西方人，则对自身地位的提升有很深的认识，已经开始的工业时代更令他们对广袤的中华帝国，尤其是它所蕴含的经济资源，垂涎欲滴。此外，1815年维也纳会议建立的持久和平解放了欧洲大陆的生产力，为经济注入了活力。早在1793年和1816年，英国就两次向中国派出外交使团，以期达成商业协议，但都无功而返。由于大量进口中国商品（丝绸、茶叶和瓷器),英国希望平衡贸易,敦促中国开放国门。碰壁之后,英国最终选择恐吓和武力,迫使中国将主要通商口岸对英国商品特别是对鸦片开放。需要挑明的是,为了平衡贸易,英国试图将印度生产的

鸦片战争中"信息女神"号摧毁中国船只
(爱德华·邓肯[Edward Duncan],1843年)

鸦片越来越多地输入中国。正是在此背景下,1839年,北京决定断绝与伦敦的贸易往来,取缔这一严重损害国人健康和社会发展的交易。由此开始了第一次鸦片战争。最初,中英两国在广州的河流上发生冲突,随后英军冲破防线,一路北上直达上海,又溯长江而上到达南京。清朝廷让步了。1842年8月29日签订的《南京条约》为战争画下句号。条约规定向英国开放五个通商口岸,并将控制珠江口的香港岛割让给英国。中国与外部世界的首次大规模冲突让英国人获利巨大,随后,美国、法国也迫使清朝廷接受他们提出的苛刻要求。1844年10月24日,清朝廷和法国在黄埔签订的《黄埔条约》,约定清朝廷实行保

在华传教士马赖(Chapedelaine)神父在广西被判刑处死(《世界画报》1858年)

护法国传教士和中国天主教徒的政策。的确,保护和支持传教士正是法国在华——以及随后在印度支那——行动中最显著的传统特点。虽然耶稣会士在清朝初年即被接纳,成为宫廷里的学者或艺术家,但后来逐渐不受欢迎。根据1805年清朝廷颁布的新诏,

基督徒的活动也受到限制。

很显然,尽管签订了一系列条约,但相互对峙的双方根本无法相互理解。极速扩张中的西方认为全世界都是他们的,清朝应该敞开大门接受他们的影响。而中国人对西方只有鄙视,称他们为"蛮夷",无法接受他们的狂妄。清朝深信自己是优越的,当武力抵抗落败时,谈判并签署条约只是为了赢得时间,可能从未考虑要遵守条约。于是,即便是正式条约中的让步条款,清朝皇帝也不以为然。

因而,局势难免越来越恶化。中国的做法显示出,只要一有机会,他们就要把西方人赶出国门。1856年发生的两个事件燃起了欧洲列强的怒火,促使他们决定以强大武力迫使清朝廷遵守条约。2月24日,法国传教士马赖神父被指控在广西非法传教,判酷刑处死,事件被渲染后引得法国公众群情激愤。10月24日,"亚罗"(Arrow)号船在广州的河面上被中国当局扣押①。自此,各个口岸局势紧张起来,欧洲人及其在当地的利益受到了严重威胁。

1857年年初,英国议会决定派遣一支5000人的远征军,准备发动第二次鸦片战争。拿破仑三世在民意支持下派出海军,法国因此卷入争端。俄国和美国也参与进来,但没有直接参战。

1857年12月,英法军队炮击并占领广州,一面大肆炫耀武力进行恫吓,一面进行最后的外交尝试。在英国公使额尔金爵士和拿破仑三世的特使葛罗男爵的带领下,英法海军于1858年春进入直隶湾,兵临镇守白河口的大沽炮台,这是通往北京的必经之地。英法方面要求,经中国皇帝亲自批准签订的条约需正式递交给两国代表。由于清朝廷

---

① 该船当时未挂英国国旗,注册的英国执照也已过期,广州水师上船抓捕中国籍海盗,英方后以此为借口发动第二次鸦片战争。——译者注

1859年6月25日,法国和英国使团在白河口惨败
(《画报》1859年9月24日)

一再拖延,英法使节决定炮轰大沽口,强行进入白河并直抵天津。中国的防守迅速被攻破。5月31日,联军进城。英法使节以强势地位与清朝钦差谈判。6月26日和27日,中国分别与英国和法国签署了条约。虽然《天津条约》还有待批准,但局势已定。

然而一年之后,当英法两国使节前往天津交换批准书之际,由5艘军舰和11艘炮艇组成的小型部队遭遇了抵抗。他们低估了对方的力量。一年前毫无抵抗能力的炮台加强了防守,在1859年6月25日重创英法联军。中国炮台事先没有警告就炮击了英法的舰船,特里科(Tricault)舰长率领一小股法军试图登陆并攻击炮台,但没有成功。海军将领迫不得已且战且退,多人受伤。消息传到欧洲,此事被视为奇耻大辱。虽然英法之间因意大利事务、争夺摩洛哥、苏伊士运河计划等一系列问题而关系冷淡，但两国仍然下定决心出兵中国，让中国皇帝臣服于自己。

拿破仑三世与教皇

拿破仑三世始终支持教皇，并维护教廷在意大利半岛的利益。当选总统（1848年12月）后还不到一年，他就决定派军队维护教皇的地位，法国军队遂从1849年起一直驻扎罗马。这种紧密关系既源于皇帝夫妇的个人信仰，也出于法国抵抗敌对国家对亚平宁半岛施加影响的决心。但皮埃蒙特-萨丁尼亚（Piedmont-Sardinia）王国首相加富尔（Cavour）渐渐说服拿破仑三世，拉近与皮埃蒙特-萨丁尼亚国王维托里奥·埃曼努埃莱二世（Vittorio Emanuele II）的关系。于是这两大力量计划建立一个意大利诸国的联邦，虽然这会削弱教皇的地位，但联邦依然由教皇领导。控制伦巴第（Lombardia）和威尼斯的奥地利发现自身的利益严重受损，遂发动针对都灵的战争，都灵则立刻得到法国驰援。至1859年春天，经马真塔（Magenta）战役，拿破仑三世与维托里奥·埃曼努埃莱以解放者的姿态进入米兰。但索尔费利诺（Solferino）战役之后，法国皇帝与奥地利人签署了《维拉弗兰卡停战协定》（7月11日），并在随后的11月签署了《苏黎世条约》。事实上，拿破仑三世并不支持意大利统一，因为统一只对皮埃蒙特-萨丁尼亚王国有利，并且将影响教皇的世俗权力。但一连串事件接踵而至，法国却没有能力加以阻止。于是，拿破仑三世决定要从中牟利。秋天，托斯卡纳和艾米利亚新省请求归属皮埃蒙特，教皇失去了领地中的罗马涅（Romagna）。务实的拿破仑三世同意了意大利中部地区合并，并在1860年4月尼斯（Nice）和萨伏伊（Savoye）两地人民热情高涨地投票归属法国之后，将两地收入囊中。

加里波第（Garibaldi）带领

卡斯泰尔菲达尔多战役
（石版画，V. 亚当［V. Adam］作）

"千人远征"从那不勒斯向北方进军，皮埃蒙特人潜入教皇属地与加里波第会合，拿破仑三世均没有提出反对。1860年9月28日，在安孔纳（Ancone）南部的马尔凯（Marche）爆发了决定性的卡斯泰尔菲达尔多（Castelfidardo）战役。教皇的军队（未来的宗座侍卫军）人数不多，且大多是国际志愿者，负责指挥的拉莫利希埃尔（Lamoricière）将军不得不撤退。很显然，这一系列事件大大震撼了法国的天主教观，人们发现天主教信仰遭到遗弃，甚至遭到了否决。就拿破仑三世而言，虽然他无意中疏远了天主教，却为法国增加了三个省的领土和66.9万臣民，并终结了1815年的一系列屈辱条约，同时削弱了这些条约的支轴国家奥地利的力量。不过，在1864年的"九月和约"于巴黎签署前，法国军队并没有撤离罗马。这份和约以拿破仑三世的军队逐步撤离为条件，规定统一后的意大利（其实在1861年2月已经实现统一）将首都自佛罗伦萨迁至都灵，而非罗马。这是法国皇帝最后一次在完全没有把握的情况下，试图在维护本国利益的同时，既支持教皇，又支持意大利的统一。

拿破仑三世一家（油画《拿破仑三世皇帝在枫丹白露宫接见暹罗使节》[*Réception des ambassadeurs siamois par l'empereur Napoléon III au palais de Fontainebleau*]局部，让-莱昂·热罗姆[Jean-Léon Jérôme]作，现藏凡尔赛博物馆）

法皇正好利用这个计划，既加强与英国的联盟，亦改善与天主教徒之间因意大利事件而逐步疏远的情感。的确，拿破仑三世支持半岛统一运动，而不是与拉莫利希埃尔将军率领的志愿军一道捍卫教皇的利益，因此失去了大部分天主教徒的支持。所以，如果我们看到意大利事件与中国事件在时间上的巧合，就更容易理解法国为何如此坚定地对外干预。事件发生的日期本身就足以说明问题：1859年6月24日，法军在索尔费利诺战役中获胜，这正是大沽口惨败的前一天；1860年9月18日，皮埃蒙特人在卡斯泰尔菲达尔多战役中大败教皇军队，三天后八里桥战斗大获全胜。但远征中国只是更广泛的对外行动的一部分，拿破仑一世的侄子试图通过对外侵略征讨实现扩张野心。他一直致力于减轻1815年各项条约的影响，因此对民族主义和各民族的权利大唱赞歌。这一点通过克里米亚战争以及支持意大利统一运动，表现得最为明显。他深受圣西门影响，意识到在工业化的进程中，世界经济将获得长足发展，于是，拿破仑三世为法国设计了海外扩张计划。从1850年到1870年，法国的殖民地扩张了三倍之多。首先是在地中海，接着是亚洲，尔后是拉丁美洲，法国军队担负起促进国家经济、政治和文化利益增长的重任。仅就与中国事件同时发生的大事而言，我们可以简单回顾一下叙利亚事件。法国在历史上一直是当地马龙派（Ecclesia Maronitarum）教徒的保护人,1860年春天和夏天,贝鲁特(Beirut)和大马士革的马龙派教徒和德鲁兹派发生严重冲突,上千人被杀,教堂被毁,法国需要做出反应。在1860年10月至1861年6月间,一支远征军被迅速派出,以保护基督徒的安全。法国通过维持其在近东一贯的影响力,尤其是给基督教信众提供支持,以向反对修建苏伊士运河的奥斯曼帝国施加压力。无论是远征叙利亚,还是远征中国,动机都如出一辙,且都表明了法国皇帝致力于壮大法国的决心。

与英国一起向中国派遣远征军的决定一经做出,首先就要考虑法国参与的总体规模。因为担心引起英国方面的不快,法国很快就放弃了组建一支人数上超过英国部队并额外配备一支骑兵队的方案。于是,英国打算派遣约12000人,法国准备派出8000人左右。11月7日,陆军大臣向各师发出通函,征召志愿军。无论士兵还是军官,报名都非常踊跃,因此选拔格外严格。可以说,这支远征军是由法军精英组成的。作战部队约5600人,包括1600名陆军和海军士官,编为两个步兵旅。第1旅(冉曼将军率领)有4个步兵营,2个工兵连和1个工程排。吕多维克被编在该旅,是徒步猎兵2营的少尉,受吉约·德·拉波特利(Guillot de La Poterie)少校指挥。其

1862年的保罗·维克多·冉曼将军
(1807—1868)

冉曼在中国之战后获得第三颗将星(少将军衔)。他是中国远征军的副总司令兼第1旅旅长。曾任奥马尔公爵的副官,在非洲度过职业生涯的大部分时间。他心地善良,性情温和,在军中享有较高威望,广大士兵都钦佩他。他在外交和战略问题上思想敏锐,也深受总司令和英国联军的赞赏。

实，猎兵营是七月王朝时期创立的精英部队。拿破仑三世在1853年将人数扩充了一倍，并将其中一个营并入皇家卫队。猎兵的装备和训练均优于步兵，团队精神也更强。第2旅（柯利诺将军率领）也是由4个步兵营组成，但另外还有4个炮兵连。如果负责护卫参谋部和外交官的五十多名北非骑兵不算的话，法军没有骑兵部队。在远征总司令的人选上，拿破仑三世选择了库赞-蒙托邦将军，并于1859年11月13日颁发

着上校军装的爱德华·柯利诺将军
（1810—1861）

柯利诺系士兵出身，是一个勇猛的军官，有卓越的带兵才能。他在阿尔及利亚期间受蒙托邦将军领导，后来参加克里米亚战争，因第一个冲进塞瓦斯托波尔（Sevastopol）前的马拉科夫（Malakoff）内堡而名声大噪，并参加了意大利的几次著名战役（马真塔、索尔费利诺）。在整个远征中国期间，任第2旅旅长，但他在天津死于疾病，未能返回法国。
（文森·卢瓦耶［Vincent Loyer］摄，油画系Yvon绘，藏于纳莱萨布勒多洛讷［Les Sables d'Olonne］的圣十字修道院博物馆）

夏尔－吉约姆·库赞·德·蒙托邦将军（摄于1855—1860年间，现藏巴黎军队博物馆）

蒙托邦的父亲和岳父均为军官，本人毕业于索缪尔骑兵学校（École de cavalerie de Saumur）和参谋实践学校（École d'application d'état-major）。参加过多次北非军事行动，大部分军旅生涯在非洲度过。突出功绩包括，任北非骑兵第2团团长时，接受阿卜杜拉卡德尔（Abdel-kader）酋长1847年的第一次投降。获得荣誉军团十字勋章。1851年晋升准将。拿破仑三世邀其统领中国远征军时，他已63岁，在鲁昂（Rouen）军分区任司令。归国后任参议员，被封为八里桥伯爵，虽未能获得他期待的元帅军衔，但受命出任里昂军区司令要职。1870年帝国即将覆灭之际出任总理兼陆军大臣，9月14日后流亡比利时。

敕令，详细列明了相关职权。库赞-蒙托邦将军时年63岁，骑兵军官出身，在北非期间表现卓越，并表现出出色的组织能力。他性格随和，人们希望他能与英国人和睦相处。不幸的是，1860年冬末，陆军大臣朗东（Randon）元帅把远征军中海军的指挥权授予沙内海军少将——他于4月19日抵达上海，管理一支拥有将近170艘舰船的部队——从而削弱了总司令的权限，让局面变得复杂起来。类似的"双头领导"也影响了英国方面对远征军最高司令的任命。格兰特将军不得不与贺布海军上将分享权力。另外一个相似之处是，英国派出的陆军部队编成两个师，分别由米歇尔（Michel）和拿皮尔（Napier）率领。只是他们人数更多，组成也稍有不同：英军拥有一支逾1300人的骑兵，其中包括900名印度骑兵。最后需要指出的是，虽然英军人数更多，派遣起来却没有费很大力气，因为大部分陆军部队和海军舰队都是由开普敦和印度直接前往中国的。

  法国远征军完成装船用了不到3个月时间，在后勤方面堪称壮举。20多艘战舰，连同140多艘运输船（其中近一半船是租的），装载着必备的物资和将要在中国登陆的部队，在1859年12月5日至1860年1月11日之间，分别从土伦、洛里昂（Lorient）、瑟堡（Cherbourg）和布雷斯特启航。第一艘离开法国的是"山林女仙"（Dryade）号，于1859年12月5日从土伦出发。这是一艘蒸汽船，搭载42名军官和928名士兵，柯利诺将军也在其中，他于11月22日接到出发命令。紧随其后的是"卡尔瓦多斯"（Calvados）号、"茹拉山"（Jura）号以及"敢闯"（Entrepreneur）号，冉曼将军乘坐的就是这艘"敢闯"号，同行的还有38名军官和1042名士兵。12月17日，布雷斯特港发出第一条船"罗讷河"号运输舰，吕多维克所属的整个营都在这条船上，共有

37名军官和876名士兵。总司令则于1月12日和他的参谋部（以及他著名的秘书和回忆录作者埃里松伯爵）一道从土伦出发，取近路前往上海，一路行经亚历山大港、开罗、亚丁、锡兰和新加坡，在整整两个月后的3月12日抵达。而部队的旅途相当漫长且不乏艰险，虽然中途生病和最终死亡的人数并不算多。很显然，途中的各个停靠站都已做了安排。船队的第一个停靠站是加那利群岛，确切地说是特内里费岛首府圣科鲁兹，吕多维克12月27日到达此地。因为需要绕过非洲大陆，船队随后驶往开普敦，在此地的停靠持续了较长时间。1月最后一周到2月中旬，几乎所有船只都曾在此处休整。"罗讷河"号于2月9日在面对开普敦的桌湾（Table Bay）锚泊，吕多维克在那里写了一封长信，落款日期为2月19日。然后，"罗讷河"号继续航行，2月25日驶过好望角，4月19日到达新加坡，5月2日抵达香港，至此时行程已达135天。

1860年3月8日，英法联军发出了期限一个月的最后通牒，要求大清皇帝为上一年在白河口攻击法国军舰书面致歉，确保法国人顺利前往天津和北京并得到1858年条约的批准书，以及向英法赔款以抵偿远征的费用。但他们在规定期限过后才得到了拒绝的答复。到此，战争已完全无法避免。4月底，英国人占领了杭州湾内的舟山群岛，目的是确保进入上海通道的安全。6月6日，他们动身北上。英国人进驻大连湾（旅顺港附近），法国人在对面的芝罘驻扎下来。为了经直隶湾（今渤海湾）向北方发动进攻，他们在这两个地方建立基地进行备战。随着船只陆续到达中国，英法的舰船亦在芝罘集结，准备北上发动攻击。7月19日军事会议做出的决定，复制了欧洲人曾经采取的策略：在北塘登陆，从大沽炮台一线强行突入白河，向北京进发，迫使清朝廷进行谈判，也就是迫使清朝廷屈服。本来，他们并非一定要到达北京，而是期待在到达北京之前就能大功告成。其实，清朝廷所采取的抵抗方式，才是导致最终军事行动的主要原因。

从8月初至10月底，这段时间在中国领土上进行的军事行动，我们粗略地划分为三个阶段。

第一个阶段，联军在中国国土上站稳脚跟，打开通往天津和北京之路。他们由此表现出的优势应足以使清朝廷屈服。8月1日，大约4000名联军（英法人数相同，包括了各个兵种）在北塘登陆，没费什么气力就占领了北塘村和紧邻的炮台。他们得以就地建立一个安全区，作为地面行动的后方基地。行动必需的各种物资和装备均卸船上岸。吕多维克参与了这些行动，但尚未经受炮火的洗礼。

从8月12日到22日这10天时间里，防卫白河口的各个据点在大范围的包围和攻击下逐一陷落。8月12日，联军离开北塘并从陆路推进。14日塘沽战斗打响，假如没有联军火力强大的炮击，塘沽的防御工事本可以抵抗联军的进攻。此役，西方武器装备的绝对优势首次显现出来。早在8月1日攻占北塘时，配备30磅和50磅线膛炮的法军炮艇就轻而易举地让清军的大炮哑火，岸边的小股清军骑兵迅速逃窜。事实上，战场上清军军队的人数始终远多于西方远征军。我们估计，整个清帝国军队约有100万，主要负责御外的"八旗军"约2.7万人，但其中能够投入反侵略战场的或许不到1.5万人。然而大清军队有三个无法克服的弱点：兵力分散在帝国广袤的土地上；部分军队正忙于镇压太平天国起义；最重要的是武器装备陈旧落后，根本无法与西方人使用的武器相比。而欧洲人不容置疑的技术优势决定了他们采取的策略。英法联军通过首次交锋就已经确认，后续行动应以现代技术提供的强大火力为基础，即依靠步兵武器射程和炮兵毁伤能力的优势应对敌人的数量优势。的确，中国军队虽然纪律严明、士气高涨，但多数人只有冷兵器。而且，除了通过走私以及为抵抗太平军而从英国得到的极少数现代步枪之外，他们的火器射程短、精度差。每个人都很清楚，虽然骑兵的作用不可否认，但仅仅装备了马刀和弓箭的骑兵在西方武器面前微不足道，特别是无法抗衡刚刚在索尔费利诺战役中大显神通的线膛炮，以及在攻坚战斗中威力尤为强大的燃烧火箭。吕多维克·德·加尼耶·戴加莱曾多次目睹双方武器的巨大差距，而且在他旁观或参与的每次战斗中，这种差距都十分明显且具有决定作用。例如14日攻打塘沽即他首次参战时，10门4磅炮、若干火箭、阿姆斯特朗炮和山榴炮等共达50门左右，轰炸了整整一个小时。21日，大沽炮台遭受连续两个小时的轰炸，留在营地的吕多维克·戴加莱等人都能听到炮声。直到七八点钟时，炮台火药库发生爆炸，联军停止炮击并开始发起冲锋。步兵和水兵攀梯子爬上城墙，与守军展开惨烈的肉搏战。接近10点，清军撤出，包括守军将领在内的一千多人阵亡，还有大量伤员。虽然大清官兵顽强抵抗，却不敌联军，促使直隶总督决定与欧洲人谈判。为结束战斗，他答应弃守其余炮台，并将武器交给联军。至此已毫无疑问，天津的大门已经打开，无力保护它的清军准备撤离。在损失500门大炮和数千名军人（其中很多人被俘）之后，清朝廷只好利用外交手段，为残存的军力提供支持。

战役从此进入第二阶段。9月2日，英法联军占领天津。清朝谈判代表曾于8月23日露面，同意31日开始实质性谈判。在当天的谈判中，蒙托邦将军坚持要求前往北京，达成先前提出的种种要求。双方代表商谈的基础是1858年的条约，其中涉及提高战争赔款总额。还有一个条款令中国尤其难以接受，即批准条约的地点要在北京。但英法方很快发现，外交代表桂良和恒福没有能力让清朝廷遵守约定！清朝官员进行谈判只是为了拖延英法联军的行动，使皇帝获得必要的时间以组织首都的防御。英法外交官因为轻信上当，遭到猛烈抨击。1860年9月9日至11日，联军陆续动身向北京进发。三天后，清朝廷送达新的谈判建议。这一次出面的是自称能代表皇上

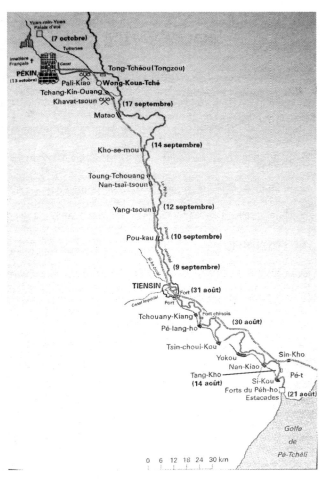

军事行动示意图

转引自：Bernard Brizay, *Le Sac du palais d'Été. Seconde guerre de l'Opium,* Éditions du Rocher, 2011。

的怡亲王。西方人虽然接受了建议，但由于对清朝廷不信任，提出把谈判地点安排在距北京25公里的白河和大运河的交汇处——通州。他们同时提出，军事行动不会暂停，所能做的让步只有两点：联军不越过通州南八公里处的某个指定地点，并且前往北京时，联军谈判代表只带2000人的卫队，不带炮兵。这一次，清朝廷的目的不仅是争取时

间，而且要把联军吸引进一个以白河和张家湾镇为依托，配备强大火炮和众多骑兵的半圆形防御圈。格兰特与蒙托邦两个将领就如何应付敌方防御早有预案，遂使清朝廷计划落空，但他们同一天得知，清朝廷扣押了好几个英法派往通州谈判的外交官和随从军人。

显然，外交官已经束手无策。清朝廷把英法俘虏当作人质，以便在未来的谈判中做筹码。英法将领对中方的诚意疑虑重重，似乎清朝廷的种种拖延伎俩已经坐实。在此过程中，军事将领的发言权逐渐超过额尔金勋爵和葛罗男爵。下一步便是向北京挺进，迫使清朝廷签约。因此可以说，1860年9月21日著名的八里桥之战，开启了战事的第三个阶段。英法联军8000人于当天早上5点钟上路，随即与清军交火，清军则围绕跨大运河通往北京的八里桥构筑起防御工事。在左翼英军的配合下，法军的任务是进攻并夺取此桥。清军骑兵向柯利诺旅的部队大举冲锋，柯利诺则主要依靠4磅炮自卫并防止被敌包围。随后，12磅炮迫使敌军全部后退，步兵一举占领该桥。吕多维克参加了此次战斗，他的文字记载中提及的双方损失之悬殊，再次表明西方人拥有绝对的技术优势：欧洲人阵亡者不足10人、受伤30人左右，清军则死伤数百人。八里桥战斗的次日，清朝廷试图重启谈判，此次派出的谈判代表是皇上的胞弟恭亲王，但由于清朝廷反复重申在达成协议之前不能释放人质，谈判于10月4日破裂。此时，英法联军占据优势地位，而在联军内部，军人取代了外交官，已经完全掌握权力。两军将领得知，清军将领僧格林沁已在北京以北筑垒备战，遂决定集中兵力消灭这部分清军，再向首都进军。正是在绕北京城寻找清军骑兵的过程中，法国人和英国人发现并包围了圆明园。这一天是1860年10月6日。在随后的两天里，这处美轮美奂的园林遭到联军始而尚有章法、继之野蛮残暴的疯狂抢掠。10月18日，借口为了给被杀的人质复仇和尽快达成"和平"，英国人决定烧毁圆明园。这是英国和法国历史上黑暗的一页，也是拿破仑三世黑色传奇的重要污点。雨果在写给巴特勒（Butler）上尉的著名信件中写道，历史将记载"一场偷盗，两个盗贼一个叫法兰西，另一个叫英吉利"。他无情地指控法兰西帝国"吞下了这次胜利的一半赃物，今天……还天真地以为自己就是真正的物主，把圆明园富丽堂皇的破烂拿来展出"。但在劫掠放火行动始作俑者的行动和记载中，看不到任何后悔的痕迹。在此问题上，吕多维克的信件完全能够反映远征参与者的心态。我们还知道，有一批当地的抢劫者和赃物窝主与西方人混在一起，而且未将他们手中的圆明园珍宝归还；被英国人烧毁之后，园子继续遭到偷盗破坏。尽管如此，恭亲王于10月20日同意英法提出的各项条件，英国人可以于24日进入北京签署条约。额尔金勋爵骑着马，率领他的参谋部和一千多人的队伍，得意洋洋地开进城里。葛罗也毫不示弱，坐着一乘八人大轿入城，身后跟随着由参加远征各部队代表组成的队伍，总司令以及冉曼、柯利诺两位将军各就其位。恭亲王率领着官服的文职官员，亲自迎接法方代表。到了10月25日的晚上，既然英法两国已经在中国首都以1858年条约为基础签订了新条约，因此我们可以认为远征中国已经结束。但随后的几天仍然非常重要，法国人要为被清军杀死的6名法国人质举行隆重的葬礼，恢复天主教会的种种特权。我们还记得，这正是法国人参加这次远征的最初动机。10月28日和29日，接连举行了两场弥撒。第一场弥撒的地点是耶稣会士于17世纪建立的天主教墓地，它的功能根据条约得以恢复。第二场在北京主教堂内，它已经归还当地的主教。虽说劫掠和烧毁圆明园这一暴力行为立即实现了英法联军的直接目的，即为人质复仇，并阻止中国人此时的抵抗，但我们仍然要质疑此事长期的影响。的确，欧洲人认为这种惩罚手法只损害了咸丰皇帝的个人利益，但实际上，它深深地伤害了全体中国人民的民族自豪感。通过此事，他们让这所一直完全属于皇帝个人而大众从未涉足的宏伟园林走进了中国人的集体记忆。就在这处作为皇上私产、充斥着皇家珍宝的夏宫被摧毁之时，它成为了国家记忆的组成部分，也成了中国百姓心中帝国文化的一个象征，这正是此次远征中国的一个意外后果，而且它并非一个微不足道的后果。此时的中国已经显露出全面衰败之象，这一局面直至第二次世界大战结束、中国打败日本时才真正改变，其间发生的众多具有实质意义的事件，都没有引起时人的关注。当时，世界列强都在寻求利用清帝国的衰微攫取利益，其中行动最为迅速、成效最为显著者当属俄罗斯。年轻有为的俄罗斯公使

法国军队占领圆明园（《画报》1860 年 12 月 22 日）

伊格那提也夫，利用10月末出面调解之机，于11月14日从清朝廷手中攫取了一项补充条约。清朝廷被迫向这个贪婪的邻国割让大片土地，特别是黑龙江以北、乌苏里江以东地区。而在英法远征中国的过程中，俄国仅限于担任旁观者的角色，所以对它来说，无论是开发矿产和木材还是取得商业（不久后即在符拉迪沃斯托克［海参崴］通商）利益，都是额外的收获。

法国军队于11月1日离开北京，一周后英国军队撒离。至此，对中国的远征已经宣告结束。两国凭借各自的军事力量分别达成了最初设定的目标，而且均可以从与清帝国的商业往来中获利，同时，其文化影响更是通过宗教的辐射作用而得到巩固。然而，参加这次远征的人们在回到法国时并没有受到热烈的欢迎。公众舆论对中国之役并不真正关注，此事对他们来说过于遥远，而且规模太小，理由也不充分。相反，战争获得全胜、伤亡人数有限，倒使公众认定，这不过是一次"行军训练"。除此之外，摧毁圆明园的消息也产生了严重后果，它不仅进一步败坏了远征的名声，而且使决定这次远征的当局和个人威信扫地。正是由于这些因素，蒙托邦将军（1861年6月底在马赛上岸）尽管受到皇帝的奖赏，但这种奖赏并没有达到他的期望。当然，蒙托邦当上了参议员，受封八里桥公爵（1863年追授世袭权），获得荣誉军团大十字勋章，并荣获军事勋章。但是，皇上关于给予蒙托邦终生和世袭巨额年俸的提议在1862年2月被立法机构否决。更令蒙托邦失望的是，他未能晋升为元帅，而后来指挥墨西哥战役惨遭失败的巴赞（Bazaine）居然成为元帅。除却此类波折之外，我们还应看到，远征中国还有一个长期的后果，它使中国人的民族主义和排外情绪日益增长，这恰恰是对十九世纪西方自我塑造的铁血形象的反弹。满脑子殖民思想的额尔金认为，只有残暴手段才能让当地人心生敬畏，欧洲人就应该使用暴力令人惧怕。而中国人则将摧毁圆明园视为卑鄙之举，是对文明的践踏，是西方劣根性的反映。此后中国与西方的相互疑忌长期存在，未有消除。

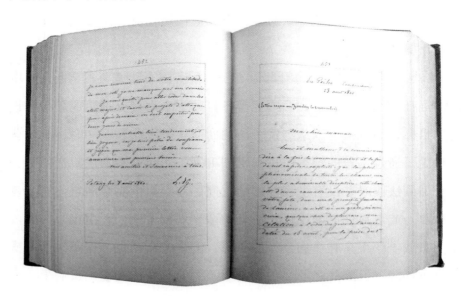

菲利克斯所作儿子书信的抄件

吕多维克的信

22. Novembre 1899
Paris

Ma chère maman

Vous direz à ma tante Boutruy et à mon oncle, que le 2ᵉ Bᵒⁿ a reçu à 9ʰ30ᵐ l'ordre d'aller prendre à 2ʰ10ᵐ le chemin de fer de Rennes. Voilà le métier !

C'est vous dire que j'arrive juste pour le départ. — Le commandant m'a donné jusqu'à demain soir pour aller à Rennes mais mon capitaine m'a conseillé de profiter de mon congé pour ne rejoindre qu'à Brest, et aussi éviter la route, qui lui a fait peu gaie dans cet affreux pays. — Je ferai ainsi, car le Cⁱᵉ est au complet, et le Cᵈᵗ m'a dit de ne pas me gêner. — J'en profite. Il a plu de rire quel[que] lundi.

Le Bᵒⁿ arrive le 2 Xᵇʳᵉ à Brest. Ainsi, 8 jours d'étapes, en séjour à Napoléonville.

Je vais faire tout doucement mes affaires ici, je m'arrêterai un peu à Rennes, y voir la aimable personne que j'y connais. — Et me reposerai tranquillement à Brest, en attendant l'embarquement.

Écrivez moi, jusqu'à nouvel avis Hôtel Louvois, rue Louvois. —

吕多维克书信手稿

巴黎，1859年11月22日①

亲爱的妈妈：

请您告诉贝阿特丽克丝（Béatrix）婶婶②和叔叔，2营在9点半接到命令，要在下午2点10分乘火车前往雷恩（Rennes）。干这行就是这个样子。

也就是告诉您，我刚一到这儿就要出发。但少校允许我推迟到明天晚上前往雷恩，上尉则建议我好好利用这个假，到时候直接去布雷斯特会合即可。这样可以避免在路上耽搁，在那个鬼地方，这可不是什么好玩儿的事。我会照上尉的建议做，因为我们连的人已经到齐了。上尉告诉我可以自便。我要好好利用这个机会③。

我们营将于12月2日抵达布雷斯特，也就是路上要花8天时间。我们将住在拿破仑城。

我要在这儿慢慢地准备行李。我打算在雷恩稍作停留，去看几个谈得来的熟人。然后，我在布雷斯特安静地休息几天，等待登船启程。写信给我吧，在有新地址之前，寄到鲁瓦（Louvois）广场鲁瓦

---

① 本书中，删节的部分由［……］表示；原文加下划线的字均由粗体表示；老式标点改作通行标点，以方便阅读。（一部分为了方便法国读者了解中国常识的注释，以及关于中国专有名词的说明和音译对照表，对中国读者意义不大，译本从略。个别图片据原图重新绘制。本书注释除特别说明者外，均系编者所加。——译者注）

② 关于吕多维克家的人物关系，请参阅349页及以后的介绍。

③ 在读过原始信件和父亲菲利克斯的抄本之后，通过对比发现，父亲有时会进行小小的审查。然后，吕多维克自己又进行了审阅，划掉了父亲抄本中的一些段落。

酒店。

昨天离开你们的时候，我的心情很沉重。身在其中的幸福，只有失去时才会更加珍惜。我目不转睛地看着美丽的群山；夕阳给群山撒上金晖，仿佛也在和我诀别，约我在无垠的大海上再次相见。

在火车站，他们给了我一盒"多米尼克"（几瓶葡萄酒。——原注）。我随身带着，准备到布雷斯特喝。7点20分，我到了夏龙（Chalon）。姨妈待我非常亲切。她万般叮咛，还送给我180法郎和一个非常美丽的金十字架。十字架非常平整，边角是圆的，她以前从不离身。待她离世之际，所有的罪过都会得到赦免。

在马孔（Macon）火车站，我的朋友德·帕瑟瓦尔（Parceval）来跟我道别，并给了我一枚他母亲送的圣牌。

参加远征，我们可以领到600法郎，但要到布雷斯特之后才能拿到。

［……］

所有的人都兴高采烈。整个军营都行动起来了。还没有人做好准备，都没有料到出发这么突然。

我们一共860人，要是已经来的各个部队全部接收而没有遣返的话，就会达到3000人。这860人将乘同一艘船，这样的话，将来会非常拥挤。允许我们带75公斤行李。跟我通信的布瓦西厄①在2连。他们把布尔吉尼翁（Bourguignion）先生给我做勤务兵。

我得去买东西了，买个行李箱，再把军衔标志缝在袖子上。我明

---

① 居斯塔夫·德·布瓦西厄是吕多维克最好的朋友，他们曾一起在圣热纳维也芙学校就读，也是圣西尔军校（École Spéciale Militaire de Saint-Cyr）的同届同学。他在远征中国期间的书信和日记于1878年以《一个猎兵军官的回忆》（Souvenirs d'un officier de chasseurs à pied）为题出版。居斯塔夫·德·布瓦西厄上尉1870年10月11日在抵抗普鲁士的奥尔良保卫战中阵亡。

天再给您写信。

与其他志愿远征的猎兵一样，吕多维克在匆忙中准备前往中国的远行。他从巴黎寄出的三封信显示他正在忙于做最后的采购①，去万森（Vincennes）办理行政手续，接受亲戚朋友们的万般叮嘱。②

巴黎，1859年11月26日

亲爱的爸爸：

我在埃马努埃尔·德·格鲁希（Emmanuel de Grouchy）的房间里给您写信。我今天来他母亲家吃午饭。

今天上午收到您的来信，让我非常高兴。您在信中的所有叮嘱，我已在心里做好了照办的准备。在漫长的航行日子里，我会时常拿出信来阅读。它会支持我坚定决心，在脆弱时帮我恢复勇气。假如要在出发时给您切实的安慰、让您放心，那就是向您保证，我会像您信中所希望并悉心叮嘱的那样，永远凭着良心和荣誉履行职责。

我会带着这份保证踏上征途，满怀无限信心，献身上帝。我坚信上帝会给我支持，我随时为他效劳。正是上帝让我参加此次史无前例的远征，为我的职业生涯奠定基础。

我每时每刻都在获得事业成功所需的各种人际关系。比如，德·巴尔（de Bar）先生把我介绍给参谋部的要员。他还叫我明天去吃

---

① 1859年11月24日致波莉娜的信，未刊。
② 楷体文字为本书编者注，下同。——译者注

晚餐，可以见到德·布耶（de Bouill）先生，他是参谋部的上尉、蒙托邦将军的随员。有一位上尉是我的好朋友，他会再一次把我介绍给施密茨（Schmitz）上校，他们俩关系很密切。施密茨先生已经答应一位叫德·昂德古尔（d'Hendecourt）的年轻上尉，把他提拔为少校。

真心感谢上天选择了我，让我有机会前往如此遥远之地，可以光宗耀祖……

吕多维克两次前往凯旋圣母堂（Notre Dame des Victoires）①祈祷，把自己的命运托付给圣母。最后，他乘坐11月28日晚的火车离开巴黎前往雷恩，然后乘布列塔尼（Bretagne）的公共马车前往布雷斯特。

在布雷斯特，他见到了一同参加远征的军校同届校友。所有人都不无担心地赶往码头，去看他们即将登上的"罗讷河"号船，这是他们未来6个月航程中要待的"监狱"！

但出发的兴奋丝毫未减。吕多维克事无巨细都要告诉家人，信虽简短但几乎每天都写②。他与家人分享对港口的印象，港口停满了那么多漂亮的船只，令人赞叹。他告诉家人采买了各种各样的东西，都是日常生活需要的；他遇到了许多即将出发的军官；他在风浪中第一次出海，竟然没有晕船："这次尝试让我既骄傲又高兴。这么说，我是适合航海的，我一定挺得住6个月的航行！"③

他有好几个最亲近的战友，最幸运的是，他们6个人住到了同一个舱室。登船的前几天，他就宣布了这个胜利："昨天，我们打了一

---

① 凯旋圣母堂是军人及家属尤为看重的祈祷场所，坐落于巴黎市中心，收纳了自16世纪中期以来前来向圣母玛利亚祈祷的人们捐献的圣器和圣物（如还愿物品、得到的勋章等）。
② 1859年12月1日、3日、5日、7日、8日、9日、10日、11日、12日、13日的信。
③ 1859年12月5日，致母亲信。

个胜仗。也就是说，我们六个好朋友，德·贝吕纳（de Bellune）[①]，德·布瓦西厄（de Boissieu），德·蒙蒂耶（de Montille），伽利玛（Gallimard），德·拉维拉特（de La Vilatte）和我，抢到了一间舱室。这不太容易，但我们想了点儿办法。每人都有一把舱室的钥匙。我们还抽签选了铺位。铺位是分上下的，我抽中了上铺，并且在门边，这很重要，因为会让我呼吸更顺畅一些。没错，我的铺位顺着船侧摆的方向，我要么是头朝上、脚朝下地躺下，要么相反。我回头再决定怎么睡。今晚我画个图给您寄去。我们几乎可以随身携带所有东西，这里到处都有隐蔽的角落、隔板、架子，等等。还有两个小壁橱、一些衣帽钩，钉子随便使。总之，可以说我们感到很惬意。我们带上去一些白铁皮水盆，同样材料的罐子，肥皂，蜡烛，点灯用的酒精，巧克力，打猎的子弹，烟卷。我买了十来条毛巾、一个长靠垫和一个枕头。我们的床铺长1.9米，宽0.6米。我还买了三幅航海地图[②]：第一幅是从布雷斯特到开普敦，第二幅是从开普敦到广州，第三幅是广州以后的路线。每幅地图都是大比例的。每天，我都要在上面标出经过的地点[③]。回来以后，我们把它传给（家族的）后人……"[④]

12月14日，即抵达布雷斯特两周以后，吕多维克随着他所在的营登上"罗讷河"号，此时装载工作已经完成。吕多维克的最后一封信是给母亲的。

---

① 欧仁·德·贝吕纳上尉在出征交趾支那时因突发高烧去世。
② 在家庭档案中只找到第二幅地图，上面标出了"罗讷河"号从开普敦前往广州途中的航行路线。
③ 从原始信件中精心标出的地点可以看出前往开普敦的路线。
④ 1859年12月9日致卡米耶信。

巴黎，1859年11月26日

布雷斯特锚地，1859年12月14日，"罗讷河"号上

亲爱的妈妈：

离开法国前的最后一封信我想写给您，感谢您每天都写来那么亲切的信，而此时此刻，它们让我万分留恋。

我们登船啦！

今天上午，天气晴好，一些蒸汽船牵引着平底驳船来军港接我们。我们连上了平底驳船，排在第二位在9点半登上了"罗讷河"号。北风吹来，驱散了空中的云彩，锚地阳光普照，海面涌起白色的浪波。四周的岸边清晰、明亮，布雷斯特城掀开雾的面纱，以便清清楚楚地看到我们。"罗讷河"号正对着码头方向。假如趁着此刻的好风启程，就能像箭一般飞速航行，尽快穿过几乎永远没有好天气的比斯开湾（Bay of Biscay）。

但出发时间已定在星期六一大早，我们希望天气一直这么好。真心希望！天冷了，甚至还飘过几朵雪花。我们直往手里哈气，可再过两周，就可能嫌天热了。

大家在甲板上一直待到下午2点，都很兴奋。装满了扁豆的餐盘送上来了，十人一组就餐，我真想把甲板上这一幕用笔画下来。他们围着吃的，以各式各样的蹲姿挤成一团，哼着小曲，讲着荤笑话。新的生活让他们着迷。

我们几个也是一样。餐厅正式启用,我们吃了第一顿午餐,饭很好吃,可以预测我们的胃将来运气不错。舱室里,我想留在身边的东西应有尽有,我把它们各就各位。我的勤务兵自由活动去了。

我这封信的落款地点为"锚地",因为说起来这应是我们的法定居所,但实际上写信的地方是岸上。我下午3点就下了船,办完我的事儿,又睡了一觉,因为舱室里还乱得很。我把金币都换成了银币,这样在中转站用起来更划算。

我们买了一张可随意折叠的小圆桌,可以在上面写字,还可以一起打牌。做这些事儿,餐厅里永远都不够安静。我们还弄了一部幻灯机,过节的时候可以用来招待客人,我保证效果肯定特别棒,我们想

"罗讷河"号(1856—1899)

"螺旋桨运输 – 畜圈舰。木船壳,飞剪形舰艏,吃水线长78.50米,宽12.92米。双水平汽缸逆连杆蒸汽机,克勒索(Creusot)制造,功率915马力。芒冉(Mangin)螺旋桨,直径4米,可提升收回舱内。方形三室锅炉四台。储煤量355吨。9节航速活动半径2700海里。三个横帆桅,船帆总面积1910平方米。"(摘自卢耶[Rouyer]将军的笔记)

(照片:海军档案,布雷斯特)

把它在中国卖个好价钱。我们的东西置办得不能再全了。居斯塔夫就在我的对面写信。我的箱子放在货舱里，它舒舒服服地躺在一摞箱子的最上面。

旅馆、餐厅、咖啡馆等的账都结了，剩的钱不是很多，大约有400法郎。到那儿以后再买些东西还真需要这个数。另外，我打算买些中国货送给姐姐和妹妹。不过你们最好别再寄钱给我。

刚才，我们三个人，居斯塔夫、蒙蒂耶和我，到维亚尔（Viard）①神父那儿把"手续"办了。我想星期六那天礼拜圣母，我满怀信念地把自己置于她的保佑之下。亲爱的妈妈，我起步阶段一切都好，所以我的信念成倍增强，肯定也增强了您的信念。因为有一个声音告诉我，我一定会回来的。我在那边会遇到危险，要做出牺牲，会遭受痛苦，这些经历将改变我的心，改变我的灵魂，让我崇信上帝的伟大，是上帝把他脆弱的造物捧在手心。我还要感谢他召唤我加入伟大的事业，从而更好地侍奉他。我会像您期待的那样回到您身边。

着猎兵军服的
居斯塔夫·德·布瓦西厄

明天我会返回舰上，星期五我得值班。那么，就告别陆地了。信只能写到这儿。鲍迪埃（Pottier）先生就坐在我的桌旁，他是个很帅的海军中尉。每当我需要一个人待着时，他就把房间让给我，还帮了我

---

① 居斯塔夫·德·布瓦西厄明确写道："我利用在布雷斯特的最后几个小时履行对上帝的义务。我们三个人来到维亚尔神父处，请求他允许我们把过去的罪留在陆地上，不要带着这无用的行李踏上旅程。"

成百上千个小忙。希望他一切都好……

我感觉越来越健康，海上的空气会让我更加强壮。假如风向一直这么顺，我们的船只要鼓起风帆就会航行得很平稳，我也就不担心晕船了。

我从今天开始记日记，但是，唉！只有我一个人能看到，不会每天都寄给你们了。到了后天，我也收不到你们的信了……！这是各种牺牲的开始……

我在舰上会写信给每个人，给所有爱我的人，但你们不必给我写那么多。我想在每个停靠站都让你们每个人收到一点我的东西，而您呢，我会在信里说很多话……看起来"罗讷河"号的舰长不打算停靠次数太多、时间太久。但是，假如船航行得很快，我们的停靠时间就能更长一些。

好了，亲爱的妈妈，今天就写到这儿吧，请不要担心，我把自己交付给上苍。您放心吧。拥抱你们每一个人。

L.

在布雷斯特港，吕多维克还给他的几个姐妹写了两封信[①]。并且，为了尽量与家人保持联系，当"罗讷河"号经过狭长的出海口驶离锚地时，他最后还给父亲写了一封信。

---

① 12月15日致卡米耶，16日致贝尔特。

"罗讷河"号上，驶离布雷斯特锚地之际，1859年12月17日

12月16日

  亲爱的爸爸：

  卡米耶的两封信，以及妈妈和菠莉娜的信，今天同时都收到了。现在利用晚上的空闲时间，将我对你们的思念诉诸笔端，我的心无时无刻不在惦记你们，可是从此以后，除了那位领航员，我就要与大陆失去联系了。明天一早，把我们带出海湾以后，他也要回到法国的土地，顺便把这封信带到布雷斯特付邮。

  明天的此时，我们已经远离国土，到四五十法里之外了。我将在大船穿过波尔茨克（Portzic）和圣马蒂厄（St. Mathieu）海岸相对的狭窄海湾时，把我最新的感受写给您。8点钟要上岗值班、干活，到时候我不会有多少空闲，也没有多少时间目送渐渐远离的祖国土地。

  我同时还要给爷爷写封信，跟他道别。这一个星期以来，我没有一天不在给你们写信。我希望你们能全部收到。

  昨天的那封信是2点送出的，结束得有些仓促。我不想把德·帕尼亚克（de Pagnac）和维拉特（Vilatte）两位先生晾在一边，他们过来看我们，还要把我们介绍给鲍迪埃。他们离开以后，我去了停在四百米以外的"杜盖-特鲁安"（Duguay-Trouin）号，和朋友们告别。

  到下午4点钟吃饭时，几乎所有人都到齐了。大家都害怕误船，而

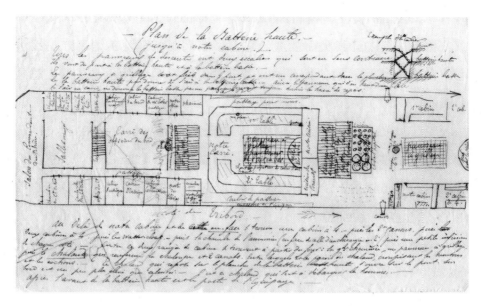

"罗讷河"号上甲板平面图
吕多维克与伙伴们的舱室位于右舷,即图上右起第二个,标着"notre cabine"字样。

在这一天里,每个人都告别了祖国……

我们两顿饭的时间分别是上午9点和下午4点。下午4点显得有点儿早,尤其是昼长的时候,我们到半夜才睡觉,而清晨一大早就要起床,到甲板上呼吸一下与舱室不同的空气。舱室只有4米长,2.25米宽,而我们共有6个人……

今天收到妈妈的信和菠莉娜的信,还有亨利的几句话,所有这些亲切的告别都让我的心里很温暖。这应该是我能收到的最后几封信,因为从明天开始联系就断了。结束了,真的结束了,只能等到开普敦!!!

请把你们的信装到大信封里寄给我,地址也要写得大而工整,这样就不怕途中被邮票盖住或磨损得看不清楚了。

我这会儿在舱室里面的圆桌上写信,这张圆桌很好用。一切都井

"罗讷河"号上,驶离布雷斯特锚地之际,1859年12月17日

井有条，再过一会儿，我们6个人就要面对面地坐在这里了。

在经过最初几天大海的考验之后，我们开始学习英语。您可以放心，我会继续写信的，我有时间慢慢写、好好写。我还要花点心思画些画。

餐厅里每个人都在忙着，有人在玩惠斯特牌，有人在下象棋、十五子棋、多米诺，还有人已经开始阅读蒂耶尔（Thiers）[①]、费吉耶（Figuier）[②]或中国游记[③]。我们的阅览室有一些书，但我准备把自己的书读完之后再去那里。

今天上午，我们正式拜访了舰长[④]，他很热情地接待了我们。今天的锚地一眼看上去异常美丽，天气晴朗。我们拿着望远镜巨细靡遗地欣赏了一番。许多蒸汽船和平底驳船在我们身边经过，前往"杜盖克兰"（Du Guesclin）号[⑤]，回来时载着一些残骸。那是一艘很棒的90型舰艇，在锚地里搁浅了。

夜里的布雷斯特灯火辉煌，我们的舱室中央也有一盏灯整夜亮着。这会儿我是用一支蜡烛照明，写完最后几行的。我们共有180支蜡烛能提供这奢侈的光亮。

[①] 在四卷本《大革命史》（Histoire de la Révolution）第一版出版之后，奥古斯特·蒂耶尔接着出版了《执政府与帝国史》（Histoire du Consulat et de l'Empire），该书第二十卷即最后一卷，出版于1862年。

[②] 纪尧姆·路易·费吉耶（1819—1894），法国科普作家。

[③] 古伯察神父等人的游记。古伯察是法国遣使会会士，传教士，曾到中国各地游历，并写下多部引人入胜的旅行记。类似著作还有《1844—1848和1849—1850年间在中国及该帝国诸海域和群岛的旅行》（Voyage en Chine et dans les archipels de cet empire pendant les années 1844-1848-1849-1850，两卷，1854年出版），作者是海军军官 J. P. 埃德蒙·朱利安·德·拉格拉维耶尔，著有多部关于海军的著作。

[④] 舰长皮卡尔（Picard）先生，副舰长普鲁埃（Prouet）先生。

[⑤] "杜盖克兰"号于1859年12月14日搁浅。

虽然在船上，但我们仿佛置身乡下，每天晚上，公鸡、鸭子、鹅都叫个不停。船上还有4头牛、10只羊和10头猪。今天晚餐前，有乐曲演奏。在这寂静的锚地，气氛的确不错。

大约用不了半个月，我们就将会到达特内里费。听说，这个停靠点是世界上最美丽的地方之一。我们会在那里停留48小时。我打算把前面这段日记的抄本或者说副本留下来寄回家。不过，不要对日期的精确性抱有太大期望，从这儿到那儿也可能要一个月，而不是半个月。大海变幻莫测。所以，六个星期之内，你们根本不用着急，再说英国的邮船也没那么及时。我带了380法郎的银币，这就够用了。一个朋友还欠我80法郎。

明天早晨5点，船锅炉生火。每个人都有成千上万的事要做。

17日，周六

船上的第一夜，我们整晚都在说说笑笑。半夜的时候，蒙蒂耶利用挂在空地方的毛巾给我们表演了幻灯。此时此刻，我们正在通过海湾的狭窄水道，时间是早晨8点。军号声响起。法国，再见了；你们每个人，再见了。两年后再见，或者三年后……

把信寄到好望角的开普敦！亲切、热烈地拥抱你们。

再见，再见，我亲爱的爸爸、妈妈，我亲爱的姐妹们，还有亨利，再见。

L.

特内里费，1859年12月27日，于圣科鲁兹锚地
（1月13日于里昂收悉）

亲爱的妈妈以及所有人：

今天是12月24日，星期六。我开始写这封信，迫不及待地想亲近你们，因为一周以来，我无法像往常那样每天都能把所作所为、所思所想乃至每个细节都写到信里寄给你们，这让我备受煎熬。我眼下的生活非常单调……我被禁闭在"罗讷河"号上，成为波涛中可怜的流放者，但我的心拒绝流放，我的灵魂拒绝锁链，我要比以往更加紧密地与你们每个人在一起、与祖国在一起，即使每一道波浪都把我带到更远的地方。

思念你们，像一个月前那样跟你们在一起，置身你们当中——这才是我唯一的幸福。但不管怎样，忧伤没有让我泄气，失落没有让我流泪，因为我很强大、很自信。

我已经在与大海的较量中初战告捷，它根本没有把我怎么样。而且，我们几个人相处得非常融洽，这可不是小事，因为我们要这么长时间朝夕相处。这让我很开心。风推动着我们前进……这种伟力，这种平静，让我在头脑当中逐渐认识到何为伟大事业。因为，踏上这次不寻常的旅程，是天意，是我人生之幸。我将在故土6000法里之外一窥世界的究竟，而不是百无聊赖地在军营中打发日子，为一副中尉肩章虚度五年到六年。这种生活是多么荒谬乏味呀！不论怎么努力，都无法让它有丝毫意义。能前往世界的尽头，的确是难得的运气。我将有机会研究——或至少能亲见——这个世界，各国的气候、居民和千奇百怪的事物。

我将来必然会遭遇种种疲劳、困苦，但也将经历种种喜悦、快乐和感动。既然上帝给了我生命，我的雄心壮志就一定会实现。回程时，我的收获将对我的未来有益，因为我增长了见识，我也希望能学到更多。只是，仅仅通过牺牲，我们不会有什么可观的收获，而对于我来说，第一种也是最大的一种牺牲，就是不能和你们在一起，无法享受我专门留给你们的四个月假期，甚至只能偶尔和你们通一封信。

今晚，法国的每个教堂都要举行午夜弥撒。所有的人都将聚集在教堂里，满怀喜悦。而我也将与你们同在，虽然此处没有盛大的场面，只有一望无垠的大海，波涛的喧嚣以及无边的孤寂。

当里昂的午夜钟声敲响时，这里才晚上11点钟。我将提前一个小时，与你们一起来到小耶稣面前。我们有同样的祝愿、同样的希望、同样信念，当您为您的孩子祈祷之时，您的孩子也同时将您托付给耶稣和玛丽亚。

我发现了一件奇事。此时此刻，我们到达马德拉（Madere）一线，它和伯利恒（Bethlehem）处于同一纬度。我每天都写日记，每天经过的地点都要准确地标在我的地图上，而且每天中午都要把这个点计算出来。

17日（周六）我们出发那天写的信，也就是在法国写的最后一封，我很匆忙地结了尾。因为我既不想错过即将上岸的领航员，又片刻也舍不得把视线从海岸上移开，我要享受这种美妙直到最后一刻。11点30分，海岸终于在我们的视线中消失了。天气很冷，但风向正

特内里费，1859年12月27日，于圣科鲁兹锚地

好,又有蒸汽助力,船前行得很快。到星期天中午,我们已经驶出100海里,到达波尔多一线。我已经克服了晕船。我们舱室6个人里面,有3个人不晕船:古斯塔夫、贝吕纳和我。拉维拉特晕得最厉害,躺了整整三天。在头几天里,不论早餐晚餐,我们一桌只有六七个人,一个中尉和两个准尉都病倒了。船侧摆得非常厉害,我们连人带椅子一起摔倒在地。我们的杯子和盘子周围堆的都是牌戏的筹码。比斯开湾向来以海况恶劣著称,果然名不虚传。海面上永远风大浪高,有时候天气恶劣到必须返航,哪怕此时布雷斯特已在50法里开外。所以我们尽量开得快一些,顺风再加上开足马力,到星期一我们又行驶了90法里,绕过菲尼斯泰尔角(Cap Finisterre),来到波尔图(Porto)一线,开始感受到从葡萄牙吹来的微风了。

我们在舱室里住得越来越舒适,只是不太通风,但我们把窗户——或者准确地说——舷窗整夜开着。因为6个人住在一个3米长、2米宽、2米高的小舱室里,不通风马上就很闷热,但只要打开门,就有很强的穿堂风,所以我们得常常通风换气。我们吃得还不错,但没有我期待的那么好。就餐时间分别是9点和16点,共有45人在餐厅吃饭,地方刚好够大。

我吃起饭来像个饕餮,海上的空气让我胃口大开。晚上8点我就上床睡觉了,一直睡到第二天早上8点,哪怕船上噪声很大,舱壁的木板嘎嘎作响,好像所有的木头都要散架似的。还有那些厨子,他们从凌晨3点就开始折腾,面包师和面用的大盆就顶在我的舱壁上,这些家伙像牛一样大声地喘着粗气。我的铺只有肩膀那么宽,跟木板一样硬。我的床垫就是一块木板,买床垫时上了当,里面没有任何羊毛或马鬃,只有一股动物身上的气味。但是我睡得非常好,我甚至认为,坚硬的床铺对身体非常有益，等到了热带，它的优点会更加明显。

我们需要值班，监督部队保持驻地的卫生。我们和海军军官轮流，每三天轮一次。我所有时间都在读书。我已经开始学英语，学得很努力。我开始阅读《军事机构的精神》（*Esprit des Institutions Militaires*）①，接下来是朱利安·德·拉格拉维耶尔的书以及其他书籍。我每天读一章《效法基督》（*L'imitation de Jesus Christ*）。时间过得飞快，我把每天的时间都做了安排。早晨，9点之前学英语，9点开始吃早餐，过后在甲板上散散步、聊聊天。中午，写前一天的日记，然后读书到下午4点吃晚餐。晚餐后，到甲板上散步，然后继续读书，或者玩惠斯特牌。等到达目的地时，我就学会英语了。我在这方面极为用心，有时甚至为此牺牲其他阅读时间。时间流逝之快超乎我的想象。晚餐的时间太早，到睡觉的时候，感觉好像没有吃过晚餐似的。下午3点到4点之间还有音乐演奏。

我们的兵都已经安顿停当。刚开始，每层的士兵们都病恹恹地挤在甲板上，看上去不知所措，令人伤心。他们晕船的呕吐物，加上从舷窗进来的水，搞得污秽遍地，我的胶鞋正好派上用场。那几天到处都臭烘烘的，脏得连水手们都无法忍受。而现在，一切都好了，他们每晚都在甲板上唱歌。等过了特内里费，他们还会跳舞和演戏。

孤独使人产生忙碌和消遣的需要，而适宜的气候也会让人活跃起来。我们这儿的太阳在6点半升起，气温就像5月底般温热适宜，从上午10点到下午3点甚至还觉得热呢。能在12月底感受5月的天气，真是感觉很奇怪。可惜啊，没有鲜花！不过，等到了特内里费……

我们的船航行得很快，也颠簸得很厉害，可习惯以后就察觉不到

---

① 马尔蒙元帅（Marmont, 1774—1852）的著作。

特内里费，1859年12月27日，于圣科鲁兹锚地

了，即使在我写字时也是如此。这艘船很长，它的颠簸可以分解为前后的俯仰和左右的摇摆，但主要是左右摇摆。大风大浪的时候，摇摆起来非常可怕。星期一那天，船停下了。

瞭望的水手
(《画报》1859年10月29日)

20日星期二，我们走了45法里；星期三，25法里；星期四，风平浪静，24个小时里，我们顶多前进了8法里。幸亏昨天又起风了，我们走了50多法里。今天，我们的速度也不赖，最高达到了每小时12海里（1海里为1852米），而平均时速是每小时8海里，这也就是大型蒸汽驱逐舰的平均速度。逆风时也可以前行，但不及顺风。

星期天（圣诞节），北纬31°35′，西经16°。摩加多尔（Mogador）一线

自昨天起我们已经航行60多法里。风很大，海上波涛汹涌。船行驶很快，尤其是在几次强阵风时，船行驶得更快。这种阵风被称作"grain"（飑）。10点钟，我们在船尾做弥撒。祭台周围以旗帜做围帐，所有的人都到齐了，还放起了音乐。在船上做弥撒真是不错，以大海为地、天为穹顶，整个仪式和心里由此升起的崇高情感，就是这一重要节日的全部庆祝活动。随后就是舰长过来巡视，一切活动结束。

正午时分，我们到达摩加多尔一线。我们的航行速度非常快，可以期待明天到达特内里费。"罗讷河"号晃得蛮厉害，但我不晕船，所以没有什么影响。现在我只期待一件事，那就是暴风雨。因为我发现大海远远达不到我小时候对它形成的印象，它的单调需要打破，我迫不及待地想要遇到一场暴风雨。

我们今天大会餐，早餐和晚餐都有波尔多葡萄酒，这是每个星期四和星期日的惯例。我们每天都有鲜肉，甚至还有蔬菜、色拉，以及非常美味的新鲜面包。我想要再少吃一点，因为现在活动太少了。每顿饭后在甲板用半个小时时间走上三五十步，这样的活动量根本不够。

每个人有一升水用来洗漱，而厨房以及饲养的鸡鸭牛等占用了我们配额中的另外两升。我不知道到了热带该怎么办，最简单的办法是不要口渴。舷窗整晚都开着，这样我们可以呼吸新鲜空气。

皮卡尔舰长不像人们说的那么凶，他从来不找我们的麻烦。本船的军官们没有什么好抱怨的，况且，我们也不需要任何人。我们与他们相处融洽，这是最好的。

马丁（Martin）神父是一个很好的人。他认为，要做好海军随军神父，就要脱下法衣，让自己也变成水手，这样才不会让任何人感到拘谨。他善于倾听别人的意见，举止像个布尔乔亚，烟斗或雪茄从不离口。到了早上10点和下午6点半的祷告时间，在诵读《天主经》和《圣母经》时，才会暂时把烟斗放在背后，祷告一结束就重新放回嘴里，这就是烟斗与嘴分离最长的时间了。他没有什么城府，很好相处，也很会聊天，十分讨人喜欢。

我开始像水手那样，了解船上各个部位的名称，也很快就能学会操作。每天我都学一些新东西。到特内里费，我打算爬到大桅杆顶上，将它一览无余。大桅杆有43米，和旺多姆广场（Place Vendôme）的柱子（42米）差不多高。

我们打算用45天时间开到开普敦。或许用不了那么久，因为等到

特内里费，1859年12月27日，于圣科鲁兹锚地

了热带，如果风平浪静，我们就会开动蒸汽机。两个半月以后，你们会收到我从开普敦寄出的信，假如我们一到达那儿就有船开回来的话。我们将在那儿休整十多天。

我的字太潦草，因为大家挤在一起。我、古斯塔夫和拉维拉特围在小圆桌上写信，但桌子实在太小。我在此处按顺序画下我们每天的航行路线，您能看到我在大海上的航迹[①]。

到特内里费以后，我只给你们写一封信。等到了开普敦，我准备写上十五六封甚至更多。我会在到达前半个月就开始写，我担心信会很长，因为船上的日子实在单调。如果能画的话，我会画一张船的平面图和几幅素描寄给你们。

星期一，中午，北纬29°34′，西经16°59′

下午5点35分，我们已经能看到陆地，离特内里费只有18法里了。我们从桌边站起身，向南望去，景色非常壮观，大团云朵后面，火红的太阳正在落下。左边隐隐约约的好像是陆地，我们都努力从中辨认特内里费的山峰。没有人确定看到了，海军军官们肯定地说那只是云，但我们的望远镜给出了否定的回答。我们推测，那是加那利群岛最大的岛屿，这很有可能是对的，而且特内里费在我们右边。明天天色一亮，我们就能看到了。

这次看到陆地，让我感慨万分。这不是法国的土地，我将既看不到朋友，也见不到亲人，而且，无论是在此地还是日后在其他停靠站，我都将独自承担自己遭遇的痛苦，独自享受路上得到的快乐。因此，每天晚上，我都怀着沉重的心情和满腔的热忱进行祷告。今晚，

[①] 从特内里费到开普敦，吕多维克每天都标出当天的地点，还精确地画出了航行路线。

我是去船尾祷告的，面向北方，在那里有我最亲爱的一切。直到今天，我一直都在尽一切可能地麻痹自己，但陆地的出现粉碎了我试图抑制回忆的努力……

今天风小了许多，但涌浪依然很大。我们的船在大海巨大的褶皱中剧烈颠簸，凄惨的咔咔声接连不断。明天，踏上前方幸运之岛的土地，快乐就会重现……

今天上午9点，据放在窗边的温度计显示，我们的房间里有24°C。我们的穿着可以随意，到目前为止，我一直穿着旧军服和适合各种场合的漆皮鞋，但今天我打开了在布雷斯特做的法兰绒斗篷，很快还会换上灰斜纹布拖鞋。盛在铁皮桶里的水，有时候甚至完全呈红色，人家说这对身体非常好。在特内里费，假如能等到最后一刻再把信寄出，我希望在信里讲些更有趣的事情。

我感到在船上长胖太多了，应该要尽量吃少一点，我害怕这样下去的话会中风。蒙蒂耶非常活泼、非常有趣。拉维拉特有些忧郁，满脑子只担心晕船，虽然他并没有。另外两名军官一直饱受晕船的折磨。

特内里费，12月27日
下午5点，于圣科鲁兹锚地

我踏上了陆地。整个上午，厚厚的雾把我们用目光寻找的东西遮盖得严严实实。终于，到了10点钟，我们看到一角山崖若隐若现，然后，一道彩虹挂在了美丽的山峰上。山脚下，潮水扑上岩石，化作泡沫。景色非常美丽。但是，我们还只能看到小岛的最高处，薄雾掩盖了其余的一切。渐渐地，雾散了，蒸汽机打破了风平浪静，推动我们慢慢靠近。最终，大岛完全展现在我们面前，断断续续的山脊，化作一排排獠牙，从小到大，重重叠叠。

我画了一幅草图，就是整座岛以及城市的大体全貌，房屋的比例差得很远，但可以看出右边群山是什么形状。城市坐落在半圆形的斜坡上，脚下就是海，城市的右边是一个往上伸展的40°斜坡，左面则是陡峭的山峰。海湾呈弧状。土地是火山喷发后形成，入目处皆破碎不堪。

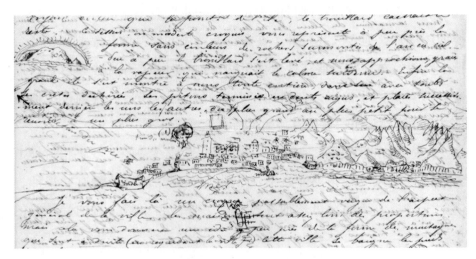

12月27日信中所画特内里费草图

我们将在正午抛锚，下午1点钟就可以登上陆地了。

我们的确是在下午1点钟上岸的。岸边有个卖橙子的小摊，大家都争先抢着去买，那小贩简直是在抢钱，15个橙子竟要卖10个苏。我们从那儿往田野里面走，好接接地气。之后又掉头往左，也就是朝特内里费的右边，走进一条小溪，一路走去鞋都弄湿了。我们来到一个美妙的地方，这是一个大山洞，洞口冲着我们来的方向。周围的地方都受到海水的侵蚀，看上去是一层又一层的火山岩。在靠近峭壁的一处边缘，筑了一道水渠，将水导向一个小磨坊。水从磨坊流出，冲向层层岩石中的河床。真是一处壮美的景观。沿着溪流，我们看到许多洗衣妇，她们半身浸在水里，衣衫褴褛，身边的孩子们几乎赤身裸体。这些人的住处，就是小路一旁在岩石中间挖出的洞。孩子们在那里爬上爬下，浑身又脏又黑。这幅悲惨的画面令人不忍直视。而且这里十分炎热，相当于法国6月的气温了。

我们走到附近其他地方，一路上采着花、拔着草，在四处散落的仙人掌丛中辟出一条小道。然后，我们来到了城市的上方，这一次我们是在朝着海的方向远眺城市。往左，我们看到一处贵族住宅区。三层的小楼，平屋顶，绿百叶窗，掩映在芭蕉树和棕榈树中间。房屋都是西班牙风格，不高，有很大的平台，有些还带有阳台。百叶窗用合页完全向上打开。我们都说，圣科鲁兹是一个意大利化的摩尔人城市。

特内里费岛潟湖（Laguna）城（《画报》1861年9月14日）

路上有很多驴子、骆驼、骡子，还有几匹瘦马。套牲口的车非常原始，就是四个实心轮子上放了一块宽大的木板，有时候干脆就是两头牛拖着地上的一块三角形木板。地面的石板铺得乱七八糟，非常难走。

特内里费，1859年12月27日，于圣科鲁兹锚地

士兵们很时髦，他们的服装有点像我们的步兵服：双排扣的蓝色制服，白皮带，小圆筒帽，茜红裤子，白色护腿。他们都收拾得很整齐，而且大部分人长得不错。他们满怀敬意地擎枪向我们行礼，肩章有红色的也有绿色的，上面有个金属牌。

我们也见到各式各样的女人。她们出门不戴帽子，而是披一块头巾，但要露出面孔。她们走在大街上，一副参加舞会的打扮，端端正正地穿着裙撑，料子是华丽的黑色丝绸。这里的女人和巴黎的女子一样引人瞩目。我遇到一群戴黑帽子的人，真让我生气，这种恶心的平底锅形帽居然流行至此。人们的穿着和在法国一样，甚至还有一家法国人开的咖啡馆，那人没准儿是个逃跑的苦役犯。

晚上9点，于"罗讷河"号

我从陆地上回来了。我早上7点就下了船，因为军乐队被派到了陆地上，我忍不住想去看看它在圣科鲁兹演奏会有什么效果，一个半月以前我曾在巴黎听过他们演出。

乐队在领事官邸门前的广场上演奏，大获成功。西班牙人蜂拥而至……然后，我们就回来了，乐队跟在我们身后，还在海上演奏了几支乐曲。遥远的群山传来曲子的回响，的确太美了。在这里，大海是蓝绿色的，海水非常清澈。但是，波涛汹涌异常，海浪一波一波地向防波堤冲去。这里连港口的影子都没有，船只很难靠岸。商店很脏，房屋低矮，如同非洲的城市。每两家商店中，就有一家卖雪茄的，我用两个苏买了100支，而在巴黎，这些要花掉7.5法郎。回来的时候，我打算给亨利带几箱。岛上到处都是橙子，一点儿都不值钱，但小贩还是宰了我们许多钱。

我的叙述没有什么条理，和我现在的生活一个样子。这里热得要命，我全身都被汗水浸透了。我还要讲一个先前遗忘的细节，就是山峰的景色。11点，它突然从城市右边群山的顶上露了出来，呈圆锥状，但没有"峰"这个词形容得那样尖峭，上面覆盖着皑皑白雪。另外，离开这里的时候，我们应该能更好地观察它，这一侧遮挡视线的东西太多了。

今晚我就要把信封上，西班牙邮轮明天出发，这是最近的一班。而且，明天一天都安排满了。上午，我们准备租一辆四头驴拉的破车去古拉（Gourra），那是一座和圣科鲁兹规模差不多的城市，位于山脚下。这次穿山之旅肯定很棒，我们可以看看整个岛，看看山峰和上面所说的城市。

在特内里费岛剩余日子里的详细情况，到开普敦以后我会写信告诉你们。

岛上的葡萄酒很难喝，是当地的英国人酿的，他们把好酒都出口了，所以我们只买了一些橙子。借助手势和从词汇表上学的几个词，终于能让人明白我们的意思了。

圣科鲁兹的教堂非常漂亮，装饰华丽，回头我再详细告诉您。到目前为止，我日记中最吸引人的应该是谈论特内里费——我们第一个停靠站——的篇章，到开普敦以后，我会全部寄给你们。如果后天还没有启程，我就再给你们寄一封信，交给2号出发的邮轮。当然，如果你们没有收到我手头这一封，那就是船遇难了……附上一些在圣科鲁兹公共花园里摘的树叶，有玫瑰和石榴树的；还有我对你们的全部新年祝福，它将在1860年年初到达……

还要等上45天甚至50天，我才能到达开普敦，假如英国邮船准时

特内里费，1859年12月27日，于圣科鲁兹锚地

的话，我也将在那时收到你们的回信。此刻，我热切地期盼邮轮准时，提前痛骂邮轮因任何原因而迟到。我向你们保证，这段时间里，我会写一封很长的信。

我们会在周四晚上或周五上午启程。"涅夫勒"（Nièvre）号、"约讷"（Yonne）号和"莱茵河"（Rhin）号已经于23日经过这里，它们把物资都消耗掉了。

这封信的香味来自柠檬树叶，是一股很好闻的香气。明天，我要让我的兵，到前面说过的那条美丽小溪里把我的衣服洗了。

向所有人献上我的敬意和友情……

居斯塔夫写了至少十六页。我们的钱在特内里费的汇率比较高。陆上的短暂休息让我感觉很舒适，明天我们要再一次远足，好好呼吸山间的空气。

我不想结束这封信，但我必须适应与你们分隔两地。没有你们的消息，这对我是多么大的代价！我多么想知道你们每天在哪里，都在做些什么！举目远眺，我深信上帝在保佑你们。

再见了……我用超越一切距离的温柔拥抱你们，我亲爱的妈妈，爸爸，姐妹们，亨利，再见了。两个半月以后，你们会再次收到我的消息。不要担心，亲爱的妈妈，我的身体再好不过了。

再见……我不再重看这封信了。

吕多维克

开普敦(好望角),1860年2月19日
(4月4日于里昂收悉)

(我于1860年1月15日开始写这封信,在南纬7°50′,西经23°30′)

亲爱的爸爸:

今天,我感到特别需要跟您说说话。我们分离的时间越来越长,孤独和思念似乎变得没那么难以承受了。在抵达开普敦前漫长的时日里,我将想象自己就在您的身边,您就在我的近旁。好望角,这个名字里寄予了多少**希望**啊!还有3个月的时间,我才能享受到阅读你们来信的快乐,我就像人们期盼生命、期盼治病的良药一样,期盼着这份快乐来抚慰我的心灵。

我将在此信的末尾告诉您我得到的是喜悦还是失望,这要取决于未来的信使是否守时。

今天,我们离开特内里费18天了,而后天,我们离开法国就满一个月了。已经一个月了,但至少还需要四个多月的时间。这么长的距离真是令人难以承受啊!等您得知我在开普敦的消息时,我已经到**新加坡**了,其间的距离要以数千法里计。在法国时,我们可以不间断地通信,您写给我、我写给您,而在今后漫长的分离中,我只能把我的想法和行事浓缩起来,遥寄给您,可这些信件不知要飘摇多久,或者残酷点儿说,不知最终能否送达您手中……不过,我依然每天都写。这里既没有信箱,也没有邮递员,偶尔从头上飞过的海鸟倒是可以当我们的信使，但是它们瞧不起我们这些奴隶，或者说它们猜不到我们有多苦。多么希望能像它们一样插上双翅啊！但不可否认，相比于它们，我们的优越之处在于我们有思想，而思想至少不会在无际的天地间疲惫、退缩。

假如我每一天都能让您放心，至少把我身体上的良好感觉传递给您的心，我该有多么幸福啊！我是想告诉您我身体非常好，您现在完全可以放心。我的身体好得连我自己都吃惊。从启程到现在，我从未感到过丝毫不适。我希望这种状态能持续下去，假如上帝没有别的想法。如果您能让我放心，告诉我你们也都很好，我该有多高兴啊！你们是我唯一的担忧、唯一的牵挂……

我每日的生活，就是努力让身体吃饱，让精神吃好，给它们充足的营养，让它们获得力量和韧性，战胜各种失败、防止任何消沉。所以若想避免两件事——精神的萎靡和身体的虚弱——首要条件是对船上的生活全盘接受，对一切烦恼和不幸视而不见，心中想着上帝、想着你们、想着法国，同时还要努力工作。

因此，我让自己完全看淡物质生活。沉默和谨慎是我首要生活准则，沉默防止我说蠢话，谨慎防止我做蠢事。我留出必要的时间和朋友们聊天说笑，其余的时间则完全属于自己。我对各种争论避之如蛇蝎。这种事随时都会发生，因为我们朝夕相处，虽然我竭力置身事外，但往往有某种极端和不同的看法让我感觉不快。在我们这个时代，争论会导致仇恨而无法让别人改变主张，因此应该敬而远之。

我的一天是这样安排的。早上6点到7点之间起床，赶紧离开挤着6个人的舱室，到甲板上呼吸早晨的清新空气。然后，我精神饱满地研读拉科代尔（Lacordaire）的演讲稿，一直到9点吃早餐。早餐后我找人聊天或散步消食，然后研读一部专门的著作。我已经读完了埃德蒙·朱利安·德·拉格拉维耶尔的书，现在在读《法国史》（*Histoire de France*），接下来是迈斯特（Maistre）①，再然后是费吉耶，古伯察……

下午2点，我回到船舱读一章《效法基督》，此书告诉我们行事立身之法。然后，我将沉浸在罗伯逊英语教程世界，直到4点吃晚餐。我总是在甲板上锻炼，这是唯一让人待得住的地方。晚餐后，我会利用日落前的光亮读几页我最喜欢的著作。晚上7点夜幕降临，我会到能活动的地方随意散散步，同时做些思考。散步非常有助于消化，也可以活动双腿，以免发胖而变得虚弱。我如饥似渴地读书，甚至会利用食堂里火炉的光看书。但是，那儿温度很高而且光线不足，加上各种喧闹，不可能读什么深奥的著作，所以我就选一些短篇，一些欢快的故事，比如莫里哀（Molière）的作品、拉辛（Racine）的剧本或塞维尼夫人（Madame de Sévigné）的书信。我刚读过奥马尔公爵的《祖阿夫兵和猎兵》（*Les Zouaves et les Chasseurs*）。我还读了《群龙无首的四年》（*Quatre années d'interrègne*），这本书分析了1848年至1852年间国民议会的每次会议。我在上午6点写日记。

您看，我的一天安排得满满的。这样一来，时间过得飞快，有时到了晚上，我甚至因一天的短暂而气恼，因为没有足够的时间做完每一件想做的事。我在晚上11点上床睡觉，为的是尽可能早点儿起床，充分利用到甲板上看书的时间，这样就可以弥补晚间因餐厅喧闹而无法阅读的遗憾。我在床板上睡得像木鞋一样沉。我的床垫就是木板，

---

① 似乎是约瑟夫·德·迈斯特（Joseph de Maistre）所著《圣彼得堡之夜》（*Soirs de Saint Petersbourg*，1821年，二卷）。

开普敦（好望角），1860年2月19日

床垫本身已经不存在了。想想该有多恶心吧。我后来得知，那床垫曾是苦役犯用过的，卖给我床垫的旧货商在监狱关门时买下全部床具，所以它才那么便宜、味道那么难闻，我叫人打开的时候，里面只有一堆肮脏的、布满灰尘的羊毛和鬃毛。我已经在装备表的对应栏目里填上了"无"。

既然您已经知道了我的身心状态，我就概述一下日记，给您详细讲讲我们的集体行动。首先是我们每天正午所在地点的记录，有了它您就可以画出我的航海路线。我在特内里费写的信已经画出到达此岛之前的路线。在这封信的末尾，我再给您标出到开普敦所经的地点。

我接着上封信给您讲我的经历。前往古拉的时候，我们一行有四名上尉、海军中尉鲍迪埃先生以及我们船舱的所有人。两辆还算结实的马车，每辆车套着一头驴和三匹小马，在古拉高低不平的道路上一路小跑。这条路标识齐全，甚至立了碑、标了里程，这在岛上的确是独一无二的。我们就这样一路向上攀登，进了城，把圣科鲁兹、大海以及"罗讷河"号甩在了下面。

此处地势极为崎岖，树木稀少。山上多是岩体和石头而很少植物，但梨果仙人掌到处可见，几条小溪的岸边长着许多柽柳。麦子稀稀拉拉地生长在满是石子的土地上，虽然稀疏，却是此处最"绿"最繁茂的植被。最吸引人的是地势的起伏、突然的颠簸和奇怪的裂缝，裂缝之下淌着细小的水流。路边不时可以看到地下河的出口，四周岩石嶙峋狰狞，但我们根本不想涉足其中。山上道路的尽头有一座女修院，左边还有一间黑色的小屋，隐蔽在一棵老棕榈树的浓荫下。

古拉是岛上最古老的城市。城里有一座相当漂亮的教堂，内部装饰也相当繁复。主祭坛和讲道台都很美，讲道台的支柱是一个白色大理石天使，雕工极为细腻。此城是该岛征服者中的贵族建立的。直至几年前，这里还有不少他们的后裔。另外，他们的族徽随处可见。广场和街道上，一些雕梁画栋的豪华公馆夺人眼目。每幢房屋，不论奢华与否，都各有特色。主人的族徽镌刻在大门左侧或右侧的石头上，石头至少有1.5米高，雕工都十分精美。有好几条街道的建筑都是这种样式，透着宏伟和尊贵。此外，发黑的墙面也显出它的古老。街道和圣科鲁兹一样安静。

从我们透过百叶窗看到的室内布置判断，房屋内部的装饰是简洁的西班牙风格，清清爽爽。我还看到一家院子里停着一辆四轮敞篷马车，即使在巴黎，它也不显得落伍。说起来，这儿的夏天得有多少度呢？现在是冬天，我们依然要躲避直射的阳光。

我们抵达时又见到了路上骑马超过我们的那几位先生。他们的好运让我不爽，我也开始寻找马匹。我找来的三匹马惨不忍睹，我和伽利玛、居斯塔夫骑上马，趁那几位品尝当地佳酿之际，抢在他们前面去看最近的山峰。云层把山峰盖得严严实实，只露出来几分钟让我们一睹真容。然后再往前走，我们看到了位于岛另一侧的海面，这一侧比圣科鲁兹那边更加清新、绿意更浓。那几匹小牲口把我们载回古拉，我们在城里逛了个遍。居民当中，富裕阶层看起来过得还不错，下层则不然。乞讨业十分兴盛，衣衫褴褛的乞丐向我们蜂拥而来，他们身着宽大的白袍，那是他们用来蔽体和坐卧的多用途百宝衣，上面满是虱子臭虫。警察不但不阻止乞丐们，他们自己甚至也会伸手要钱。

回程是下坡，我们全速赶回圣科鲁兹，忙着置办各种东西，买了300个橙子和100个柠檬（共2.5法郎）。城里满目萧条，大家都闭门不

开普敦（好望角），1860年2月19日

出。大街小巷均乏善可陈，毫无吸引力，而且西班牙人都不太抛头露面。我逛了一阵儿，完全是为了利用这个机会以充分享受在陆地上的感觉。次日29号，我得到通知，已经禁止下船。准备中午启程，下午2点钟起锚。"罗讷河"号向目的地进发，随后的四五十天里，我们将一直置身于海天之间！

风把我们吹到特内里费和大加纳利（Gran Canaria）两岛之间。大加纳利岛半隐半现，但借着望远镜，我能分辨出一簇簇房屋。岛的形状很有特点，跟特内里费岛一样体量不小，但没有那么长。两岛的高山渐行渐矮，峰顶也随着日光一并消失。夜幕降临，明天无论我们能看多远，目之所及将不再有陆地，这种状态要持续40多天。

舰长皮卡尔先生买了一只山羊和两只小羊羔，把它们安置在后舱。可怜的小畜生，为什么平白无故地让它们远离故土呢？船上没有绿草，没有荆棘，也没有可以攀登的山岩，它们伤心得心都碎了。船上还装载了12头牛，它们的家就安在已经很拥挤的甲板上。不过到今天，1月20日，只剩下两头了。

12月31日，东北信风把我们吹向赤道方向。1月1日，军乐队奏起欢快的乐曲，把我们唤醒。我们在西经22°48′迎接1860年的到来。

纷纷繁繁的念头萦回脑际。我在想，新的一年，以如此奇特的方式开始，会有什么样的秘密和命运呢？远离你们，这是最让我在意也最让我伤心的事儿。这是上天的安排，是我的未来所系。我一定会回到你们身边，对此我深信不疑。遥远，如此遥远！到哪一年的元旦，我才能再回到你们身边呢？请让它像以往那样快些到来！这热带的天空，通体碧蓝，没有一丝云彩。大家都穿着白色的裤子来到甲板上，参加正式的新年欢庆会。这天是星期日，一派节日气氛，每个人脸上都洋溢着幸福。

10点钟，我们一起去给舰长拜年。10点半，开始做弥撒。仪式中，我心里一直念着你们，我的祝愿、祈祷都是为了你们。阳光灿烂，但清风徐来，吹散了炙热的空气，乐队也奏起了最优美的乐曲。下午，水兵和猎兵好好放松了一番，有的打拳，有的舞刀；然后，从14点到16点，乐队一直在演奏舞曲，大家不顾热带的酷热，尽情地跳着舞。晚餐过后，舷梯上传来欢快的歌声，一直持续到深夜。圆月高悬，舞台被温柔地照亮，鼓起的风帆上洒满了皎洁的月光，成为美丽的背景。这一天，是我们度过的最快乐的日子，给我留下了甜美的回忆。真是好兆头！

酷热难当，甲板上尚有一丝微风，而船舱里闷热至极。夜里，我们都在甲板上流连，直到困倦把我们赶回船舱。有几位军官裹着大衣，在甲板上过夜，尽管丰沛的露水像雨水一样，把甲板打得湿漉漉的。总有半数士兵留在甲板上，睡得横七竖八。如若没有留心遮住眼睛，眼睛很容易发炎，已经有两个人眼睛发炎了，这种病非常危险。

1月3日，就在船的四周，成群成群的鱼儿不断地跃出水面，向我们证实了飞鱼的存在。鱼很小，白色，后背有一道黑色条纹，两侧鱼鳍快速挥动着，像是一对翅膀。它们能跃出水面两法尺，飞行四五十步的距离。这一新品种的"**鸟类**"看起来非常有趣，它们笔直地往前飞，或许是逃避大鱼的捕食吧。在北回归线和赤道之间，这种现象很常见。

1月4日，我们正好位于塞内加尔（Senegal）外海，与格雷岛（Island of Gorée）和廷巴克图（Tombouctou）在同一纬度，从非洲大陆和佛得角（Cap Vert）诸岛之间穿过。温度计显示30℃，但微风减轻

开普敦（好望角），1860年2月19日

了炎热。自从驶过风大浪高的比斯开湾，船的侧摆就放了我们一马。在风力作用下，船从左舷向右舷倾斜，终于让我以正常姿势——也就是头高脚低——躺在铺上。但这种风不是朝着我们这个舱口吹，无法为我们的舱室通风换气。

5日，天气闷热。风小了，大家都很消沉。晚上入睡时分，我居然听到了蟋蟀的叫声，您能想象此时我有多么惊奇！在6月的夜晚，这小小的声音能给野外带来多少生机。这只迷路的小可怜或许想纾解我们身处牢笼的烦恼吧。它栖身在某个缝隙里，但干燥环境要了它的命。几天过后，我就再也没有听到它的叫声。

6日。上午，一阵大风吹来，搅动着海面，但真正的风暴并没有来临。下午，发现有一艘船在我们前方，让我们有些激动。这个新鲜事儿让大家兴奋起来，每一双眼睛都在天际线上寻找这位旅行者，说不定，它是我们的同伴呢。它朝我们迎面驶来，渐渐地越来越大，在离我们一千米的地方驶过。这是一艘漂亮的三桅船，挂着法国国旗。它是我们的同胞，但目的地是法国，不像我们……我们看不清这艘船的名字。我多么想托付给它一封信啊！此刻，它应该已经抵达法国了。多么遗憾啊，在祖国一千法里外相遇的两个同胞，只能相互打个招呼，没有交谈一句话，没有交流一个消息，没有道一句"一路平安"，没有说一句对祖国的思念。然而，在如此宽阔的路上遇到一艘船，同样是一种安慰。而这条路的两侧，右边是美洲，左边是非洲。

7日，大海似乎平静下来。在赤道区，这是它的正常状态，因为这里很少刮风。一些相当大的鱼在船四周游弋，带给我们片刻的欢娱。这是一种金枪鱼，长约一法尺半，中部高高鼓起。一些水兵骑在艏斜桅上，抛下饵线，用如同钓青蛙那样的土办法钓鱼，钓钩挂上一小块布头，做成飞鱼的样子，然后让鱼饵在水面上方上下窜动，金枪鱼就会跳起来。它以为会饱餐一顿，结果却只是丰富了我们的菜谱。这一天，我们一共钓了4条鱼。这种鱼味道不错，但肉质干巴巴的，一定要搭配酱汁，但这总归是新鲜食品，对于我们单调的每一天来说，也是有趣的小插曲。

8日是星期天，我们航行到非洲海岸的帕尔马斯角（Cape Palmas）一线，已经感受到赤道近在咫尺。热浪令人窒息，在餐厅吃饭已是一种酷刑，餐厅完全像个盒子，只有顶部开窗，何况另外还有两间厨房离餐厅很近。一吃完饭，我们就逃离这个地方，就像早晨逃离我们的舱室一样。只有甲板能让人待得住，上面有五处紧靠舷墙的小休息间能供我们使用。阳光从高高撑起的帐篷旁边射下来，所以船上只有一侧有阴凉，也就是说，只有一半的休息间可以使用。如果再有两三个人在那儿闲聊，想要读书的人就只能躲到缆绳堆上，或者也可以随便利用甲板上的木板，这样就能伸直全身，惬意地享受如此难得的独处机会。但这需要一个适应过程，因为凡事都要适应一番。在木板上睡午觉有一大好处，它让我感觉自己的铺位真是舒服。

9日，星期一，天空阴沉，我们进入了海员们所说的"**黑锅**"（**赤道槽**）。这是在赤道南北各4°的范围内，天空总是布满乌云，雨水也几乎从不停歇，因为这个区域里没有风，太阳蒸发的大量水汽并没有被带走，而是直接从空中落下。四周越来越安静，只有一丝若有若无的风。舰长命人点起锅炉，收起风帆。那丝风虽然让我们免于窒息，却无力推动船帆，于是我们备受船只摇摆的折磨。机器散热的高温，尤其影响人们睡觉。入夜，关上舷窗，舱内热得如地狱一般。我们遇到几次大雨，雨水像灭火泵一样倾泻而下，但看到那厚厚的乌云穹顶，这似乎还算是小意思。

最终，在1月11日星期三晚上8点，我们在西经18°30′穿过赤道线。习惯航线是在西经30°过赤道，我们离得稍远了些。地处火热的赤道，我们倒体验了大量的雨水，而且还收集了不少。我也存了一桶，准备让人把白色制服洗一洗。

晚餐过后，节日的序幕于18点整正式拉开。桅杆高处飘下一阵豌豆雨，洒落在我们头上。赤道老爹以一阵飚风宣告自己的降临①。然后就听到一个声音，询问这艘船的名字，舰长是谁，我们的起点和目的地，船上装载了多少人，等等。

这些程式过后，赤道老爹的信使从主桅上下来，把手中的鞭子打得脆响，来到皮卡尔舰长面前，呈上赤道老爹的信。他的坐骑是一只北极熊（一位披着羊皮的水兵），走在他前面的是一个磨坊主，边走边把面粉涂在参加者的鼻子上。呈上信之后，信使在军乐声中又爬升到主人身边，穿过赤道的大典要推迟到次日举行。

我们已经来到南半球，北极星不见了，但发现了南半球最漂亮的星座——**南十字座**。尽管我们都是猎兵，但仍然大声呼喊："赤道万岁！"

次日上午10点，从赤道老爹王国里下凡的不是赤道老爹的信使，而是他的占星士。他郑重地走到值班台，标定当前所处的纬度。那儿放着一个巨大的木制六分仪，望远镜筒是挖空的骨头，反射镜片是几块白铁皮。他用葡萄酒的量器计算当前到了纬度的多少"度"，再用烧酒的量器计算出多少"分"。一番装模作样的观测之后，他向舰长报告计算结果，并宣布，船只已进入赤道老爹的王国。这是毫无疑问

---

① 赤道老爹和他的信使、占星士都"住在天上"。——译者注

的，因为横放在物镜上的一条铁丝，清楚地表示出这条著名的纬线，但我们猎兵当中，没有谁能清楚地看出来。

这时，号手吹响"迎贵宾"的号音。仪式队伍开始前进，4位宪兵打头，接着是乐队。海王身着海上大礼服、手执三叉戟走在赤道老爹的前面。此时气氛热烈到顶点，大君主赤道老爹登上一个弹药筒，身边是他贞洁的婆姨（可能就是昨天的那只熊）。他的战车被做成大贝壳状，由4个高大的"野人"拉着。还有一些比真野人还可怕的假野人紧随其后，然后是御用理发师，手中拿着大梳子和一把比梳子还大的剃须刀，再后面是擦鞋匠和手中拿着面粉的厨师，最后走来的是神父和他的歌童。

皮卡尔舰长率领高级船员以及我们所有人，站在船尾迎候。而后，大家开始相互问候、相互结识，喝下——或更确切的是向国王和王室敬上——海量的葡萄酒和烧酒，互祝友谊地久天长。然后，大家一齐面向前方，举行船只命名仪式。首先，舰长必须赎回他的船；接着，神父发表了动人的讲话，重申每个人特别是食品管理员和厨师的责任，并为船只命名。讲话的寓意在于，不论在什么时候，都必须吃得好、喝得好。

但结果我们只得到了几滴水，还有一枚将有助于我们实现上述寓意的5法郎硬币。

最热闹的节目是在我们之后。士官们、猎兵号手们、船上的水手们纷纷上场，他们的耳边是最舒心、最动心的话语，突然间，他们被扔到装满海水的巨大木桶里，头上还有整桶的水浇下来。最让他们兴奋的是身上被涂了柏油，被刮了胡子，还被撒上面粉，连擦鞋匠也过来把他们的脚打得油黑。最后是全体纵情狂欢，直到当官的因为害怕闹出事故而下令全部停止。一切恢复正常，大家在跳舞、唱歌、耍灯当中度过一个夜晚，但国王和王后变成了亲民的君主，和臣民们一起欢乐。零星的雨水点缀了节日，微风渐起，锅炉被关掉了。

13日，星期五。西边的两只船影让单调的海天之间有了生机，但它们离我们很远，与我们航向相反，没法看清它们的国籍。

14日，一种新的鸟类在我们头上飞来飞去，它的尾巴由很长的羽毛组成，因此俗名叫草尾巴。这种鸟的颜色白中带黄，体形像斑鸠，但有三个斑鸠那么大，飞行速度很快，奇特的尾巴就是它的舵。

一位军官终因船上的壅塞而受伤。在返回舱室的路上，他跌倒后摔在一只木桶上，桶里装的是给士兵们喝的汤，因此他的胳膊被烫伤。这种事故随时都可能发生。在留给我们的空间里，有面包房（紧贴着我的壁板）和面包师，还有面粉桶。离我们舱室四步远，就是我们营的厨房，此处也正是我们的绝望所在。厨房里挤满了肮脏得令人作呕的厨子，他们每天两次运来装满熏肥肉和豆角的桶，把桶底撬开，肉切了就堆在地上，堵住了通道。另有许多用来清洗熏肥肉的木桶，吃饭的时候还有按每人份额盛放食品的盘子，简直让人不知道从何处下脚。最让人恶心的，是从熏肥肉的锅以及各种东西里散发出来的臭气，这种气味随着热浪扑到我们舱室里来。晚上，没有人能够从这里走过去。师傅们白天在厨房和面包房里干活，晚上就在附近横七竖八地席地而睡。猎兵们也来这儿"做窝"，一个个吊床从房顶垂下，最终占满了整个空间。请您想一想，当我们返回舱室睡觉，要经过地上和空中这么多人，又要避免发生碰撞，需要腾挪得多么灵巧。还有那气味啊！到了早上，还有另一个难题：所有的东西都湿漉漉的，都需要先用水洗，再用抹布擦干净。所以，早晨是水，白天是熏肥肉、豆角、各种桶，晚上是各种姿势、各种装束的睡觉的人。噢，多么原始的状态！

我还没有说过，我们在船上是怎么打扫卫生的。每一个连，外加一定数量的水兵，都要轮流值一天班。士兵们拿木桶装满干净的海水，这是洗抹布用的。然后，每个人都趴在地上，前面放着一块湿抹布，把它涂上肥皂，再一次又一次地擦地，直到整个地板都被擦过一遍。事毕，抹布要在清水里洗涮干净，挂在两个桅杆之间的绳子上，直到下一次使用。

15日，星期天，阿森松岛（Ascension）以西。

直到现在，船上的健康状况总体良好，这让我们大家感到欣慰。但就在一场阵风当中，死神抓走了它的第一个猎物，其实船上有人感染伤寒已经有一段时间了，8连的一个猎兵因此于今天凌晨3点去世。在集合队伍做了祈祷之后，10点钟举行了海葬。这种仪式真让人伤心。祈祷期间，他被置放在一块板子上，然后通过下甲板的一个大舷窗被投入海中。同时，船上降下半旗，全船默哀。遗体被缝在一只口袋里，脚上坠了一个沙袋或是一块废铁，好让他迅速沉到海底。他的墓石将是一个无限高的水柱。可怜的法兰西之子，你安息在远离家人、远离祖国的地方……

现在，我们必须正视自己所处的环境。船上载有850名猎兵、37名军官、舰长的核心团队以及200多名船员，其中一半人隔一天就要在甲板上过夜，另一半就挤在下甲板的空闲处。如果每个人都身体健康，倒也问题不大，但问题是现在有了病人，我们意识到已经没有任何空闲地方安顿他们。于是，只能缩小7连和8连的地盘，让下甲板的猎兵们再挤一挤，然后用帆布围成一所"医院"，又安装了好几层帆布吊铺，用来安置病号。所以病号们都是一个摞着一个，底下的那位就在两个人的下方进行治疗。晚上一旦关闭舷窗，此处便没有流通的空气。更惨的是，这个临时的医院紧挨着一个人来人往的楼梯，旁边还有一个分发各种物品的仓库窗口，包括葡萄酒、烧酒和气味熏天的熏肥肉。同时，健康的士兵也要忍受医院的气味，因为他们与医院之间只隔着一层帆布。此外还有军乐队和号手在这一层排练。当锅炉生起火，晚上或天气不好时再关上舷窗，这里将会怎么样呢？

士兵们对这处医院已厌恶至极。他们宁愿死在甲板上，也不愿窝在棺材一样的帆布吊铺上。我们要航行6000法里，但船上的条件只适合从马赛前往阿尔及尔（Alger），这样的安排的确缺乏远见。假如哪一天出现上百个病号，我真不知道该怎么办，估计整个下甲板的可用空间都要改造成医院。船上无法抗拒的酷热、无处躲藏的潮湿、从底舱涌来的恶臭，加上肮脏的饮食、多变的天气，还有士兵们每天早上光着身子走出蒸笼般的船舱到甲板吹凉风的习惯，都让我担心这种情况真的会发生。由于船上不间断的各种作业，他们常常无法支起帐篷，只能在甲板上直挺挺地顶着当头的烈日。夜里露水很大，甲板上的人胡乱睡下，暴露在冰凉的夜露中。此外还有一些人情绪低落，但绝大多数人状态还不错。

今天是礼拜天，因为大风还有反反复复的飑，没有做弥撒。上午远远地看到一艘船驶过。

16日，星期一。服侍我们吃饭的猎兵搞错了，结果在我们的葡萄酒里兑了海水。我们一个个龇牙咧嘴，暴露了他们的鬼把戏。

17日，星期二。我们抵达巴西的巴伊亚（Bahia）或圣萨尔瓦多

（San Salvador）一线。我读了奥马尔公爵的《祖阿夫兵和猎兵》，又读了《群龙无首的四年（1848—1852）》，从中认识到那个时期的混乱，以及人的价值。我开始读一本有分量的著作，即拉瓦莱（La Vallée）的《法国史》。虽说我们这儿好书不多，但我还是要做一些历史研究，这就是第一本。我要利用现有的书籍，尽可能地把有用的知识一网打尽。我还在看蒙福尔（Montfort）上尉的《中国之旅》（*Un voyage en Chine*），此书文笔稍逊但有很多有用的资料。然后再看古伯察，上午读迈斯特或者拉科代尔（Lacordaire）神父。感谢菠莉娜把这本书放到了我的箱子里，她知道，在无边的大海上，我会在沉思中好好品味这本书。

18日，星期三。在圣赫勒拿（Saint Hélène）岛一线……

19日，星期四。我从未见过大海的颜色如此漂亮，一种纯粹的天空蓝，让我花了好几个小时来欣赏。但今天也是一个悲惨的日子，伤寒又让我们付出生命的代价。下午2点钟，两个猎兵因此而死，他们在医院里曾紧挨在一起。傍晚6点半，做完祈祷后给他们做了海葬。请你们看一下这种巧合：晚上，船上表演了一出喜剧。的确，演出已经事先预告过，大家也不想推迟演出，因为我们不想动摇部队的士气。相反，我们必须想各种办法让士兵们放松，给他们找事儿做。

舞台搭建在艉楼的左舷，布置了很多旗帜，舞台由船灯照明。演出的剧目是喜剧《两盲人》（*Les Deux Aveugles*），幕间休息时唱小调、奏军乐。士兵们坐在我们身后，桅杆的支索、艉楼、舷墙等高处，都爬满了人。演出的整个场面还是相当别具一格的。风鼓起的船帆，微微倾斜的桅杆，爬满各处的观众，五颜六色的旗帜装点的舞台，凡此种种，与欧洲的幻梦剧不相上下。演员的功力虽算不上一流,但服装方面一点儿都不差,除了不允许穿着女性服装。

20日,星期五。太阳不偏不斜地从我们头上经过,正午的时候,帽子的阴影就能把我们严严实实地遮住。太阳已经离开南回归线,正在向北回归线移动,给你们送去夏季。我们一路上与太阳相向而行,在此之前它一直在我们的前面,而从现在开始,我们将把它甩在身后。傍晚时分,落日给了我以前从未见过的最漂亮的景色,绚丽的天边呈现出最丰富的色彩,铺排出最繁复的色调。没有任何画笔或语言能描绘这样的画面,所以我也不想做任何描写。

说个俗事:我找到了办法,可以舒舒服服地洗个澡。货舱管理员借给我一个士兵们洗衣服用的水槽,有60厘米高、70厘米宽,我让人把它放在舱室里,再让我的兵弄来干净的海水,我像贝类、像蜗牛一样勉强蜷缩在里面,但洗完之后感到十分轻松。我要尽可能地经常洗一洗,这样能解除晚上睡硬床板、白天躺在甲板上造成的不适。倘若不是逼急了,我根本想不出这样的办法。舱室里的每个人都轮流这么洗了澡。

21日。早晨7点到晚上7点,刮了好多次很强的阵风,每次持续半个小时,这种现象叫作飑。它能在刹那间掀起海面,此时必须迅速收起船帆,以免在大风里翻船。而且这个时候,通常都是大雨如注。此类突如其来的变故,反而能让我们开心片刻。

22日,星期天。我们到达了里约热内卢一线,它在我们西边400法里处。下午3点,我们跨过了南回归线。我们已经穿过两个回归线了……

今天的弥撒要比往常隆重。专门受过训练的猎兵们唱了《上帝护佑我王》(Domine Salvum)。弥撒过后,舰长视察,军乐团从下午2

点演奏到下午4点。尽管酷热难当，猎兵和船员们仍情不自禁地跳起舞来。晚饭后是演出。演员们都有长进，但我一直在欣赏位于小舞台之上的由天空作穹顶、星辰作灯光的大舞台。

此时此刻，你们在做什么呢？我们的心思应该不谋而合，因为星期天的夜晚，就是说体己话的时间。那么，除了我——我是多么爱你们，多么想念你们而且只想念你们——你们还会谈起谁呢？我需要你们的牵挂，饱含你们思念的信件是我生命的必需品，支持我努力奋斗，让我渴望克服千难万险后有所收获，可以回报你们的期待。满怀着信念和希望，有你们的爱做后盾，我心里十分平静和镇定。

23日，星期一。没有什么特别的事儿。在每个舱室靠近舷窗的地方，温度计显示30℃，与往日无异。甲板上微风习习，使温度略低。如果风再大一些，就会感到冷了，那时毛衣就会派上用场。当我们浑身是汗地从餐厅或舱室出来，最好穿得严实点儿再到甲板上。我每次都披上法兰绒上衣，把两只袖子系在胸前。

24日，星期二。早上4点半，死神抓走了第4个猎物，到了6点半时他已被大海吞噬。

25日，星期三。我们已经驶出信风区，进入变风区。八方来风，互不相让，不停地生成雷雨，整夜里都是电闪雷鸣，豪雨如注，不过海面倒是一直保持平静。我们撑开帐篷接雨水，甚至在士兵们踩来踩去的甲板上也收集了不少雨水。等到要喝这种水的那一天，我必须闭上眼睛。傍晚5点，一名猎兵死于伤寒，晚上7点举行了海葬，以免把他留在可怜的医院里过夜。

26日，星期四。头天夜里就雷雨不断，直到中午方停。我们与暴风雨擦身而过。所有的风帆都收起来了。海上起了浪，我们从未见过

开普敦（好望角），1860年2月19日

这样的大浪。我们这条大船雄赳赳地冲上浪峰，紧接着落入波谷，如此往复。我很高兴，这样的大秋千可不是每天都有的。我们紧紧地俯身贴在左舷墙上，开心地随着船摇摆俯仰。在无边的大海上，这种大幅度的摇晃对我们来说无异于圣饼。只有雨是多余的，让我们从头湿到脚。

我们曾看见一只信天翁跟随着我们的航迹翩然飞翔，它的确是暴风雨的亲密伙伴。现在还有两三只鲣鸟（fou）一直跟着我们，这种鸟像乌鸦那样大，羽毛呈闪着银光的浅黄褐色，头上有一个绕头一周且从眼睛穿过的白圈，使它的长相显得很可笑。它们不停地在空中盘旋，偶尔落到水面也张着翅膀，啄食我们扔下的剩饭。信天翁身体呈白色，翅膀是黑色的。

27日，星期五。很激动，早上7点，前方出现一艘船，我们看着它逐渐变得越来越大。我们一厢情愿地急忙推测，此船是一同参加远征的。那是一条三桅船，与我们的船构造相同。等船更近了，才看出它比我们的船小。我们展示出国旗和战旗，它也展示出法国国旗，但没有战旗。它最终从我们旁边五六百米的地方经过，是一艘三桅商船，很整齐、很结实。我用望远镜可以看出船名是"辉煌"（Brillant）号。它三次升起国旗向我们致意，我们升起过一次。

海上仍然风狂浪大。"辉煌"号在海面上跳舞，每一次颠簸都有大量的海水扑到船上。我们的船因为体积大、船舷高，相对来说还算平稳。在广袤无垠的大海之上能与同胞相遇，真是好运！

28日，星期六。直到目前，风一直来自东南方向，把我们吹往合恩角（Cape Horn），让我们更靠近美洲而远离非洲。现在，风终于从西北方向吹来，把我们推向好望角。用海军的行话来说，我们走上了正确的航向；在此之前，我们一直在"寻找"这个航向。今天早上，瞭望哨发现前方有三条船，我们没有能赶上它们，这些船上也许是战友。

蒙蒂耶等人花了一整天时间想办法逮住鲣鸟。他们在鱼钩上挂了肉，拴在细绳上，用手牵着。但没有一只鲣鸟能真正傻到被人逮住的程度，不过它们冲着钓钩跃跃欲试的样子让我们好一阵兴奋。我们还见过一只海燕，这种鸟比鲣鸟更小、更苗条，腹部是白色的。

29日，星期天。晚上有演出，两出滑稽歌舞剧供众人取乐，但我最感兴趣的还是甲板之上的大场面。晚上8点钟左右，演出被一颗流星打断。大家的目光都冲着南方，突然远远地看到一颗流星像一枚窜天猴，从西向东飞行，最终爆炸，散发出千万条烟火。持续的时间足有20秒。

晚上10点，死于伤寒的达到6人，我希望这是最终人数了，毕竟病号已经少些了。

30日，星期一。早晨7点，我们超过了一艘漂亮的商船。我敢肯定，在这一片海域的船只绝对不止我们这两艘。早在半个月前，船上的活牛就吃光了，我们已经饥不择食。假如给我们吃的那些筋头巴脑也能叫作羊肉的话，那么今天，我们又吃掉了最后一只羊。我们曾把那只羊命名为"灯笼"。我得告诉你们，这个称号是有来历的：在上餐桌之前，杀好的羊骨架就悬挂在桅杆的底部，而在这个位置，它的确起到灯笼的作用。现在我们只有干瘦的鸡和半臭的罐头，他们固执地让我们吃掉这些东西和数以万计的鸡蛋。不管愿不愿意，根据军需官清单上的规定，我们不能偏食挑食。

所幸风向正好，把我们更快地推向好望角。到了那儿，我们要好好享受一番英国菜肴，比如经典的英式牛排。我正在苦学英语，以便到时候他们能明白我的话，尽快地让我解馋，但除此之外，我最热切期待的是能给我带来法国来信的邮船。假如我在抵达时就能看到信，我将仿佛置身于祖国的大地，我要尽量花更长的时间反复阅读，以延长这种幻觉。

  白天的时间我都在看书，这样白天就会显得短一些。等到了陆地，我得给自己制定多大的运动量呢？我一定要张开嘴巴大口呼吸陆地的空气，一定要放开双腿在地上走一走。还有一个生活细节：我有大量的衣服要洗。我们的水都是定量供应，现在只有雨水，和蒸馏出来的水，这种水也算不上好。我真可怜倒霉的猎兵们，他们的配额还要更严苛，而且储水槽就固定在甲板上，他们得用虹吸的办法直接在水槽里喝，喝那种味道最重的热嘟嘟的水。这种容器的名字叫Charnier，真是名副其实啊！到了开普敦，能喝到纯净、清凉的水，那可不是一种微不足道的满足啊。亨利的那条深灰色裤子派了大用场，穿着它几乎可以在甲板上随处坐卧而不会显得太脏。我们玩惠斯特牌，每个筹码0.02生丁，但更常玩的是罗多戏。罗多戏让人玩得发疯，借着最后一点灯光，能一直玩到凌晨一点。这是唯一一种我允许自己偶一为之的游戏。我能够看书的时间太少，书籍是我在船上的幸福所在。

  31日，星期二。我们到达特里斯坦-达库尼亚（Tristan da Cunha）群岛以南大约35法里处。假如不是急着赶往开普敦，我们应该靠群岛更近些，看一眼其中高达2000米的那座岛。我们行驶得很快，每天上百法里。

  2月1日，海上风浪很大，海浪撞到船壁上形成的白色泡沫被风吹到了甲板上。我喜欢这样的海，它能触动灵魂，如同吹在船帆上的暴风。傍晚4点到晚上8点的值班期间，不停的大雨使天色一片晦暗。在船上，下雨是最让人腻烦的，我们不知道何处可以藏身。餐厅的护板一关，里面就是真正的蒸笼。我的值班岗位在甲板上，我认了。我宁可浑身湿透，也不愿意闷死。有一件乐事，就是看猎兵们脱下皮鞋和衣服，只留下裤子，在瓢泼大雨中彻底洗一次衣服。最后，给身上穿的裤子搓上肥皂、用刷子刷，以这样最简单的方式结束大清洗。剩下的工序则将由明天的太阳承担。假如哪个猎兵无法把湿衣服摊开，他就把自己当成烘干机，朝着太阳的方向晒，这事儿没有什么难的。这种潮湿令人难以忍受，特别是在下甲板。由于天气不好，舷窗已经关闭3天了，船舱内充斥着800人的气味，空气只能通过两个甲板和因下雨而经常关闭的窄护板进行流通。不过应该说，这趟航行还是很出色的，因为从布雷斯特到开普敦的两个月里，我们只失去了6个人，而去年巴黎的夏天，我们共死了10个人。

在我们目前所在的纬度，也就是在开普敦一线，季节正是秋天，或更确切地说是夏末秋初，而你们那儿是冬天……通过计程仪——这个仪器每半小时测量一次速度，继而测量出每天的行程——进行估算，到开普敦，我们航行的里程大约有2500法里。这个距离是我们实际经过的距离，而不是从地图上量取的。从A点至B点，往往要走（A/\/\B）这样的之字形，这就叫逆风换抢航行。等到达白河，我们将这样航行9000法里，大约是地球的一圈。朱利安·德·拉格拉维耶尔讲解过这种航路，可以作为参考，因为所有的航路都是相似的。

2月5日，星期天，海上风浪很大。风在桅杆上发出可怕的呼啸声，根本没有办法举行弥撒。颠簸剧烈，舱室里一片狼藉，甲板上的人也会被风摔到舷墙上。吃饭时，杯盘桌椅争先恐后地摇晃起来，书籍从图书馆的书架上滑到我们面前。我还从未见到如此恶劣的海况。

开普敦（好望角），1860年2月19日

我们在波峰浪谷中前行，时而隐没在波涛的阴影当中。与涌浪相比，我们的船是如此渺小！有几波极为汹涌的大浪在船身上撞得粉碎，再铺天盖地地向甲板上扑来。半夜我正要睡觉时，应伙伴们的要求，我打开了舷窗，以便透透气。谁知刚过一会儿，就有一股鲸鱼般巨大的海浪乘机从舷窗涌了进来，把我们完全淹没。我们不得已叫来另一些猎兵，对我们的猎兵实施救援，勉勉强强把水排走。这一次，我们关上了舷窗，打开了门。

正午时分，我们赶上了两天以来一直在我们前面航行的船只。这是勒阿弗尔（Le Havre）巴尔贝（Barbet）公司的一艘漂亮的三桅商船，尽管天气恶劣，它仍然全部满帆，而我们的船帆只升起三分之一。我们在半个小时里齐头并进，相互间隔50米，随后，我们把它甩在后面。又过了一段时间，它的一只高帆突然断裂，碎片和断缆被抛向海面，然后我们就看不见它了。我们将在开普敦与它再次相见。至少到目前为止，我们只见到了挂法国旗的船只。

晚上11点，我们向东越过了巴黎所在的经线。

6日，星期一。海况仍然极差，涌浪又大又深，但风却不那么大了。中午，突然听到一声尖叫："海上有人！"浮筒已经扔下，大家一齐看向水里的人，他正努力游过去抓住浮筒。经过五分钟的挣扎，他终于抓住了。大船已停下，放下一只小艇。这段时间里，抓着浮筒的倒霉水手随波逐浪，一会儿浮上波峰，一会儿沉入浪谷。半个小时——我感觉好像有一个小时——之后，小艇经过与波浪的顽强搏斗，终于把浑身冷透、喜惧交加的水手救上大船，这个结局让我们都深感欣慰。假如是昨天，可能根本无法把小艇放到海里，这种作业是最困难的。在大船的颠簸与海浪的共同作用下，只消一会儿，小艇就会在大船身上撞得粉碎。

7日，星期二。直到目前，我一直沉浸在对大自然的欣赏之中，没有腾出手来说一说船上的各位大员。

皮卡尔舰长的行为举止始终与他的坏名声大相径庭，也许是他已经改邪归正。他是个真正的舰长，矮个儿，壮实，小眼睛，丰满的红色圆脸围在一圈红色的短胡茬儿中间，大肚子紧紧地顶起系住披风的唯一一只纽扣，还有一条窄皮带帮着那只纽扣把前凸的腹部束牢，两只手插在裤子口袋里。他实际上是个相当好的人，不跟任何人搭话，喜怒不形于色，任何人都不该对他心存怨恨。

副舰长普鲁埃（Prouet）先生与菲利浦（菲利浦·德·图尔农［Philippe de Taurnon］——原注）先生性情相近，长相和气质也都很像。此人本领高强，什么都难不倒他。

尉官们都是可爱的小伙子，也是优秀的军官。舰长很得意自己能踏踏实实地睡个整觉。

唯一一位令人厌恶到极点的家伙是外科医生，他是医学学校培养出来的众多作恶多端的下流坯之一。此君言语傲慢霸道、不容置疑，常夸夸其谈，仿佛无所不知、无所不晓，时刻关注着有没有人反抗他的下作行径，或者他那套不无可疑的理论。而且，他还毫无原则，自鸣得意，唯我独尊。尽管他频频向我示好，但我根本受不了他。吃饭时他就坐在我旁边，我不得不听着他喋喋不休地羞辱那些神父们，包括那位每天与他朝夕相处的随军神父。

随后，我要把每天经过的地点告诉你们。

请原谅我的信没有什么条理，你们深知其中的原因：信写得这么长，随时想到什么就立刻写到信里了。

开普敦（好望角），1860年2月19日

船上的健康状况有所好转，差不多已经没有病号了，看到伤寒销声匿迹我们都很高兴。再过几天到了陆地上，我们就会摆脱这些疾病，我也要治一治我的肥胖，我必须节制自己的饕餮胃口。英文的头20课我已经背熟了，对此我很高兴，而且，多亏亨利的袖珍字典，我才没有学一口哑巴英语。我经常和一位海军中尉还有一位战友说英语，渐渐地就习惯了。我感觉将来肯定能说得更好。等到了中国，我就只讲英语。

现在夜里已经很凉了。在这个地区，即南半球的某个纬度上，气温要低于北半球的同一纬度。原因是此处海面面积广大，而且靠近南极的冰川，所以南风很冷。

1860年2月9日，离开特内费里岛42天。

日出时分，我们终于看到陆地了。我们热切期盼的陆地啊！

中午，在面向开普敦的桌湾下锚。

开普敦前锚地，桌湾，1860年2月19日

亲爱的妈妈：

我相信，你们一定会认为我很惨。虽然我遭遇过一些困苦，但自从我们来到此地以后，境况已有很大不同，这是我有生以来最多彩最快乐的时候。虽已是夏末，但我如同在里昂一样尽情狂欢。

2月9日中午上岸。我们看到三座轮廓奇特的山，开普敦就在山脚下展开。中间的那座山叫桌山，右边的叫狮山，都是因形状得名。这两座山都非常陡峭，桌山是笔直切削的灰岩，另一座则光秃秃的如同布拉塞（Blacé）①的佳景山（Bellevue）。我买了几张风景照，为你们

---

① 在博若莱（Beaujolais）。

保存在相册里。

白色的城市在桌山脚下延展开来，城市背后是一大片修剪齐整、成行成列的深绿色树林。左边为别墅区，都是带有廊柱的平房。

天气极佳，我们位于锚地中央，周围是来自各个国家的大小各异的船舶。法国船除我们之外，还有七条："山林女仙"号、"敢闯"号、"加龙河"（Garonne）号、"卡尔瓦多斯"号、"倔强"（Persévérante）号、"强大"（Forte）号、"安德洛马克"（Andromaque）号，都比我们早到两三天。"复仇"（Vengeance）号已经离开一个星期了，它比我们要早三个星期。见到这些法国船，真让人高兴。锚地很棒，但我们下锚的地方在海岸一公里开外，由此处到岸上需要三刻钟，海况不好时则需要更长时间，而这种情况经常出现。

桌山与开普敦
（《画报》1861 年 9 月 14 日）

在锚地，坏天气有一个奇特而可靠的预兆。虽然天空仍然晴朗，但风从海上刮起，锚地里已无法行船，大朵云彩向桌山山顶飘来，在这里流连、伸展，给它铺上巨大的"桌布"。有了这个信号，打算登岸再返回船上过夜的人，此时最好就不要下船了，因为雷雨马上就会到来。锚地里船舶众多，所以很难找到上岸用的小艇，而且通常价格奇高。本船的几个小艇能载运 45 个军官，一直在忙碌着。锚地的小艇都掌握在马来人手里，他们都是铜色脸膛，戴着红色头巾。有几次因为急着上岸，我们也让他们接送过。为方便起见，我常在城里过夜，因为到码头时，我发现海面已泛起白沫，风在刹那间给桌山罩上了

开普敦（好望角），1860 年 2 月 19 日

"桌布"。此时，在岸上过夜，比花10法郎回到船上还要便宜。而且，这些小艇，无论是大船上的还是锚地里的，往往抗不住海上的风浪。

我的第一个念头，就是满足自己唯一的渴望，远远看见拿着邮包的军邮官，就急忙飞奔过去。当我在邮包上认出爸爸的字迹，我是多么高兴啊，因为邮包里珍贵的信件将带来你们的消息。我怀着激动的心情，把你们每人的信先浏览一遍，然后再反复阅读，一时间我感到自己就在你们身边。我仿佛看到了你们，看到你们如此关心我，把我淹没在你们的柔情里。我打心里同情可怜的居斯塔夫，他连一行字都没有收到，只好默默地忍受这残酷的折磨。另外，只有极少数战友收到了家里的消息，可能是因为地址不明或路线不清，所以我特别感谢你们按照我给的地址和路线把信寄来。但是，从此地前往新加坡的两个月期间，我又将如何呢？我把你们的信念给居斯塔夫，把谈到他家里人和家乡事儿的部分转告给他，好给他一些安慰。他是我的挚友，对他的苦恼我特别在意。我在想，假如遇到类似情况，我会有多么难过。

我买了1月6日的《泰晤士报》（*The Times*），这是最新到的一期。报上有小册子《教皇与国会》（*Le Pape et le Congrès*）的梗概，我要在路上读。9日，我在岸上待了一整天，与很多人都见了面。城里头到处都是军官和士兵，我遇到了好友德·昂德古尔（柯利诺将军的副官），我们相互打听航行中的情况和船上的状况。"山林女仙"号上死了10个人，有的船上死了四五个，也有些船上没有死人。我们的船是唯一在特内里费停靠过的，其他船只因为天气恶劣无法靠岸，而"加龙河"号曾在戈雷（Gorée）岛停靠。从法国到此地，我们的船是跑得最快的。

开普敦一景（吕多维克放在自己的相册中）

我们发现所有的旅馆都人满为患，几家寄宿房屋也是如此，这种地方就是当地人自己的住宅，价格要比旅馆便宜。城里没有咖啡馆，我们就在最大的那家旅馆的餐厅里自己搞了个咖啡馆。

城市市容很美。我们沿着一条碎石铺成的街道来到防波堤，首先看到的是街道左边的大广场，广场周围有许多树。交易所就坐落在广场上，但正立面朝向街道。剧场稍远些，已不在广场上。房子都不高，只有两层或者就是平房，外观清爽洁净，赏心悦目。房子大部分是白色的，带有廊柱，周围是树木和棚架。几乎到处都是碎石铺成的路，但街道都很宽，路边的树木掩映着房屋，遮挡着灰尘。在城市的高处，有一条很美的散步大道，高大的橡树遮天蔽日，旁边是一处拾掇得很整齐的植物园。植物园往上的城关区有很多漂亮的房屋，这些房屋不高但很长，而且都带有露台，周围是树丛和花园。再往上走，就来到了桌山、狮山的陡峭斜坡，而此处的绿树林中，仍然隐藏着几处别墅，远远望去，如同散落在牌桌绿毡上的几块象牙。

在南面，城市延伸得更长，房屋则是真正的乡下模样，房前屋后都是绿色植被。城里有很繁华的商店，假如不是房屋低矮，恍惚间有置身欧洲之感。广场上有警察，还有各式乘用马车，所有的马匹都很漂亮，是真正的阿拉伯种英国马。连最小的运货车都套着8匹马，马匹个个机灵且精神，车上只有一个车把式，驾着8匹马骡在街道上一路小跑。而一辆简单的小车也套着4匹马，这是因为当地气候炎热，出城不久就是沙土路，马车必须在最短时间内跑完长路。整套车马之美让我吃惊，他们走在香榭丽舍大道上也会引人注目。由于路况不同，有些货车会套上18头甚至24头牛。车把式都是马来人，头戴巨大的中国式草帽，手中的长鞭能够得着在前面拉车的第八对牛。

开普敦的平静、安宁，显示出生活的富贵。每六座房子当中，就有一座教堂或礼拜堂。我看见过两座既简朴又漂亮的天主堂，还有其他宗教的庙宇，其中有一座像小号的万神殿。

城里有很多家银行。我们看到了时时刻刻操弄着金钱的英国商业银行，两座非常小的剧场和三四家很舒适的旅馆，但是……但是……世上再没有其他城市如此昂贵，我们的20法郎银币，在此地只值17.5法郎。在旅馆里过一夜要5法郎，晚餐7法郎，早餐4法郎，一副手套7法郎，其他东西也都一样不便宜。

这是一座真正的卡普亚（Capua）城——温柔富贵乡。我逐渐从中辨认出英国人的风情，英国人的生活和品位，总之是各种属于他们的东西，因为他们在此地就跟在自己国家一样。我们的开朗活泼和行为举止让很多人大感吃惊，法国人的漂亮衣饰也让他们为之着迷，而且此地到处都是军人。还有几个士兵，特别是根本不该让他们上岸的101团士兵，因为纵酒买醉而闹出了一些事儿来。

天气酷热，所以我们在军帽上围了头巾，或戴上护颈，或各种各样的帽子。有很多人穿着丝绸上衣，但我喜欢穿着军服上岸，以显得更加庄重，而且身着红衣白裤的英国军官们都很神气。此处的驻军是女王陛下的第59团。我很喜欢英国人的平和、端庄，如果能加上我们法国人的开朗、活泼，那就完美了。

2月10日。我已经走遍了城里的四面八方，对它非常了解。在与我们营长[①]和舰长一起闲逛到植物园时，植物园的主任来与我们攀谈，然后把我们带到了博物馆。主任是个很可爱的人，让我们看了全部展品。动物展馆的内容很吸引人，但没有法国博物馆那么完整。

我感到最有意思的是科普教育馆。馆里分门别类地陈列着科普教育所必需的各种用具和展品，比如动物、矿物标本，以及解释自然现象的说明图表，一些运用高深理论都很难向成年人解释清楚的事情，现在连小孩子也可以毫不吃力地弄明白。还有很多地图，其简洁明了简直令人惊讶。这家博物馆，无论是创意还是布展，都让我非常赞叹。假如某一天能下定决心在里面仔细瞧、仔细看，那么走出博物馆时你就会眼界大开，深受教益，而这个博物馆只有我们客厅的两倍大。也只有英国人的头脑能想出这样的主意，并且付诸实践。

晚上与好友德·昂德古尔在商务旅馆共进晚餐。晚餐后，营长带我到法院院长威廉·霍奇（William Hodge）爵士府上参加舞会。本来只有一位军官受邀，但营长额外把我带去。威廉·霍奇爵士府距开普敦3英里（5公里），是一处漂亮的海滨别墅。我们晚上9点半到达，能再次置身于欧洲的女士与绅士之间，而且还是参加舞会，这让我非常兴奋。若是在三个月之前，我根本想象不到这样的情景。参加舞会让我措手不及，因为我把舞会用的鞋子以及其他各种零碎都留在法国

[①] 营长吉约·德·拉波特利（Guillot de la Poterie）少校。

了，还颇后悔没有扎上那条银皮带，也没戴上新肩章。这个夜晚真是棒极了！几间宽敞的客厅里挤满了漂亮的英国女士；露台上可以一边乘凉，一边欣赏美丽的天空和花园脚下化成飞沫的大海。这个晚会犹如一场幻梦剧。

女性的妆容不如法国女人靓丽，至少落后了一年，倒跟外省某些城市的女性们差不多。然而好在这些年轻的英国女士长相都不赖，让人不大注意她们的妆容。我从一开始就投身舞池，由于按礼节需要有人引荐，于是女主人给我介绍了第一个女舞伴。然后，为了避开繁文缛节，我请这位舞伴引荐了下一位。我施展出新学到的全部英文知识，运用已掌握的词汇和表达，结果居然真的让别人明白了我的意思。

最尴尬的是，我完全听不懂这些小姐们的话，所以她们好心地对我结结巴巴地说起法语，我则以更蹩脚的英语作答，最后我们终于能相互理解了。我还遇到一些荷兰人，他们的法语相当好。

音乐之美超出我的想象，而更美的是餐食。舞蹈的速度快得吓人，但这些迷人的小姐们似乎不知疲劳。开普敦的"加乐普"舞是法国没有的，这简直是激烈的搏斗，跳舞时要开足马力地不停转圈，直叫人晕头转向。所以，一组"加乐普"舞结束时，我往往上气不接下气，得靠墙站着，双腿在身下发抖，迈不动步。我以前从未想象过还可以这样跳舞，真有意思。一曲终了，可以携舞伴漫步，陪着她来到柱廊之下或餐台之前，这些小姐们能大大方方地灌下好几杯康斯坦斯（Constance）葡萄酒。可爱的舞伴们很耐心地听我讲话，把我的意思补充完整，再慢声细语地作出回应，这样交谈起来就容易多了。反过来，我也让她们领略到真正法国骑士的风采。其他舞蹈都与法国一样，有波尔卡、四对舞、华尔兹等等。最让我惊讶的是1860年2月10日在开普敦的这场舞会，它居然与1858年2月10日在圣奥迈尔（St. Omer）、1859年2月10日在杜埃（Douai）的舞会一模一样。

从舞会出来，就到了我22岁的生日，我在好望角、在海船之上、在前往中国的路上，度过了这个生日。那么我人生中的第23个年头，前景将会如何？

此时是凌晨5点，刚才所说的"前景"，就是帕克斯（Parks）旅馆一个很凉快的房间，一张我急忙扑上去的大床。床虽然很大，但床垫非常硬。房间里可以随意洗凉水澡，这个机会我可没有错过。

这些旅馆里聚集了各色人等：英国人、荷兰人、印度人、中国人、马来人、卡菲尔人（Kafirs）①、莫桑比克人、布须曼人（Bushmen）②、混血儿等等。在帕克斯旅馆，有一位混血儿领班，一位黑人门童，和做各种活计的黑白混血男女。门在白天都是开着的，晚上也都留着一道缝。钥匙是没有的，但从来没有丢过东西。法国人不在时，旅馆从里到外都安安静静。这会儿，法国人满坑满谷，因为每两天当中，就有一天海况恶劣而无法回到船上。于是，所有的人都涌向旅馆，闹得天翻地覆。9点早餐，下午2点午餐，晚上7点晚餐，桌上永远是大块的肉、土豆，但没有面包。葡萄酒另算，午餐有茶。我敞开胃口大吃葡萄、桃子、梨等等。桃子与我们种植的一样；葡萄也与我们的完全相同，也有很多麝香葡萄。

吃饭时，我和英国人交谈，但对他们毫不客气。不过也有几个英国人很可爱，我们白天待在一起，他们教我英语，我教他们法语，只

---

① 卡菲尔人，非洲南部的黑人。（18世纪布尔人对南非科萨人的贬称，随后成为白人殖民者对南非班图各族的蔑称。——译者注）

② 非洲西南游牧民。

要相互间随和一点，我们就能相处得很好。我发疯似的说啊说，肯定让人昏昏欲睡，但到最后，终于还是有人夸奖了我。他们说我学会了发音，这是最难的。有人跟我说话时，我能明白得更多了。我白天都待在陆地上，就是为了多说话，我能在商店里待上好几个小时。假如在旅馆里找不到英国人跟我一起边喝康斯坦斯葡萄酒边聊天，我就跟旅馆的男女领班交谈。

在霍奇爵士的舞会上，有人把我引荐给冉曼将军，我有可能成为他的传令官。他原来的传令官德·内韦尔雷（G. de Néverlé）先生没有与他同行，我们不知道他现在在哪儿。如果他来不了，我就有机会代替他。你们可以通过莱昂打听一下，他是否已经出发，走哪条路线，以及我的机会如何。我现在就到了这一步。我的好友德·昂德古尔还与将军的副官拉弗夫（Laveuve）先生关系密切，将军什么事儿都听拉弗夫先生的，他已经答应要助我一臂之力。如果内韦尔雷不能按时到位，我就会取代他的位置和其他各种好处，比如十字勋章，甚至提升军衔。你们瞧，我已经从远征中有所收获，我的23岁一开始就有非常好的兆头，有机会实现我的愿望。我的22岁生日是在星期六，我从布雷斯特出发是在星期六，离开里昂那天是11月21日圣母节，圣母比人的力量更加强大。

11日，星期六。我回到船上。我们接待了冉曼将军和柯利诺将军来访。我在船上过夜。

12日，星期天。天气很好。做过弥撒，我与居斯塔夫乘坐马来人的小艇前往"敢闯"号，看望塞尔（Serre）神父。我很高兴见到他。我们谈起约瑟夫，即使是初次见面，但可以预见将来我们的关系会很好。我同时还看到了拉弗夫上尉，他是个很好的人，答应会帮我的忙，我完全可以信任他。我与神父谈了我的事儿，他将与拉弗夫上尉一起工作。他们在"敢闯"号的生活条件令人羡慕，我真后悔看了他们的状况，让我对自己的状况非常懊丧。我们从那儿直接上了岸，与德·昂德古尔、102团的中校以及另外几个军官一同吃晚餐。晚餐后无法返回船上，我在旅馆过夜。

在开普敦，星期天的规矩很严。商店全部关门，连雪茄都买不到，只有药店还营业。植物园也关门了，甚至没有人出门散步。一种凄凉的气氛笼罩着全城。

13日，星期一。午餐过后，我与德·昂德古尔加上另外几个军官前往康斯坦斯。我们找来一辆四匹马拉的四轮马车，这套车马即使是在隆尚（Longchamp）跑马场也毫不逊色。路上景色很美，与凡尔赛宫周围一模一样。随处可见别墅、花园、园林以及掩映在树丛中的农舍。快到康斯坦斯时，道路两旁是如同法国的扫帚一样、混杂了各种植物的丛林，包括各种杂草、繁花、灌木以及银色叶子的树木，还有各种花朵艳丽的多肉植物。大道已经成为花园中的小径。

康斯坦斯有三家酒庄，最大的一家属于克罗埃特（Cloette）先生，他是荷兰人征服此地之后第六代的代表。一座茅草屋顶的小别墅，四周环绕着有三百年树龄的橡树，葡萄园坐落于朝向桌湾的山坡上。克罗埃特先生带着我们参观，葡萄园拾掇得非常整齐，地上清理得很干净，葡萄长势良好，葡萄藤的搭设与博若莱一模一样。克罗埃特先生直接摘下葡萄请我们吃，然后带我们参观酒窖。酒窖如同贵妇的小客厅，令人目不暇接，里面排列着40个3000升容量的大桶和40个550升容量的小桶。

酒庄每年的产量是550升的小桶35个和3000升的大桶15个，包括四个品牌：富龙塔克（Le Frontac），富龙提尼亚克（Le Frontignac），康斯坦斯白葡萄酒，康斯坦斯红葡萄酒。等我回法国的时候，我要给你们买一些。酒不是很贵，但真的非常香醇，同行的好几个人都买了。

回来的半路上，我们停在一家皇冠旅馆吃午饭。等着上菜的时候，我们就在草丛和橡树中间散步，然后我们坐在棚架之下用餐，一串串葡萄就悬在我们头上。给我们上菜的是一个丑得不能再丑的卡菲尔人，一位精通绘画的军官给他画了一幅速写。机不可失啊！我们在天色渐黑时回到城里，走在大路上，我们隔一段距离就被拦下收费，收来的钱用来养护道路。

回城时我们得知，"莱茵河"号和"卢瓦尔河"（Loire）号已经到港。这两艘船载着炮兵部队、会计人员、宪兵和生活物资。"莱茵河"号比我们早两天到达特内里费岛。

14日，星期二。"涅夫勒"号抵达，它离开特内里费岛也比我们早两天。我来到岸上后打了一场猎，同行的还有我们连长、两位上尉、拉维拉特、罗克弗伊（Roquefeuil）、蒙蒂耶、居斯塔夫。我们都穿上猎装，租了一辆6匹马的大车，车上载了10个人。我们沿着斯泰伦包施（Stellenbosch）和斯莫塞特（Somerset）方向，走出开普敦17英里，来到一个叫科德河（Kurd's River）的小村，住进邓恩（Dunn）客栈。此处是一片没有耕种的开阔地，遍布丛林以及各种长在沙地里的多肉植物和灌木。临近福尔斯（False）湾有一些平地和山丘，但此地位于康斯坦斯的另一侧。我们自己随身带着食物，客栈给了我们两个房间，还有一张长靠背椅，这就是他们的全部床具。幸亏我们都带了毯子，夜里便一个挨着一个地躺在地上睡觉，还有一个横在门边睡下，因为这家客栈几天前遭到了抢劫。

次日凌晨3点半，我们就上路了。我看到一只野兔，打中了一只狍子，杀了两支山鹑。在长满各种植物的沙地里打猎，是很累人的。11点，我们来到一个美丽的小绿洲，周围有葡萄园、果树、树篱，中间是一幢干净整洁的房子，主人是荷兰人。我们请他行个方便，他非常大方地答应了。他还请我们喝了开普敦的两种酒，红的和白的葡萄酒，这可正是时候，因为我们都要渴死了。这个好心人并没有寸步不离地跟着我们，他打开葡萄园，让我们尽情地随意吃、随便喝，我们则把他的好意发挥到极致。我仿佛置身于博若莱的葡萄园中，连葡萄的味道都一模一样，我不知道吃掉了多少……从那儿出来，我们顶着当头的烈日、踩着烫脚的沙子折回客栈。我们在客栈歇了一会儿，在树下喝啤酒。日落时分，我们又来到一处树林，等着从四面八方来此聚会的斑鸠。我们收获了12只猎物。这家客栈是荷兰人经营的，我的英语知识完全用不上。我们找到了一个德国出身的伙计，他会讲荷兰语。我们连长是个德国人，他把我们的要求译成德语，那个伙计再转译成荷兰语告诉老板，老板通过同一个"邮路"做出回应。客栈里有霍屯督人（Hottentots）[①]和卡菲尔人，样子都不怎么好看。我们带着枪，让他们非常害怕，特别是已经有人告诉他们，法国人来到开普敦就是为了杀掉他们，所以有不少人一看见我们就跑掉了。

第二天，我们到另一边更靠近沙丘的地方打猎，此处是一片相当不错的平原，长满了灌木和迷人的野花。我们打到了几只野兔和几只山鹑，吃过午饭就赶回开普敦，下午4点钟抵达。一路上，我们遇到了4匹马、6匹马和8匹马拉的马车，还有8头牛、12头牛、16头牛拉的牛车。路边不时看到一些水塘，水塘旁边停着牛车，他们把几头牛拴在

---

① 非洲南部的游牧民。

开普敦（好望角），1860年2月19日

一起，让它们在荒地上休息。你们瞧，路费并不是很高。

我浑身脏极了，根本没有胆量在开普敦的大街上走，裤子更已被扯成碎片，不敷蔽体。我以最快的速度躲进帕克斯旅馆，我的勤务兵已经拿来了舞会的行头。今晚还有一场舞会，主人是瑞典的领事，这家伙身家有一千五百万之巨，还有一位妩媚动人、丽压群芳的妻子。他们的别墅位于康斯坦斯方向5英里（一英里合1852米①）处。

在我离开期间，"安德洛马克"号已经出发了，也带走了船上的梅毒。这艘船备受虐待，船上的生活条件极差。"敢闯"号带走了我们旅长和塞尔先生。"强大"号在18日（星期六）已经出发。

再说16日星期四这天，我的三个战友乘上马车，9点半来到拉特斯戴德（Latersted）先生的舞会，给舞会伴奏的是102团的乐队。这是一次令人眼前发亮的聚会，军装云集，我们的衣饰要比英国人好，他们没有肩章，但他们的炮兵一身黑衣，要好得多。我跳舞都跳疯了，一支四对舞都没有错过，所以没有时间好好享用丰盛美味的夜宵。英国女郎真的很有魅力，荷兰人也不赖。我毫不胆怯地大讲英语，他们都说我的发音基本算是标准了。对于他们的赞扬，我乐于接受，这是对我一番努力的报偿，同时我要加倍努力，学得更好。我还买了英文报纸和书籍，等到了香港，我就能学会英语，这真是太有用了。学到的知识已经帮了我很大忙，没有这些准备，在开普敦既不能参加舞会，也无法到别的地方去，岂不烦死。因此，舞会之后，我在城里等了两天，在旅馆里和好心的英国人交流，他们都尽力帮我，而这样的事要从早餐一直持续到晚餐。我的听力已渐有起色，但凡事有利必有弊，苦学的代价是钱包渐瘪，它不足以支撑如此高涨的学习热情。最初几

---

① 这是个错误。一海里为1852米，陆上一英里应为1609米。——译者注

天，在陆地上过得快活，花钱大手大脚，没有精打细算。首先是兑换上吃了亏，每20法郎就亏2.5法郎；其次是价格奇高，一双靴子花了我29法郎，但这笔钱不得不花，市政府明天还要在交易所大厅为我们举办舞会。

我要想办法住到一个荷兰人家里，这种做法很常见，一直都有人这么做。这样还比每天花25法郎住旅馆便宜些，而且如此一来，最后几天就可以住在岸上，继续学英语，在波塔尼耶①花园（Botaniés Garden）高大橡树的浓荫里散步。102团的乐队每天下午5点到7点都在那儿演奏。

要想充分享受陆地生活，就得在岸上过夜。因为从船上到岸上来，只能在12点到16点之间，或19点到22点之间。19点钟，天空已经漆黑一片，只能喝咖啡解解闷。到了22点，就有可能无法返回船上。在夜间的五六个小时里，海况总是很差，连锚链都会被扯断。我在岸上的时候，他们就花了三天时间寻找我们船上一条丢失的锚链。即便能回到船上，一公里的水路当中就不断有海水打到后背，让人很不舒服，抵达时往往已经湿透。

波塔尼耶花园的音乐很美，吸引了很多高雅人士。既然主动与相识的女士们攀谈是应有的礼仪，参加过舞会的军官们便无拘无束地向他们的舞伴致意，与她们交谈，一起在园中散步。

昨天是星期六，皮卡尔先生和我们营长到法国领事的家里吃晚饭。他们带去了我们的军乐队，这是军乐队唯一一次的演出机会，这对于他们的名声，未必不是好事。但他们的水平确实是很一般，没有办法让英国人对我们徒步猎兵的军乐留下更好的印象，真是憾事。

---

① 如今叫作克什腾波什（Kirstenbosch）。

你们已经看到，我最近这些日子的生活蛮有意思的。开普敦很可爱，我们能感受到一些家庭的气氛，过得很开心。应该说我们的到来对当地人也有好处，假如没有我们，他们的生活就会很单调。

邮船后天（21日）就要走了，我们还要再待上一个星期。在我们前面还有几艘船需要补给，在此地进行补给需要花很长时间。

我们把全部病号都留在岸上的英国医院里，他们部队也是这么做的，还留下一名医生陪同。这些人痊愈后将乘迟到的"迪佩雷"（Duperré）号，到香港与我们会合。

第一批从土伦出发的载着炮兵部队的"茹拉山"号还没有到。先前当我们的"罗讷河"号抵达时，有的人简直惊呆了，因为船队里早就传说，我们的船上发生了黄热病，在戈雷停靠之后被迫返回法国。现在我们开始担心，这个传言会不会是"茹拉山"号的真实遭遇。

今天是星期天，但没有做弥撒。我们忙着打捞我们的锚，捞到了一只，却是"涅夫勒"号的，它就泊在我们旁边。今天，把系泊我们船的那只锚起了出来，但丢掉的那只，我们认为是找不回来了。

锚地里有三艘令人艳羡的美国护卫艇。这两天还有一艘漂亮的英国汽船泊在我们附近，船上载着印度苦力，这些人白天就赤身裸体地待在甲板上。来自各个国家的船只不停地来来往往。

感谢亲爱的姐妹们写来可爱的长信。

希望我这封信足以回报她们。请告诉祖父和各位叔辈的亲属，我就不单独给他们写信了，这封信是写给大家的，请向他们转达我的爱意，感谢他们的牵挂。向我所有的堂表兄弟姐妹致意，千万不要忘了任何一位。

再见了我亲爱的爸爸妈妈、各位姐妹，还有亨利。愿仁慈的上帝保佑你们，也保佑我。

再次道别。请问候博若莱的让娜特（Jeannette）、多米尼克（Dominique）、玛德莱娜（Madeleine）……

L.d.G.

1860年2月19日于开普敦

新加坡，1860年4月20日
（5月26日于里昂收悉）

（开始于"罗讷河"号经过巽他海峡［Sunda Strait］之时）

4月12日，星期四

亲爱的菠莉娜：

我真不知道到哪里能找到一个角落安放我的心神，以逃避我身躯的痛苦和疲惫。我们正航行在世界上最炎热的纬度，但船上的条件根本不适合这种可怕的酷热。

爪哇岛和苏门答腊岛上翁翁郁郁的原始林莽满目苍翠，轻涛拍岸，海峡中如花篮一般冒出来的一座座小岛，承受着海浪周而复始的亲切抚慰；香蕉树、棕榈树、椰子树、乌木树的枝条低伏水面，叶子浸润在轻柔的波峰之中——哪怕只有个把小时让我置身于这浓荫之下，我的叙述都会更有意趣。

上面这个长长的句子就能告诉你，巽他海峡诸岛上原始森林的美景，只有我们的目光能享受得到，而我们待在船上，既没有绿荫，更没有清凉。

但我心里想要向你们倾诉的强烈愿望，让我振作起来，让我重新拿起笔来，续写我们航行的经历。因为从英国邮船出发以后，我的记录就中断了。

先说说我的身体状态，我要告诉你们的是好消息。如大家所愿，我的身体很好，只有一点咳嗽，很快就会好的；手腕也有些疼痛，写出的字会比较难认。

2月19日以后之所以没能写封信留在开普敦，是因为我们出发得非常仓促。原打算星期一动身，结果25日星期六就启航了。

本着契约精神，我上船继续行程，却由于留恋开普敦的惬意生活，我差一点错过了船的出发时间。在开普敦的最后几天是我过得最舒心的日子。

我一共参加了四次舞会，跟男男女女的英国人齐聚一堂。长话短说，跟其他几位军官一样，我也体会了一番英国人的热情好客，还经人介绍认识了女舞伴。介绍人是一位工兵中校，他本人亲切不说，还有一位可爱的妻子，家里还住着一位爱尔兰姑娘，她的父亲去年在殖民地去世了。他把姑娘收留在家陪伴妻子，两年后任务结束时，再把她带到英国。

这些女士们央求我把居斯塔夫介绍给她们认识，她们与他跳了舞。在开普敦的最后几天，我每天都在中校家里吃晚饭。白天，我们一起骑马散步，穿过从开普敦一直延伸到康斯坦斯的树林、灌木丛，走过世界上最美丽的大道，欣赏迷人的风景。我们不时从一座座别墅前面经过，别墅的花园与星罗棋布的矮树丛浑然一体；我们还经过了一些干净、整齐的荷兰人村庄。

他们的待客之道是简单、真诚、令人愉快，你知道这种生活很合我的心意。作为回报，我则尽最大努力展示法国式的快乐，还送给他们我自己画的几幅画，画不值钱，但代表了我的真心诚意。

我判断，在这片著名的殖民地里，他们的生活肯定了无意趣。一个动作、一句话，就能让她们笑上半天。另外，这些女士们毫不隐讳地说，这一年当中最美的月份就是这个二月，她们称之为法国人之月。

那位爱尔兰姑娘，诺克斯（Knox）小姐，法语说得相当好，塔克（Tucker）中校也能讲一点，而他妻子一点都不能讲。这位夫人强令诺克斯小姐不讲法语，这样一来，我虽然英语十分有限，但一定不能冷场。同样，出于礼貌，更出于对女士的礼节，又不能把诺克斯小姐晾在一边。要知道，我为此使出了吃奶的力气，真是一言难尽。此前学过的最初20课英语以及到达开普敦以后所学的东西，真正是物有所值。我的耳朵和舌头已经非常熟练，回到船上之后，我更加起劲地在罗伯逊英语课本上下功夫。假如到了新加坡也能找到一个如此好心的好客之家，我的进步肯定会更可观，这种机会对一个浪迹天涯而不知何日回归的旅行者来说，是多么宝贵啊！能把45课都烂熟于心，是我的一大幸事。有了它垫底，我就再也不怕受窘吃瘪了。将来等我有了孩子，或者要给人一个什么建议，我一定要让他学一门外语。面对一个外国人而无法开口说话，或者无法让人理解自己，那有多可怜啊。很多军官都认为开普敦乏善可陈，就是因为他们没有别的事儿可干，仍然如同在法国的城市一样，从上岸一直到返回船上，只能一扎接一扎地大喝啤酒。

而对我来说，开普敦给我留下了美好的回忆，我欣赏它的方方面面。因为对这种快乐的生活恋恋不舍，同时也因为对星期一才出发的

新加坡，1860年4月20日

通知深信不疑，所以我并不急着返回船上。可星期五的晚上，居斯塔夫跑到斯派斯·波纳（Spes Bonna，塔克先生别墅的名称）告诉我，舰长决定次日上午出发。我们的船急着赶路，只好中断补给。

我向好心的一家人道别，返回让我备感沉重的老路。

"茹拉山"号已经到达，"涅夫勒"号、"卢瓦尔河"号、"伊泽尔"（Isère）号和"莱茵河"号仍停在那儿。

1860年2月25日早上8点，我们起锚上路，心情沉重地告别桌山、狮山、城市，离开时常风高浪大的桌湾，驶向外海。下午3点钟经过好望角，好望角的背后是福尔斯湾和英国舰队停靠的西蒙斯湾（Simons Bay）。

夜间，我们顺利地经过了著名的厄加勒斯角（Cape Agulhas），进入印度洋。连续好几天都是雾气蒙蒙的，我们航行在冰冷的南风中。巨大的颠簸致使2头牛死亡。

我带上了《泰晤士报》。我居然能翻译关于教皇与国会的小册子，以及所有关于欧洲和法国的新闻。我还带了一本詹姆斯·布尔文（James Bulven）爵士的小说，没费多大劲就翻译完毕。

我与居斯塔夫组成了一所英语互助"学校"，读课文、改错、复习、对练。我总是花三个小时学习语法，用一个半小时做翻译。请告诉亨利，我是多么羡慕他有老师教。学一门外语是多么有用，我对此深信不疑，等我回国后，我要开始学习德语。

3月2日。我们已经把爱德华王子群岛（îles du prince Édouard）甩在南方200法里处。6日，经过马里翁（Marion）岛和克罗塞（Crozet）群岛所在经度[①]。9日和10日，我们从波旁（Bourbon）[②]岛和毛里求斯以

[①] 此说有误。马里翁岛是爱德华王子群岛主岛，在克罗塞群岛以西约一千公里。——译者注
[②] 现今的留尼汪（La Réunion）岛。

南很远的地方经过。13日，我得了重感冒。连续好几天刮南风，天气很冷。我在舱室里位于窗户和舱门之间，天冷时，这个位置正好有穿堂风，冷得让人受不了。

有好几天时间，我们以"钓"信天翁取乐。十几只信天翁在我们船的后方盘旋，追逐从船上扔下去的东西。我们在绳子上拴一个大钓钩，挂上肥肉，饥饿的信天翁便往上扑，然后我们把绳子放一放，引逗它，把诱饵放在它够得着的地方，直到它把诱饵吞下去。这是个耐心活儿，让我们好几个人连续几天乐此不疲。我们一共逮着了三只，一只白的，两只栗色的。这种鸟翼展长达3米，体型比天鹅大，羽毛很厚，喙很大，上喙尖是弯的，它在天空中滑翔的姿态非常优美。我们把两只做了标本，另一只剥了皮，好取得翅上的骨头用来制作烟斗的管。这些骨头当中，有的长达60厘米。我只拿到一根短的，准备留给亨利。

3月21日，我们进入秋季，你们进入春季，所以我跳过了一个冬季。如果返回时我还在南半球度过夏季或秋季，那么在我的岁月中，还将有一个冬季或秋季被"删除"。

我们在海上画了一个巨大的S形，先向南行，然后弯向北，最后又驶向南。然后，我们在圣保罗（Sain't Paul）岛和阿姆斯特丹（Amsterdam）岛中间穿过，坐标是南纬38°、东经75°35′。

我们看到碧波之中有两个无法上岸的陡峭圆丘，那是陆地，丢失在无边的海洋中的陆地。这两块巨岩相距20法里，我们在更靠近阿姆斯特丹岛的地方经过，上面既没有一棵树，也没有一棵草。

上午我们遇上了"涅夫勒"号，它晚于我们从开普敦出发，在我们向北绕弯时超过了我们。我们向它致意，用信标跟它互通信息，相互交换了经过的点位，还向它打听新消息，然后超过了它。我们还与一艘瑞典籍但插着法国国旗的船擦肩而过。船是法国租用的，上面载着给养和弹药。

真是令人目不暇接的一天。"茹拉山"号在我船的后方由南向北驶过，它在我们离开开普敦的前一天到达，所以在那儿停靠的时间肯定很短。从法国到开普敦，它跑了80天。也许它是想把时间抢回来，所以不再那么不紧不慢地磨蹭了。船上是我们的炮兵。

3月24日，我们船上死了一个人，这是从开普敦出发以来的第一个。他是个水手，仍然是死于伤寒。从去年12月以来，我们一共损失了7个人，但在天气如此恶劣、住宿条件如此不堪、条件如此艰辛的航行中，只有7个人死去，已属万幸。

在平行于澳大利亚西海岸的航线上顺利航行一段之后，我们于4月3日在东经103°越过南回归线。现在进入巽他海域，有四五天时间，风平浪静，晴空万里，也不太热。10日，舰长决定点燃锅炉，螺旋桨把我们推向巽他海峡方向，海流却使我们向东偏航，接近爪哇岛海岸，于是我们沿着海岸西行，前往巽他海峡。拐了这么一个弯儿倒不是坏事，因为能看到植被极为繁盛的美丽海岸，茂密的树叶重重叠叠地垂到树根和海面，浸到泡沫当中。多么壮丽的景色啊！棕榈树、椰子树、香蕉树各种乔木，姿态不同，颜色各异，覆盖着山丘，给它的绿色轮廓镶上花边，又蜿蜒曲折而下直抵岸边，将山的深绿融入海的蔚蓝。经过漫长的海上航行，看到如此丰饶的大自然，又是多么幸福！我们无心想别的事情，更舍不得把目光移开。

经过两个赏心悦目的小岛Tindji-Delli[①]，我们来到爪哇岛的西顶

---

① 印尼称为Palau Tinjil和Palau Deli。——译者注

端，正是在此处，大自然展现出最美丽的景致。我们在距离岬角400米处通过，那是一处浸入海中的陆脊，背负着碧绿和浓荫。海中散布的处处巨岩，好像依依不舍地从大岛上分开，也都覆盖着从大岛借来的丰饶植被。几片岩礁之间有藤枝相连，形成绿色的拱门，透过拱门能看到海浪无力地碎成泡沫。此时是傍晚6点，美丽的斜阳更给佳景增光添彩。夜幕降临，我们勇敢地闯入爪哇岛与王子岛（île du Prince）[①]之间的航道。尽管十分困难，我们仍然前行，日出之时，我们已经离这道海峡的出口不远了。我们远远地欣赏苏门答腊海岸，以及海上不时出现的花篮一般的小岛。快驶出巽他海峡时，我们从兄弟（Deux Frères）岛[②]旁边经过，这是两个巴掌大的小岛，堪称大自然吹出来的两口香气。它们长得一模一样，遂有兄弟之称。海水在它们的细沙滩上快乐地滚过来再滚回去，我们想，此处的海大概从来不会发怒吧。一只独木舟停在沙滩上。

　　我们渐渐远离美丽的沙滩，但第二天，我们在邦加（Banca）海峡又看到迷人的沙滩。船行驶得很慢，陆地地势不高，但森林繁茂。我们超过了一船美国船，船上是穿着红马甲的士兵，然后我们又遇到了"卢瓦尔河"号并超过了它。我们绕过鲁西帕拉（Lucipara）[③]小岛，沿着航道蜿蜒前行，要不停地测量水深，有时水深为8米，而我们的吃水是6米。整整一天都过得很愉快。尽管此处的陆地比巽他海峡的两岸要低得多，但从船上仍然能看得很清楚。轻风送来岸上的气息，我们看到一些独木舟、双桅横帆船，还有一种用席子作帆、被称作"印度贱民"的小船。这些小船，除了荷兰的船只外，都远远地避开了。像

---

① 印尼称帕奈坦（Panaitan）岛。——译者注
② 印尼称为Kepulauan Segama。——译者注
③ 印尼称为Pulau Maspari。——译者注

新加坡，1860年4月20日

"罗讷河"号这种载着1200个白人的大船,还是相当吓人的。

我们有身处海市蜃楼的感觉。到了晚上,大雷雨袭击苏门答腊,但没有浇到我们,只是空气十分沉重,让我们动弹不得,几乎喘不过气来。

下午6点,我们驶过囊卡(Nanka)[①]岛。晚上7点,由于天黑,我们被迫抛锚。船原地不动,这种情况是最可怕的。毫不夸张地说,一丝风都没有,无法呼吸,坐也不是,站也不是。

到了今天,14日星期六,空气总算好些了,我们可以继续写信。很高兴能有这么轻快的一天,给你们说说我的见闻。

我们早上5点钟起锚,靠螺旋桨前进。10点,我们遇到一艘配备十门炮的纵帆船。天气很晴朗,岸上照样十分美丽。

正午时分,我们看到海边有一个漂亮的村落,它的名字是门托克(Mintock),位于Kalean角,坐落在邦加的山脉脚下。茅屋的屋顶都是非常鲜艳的红色,笼罩在浓密的绿荫之下,四周被满满的绿草地围住。有几艘小船停在沙滩前面。在右侧,我们看到一只小船正在奋力向我们划来,船上飘着荷兰国旗。我们向它移过去,停船。小船上有8个古铜色皮肤的男子,面部平坦,宽鼻子,是马来人。还有一位妇女和两个孩子。我们放下梯子,下到他们船上。他们急忙拿出一个盖了戳的包裹,和一张写着荷兰文的纸,我们不明白他们要做什么。

舰长拿过包裹,给他们一个收条,他们都懵了。我们当时以为,他们给我们的包裹是要送到新加坡,但他们手指着苏门答腊,嘴里不停地重复"占碑"(Jambi)。我们终于明白,他们负责门托克和占碑之间的邮政,以为我们要找他们,所以必须与我们接洽。我们把包裹

---

① 印尼称为Pulau Nangka Besar。——译者注

还给他们，放他们走。他们很高兴，迅速向苏门答腊方向驶去。

他们的小船很特别，是个6米长、1.5米宽的筏子，由竹子和芦苇捆扎而成。筏子上有灯芯草席做的船帮，在筏子的前后都有一定的高度以挡住海水。整个筏子非常轻，海上大风大浪时，能把它托上波峰而永远不会把它吞噬。帆是席子做的。妇女和两个孩子躲在席子做的棚子里，男子都穿着短裙，像我们旧时的长袍，头上都围着一块布，但头顶是露着的，也不戴帽子。筏子上有8支精致的红色木桨，男人们都顶着当头的烈日在站着划船。我会一直记着这只奇特的小船。

还有另一件奇事。下午2点钟，我们看到一艘法国蒸汽护卫艇抛锚了。

我们以为它在等着向我们传达改变航向的命令，或者其他什么事情。等我们到它跟前停了船，船长乘着他的小艇过来了，是蒙雅莱·德·凯尔维居（Monjaret de Kerveju）先生（1860年11月7日在白河晋升为海军上校。——原注）。他的护卫艇是"拉普拉斯"（La Place）号，他在这儿的任务是为风帆护卫舰提供牵引。昨天，他牵引了"安德洛马克"号，正准备南下海峡牵引其他船只。他告诉我们，会有人来接替巴热（Page）先生，蒙托邦将军也已经在两个星期前到达新加坡，那里情况很好。对于来自交趾支那的人来说，可能的确如此，新加坡的气候要好得多。其他事情，他就不知道了。但等后天到了新加坡，一切都会清楚的，特别是会有来自法国的消息，这才是我最关心的。

我们用响亮的军乐向先于我们参加中国之战的人致意，对方船上所有水手攀上支索，高呼："猎兵万岁！"下午3点钟，我们驶出邦加海峡。一个星期以来，海面一直十分平静，像一整块冰一样，颜色随着

新加坡，1860年4月20日

海底而变化。

15日，星期日。多么惬意的一天，整整一天都属于船之外的世界。早上6点，我们沿着林加（Linguin）群岛航行，穿过了赤道，从秋天到了春天。而后，我们驶入宾坦（Bintang）岛和巴淡（Batan）岛之间的廖内（Riouw）海峡。海峡很窄，航行困难，我们倒是能更真切地欣赏岸上的丰富多彩。海面像湖泊一样平静，像镜子一样清澈，倒映着美丽的祖母绿。我们几乎没有在船的两侧来回走动，完全沉浸于欣赏岸上的风光，这是在欧洲无法想象的景色。然后，人的出现又给风景增添了新的魅力。岸边香蕉树或椰子树的浓荫下，若隐若现地散落着一座座茅屋，一些小船停在沙滩上，还有一些小船靠一支像长枪似的桨在"湖"面上穿梭。

离茅屋不远，就是捕鱼的地方，那里立着无数根木杆，撑起渔网。在一个小湾深处，有一座很大的村庄，山丘最高处插着一面荷兰国旗，旁边有一所大房子，有可能是总督的。我们时而看到朱砂红色的土地，生长着绿叶树木；时而看到同样颜色的珊瑚小岛，上面长着灌木等植被。

我们今天经过的这片海，世界上没有任何地方会比它更美。一座座小岛，深浅不等的峡湾，高高低低的岬角，陆地上满是原始的林木，依着优美的山势起起伏伏。我一直没离开过望远镜，眼睛都看酸了。

下午1点钟，我们从"莱茵河"号旁边经过，我们用军乐向它致意。再往前，就是"卡尔瓦多斯"号，它与我们有一段距离。"莱茵河"号上面有一片绿色，那是刚才从我们旁边驶过的许多小船给它送去的。下午5点，我们到达一艘荷兰纵帆船附近，它在一片浅沙滩上搁浅了，我们没有出手相救，因为它没有求救。晚上7点，我们驶出海峡，遗憾的是，我们的想象力还没有得到满足。

我忘了告诉你，复活节那天，我们正在圣诞岛一线并且离它不远，但这天没有做弥撒，很多人，甚至不那么笃信的人，都觉得遗憾。因为天气实在太恶劣，当时连续很长时间都在下雨。

我们在夜间下了锚。

新加坡河景（1859）

新加坡，1860年4月19日

亲爱的贝尔特：

我现在在新加坡。很高兴终于到了，但刚刚看到的一切让我非常憋气。我所看到的是一个全新的世界，而我还没来得及把这些美好的

新加坡，1860 年 4 月 20 日

东西存储在脑海里。在遭受如此深刻的失望之后，你怎么能不让我的信对我纷乱的思绪有所反映呢？

星期天晚上，因为不熟悉锚地，我们在锚地之外就停了船，但能看见城里的灯光。于是，星期一一早，我们只行驶了两公里就到了此时所在的锚地。正如你所想象的，经过51天的海上漂泊，我们迫不及待地想登上岸，看到陆地和水井，来到热带天空下风情万种的新城，置身于令人艳羡的绿色景致之中。我们尤为高兴的是，可恶的机器终于熄了火，航行期间，它已经把我们的船舱变成了进入地狱的等候厅。

但除此之外，还缺少一样我衷心祈愿的东西，我两个月来一直盼望的东西，那就是你们的信！8点，军邮官上了岸，有人告诉他邮局10点才上班。10点，他又去了。我在船上没有动，眼睛一直盯着岸上。到了下午2点，终于看到他那只小船，我们用望远镜跟随着他的身影，但让人痛苦的是，我们注意到邮袋瘪瘪的。大家都在想，到底谁会是收到信的幸运儿呢？唉，真的没有几个。才五封信！为了这一千多人，这就是从法国来的全部东西了。其他船只也不比我们幸运。亲爱的贝尔特，你想象不到我有多沮丧，担心、失落、埋怨，五味杂陈。但是，不，你们对我没有任何关心和牵挂，这种念头我一刻都没有过。我更相信有些人的解释：英国邮船把邮袋直接送到了香港，免得在新加坡费事打开，还能降低税费，不过这也造成了现在的差错。可爱的人们，凡事总往好处想。

所以，还要等上半个月。

我们看到一张2月28日勒阿弗尔的法国报纸，还有一些3月6日的英国报纸。但我希望先看到你们的消息，然后再看政治新闻。只有你们的消息与我有关。远离你们4000法里，这是我最大的痛苦。

我看到了3月1日的"皇帝讲话"。天啊，法国乱成这个样子，宗教仇恨已达到顶点。还有《世纪报》（*Le Siècle*）①的先生们对迪庞卢（Dupanloup）主教的攻击。可怜的法国，你要往何处去？我们这儿有些人欣喜若狂，他们希望不久以后，为了快刀斩乱麻，干脆由皇帝作法国教会的教皇。我真的更为你们担心，而不是为我自己。既然我最大的问题是什么都不了解，无法跟踪事件的发展，那就听天由命吧！

至于与我们有关的政策，还是令人放心的。已经让我们准备了两个月的给养，命令我们尽快出发，到香港稍停，随即赶往北直隶湾会合。

会合地点将在香港为我们指定。他们想加快中国之战的进程，然后利用冬季前往交趾支那。加快进度是完全有道理的，若想集中人力办大事，特别需要行动迅速。我想，在这些海域里干等着，没有什么益处。另外，在法国，你们对战争计划的了解应该比我们更清楚。

我们到达的时候，"山林女仙"号正在启航出发，锚地里还有"茹拉山"号、"莱茵河"号、"伊泽尔"号。

"卢瓦尔河"号是星期二到的，"卡尔瓦多斯"号两周之前就已经走了，迟到的只有"涅夫勒"号和"倔强"号。新加坡的锚地，如同湖面一般。一些小岛封住了入口，只在小岛中间留出很窄的水道。可以看到新加坡城的背后有一些山丘，开垦出来的耕地都是红色的。城市在山丘脚下伸展，一条河分成一大一小两条支流入海，把城市分割成几块。大支流的右侧是中国人区，中间是英国人区，左边是马来人区，他们的茅屋都掩蔽在椰子和香蕉树丛当中。我们所在的地方只

---

① 温和的共和派报纸，1860年发行52300份。

新加坡，1860年4月20日

能看见一些大型建筑，如天主教堂、两三家旅馆、海岸边的领事馆等等，城市的其余部分都消失在树丛当中。锚地面积很大，有许多商船，其中三艘英国商船是前往中国的。我们被无数条装着水果和鱼的小船团团围住，一些人向我们推销给养，甚至还有卖鸟、卖贝类的商贩。

他们是中国人、马来人、印度人、孟加拉人、伊斯兰教徒，少数阿拉伯人以及爪哇人。他们都穿着各自样式的衣服，最华丽的是伊斯兰教徒，最简单的是马来人，只有一块布用腰带束住，充当遮羞布。中国人也穿这种衣服，干这么重的活儿，这是必须的。他们与其他人的区别是长相、长辫子和锥形帽，马来人和其他人都缠头巾。

我迫不及待地冲向菠萝和椰子，椰汁像矿泉水一样清澈。你想一想，当我们看到篮子里装满包裹着木屑的冰块吊上来时，我们有多么惊喜。冰的价格是每磅三个苏，新加坡几乎就位于赤道之上，这种惊奇是好事。英国的先生们对好东西来者不拒，他们从美国把冰弄来，在这个地方，它实在是必不可少的。

吃饭时，我们的杯子始终是满的。你们会说这也太讲究了，但是，在那么长时间里只有热嘟嘟的苦咸水可喝，此时这点享受还是允许的。水果虽说都不错，但终究不如法国的好。

新加坡，吉宝（Keppel）港
（R. 海尔格鲁［R. Hellgrewe］绘）

不过我并不是瞧不起这些水果。两三个星期以前，我们就没有餐后甜食了，只能吃到熏肥肉、泡酸菜、豆角。到此地之后，我毫不犹豫地花两个苏买一只菠萝，花同样的钱买一只椰子，或者花一个苏买三只香蕉，即使明明知道自己被宰了。

柚子就是大号的橙子，个大、坚硬、皮厚，还没有汁。有小一点儿的绿橙，但味道不那么可口。跟很多热带国家一样，这里蔬菜很少。除了包围我们的各种小船之外，锚地里还有各式各样的渔船，有两头尖的，也有后部宽大的，如同中国船，前面是两只大眼睛。船帆和船桨也是奇形怪状的。

锚地里靠近马来人区的一侧，挤满了各种形状的海盗船、艇，上面席子做的棚顶已经扯烂了。总之一句话，它们的样子不可名状。由于英国人出于最大商业利益——而非道义——在此开辟了自由港，此地到处都是强盗。英国人向这些恶棍提供武器弹药，严密监视他们，再随便找什么借口在十法里至二十法里以外把他们抓回来。

星期一的下午3点钟，我来到城里见识一番。我们在中国人区上了岸，立即看到了古伯察在书中描写的景象，满是各种各样的中国风情。

英国人划出来的街道其实很宽，但中国人房前的地盘，一寸也没有浪费。这里摆满了各种商品，里里外外都格外繁忙，随处可见锚、链、给养、枪炮，都是英国人收缴过来的，准备再转卖给海盗。房子有的像巴黎利沃里（Rivoli）大街上的拱廊建筑。这有铁匠区、金银匠区、裁缝区、食品区、流动食摊区、果贩区、果酱贩区，还有一些我不知道的（见古伯察的书）。女人很少，从此地的情况看，女人和男人的数量大概是一比五，这是因为人口是流动的，中国人都是来此地待上十年八年，攒了钱就回家。因此小孩很少，不像在别的地方总得想办法摆脱小孩子的纠缠。

新加坡，1860年4月20日

我们来到英国人区，领事馆、商行、旅馆都在这个区，最大的两家旅馆叫希望旅馆和欧洲旅馆，这里能讲法语。在新加坡没有泡澡，只能洗洗"淋"浴。我学着当地人的样儿，来到一间小屋，里面放着一个装水的大桶，手拿着舀子往身上淋，想淋多久都可以。我就用这种办法，洗去了两个月航行留下的"罪恶"。

然后，我们和居斯塔夫、蒙蒂耶雇了一辆车，花一个银元（5法郎）就可以逛一天。这是一种有4个座位的长马车，由一匹很小的马拉着，牵马的是个印度人。我们乘车上路，准备一口气把城里走完，谁知突然下起雷雨，我们不得不回到旅馆，等着吃晚饭。

英国人区布满了漂亮的房子，都建成了东方的样式，花园很大，里面种有美丽的树木，街道很宽很美，还有迷人的海滩。

我们在傍晚6点吃了晚饭。饭很好吃，也很贵；地点是在有栅栏隔间的游廊上，很凉快。为我们服务的是6个中国人，他们穿着白袍和宽松的蓝裤子，脑后都规规矩矩地垂着辫子，开始工作之前，他们的辫子是缠绕在头上的。他们的长相都差不多：脸部平坦，没有胡须，面孔虽然显得聪明伶俐，但似乎常被认作女性。

晚饭后，我们被拖去看中国人演的戏，这是今天在城里最后一个能长见识的活动。我们像在巴黎时那样买了票，每张票要一个卢比（2.5法郎）。现在，我接触到中国人了。戏园子就是一个大木棚，棚顶上盖的是树皮，座位就是一排排的木板，摆成粗糙的高背椅形状。戏台在棚子的一端，只是比其他部分稍高一些的木板，由许多带三个火头的油灯照明，但灯都很大，里面装着灯油，要有人时刻不停地剪灯芯。舞台深处有两块绸做的幕，一块在左，一块在右，这就是全部布景。伴奏的乐手就在演员的身后，发出震耳欲聋的声响，还一边说话一边抽烟。离演员最近的那位，还要负责把仅有的三张椅子及时地推到前面，或者撤到后面。

他们的念白和行头，立即让我们对中国人的语言和服装有了直观的认识。我们来到幕后，看演员们化妆打扮。他们的行头都整齐地排列在伸手可及的地方，需要时都不用回头看。我们好奇心起，直接来到台上，就在眼皮底下观看演出。有人给我们拿来椅子，就放在他们身边。虽然我们的举动很不得体，但无论是演员还是观众，都没有什么反应，也不回头看。不过在他们看来，哪怕是作为敌手，我们也肯定显得极为不同寻常。

对我们来说，那四五百名观众比演出更有意思。他们所有人的长相都非常相像，而且都既没有唇髭，也没有络腮胡。他们完全被演出所吸引，脸上没有什么表情，甚至有些人在一个小时的演出中一动都不动。

这场演出，帮助我们对中国人形成了初步认识。演出结束，我们带着对中国的第一印象，回到船上过夜。我本想留在旅馆凉爽宽大的床上，但由于价格太贵，我不得不憋在温度高达33℃的闷热舱室里。而这还不是最热的时候，两三个月之后，又该怎么办呢？每个人都找来马来人的衣服，找来扇子和轻便的短外套。我们的猎兵穿什么的都有，中国人高价卖给他们轻便的衣服、尖顶帽，他们每人都有了扇子、无跟拖鞋。

4月17日，星期二。我在岸上遇到工兵上尉博韦（Bovet）先生（8月21日夺取大沽时受伤死去。——原注）。他是我们在里摩日（Limoges）的熟人①，是个很可爱的好人。请把他的消息转告给达莱

---

① 家族的朋友。

新加坡，1860年4月20日

斯特（Dareste）①一家，他们会转告他的妻子，以防他们的信丢了。我跟他一起去看了一座很奇特的庙，有人说它比在中国的庙都漂亮，庙顶的各个角是上翘的飞檐，每个檐角上都有绿色的龙，庙顶也是绿瓦。里面的神像都很吓人，跟在法国时看到的中国画片上的一样，个个身强体壮，大腹便便，面目狰狞。神像的前面摆满了供品，燃着香。供品是小糖果，在细木棍上串成串插起来。中国的敬神者在神明面前也无拘无束，他们在那儿说话、大笑、抽烟。大门口有一排铜柱，都是很精美的雕刻工艺。屋顶是交叉重叠的木梁，用的是珍稀木材。到处都是最鲜艳的色彩，有大红字写成的对联。左右还有一些亭子，有很多上翘的飞檐。要画出这整个画面，非有特别灵巧的画笔不可。我们还看到一些露天的戏台。整个区的环境又脏又臭。

新加坡属于最商业化的城市之一，这里生产武器，中国人把武器发往中国，但武器也常被英国人拿走，先卖给海盗，再从他们手里缴回来。中国人大约有六万，欧洲人有四千，马来人、印度人和其他人大约共有两万至两万五。印度人之间说话，讲的都是本地治里（Pondichéry）法语。在水上生活的船民，把各种船艇布满了水面，所以我们上岸非常方便。马来人一般是四个人驾一条船，而中国人都是一个人摇桨而且速度很快，他们还提供阳伞。

从我们船到陆地的两公里距离，他们能一口气送到，只有背后的辫子给他们遮挡阳光。他们大部分只穿一条短裤，所以他们像马来人一样浑身古铜色。

英国人几乎见不到，下午5点钟下班后，他们都是回到乡下的家里。旅馆都是东方式建筑，厅堂很宽大，四面都是打开的，吃饭时，

---

① 吕多维克的祖父曾娶过这家的姑娘。

由布料、木板组成的风扇往复运动,带动空气流通。房间由隔板分隔而成,隔板的高度没有达到天花板,所以空气可以到处流动,而床则被蚊子包围得严严实实。有很漂亮的英国巴扎,能找到来自世界各地的商品,东西都很贵。

我想,等到了中国,就能买到更便宜的中国货。此处,来自美国的冰是唯一一种便宜东西,并且真正实用。在我们从开普敦(非洲)买的杯子里,有亚洲的水、法国的酒和美国的冰,世界四大洲的东西被我们一齐送到嘴边。

到了香港,我们将见到一万英国人,成群结队的英国人。

19日,星期四。我上岸去看传教团,他们的头儿是外方传教会的伯雷尔[①]神父。他来此地已经22年,建了一座庄严的教堂、一座漂亮的府邸、一所修道学校和一所女修院(共有10位修女)。神父在新加坡享有很高的地位,他可以自己筹措费用,而不需要外界资助,这一切也都经营得很好。他手下还有两位法国教士,茹祖夫(Jousouf)神父和萨利(Saly)神父,都各有资产。此处共有四千基督教徒,但很难让中国人信教,因为中国人几乎都加入了各种秘密团体。伯雷尔神父看望过蒙托邦将军,跟他一起在总督府上吃过饭,蒙托邦也来看过他。

见过面之后,我到城市郊区转了转。乡下的景色很迷人。房屋仿佛是在童话里,此处植物之繁盛我前所未见,房屋就包围在灌木与花卉组成的墙篱之中。

回来的路上,我经过建在海滨吊脚楼上的马来人区,那里到处都是椰子和香蕉树。还有很多中国人开的锯木场,也是建在吊脚楼上。

---

① 让·菲利浦·伯雷尔(Jean Philippe Beurel)神父(1813—1872)是新加坡天主教史上的重要人物。他26岁来到新加坡,以自己的聪明才智和不知疲倦的激情,恪尽职守30年。

新加坡,1860年4月20日

他们的工作干劲令人难以置信。我沿着海边走，经过上千条中国人的小船。听到一阵阵锣声和歌声，他们正在庆祝季风转换方向，这样他们就可以返回中国了。

我在欧洲旅馆过夜，因为星期五上午我要参加教堂①里举行的弥撒，并在那儿庆祝复活节。我很高兴能在新加坡的传教团里尽到此项义务，并且得到伯雷尔这样的好神父帮助。对这项活动，我心里有说不出的高兴，所以我满怀欣喜地前往上帝召唤我的地方。弥撒过后，伯雷尔神父请我一起喝茶，我们谈了很多，最后我向他告辞，并答应在回来的路上再来看他。

好牧人圣母堂（Notre Dame du Bon Pasteur）

我回到船上，从中国来的邮船刚刚到达，明天将启航返回欧洲。有人来收取信件，我要很快把这封信写完。酷热让我心烦意乱，所以没法给其他人写信了。请替我向其他人道歉，向在我心中占据重要位置的吕多维克舅舅致歉。再向祖父、各位叔伯姨婶问安……

---

① 好牧人圣母堂。

居斯塔夫给家里写了一封长信。我们将于星期天早上开船，赶到香港需要10天时间。不要再往"罗讷河"号上写信了，因为我想我们很快就会离开这个牢房。从此往后，你们能更经常地得到我的消息，因为信从香港寄到法国只需45天。

亲爱的贝尔特，谢谢你寄到开普敦的信，航行期间我反复读了好多遍，在我们身心备受折磨的时候，这是难得的安慰。我看了许多书，有古伯察的著作，还有瓦伦（Warren）的《英属印度》（*L'Inde anglaise*），我建议你读一读这本书。

我真不想给这封信收尾，我不愿意就此离开你们。感谢你们给我写信、想着我，感谢你们那么多次到富尔维埃尔（Fourvière）礼拜。温柔地拥抱你们。

手迹

再见了，爸爸、妈妈、亲爱的姐妹、亨利。再见……再见……也许两年以后？

吕多维克·戴加莱

1860年4月20日于新加坡

我晒成了像印度兵一样的古铜色。

再过一个月，你们就能收到我从香港发的信。

"罗讷河"号船上，香港，1860年5月4日
（6月25日于里昂收悉）

亲爱的贝尔特：

这封信确确实实是从天朝寄到你们手里的，给你们带去一个猎兵的消息。由于身处花的国度，他已经转变为"蛮夷"①状态。

经过137天的航行，我必须静下心来与你们分享到达目的地的感觉，特别是看到你们2月10日、11日、23日，以及3月10日、11日写来的所有信件的感受。

5月2日早上，我们远远地看见陆地，还看到几座前出的小岛，它们形成了进入珠江的屏障和澳门、香港的前哨。这些小岛不像巽他海峡里的小岛那么美观，大部分都很陡峭。穿过这些小岛之后，我们绕过香港岛，进入香港岛与大陆之间的小海峡。

维多利亚湾就位于这条狭窄的水道里，岸上就是同名的城市。这就是我们下锚的地方，周围有五六条船，还有无数面各国国旗，尤其是英国国旗，飘扬在如林的桅杆之上。

我们看到了来自交趾支那的"复仇女神"号，两艘漂亮的运输船"默尔特"（Meurthe）号、"迪朗斯"（Durance）号都已经在这儿待了三四年了。接着，"茹拉山"号、"伊泽尔"号、"卡尔瓦多斯"号到达。如同在新加坡时一样，我们到达的时候，"山林女仙"号正

---

① 当时的中国人把所有的西方人都叫作"蛮夷"。

香港(加斯东·德·内维尔雷作,家庭档案)

在出港,牵引着满载舰载步兵①的"复仇"号。锚地里有许多英国船带着这样的编号:一个很大的数字,旁边是步兵、骑兵、炮兵、给养等字样。英国军队在这儿集结,然后在面向维多利亚港的岸上扎营,就在他们的战舰旁边。他们已经有差不多一万两千人。他们的将军已经在这儿,等特使一到他们就一起出发。当远远地看见那处营地时,我们还以为那是留给我们的。

抵达香港和穿过那些小岛的过程中,海面上有数以千计的中国小船,挂着席子做的大号船帆,两个一组边行驶边撒网。这么繁忙的景象令人惊奇,我们的眼睛简直不够使,根本看不过来。

香港的面貌,可以说是一座山岩嶙峋的岛屿,山顶几乎是上不去的。植被萎缩,几乎无法覆盖各个坡面,在很多地方只有石头,看上

---

① infanterie de marine,法国陆军的一个兵种,随军舰行动,参加海军的接舷战、两栖作战以及陆地作战等。——译者注

去和普罗旺斯的许多地方很像。其实维多利亚城就是以山坡为基础，平整土地后建设而成的。城市沿着最大的坡面层层上升，所以它像一座阶梯剧场，让人一览无余。它骄傲地展示出一座座依山岩而建的大厦，大厦的周围是树木，都是花大价钱从别处弄来土才种植成活的。这些建筑有许多廊柱，由此可以看出主人的富有和奢华。

我们的第一件事就是把军邮官派到岸上，取来能满足我们第一需要的东西。我们想要的并不是陆地，而是法国，除了法国什么都不要。我们要的是书信，让我们回想起法国，带来法国和你们的消息，带来让我牵肠挂肚的一切。等待漫长难熬。瞭望哨刚发现他的小船，所有的望远镜就盯着他的一举一动，特别是他的邮包。这一次，谢天谢地，比新加坡的邮包要大。我们每个人都恨不得在每一封信上都发现自己的名字。军邮官终于上船了，海军统帅都没有他受欢迎。大家围着他，拉着他，让他坐下，就像从钻石矿里找钻石一样，从别人的肩膀之上伸出手去。但你们的五封信比钻石更宝贵、更真实，让我在心里感到温暖。有吕多维克舅舅的两封，德·杜尔蒙（De Tourmon）先生去年12月的一封，德·拉里维埃尔（De Lariviere）夫人去年9月的一封。我忘了吃晚饭，信就是我的盛筵！这么长时间没有信的滋养，我已经饥渴到极点。我轮流看你们每个人的信，用你们的柔情滋润我的心田，很欣慰你们每个人都好。

你要知道，在这儿，我们的状况要比新加坡好一些。天不那么热，我感到精神更好，身体更强壮。137天的漂泊已经永远成为历史了。

［……］

就在出发的前夜，我们经历了一次奇妙的历险。我和少校一起吃了饭，饭后我们到中国街上闲逛，到每个店铺里都要闻一闻、看一看。这天是中国的节日。我们发现一座房子灯火通明，出于好奇，我们往半开的栅栏门望去。一群裸着上身和小腿、满脸喜悦的中国孩子，牵着我们的衣服，把我们强拉进去。的确是在过节。第一间屋，就是灯火明亮的祠堂，祭台上摆着供品，里面的画和家具都让我们感到好奇。经他们允许，我们继续往前走，看到了一群中国人围坐在餐桌前，香槟酒冒着气泡。爷爷被小辈们簇拥在中间，稍往下的座位，是一对英国夫妇。我们示意离开，但他们极力热情挽留，两个讲英语的小伙子请我们入座，用正宗的法国杯子，给我们满满地斟了两杯香槟。我们简直不相信自己的眼睛。你要知道，凯歌香槟（Clicquot）是名酒。经过一番没完没了的客套，我们终于告辞。

　　我买了席子，铺在我的铺上，这样会更凉快一些。先前曾有五六天的时间，风平浪静，我们靠蒸汽推进，沿着交趾支那的海岸，行驶在镜面似的大海上，经过了昆仑岛（Poulo-Condort）和鸿海岛（Poulo-Sapata），岛上有成千上万只燕子。28日，我们航行在帕拉塞尔（Paracel）群岛①。29日，我们看见好几条鲨鱼在船的后方游弋。抛下一只诱饵，立即被一只鲨鱼吞下，于是我们看到一只如此凶恶的动物被拉上甲板，大家伙儿一阵欢呼，毫不理会巨兽因行将毙命而惊恐得一直摆尾挣扎。它长2米，身围0.85米，是只小鲨鱼。第二天吃鲨鱼肉，白色，软塌塌的，味道寡淡，回味还有些苦。这东西吃一次就够了。

　　5月2日，我们终于进港，但这不是我们真正的目的地，因为我们要到扬子江口，也就是吴淞和上海。我们全体在那儿集合，等登陆地点确定以后再出发。不幸的是，我们要在这儿等上10天，这个时间太长了，让我们难以忍受。但我们增加了葡萄酒等储备，原本我们在新

---

① 即西沙群岛。——译者注

加坡已经储备了两个月的量。我们还要弄一条登陆艇。我们只是担心上战场之前没有足够的时间恢复体力。炮兵用的马匹，我们一匹还没有，我不知道哪里才能买到。英国人夺取了舟山，派了3000人实施占领。那儿位置极佳，是一个理想的行动基地。

你们告诉我的政事新闻都是我最关心的，这样的话我就不用找报纸看了。从我这儿，也要把天朝的政治新闻告诉你们。真不知道是哪颗彗星撞了地球，到处都在闹革命。比如说，广州就被武装力量①包围了，要是没有欧洲人的"保护"，广州这会儿就会陷于混乱。

英国人占领了城里的制高点，300人的警察队伍中有150个英国人、150个法国人，他们骑着马到处维持秩序，甚至来到至今一直禁止欧洲人进入的内城。在上海，以及在沿岸各地，他们看到我们到来，显得非常高兴。

有人说中国皇帝对白河的炮台很有信心，对他从全国各地招集来的鞑靼士兵很有信心，所以我希望我们的卡宾枪会让他服软。我们在北直隶湾进行侦察，那儿才是我们最后登陆的地方。

星期四上午，我正准备上岸，与一位骑兵上尉勒布尔（Reboul）走了个面对面。我根本没有想到他真的会来到此地。我过去知道他正在想办法争取参加中国远征，但没有想到他真的成功了。在距离祖国如此遥远的地方能遇到这位朋友，让我非常惊喜。他在这儿有一个令人艳羡的职位，他被派到英军司令部，担任法军的联络专员，因此他能看到和知晓很多事情。他曾参加占领舟山，并去过上海。

我本来很想去广州，这是最奇特的城市，再说吉耶曼（Guillemin）

---

① 1860年进攻上海的武装力量属于1850—1864年间动摇清朝廷统治的太平天国运动，其间有大量死亡。太平军从南方各省起事，逐步向北方蔓延，甚至威胁北京和上海。有一段时间，英国人曾考虑支持太平军。

先生住在那儿，若是能跟他谈起你们该是多么愉快啊。只能等到回程了。

我和上尉一起来到岸上，找来轿子抬着我们到城里观光。欧洲人出行别无他法，于是我们就享受了一回中国人的二人抬小轿。轿子是用竹子做的，很轻，有草编的格栅窗，被漆成了绿色。街上的房子很气派，商行里能听到大量的银圆叮当作响。在这座城市，我们能感受到英国商业的强大力量。商行和大厦的成功经验，让英国人奋不顾身，而且毫不退缩。卖中国货的店铺有很多，现在可以断定，这些东西其实都很便宜，但现在还不是买的时候，至少要等到返程的路上。另外，我们还会到别的城市，这些东西说不定会更便宜。店铺里装点着漆器、扇子，画也很吸引人。能看见有工匠在专心地临摹西洋的画作，但他们的颜料要艳丽得多。他们也在稻草纸上作画，这样的画我会给你寄几张。

我看见了小脚女人，还见到很多下层妇女，但都长得不好看。最累的活儿都是她们干的，撑船时，她们的小孩就在角落里乱爬，小的就背在她们背上。她们一直这样背着孩子，包括划船的时候。当地有圣婴组织的一个分支，由三个法国修女负责，她们收留了很多这样的苦命孩子。真正的尘世就在眼前，这还是我们第一次得到这样的慰藉。有很多马来式的小舟，都是由中国人灵活地驾驶。此地的中国人比在新加坡的中国人穿得齐整。在换钱的地方，我见到成堆的铜钱①。还有一些琐罗亚斯德教教徒，就是信拜火教的波斯人，他们的标志是身上的袍子，还有扣在后脑勺上的小帽，活像一块包着热栗子的餐巾。他们的脸上透着精明，据说他们很有商业头脑，在这儿有很多商店。

---

① 价值不大的远东金属币。

"罗讷河"号船上，香港，1860年5月4日

一个中国人（吕多维克绘）

街上挤满了英国兵、印度兵、锡克兵，锡克兵是印度最好的兵，脸膛黝黑而彪悍，衣着鲜亮。还有很多的英国军官，但我没空跟他们张口搭话。他们感觉在这儿就是在自家地盘，而且自认实力强大，所以很是骄傲。他们的船很棒，挤满了锚地。英军人数很多，还有3000匹马，我们却一匹马都没有。

香港的天空永远是雾蒙蒙的，但天很热。每到晚上，都有云彩在山顶流连，然后变成雨，能给人一点凉意。但这肯定对健康不利，还不如在新加坡热到40℃的时候。在三十多天时间里，我们的舱室始终在30℃到33℃之间，在甲板上帐篷几乎不管用，没有风的时候，温度达到40℃至45℃，那会儿真是可怕，但有一点儿风就会好一些。

我们领到的钱是银圆。真后悔没多带一些法郎的硬币，在这儿能当先令使，而且兑换时能赚6个苏，这样就能把在开普敦的损失找回来，当时1法郎只值14个苏。这就是登船出发时的无知付出的代价。

在香港有一位法军的军需官，他给我们每人发了一顶遮阳帽。帽子是用树的叶筋做的，所以很轻，用一个镂空的箍固定在头上，镂空是为了通风；头顶上也是空的，同样是为了通风。

亲爱的贝尔特，日记就写到这儿，我要给爸爸写信了①。

---

① 致父亲的信，1860年5月6日在香港所写，未刊。

香港，1860年5月12日，"罗讷河"号上
（7月13日于里昂收悉）

亲爱的亨利：

这封信是一个"备份"。因为明天我们就要开船了，我们有可能在路上与从上海开来的邮船迎面相遇，这样的话，它就可以从这儿把信带走，否则你们只能通过下一班邮船才能得到我在上海的消息。此后，很有可能你们有一个月的时间收不到我的信，因为过了上海再往北，邮路还没有开通。我昨天听说，原来在上海的部队已经出发前往北方，去一个叫芝罘的地方，这是将军指定的集结地点。到了那儿，我们就可以活动一下腿脚，等着两位特使。到底是战是和，将由他们决定。

那地方在山东省，据说环境极佳，空气好，气候宜人，有山有树，但不知道到底怎么样。等到了上海，或者准确地说是吴淞，也就是我们上岸的地方，将军的命令将告诉我们到底去哪儿。总部也设在上海，我们就在那儿等着两位特使。但愿这些好心的老爷别让我们等得太久，一个重要原因是，一到十月，北直隶湾就无法行船了。

我们在这儿的日子很不好受，雾很大，阳光穿过雾气让我们又闷又热，到了晚上又是透骨的湿气。天气这样变来变去，如果不加小心，就会影响身体健康了。我的法兰绒衣服从不离身，上岸的时候，还要罩一件蓝色的法兰绒短外套。束腰式上衣（tunique）①根本不行，前面太厚，穿着很憋气，解开又感到被潮气包围着。我感觉将来我们会丢掉束腰上衣，换成法兰绒长款大风衣（casaque），英国人就是把这种长风衣从印度穿到此地。你看，我们会随机应变，现在戴上帽子，我们活像罗马人而不是徒步猎兵。

[……]

我希望，再过两个星期，我们的旅途就能结束，到达后续行动的基地，支起帐篷，建立营地，大口地呼吸芝罘的宜人空气。经过6个月的海上航行，我们太需要这些东西了。另外，我希望能一切顺利；有了上帝的保佑，我一直都会顺风顺水。居斯塔夫一封信都没有收到，因此情绪非常低落。信使的班次太少了，我真得感谢你们能及时写信给我。

我还遇到一件别人的伤心事，这种事儿发生在此地格外令人悲痛。我说的是好友勒布尔上尉的遭遇。信使倒是给他带了信来，但信中说了他母亲去世的消息。在这么远的地方，居然收到如此噩耗，我尽最大可能安慰他，用一整天加上半个晚上的时间陪着他。受此影响，我这封信也不能写得很长，我相信你们是不会责怪我的。

香港已经变成让人厌烦的地方，那么多中国人的店，外面竖立着大招牌，里面的东西琳琅满目，不停地撩拨我们的欲望，真想拿上银圆，把里面那么多的漂亮东西全部拿走。但是需要银圆，很多的银圆，还要有地方存放。我仅仅买了一点必需品。假如我们在北京抢不到东西，在回来的路上，我想到上海、广州或者这里买上一些。

因为炎热，我在此地很少出去走动。不过，在离城不远的地方有

---

① 是旧时制服的一种经典款式。——译者注

一处绝佳的山谷。还有，在对面的陆地上，有一处英国军营，英国军队这几天就要开拔了。锚地里停满了运输船、炮舰。城市、锚地加上军营，整个大场面十分壮观，再加上有成百上千只中国小船在水面上不停地往来穿梭，往每个角落去送给养、士兵、物资，还有千奇百怪的各色面孔：中国人、马来人、印度人、欧洲人，真是蔚为大观。中国人的活力令人惊叹，正是他们，与欧洲人一起建设了香港。中国人非常聪明，而遗憾的是这个民族缺乏强有力的领导；我们能乘机获取多大的利益啊！但有朝一日，这个民族定将令世人生畏，因为她人口众多，智慧超群。

街上有杂耍卖艺的在表演，欧洲的同行可不及他们的手艺。我看到一个瓦匠往三层楼上扔砖，接砖的那位就骑在比楼房还高的脚手架上，但没有一次失手。盲人一手拿着杆子，一手拿着铃铛。在几家我们常去光顾的商店，卖货的已经学会了几个法语词。"亲亲"的意思是你好，这个词儿我们到处用。

此处没有什么好水果，除了荔枝，新鲜的很美味，干的有一股李子味，很像没食子。

亲爱的亨利，你没有参与年轻人的圈子，或者至少没有长期在里面混，真是太好不过了。20岁的时候，在这个圈子里很容易变得玩世不恭，听到的都是不靠谱的东西而不是正经事，无益于心灵的培养和智慧的增长。原谅我这番小小的说教。5个月的海上航行让我有时间对人进行了一番研究，我宁可花上25块银圆，让我脱离自己的圈子。

千言万语送给每一位朋友。不久后战场上见。

香港，1860年5月12日，"罗讷河"号上

吴淞锚地，"罗讷河"号上，1860年5月29日
（8月4日于里昂收悉）

亲爱的爸爸：

我们19日就到了这处行动基地。这是一个固定的基地，因此我们就待在这儿不动了。你们那么长的信，菠莉娜的、贝尔特的，还有玛格丽特亲切的附言，就是今天上午送到这儿的，让我在烦闷的生活中得到很大解脱。我也不知道为什么，这些信让我特别感动。噢，的确如此。再次感谢菠莉娜、卡米耶、贝尔特，感谢她们的信让我仿佛与你们在一起，尽管我与家相距6000法里。这是我唯一的快乐，是我生

厦门湾景色（吕多维克带回的照片）

活中唯一真正的快乐。

我们是13日星期天上午10点离开香港的，沿着一条像小溪那么狭窄的水道驶入外海。这条水道，只要有一艘炮舰就能牢牢守住。在它左右两边的一个个小港湾里，藏着许许多多的小船，而在岸上，能分辨出一座座村庄，其中有些村庄四周是带有雉堞的围墙。

外海的海面上也布满了中国的小船，船上张着两张席子做的帆，都是两船并行，撒网捕鱼，这个海域有很多鱼。有两天时间，天气很差，而且都是逆风，但是因为有蒸汽驱动，我们仍然能继续前进。海岸线始终在我们的视线之内，这就比在外海上航行更有意思，至少我们可以研究海岸的大体形状，虽然我们无法抓住每个细节。我们与很多小岛擦身而过，因为离得近，能看到岛上的房子和当地居民。此外，还看到很多人在捕鱼。

14日夜间，我们穿过了北回归线（第四次过回归线）。晚上8点钟，我们发现由于估算错误，船迷航了。海浪冲在礁岩上撞得粉碎，警告我们此处一定要小心。幸亏这天夜里有月亮，航行很顺利。我们不停地测量水深，得知此处有暗滩，所以这个海域很危险。温度最高只有22℃。

15日，在东碇（Chapel）岛附近，我们追上了比我们早两天出发的"卡尔瓦多斯"号，我们向它发出了几响号声。我们始终能看清海岸，此处的海岸多是山地地形。傍晚，海上出现很多小船，表明此处离港口不远，其实我们正处在厦门湾的入口。跟我们结伴航行的"卡尔瓦多斯"号停了下来，他们在离岸边300米的地方买鱼（请记住这个至关重要的地点）。

夜间，"卡尔瓦多斯"离我们非常近，甚至能听到他们说话的声音。16日，雾雨交加，还有很强的逆风。"卡尔瓦多斯"号一直离我们不远。船的四周有很多鸟围着我们盘旋，有的甚至落到了甲板上。我们驶出了台湾海峡。

17日是耶稣升天节，但由于雨下得很大，海况凶险，所以没有举行弥撒。我们从很多小岛旁边驶过，有南麂岛（Nani-ki）、北麂岛(Pih-ki-shan)等，岛上都有村庄。测量的结果表明此处水深很浅。上午我们通过了宁波一线，离舟山群岛很近，离其中的主岛只有两法里。傍晚时通过嵊泗（Saddles）列岛，每个岛上都有村庄、耕地，四周有很多渔场。在驶出群岛时，我们遇到了"山林女仙"号。这艘船是5月2日，也就是我们到达的那天，从香港出发的。它的出现让我们产生了很多猜测，在抵达目的地后我们得知，恶劣的天气迫使它中途停靠了两次，第一次是在乌礁（Jocaco）湾，第二次是在舟山岛，它在舟山岛补充了煤炭。从香港到吴淞，它用了整整18天，真是运气不佳。等我们从香港出来时，只赶上了坏天气的尾巴，所以才追上了"卡尔瓦多斯"号和"山林女仙"号。

下午5点，我们在前桅顶上升起了引水旗。之后来了一个英国人，我们给了他300法郎，让他引导我们进入吴淞。此处的海水是标准的赭黄色，这是因为水底下到处都是泥沙，这种重量较轻的泥沙在海流和潮水的不断扰动下，永远处于悬浮状态，使海水呈现这种黄色。这片海的名称确实是名副其实。简直可以说，自开天辟地以来所产生的全部豌豆泥，都汇聚到此地来了。

傍晚6点钟，我们再次遇到"山林女仙"号和"卡尔瓦多斯"号。晚上7点30分，我们在"卡尔瓦多斯"号旁边抛锚，"山林女仙"号也在视线之内。18日星期六，早上6点我们起锚，航行在扬子江江口水域。扬子江俗称蓝江①，但江水如同索恩河（Saône）发大水时一样黄。我们的航道很窄，从水流的漩涡就能看出来，航道两边都是沙洲。在这么狭窄的航道上行船，幸好有蒸汽机。三艘船首尾相接，我们排在中间。两侧岸边地势低矮，绿色葱茏，房屋和树木接连不断。

崇明岛位于扬子江口的中央。随着船往前行进，我们从地面之上、树梢之上，能远远地看到在黄浦江口锚泊的船只的桅杆。这条小河有一段与大江平行，在两河之间留下一条很窄的"舌头"。所以，我们先来到与停泊的船队很近的地方，然后往前绕过"舌头尖"，进入黄浦江。在此处必须停船等待，到涨潮时才能通过河口的沙洲。我们下了锚，然后在下午2点钟绕过了"舌头尖"，"山林女仙"号打头，"卡尔瓦多斯"号第二，我们第三，然后在面向陆地一字排开的船队中就位。

吴淞小村位于两河交汇处。我们在此看到的船只有："信息女神"（Renommée）号（一艘漂亮的护卫舰，是沙内将军的旗舰），

莱昂纳尔·维克多·沙内海军少将
（1797—1869）

沙内海军少将较晚（1860年4月4日）才被任命为中国远征军的海军司令，4月14日才到达上海。他作为海军将领的才能，以及在围困塞瓦斯托波尔（Sevastopol）和第一次鸦片战争中的经验，使其在蒙托邦和英军将领面前很强势。返回法国之后，他与蒙托邦一样获任参议员。曾任交趾支那远征军司令。

---

① 在法文中，长江的正式名称为"Yangtze"（即"扬子江"），蓝江是相对黄河而言的某种"意译"——中国最大的两条河，一条是黄河，用的是意译，与此相应的"扬子江"便成了"蓝江"。——译者注

吴淞锚地，"罗讷河"号上，1860年5月29日

"敢闯"号(冉曼将军和101团),"加龙河"号(102团),"龙"(Dragonne)号,然后就是我们这三条刚来的船。卜罗德(Protet)海军准将的临时旗舰是那艘漂亮的混合运输舰"吉伦特"(Gironde)号,它在中国已经有两年时间了。

黄浦江没有索恩河宽,而且河床内只有一侧江水较深,所以留给其他船只来往的通道非常狭窄。两江汇合处的吴淞村一侧由一座炮台镇守,但炮台已经老旧破败,十几门大炮身首异处,没有了炮架,一片凄凉,与寺庙中面目狰狞的神魔一样呆蠢。

平原地势平坦,覆盖着各种作物,四周是纵横交错的水渠为稻田供水,到处可见隐蔽在高大树木浓荫中的小村落。这个地方是中国耕作技术最发达的地区,实际上,我们的确看不到一寸闲置的土地。

中国的小船(吕多维克绘)

我的信保留着日记的形式,这种办法最容易安排内容,以及与内容紧密联系的各种想法。想到这儿,我来回答你们来信中的一个问题:用海军的术语,我们把冲到甲板上、从舷窗冲到舱室里的海浪叫作"鲸"。但由于我们船的船舷很高,所以极少受到"鲸"的袭击。

我接着写信。吴淞村只是一个巴掌大的破烂村庄,有打鱼的,有得了麻风病的,有买卖稻谷的,有做点心的。在每个村子里,都至少有十家点心铺。中国人爱钱,喜欢焰火，喜欢热闹，喜欢美食。寺庙同时也是戏园子，也相当漂亮。

在此地的破烂堆里待了25分钟，我们算是待够了，我们只想看看田野。再说，星期日这天，做过弥撒，上级视察过后，我们急不可耐地想去活动一下枪栓、动一下腿脚，去会一会此地名声在外并且据说数量众多的野鸡。

我们每走一步，都会遇到被小麦或黑麦田包围的小村落。田里的麦子差不多熟了，马上就要收割，然后引水、撒上稻种。中国人有很巧妙的机器，可以把水渠里的水提升到堤坝之上。房子里都住着人，一看到我们凶恶的样子，他们就赶紧跑开了，但随后，我们的随和亲切又让这些"天之骄子"放了心。我们往屋子里看了看，跟他们互相"问候"，再加上几支雪茄，让他们知道我们是法国人，是徒步猎兵。

女人们在织机上纺棉花，我们走近时，她们就跑开了，而且从不在外人前露面。我身上带着望远镜，准许几个长着胡子的长者用这个神奇的工具看过之后，整个村里的人都聚了过来，这样我一下子就把此地每个人的面孔都打量了一番。如此平易近人的态度，让他们硬塞给我一包萝卜种子作为回报。我小心翼翼地把它和我的银圆珍藏在一起。至于野鸡，一只也没有。

烈日当头，我们穿过麦田，绕过纵横交错的水渠，走得很累。我们看到了很多棺材。为了省钱省地，穷人把死去的亲人放入棺木当中，就放在路边。富人则把棺材放在自己的地里，上面盖上草；地位更高的人还要在棺材周围砌上墙，再盖上瓦以防雨。每走一步都会遇到这种情形。

这些地方就是周围地势最高处。猎兵走累了，需要找个地方坐下来休息，这些坟墓正合适，因为能避开无处不在的潮湿。到处都能看到与家乡一样的鸟：麻雀、乌鸫、喜鹊、云雀……

今晚5点，我们连里一名猎兵死了，他是上午送到医院去的。去看病的人共有157个。一个卫生委员会来到船上检查，发现船上超员300人。这个问题早就应该认识到。

海军司令官下令：禁止外出打猎。在船上航行了153天之后，这本来是我们唯一能够做到的消遣。

21日星期一，早上8点，一只小船载着死者，被前面另一只小船拖引着，船上还有4名军官和10个士兵陪着。在河滩上，工兵已经挖了一个坑，我们很艰难地蹚过淤泥，来到坑边。祈祷过后，往这个可怜的孩子身上盖了两尺厚的土，他已经熬过了6个月的海上航行，却在战斗开始之际倒下了。我们没有放上十字架，因为中国人可能会因此发现这里有一位法国士兵而有所举动；但我还是让人在土上垂直拍打出一只小十字架，以免引起中国人的注意。

我到"山林女仙"号和"敢闯"号走了一趟，又从那儿直接走到田野当中。傍晚，一百多位军官聚集在一起，参加一个令人伤心的仪式。昨天晚上，101团的一名中尉带着6名士兵，乘着一只小舢板返回船上，上船时，一个人掉到水里，其他人都俯身去救，结果小船翻了。6个兵都被救起，但倒霉的中尉，直到次日早晨才找到尸体。他被葬在我们那位猎兵的旁边，他的团长在坟前讲了几句话。

两艘风帆护卫舰"复仇号"和"强大"号就锚泊在黄浦江入口，船上载着舰载步兵。正驶入黄浦江时，"强大"号搁浅了。各种小船都聚集过来接人，因为我们的船上还有空闲地方，就分担了一部分，把他们安置在下甲板，跟我们的八百人在一起。

在我们船的周围,总是有很多中国的小船,载来生菜、鱼、水果干儿、糕点。然后,还有更小的盖着席篷的船只把我们送上岸。这些船都漆成朱红色,船的前方还有两只眼睛。中国人只用船尾的一支橹驾船前进。船夫所有的家当都在船上了,他就在船上生活。

上海就在黄浦江上,离此地4法里。22日星期二,我们(居斯塔夫、蒙蒂耶、拉维拉特,还有我)乘上一条带篷的小船,趁着涨潮前往上海。路上花了三个小时,我们几个人一共花了一块银圆。整个航行期间,经过两个驾船的聪明的中国人指点,我们学会了用中文数出前十个数字:i, né, ssen, son, hou, lo, baé, tiou, tsée①。你们能看出我有进步吧。但更强的还是我的英语,在香港时别人送我的一本英汉词典非常有用。那些中国人都识字,我把英文字旁边的词指给他们看,他们就明白我要的是什么东西。

黄浦江的两岸都很低平,让我想起索恩河从图尔尼(Tournus)到沙隆(Châlon)沿途(拉布雷斯[La Bresse]一侧),岸边树木更多,

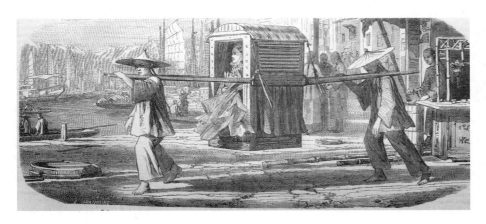

上海街头的轿子(《画报》1860年10月13日)

---

① 原文如此,十个数字缺一,缺少的数字应该是七。——译者注

也有很多房屋。

到了上海，我们在右边看到两座城：欧洲城和中国城。最先看到法国公使的房子，接着是美国街区，几座环绕着花园的气派公馆。英国街区中间是海关，就在岸边。海关属于中国，但里面的雇员都是拿着高额报酬的欧洲人。这座中国风格的建筑非常美。最后是法国街区，相比之下既寒酸又狭小，紧挨着中国城的界墙。

有上百只笨重的中国小船，一只挨一只地在中国街区前排成一排，小船的船头和船尾都是方形，船上的方形桅杆是用树干粗加工而成，上面挂着席子或皮做的大帆。在各个欧洲国家街区前则是英国、法国和美国的大船，有"杜舍拉"号船，蒸汽护卫艇"福尔班"（Forbin）号，两艘炮艇，以及一艘小小的约50尺长的"白河"（Peï-Ho）号蒸汽船。

总部各机构人员都安顿在上海。蒙托邦将军住进了领事的房子，他的参谋部人员住在他的旁边，财务、军邮、军需住在另一所房子里。有500匹马集中在几个大院子里，这些马都很小，其貌不扬，但性子暴烈，不服管。还建了一家大医院，尽管已经有一家军官医院。另外，专门给驻防司令买了一所房子，这个职务目前交给101团派出的一位上尉。冉曼将军也住在此处，参加各种宴请和聚会活动。

我见到德·布耶先生和德·皮纳（De Pina）先生（德·布耶上尉、德·皮纳海军上尉，均为蒙托邦将军的副官。——原注）；参谋部的人员都住在同一条走廊里。见到德·皮纳先生，让我十分高兴。他们这些人都安顿得很好，而且，我们已经看出来，他们都没有经过180天的海上颠簸。将军们消磨时间的办法就是接待来访，外出拜客，或者请人吃饭。蒙托邦将军有一顶轿子，抬轿子的4个人都穿着红、绿色的袍子。了解这些情况后，我们就一头扎进中国城。中国城的四面是很高的灰色城墙，一共开了6座城门，城门上方悬挂着被处决罪犯的人头。临水的城关位于黄浦江和城墙之间。城门有一处岗哨，岗哨上有五六个兵，

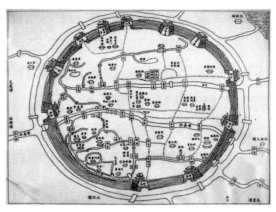

1860年前后的上海（老地图）

他们的穿着与常人无异，唯一的区别是带着一簇红穗的小帽；他们睡着了，睡得很甜。他们的武器是硕大的火绳枪（公元前的型号）。

街道非常狭窄，路面铺的是长条石，但很多石条已经凸凹不平。路上没有任何排水沟渠，垃圾就落进石条的缝隙里。你们可以判断一下我们能闻到什么气味，看着不雅，闻着难受。

就在这种气味中，是熙来攘往、忙忙碌碌的人流。到处都是店铺，店铺的招牌都竖着悬挂，面向着来来往往的行人，金色大字写在各种颜色的底面上，还有各式各样的灯笼，琳琅满目的货架，这种效果真令人惊奇。街上的中国人总是行色匆匆，往来的行人都在头上擎着扇子，遮挡阳光。我们得小心防备用很长的竹扁担挑着东西的挑夫，他们嘴里不停地吆喝着"噢、噢"，抬轿子的轿夫也是一样。有大量的店铺提供各种必需的生活保障。最奇怪的是剃头铺，剃头匠们简直是万能清洁工：刮头皮、编辫子、洗头、取耳、捶背，看起来非常滑稽可笑。接着是烤肉铺，卖猪肉、鸡肉和米饭。然后是点心铺，卖各种各样的中国糖果和糕点。也有一些古董铺，但卖瓷器的极少，因为太平军毁了很多瓷窑，所以瓷器已经贵得离谱。

吴淞锚地，"罗讷河"号上，1860年5月29日

流动剃头匠
(《画报》1860年10月27日)

中国人都很好相处，我们向他们抛出"亲亲"，加上和蔼的目光，他们就会觉得法国人"心好"。我怀疑，在他们对我们的敬重当中打着某个算盘。太平军离这儿已经很近了，他们对太平军怕得要命。

寺庙都很壮观。我去参观过的一座寺庙里，有一些20法尺高的神像。每个寺庙都有一个内院；院子的深处正冲着大门的地方是祭坛，四周都是神像，有的地方悬挂着信徒们还愿的小船，烛台上燃烧着红色的蜡烛和香棒。对面，在大门的上方，有一座演戏用的台子，院子的四周，是达官贵人看戏的包厢。

审案子的衙门与寺庙几乎完全一样，不同之处是，它有好几重内院，而且大门口还挂着刽子手的帽子、各种刑具，以及贴在板子上的判决书。要想让你们全面了解这些建筑，非得照相不可，也许《画报》杂志能让你们看到几个画面。你们能看到的关于中国的图片，请你们都为我保留下来，等有机会我重看一遍，肯定很有意思。

在上海最有意思的地方是"茶园"，之所以这样称呼，是因为此处布满了卖茶的店铺，就像我们法国的啤酒馆。这个地方是封闭的，但其间有几条小溪流过，小溪里生长着睡莲；有好几座小桥跨过这些小溪，通往几处假山顶上，山顶上建有钟亭。这个地方还有古董店、画店，我会买几样带给你们，但至少要等到回程。

有着40万人口的中国城很快就使人感到厌倦。我们一直想找更宽阔的街道，但是白费劲，反而撞进了更窄的巷子。我们必须捂着鼻子，特别是在临江的城关区，穿行在鲜鱼和咸鱼、死猪和活猪之间。

真是可怕的气味。中国人食用大量的猪肉，肉很肥，但猪的个头都很小。牛也很多，但只用于农业生产。

回到旅馆，我们迟到了。遇到一个中国人，我用"亲亲"跟他打招呼，他用法语回道："你们好，先生们。"这位就是勒迈特（Lemaitre）神父，耶稣会在当地的首领。他留了十五年的辫子、穿了十五年的中式服装，让我们把他当成中国人了。我们和他一起喝了一杯苦艾酒，这个词可别吓到你们。这是我离开法国之后喝的第六杯，而且这一杯还是与耶稣会士一起喝的。说到这儿，我得借机炫耀一番我的美德。我不喝酒，烟也抽得极少，而且在海上的时候绝不抽烟。自从我们能弄到一些马尼拉特产，我抽一点点雪茄。

勒迈特神父（法国耶稣会档案）

拉瓦里（Ravary）神父
（法国耶稣会档案）

再来说勒迈特神父。他把我们带到旅馆旁边的教会财务处。此处居住着财务总管德雅克（Desjacques）神父和曾主持建造了一座教堂的埃洛（Helot）神父。埃洛神父为工兵担任中间人，找来了一些工匠，准备在他们房子的旁边建设一所医院。我们遇到了拉瓦里神父，他是个地道的巴黎人，很讨人喜欢。他留着一副漂亮的八字胡和一条辫子，手里拿着从不离身的烟斗。他给我们讲自己的经历，他从一群士兵身边走过，听到有人说："瞧，一个奇怪的中国人。"于是他故作傲慢，用法语说道："你们好啊，兄弟们。"大兵们都呆住了："那么，

吴淞锚地，"罗讷河"号上，1860年5月29日

这位中国先生,您是在哪儿学的法语?""噢,上帝!朋友们,是在卢瓦尔(Loire)河畔。""那么您去过法国了?""没错,我曾在巴黎待过一段时间。"这下子更让人呆住了。这件事让我们笑了好一阵儿。

在上海,他们拥有40位神父、8万名基督教信徒。每一年,他们都要收留两三千个孩子。他们把其中一部分寄养到基督徒家中,给他们提供一半食物,其余都安置在徐家汇。

第二天,德雅克神父给我们找来一位向导,带我们去董家渡的神学院。董家渡就在临水城关区的尽头,我们穿过又脏又臭的小巷,步行半个小时就到了。勒迈特神父是神学院的主管,他把妈妈的一封信转交给我。我们请求好心的神父们教我们几句最常用的中国话,接着我们天南海北地聊了很多。在这里,他们没有任何担心,并且因为做了不少好事而感觉良好。他们与当地官员关系密切,1855年,他们充当中间人,在朝廷官员和太平军之间调停,这两方就在他们家门口打了两年,他们的客厅里有很多从花园里捡来的圆形炮弹。他们建了一所医院,最多时双方的伤员多达上千人。他们的房子是不能碰的。中国教徒的忠诚笃实值得赞扬,就连不信教的人也向他们捐赠东西,用来照顾伤员。

这里有10位中国神父,还有不少学员。有几个学员是从法国来的,他们一边学汉语,一边完成神学课程。

神父们吃过晚饭之后,我们与他们一起喝咖啡。他们每个人都抽烟,这是他们这身行头的一部分。他们的教堂非常壮观,很大,显得简朴而高贵,装饰非常有品位。一道栏杆把大堂分成两个部分,为的是把男女分开,男的有板凳,女的则是在地上铺了席子。门楣上写着汉语标牌，讲台上有一台很美的管风琴，全部是用竹子做的，制作者是一位修士，他仅有的参照物是一架坏掉的旧管风琴。随后，他们又用竹子制作了好几架风琴，还把精雕细刻的一架寄给了皇太子。虽然他们得知风琴确实已经送到，但居然没有人给他们回一个收条。竹制风琴的音响比欧洲用锌制作的要柔和。拉瓦里神父演奏管风琴，他培养了一个中国人，结果比他演奏得还好。他还教中国孩子唱圣歌，他们就在教堂外面用中文为我们唱了《我们传颂圣母》(*De Marie qu'on publie*)①，由单簧管、法国号、长笛以及中国乐器伴奏。这些娃娃非常可爱，一边唱一边随着音乐的节奏摇摆身体。他们还用拉丁语演唱了《赎罪羔羊曲》(*Osalutaris Hostia*)②，最后用法语唱了《马尔伯乐上战场》(*Malborough*)。离开后，我们来到学校，有二十多个小孩在学习读书写字，我们看了整个学校的情况。本来想去一趟离这儿两法里远的徐家汇，看一看他们办的中学，但没有时间了。此地也是神父们在繁重的传教工作之后休息的地方。我们所看到的一切，都让我们打心里高兴。勒迈特神父是个很能干的人；拉瓦里神父非常风趣，什么都会干，正经的研究工作之外，他还能摆弄各种中国乐器。

除了清朝官员和他的随从，我们把上海都看遍了。我忘了告诉你曾看到的棺材铺，棺材上都有精细的雕工，涂漆描金。下午4点钟，我们吃了晚饭。回到总部，正好有一些清朝官员在那儿。透过打开的窗子，我能看到他们会面的情形，一边是两位清朝官员，另一边坐着领事，身着正装，戴着帽子。清朝官员的随从看起来很是可怜，他们一

---

① 副歌是："我们传颂圣母/她的伟大她的荣光/我们为她添彩向她祈求/让她的光芒照耀我们心房。"（这是一首民间歌曲。——译者注）

② 13世纪基督教神学家托马斯·阿奎那（Thomas Aquinas）为基督圣体节所写的颂歌。——译者注

大群人只有代表官阶的帽子是干净的，站在最前面的是戴着红帽子的刽子手，随后是戴着金色锯齿状硬纸帽的喝道夫，持长枪、持戟的兵勇，等等。

在上海，官职最高的是道台，为三品，头戴花珊瑚顶珠，他的副手的顶珠是水晶的。我看见他们走出来，相互间频频行礼，场面很奇怪，令人发笑。随后，我们乘上一只敞篷的大舢板，晚上9点返回"罗讷河"号。天气非常凉，虽然在下午4点时还又闷又热。气温变化的幅度非常大，一个小时之间就有可能有10℃的差距，所以我一直穿着法兰绒，红色的法兰绒大腰带也从不离身。我用蓝法兰绒做了一件带制服扣子的短大衣，着军便服时就可以穿上，还可以穿一件背心和同样面料的裤子。我特别需要的是毛料，如果你们能寄来就太好了，这种料子在此地贵得要死。我真后悔在开普敦写信时没有跟你们要这些东西，不然，就可以通过克莱雷（Cleret）当舰长的"威悉河"（Weser）号带来了。

大雨把我们关在船上三四天时间，这几天里既烦躁又忧郁。25日星期五，下午5点，我正准备前往刚刚抵达的"茹拉山"号，看望博韦上尉，突然接到通知："命令部队取出武器，分发子弹，装好背包，将全部野战榴弹炮派往海军将领的旗舰。此种警戒状态可能持续数小时乃至数天时间。"

大家兴高采烈，迅速行动起来，把在舱底沉睡了6个月的家伙拿了出来，装好背包，套上白色鞋罩，一整晚时间都在精心准备。到了早上，原来的15个病号，只剩下2个了。我们等着，最后终于弄明白了拉警报的原因。太平军距离上海只有3法里了，正在威胁上海。上海的官员请求我们司令向他们提供支援。无论如何，在我们总部附近出现"强盗"与我们为邻，绝不符合我们的利益，所以我们答应对当地的朝廷军队提供帮助，但这不影响我们在白河对朝廷军队大开杀戒。我们感觉到太平军已经对我们的意图有所察觉，因为他们始终按兵不动。对我们来说，我们做了一次彻底的清理，而且此事给我们提了个醒，让我们时刻做好准备，也让我们意识到了一些原来没有想到的事情。

比如在"敢闯"号上，战列兵找出了10万发子弹，但子弹是我们营的，他们根本用不上。在"卡尔瓦多斯"号上，在航行过程中丢掉鞋子的人没有替换的鞋子，因为皮鞋、弹药这些东西都没有和部队在一起，而是在尚未到达的船上。另外一个发现是，我们在香港补充的两个月的给养，其实是上了当，所有的东西都坏掉了，或者质量太差，几乎无法使用。我们过于相信美国供货商的诚实，没有查看箱子里装的东西到底如何。第二天，我们只能悄悄地传递以下的命令聊以自我安慰："士兵们，你们没有面包、没有皮鞋、没有子弹。但祖国正隔着6000法里从土伦观测站的顶端看着你们，祖国为你们骄傲。加油，你们一定能成功。"总而言之，此事让我们积累了经验。

27日，我和居斯塔夫一起，前往一个有围墙防守的小村庄，它的名字叫"浦新"，位于扬子江岸边、黄浦口往上游两法里的地方。村子有三座大门，围墙很高。各家房子周围都有园子，居民像其他地方的一样温顺。衙门和寺庙都很有看头，有很多男人和孩子跟着我们。我在衙门里随便坐下，用手在自己身上做了一个砍头的手势，所有的人都逃走了，我们则大笑一番。他们当中能说几个英语或法语词的，把我们称作"mandeline"。我们无法进入房子里面，只能透过窗户瞧上几眼。这是个纯中国的村庄，还没有遭到欧洲人的破坏。

在这一天里，来了两次邮件，其中一批有你们的信。今天虽是圣灵降临节，但没有举行弥撒，因为舰长利用这个时间移动了锚地，往前挪动了几米。警戒备战状态直到星期天上午才结束，否则我们可以一大早就出发，到董家渡去听弥撒，再到徐家汇去一趟。我们错过了这个宝贵的机会。

我们得知"伊泽尔"号失事的消息，就在我上次告诉你们的那个致命的地方。19日，海上天气非常恶劣，"伊泽尔"号想进入厦门港避风，10点撞到一块礁石上，下午5点海水涌上甲板。幸亏我们有一艘运输船"索恩河"号（它已经在这个海域待了三年了），还有一艘美国船，就在离它二三百米的地方。所有的人都获救了，船上有医生和负责行政事务的军官。损失的物资包括100万发子弹（其中的80万发是我们营的）、炮兵的全部鞍辔用具和一部分扎营物资，不过，我们最终捞回了绝大部分物资，其中就包括我们的子弹，至少弹头还可以用。这对军队来说是一大损失，再想到将来有一天我们也可能遇到同样的命运，还是很令人伤心的。"罗讷河"号当时通过时离这块礁石四百米，"卡尔瓦多斯"号离它就更近了。但不管怎样，应该赞美上帝，人都救上来了。"索恩河"号上运的是苦力，总共有一千人，有的是从马尼拉裹挟来的他加禄人（Tagalogs），也有不少中国人。他们将协助运输给养、弹药，此外还要承担最难最累的活儿。苦力编成五个连，每个连由一位中尉指挥，全体苦力归一位海军中校领导，中校则要听从军需官的安排。

"索恩河"号、"莱茵河"号和"默尔特河"号于28日到达。就在这一天，军邮官被召到海军司令的旗舰上，没过多久，你们4月10日在里昂写的信就到了我手里。我们马上就登上四十尺长、十尺宽的小汽船"流星"（Météore）号，它往来于吴淞和上海之间，负责运送军官。在路上的一个小时里，我沉浸在你们的来信当中，读了一遍又一遍。一时间，我就身处你们中间，与你们同呼吸，浑然忘记了我们之间的6000法里。唉，一登上上海的河岸，中国人嘴里的叽里咕噜，霎时间让我醒悟，距离你们是如此遥远，离祖国是多么遥远。

我要去看望布耶先生和德·皮纳先生，对于我们的各种行动，他们还一点都不知道。对我们前几天一本正经地对待战斗警报，他们不以为然。我买了些东西，我们一起吃了午饭。12点，我们返回"流星"号，这次船上载了炮兵的长官，本茨曼（Bentzmann）上校和利韦（Livet）上校，他们要去看一看刚刚到达的部队。"卢瓦尔河"号和"涅夫勒"号还没有到达，"倔强"号和"安德洛马克"号在香港。我跟你们说过"信息女神"号与我们同在香港了吗？我还没有跟你们讲过巴热海军准将在岘港战斗中的战功吧，德鲁莱德（Déroulède，曾经与我们同在香港）上校就是在这次战斗中战死的。很多报纸都对此事大书特书，但其实"信息女神"号的军官们讲的是另一回事。

巴热先生来到此地接替舰队司令之职，他认为里戈·德·热努伊（Rigaud de Genouilly）先生没有很好地经营交趾支那的事务，只急于自己先干出一点名堂。他发现，在港湾深处有一座小炮台，因为不很重要，所以在攻下其他炮台后居然被完全忽略了。他决定发起攻击，命令两艘船前往，让小蒸汽船"普雷让"（Prégent）号（这条船在此次战斗中被毁）牵引着"信息女神"号。两条船艰难地前进到位，突然，从炮台上射出一发圆炮弹，打死了德鲁莱德和一位军士，还打断了后桅驶风杆。这是炮台射出的唯一一发炮弹。登陆的连队一冲到岸上，就发现两个交趾支那人正在拼命逃跑，但在炮台里，只发现了

吴淞锚地，"罗讷河"号上，1860年5月29日

蜘蛛结的网，以及住在炮台里的两个交趾支那人留下的炊具，他们把仅有的一门装了弹药的大炮点了火。这就让我们看到，历史是怎么写的，或者应该说，历史当中有什么东西没有写。但无论如何，这次胜利是巴热先生失宠的缘由。从那以后，他在中国海到处游荡，我们不知道他如今在何处。

黄浦江上布满了中国人的小船，他们全部的家当都在船上，所以他们对太平军怕得要命。他们都把船开到别处去了，在我们船的周围也停了不少。海上有海盗，岸上有太平军，这些可怜的中国人简直无处安身。到最后，他们把我们这些"蛮夷"视为比菩萨还管用的保护者。我们所见到的一切都不可思议。

今天早上，在离我脑袋半米远的地方发出一声闷响，一下子把我惊醒了。一个可怜的水兵从43尺高的大桅楼掉了下来，摔裂了脑袋。他今晚还活着。

10点，法国汽艇"上海"号到了，从香港带来了去出差的施密茨上校。英国人已经走了，他们将在芝罘与我们汇合。法国方面买了几艘小汽艇"香港"号、"白河"号、"上海"号，负责这些海域的交通联络。

此处能找到很多水果，李子、桃子、梨，但有一股野生的涩味，所以我们吃得不多。不过，水果干儿倒非常不错。我们买东西时，用的都是铜钱。一块银圆能换1100个铜钱，这东西携带起来很麻烦，但做买卖非常方便。与其他货币相比，中国人最喜欢铜钱，而且50个铜钱（5个苏）就抵得上一个20个苏的硬币[①]。

[①] 此信的后面附有"写给卡米耶的几页信"，未刊。

芝罘营地，1860年6月10日
（8月25日于里昂收悉）

亲爱的菠莉娜：

我原以为这次一定会讲一讲首次经历战火洗礼的故事，但我必须承认，我还没有经历任何火的考验，却遭遇到水的灭顶之灾。

7日星期五，凌晨1点，"罗讷河"号的甲板上一片欢腾，热闹非凡。其实，让我们的部队离开已经待了6个月的地狱，根本用不着下作战命令。此时，舰载步兵准备抢滩，同时，部队正在向小船上转移，"吉伦特"号（载有10门炮）则尽量向岸边靠近，"雪崩"（Avanlanche）号炮艇和"金山"（Kien-Chan）号汽船已经生火发动机器，准备牵引小船。2点钟，由每个营的前三个连组成的第一波登陆部队，装满了60个至80个小船，由各个汽船牵引。卜罗德海军准将指挥登陆行动，陆军的将军们打头阵。距离海岸200米时，所有的小船一字排开准备抢滩。但是，我们遭遇的最大抵抗，就是中国人惊讶的目光。更想不到的是，居然有几个中国人跳到水里，直接把我们的人

占领芝罘半岛（《画报》1860年9月8日）

带到干爽的地方，免得他们踏到水里。如此的优待，真让我们想都想不到。在一片"皇帝万岁"的欢呼声中，卜罗德准将竖起了旗帜，我们已经取得了芝罘的土地。我属于第二波登陆部队，在上午8点半上了岸。

一登上美丽的沙滩，我们就转头向右，登上一座伸到海中形成小半岛的陡峭圆丘，在上面扎营。我会给你寄一张草图。我们的位置最靠前，前面就是海湾，左侧是把半岛连接到陆地的地峡。

我们能看到烟台城，它的背后是一列相当高的山脉。过一段时间我再给你详细说一说此地的地形，因为已经通知信使马上就要出发，而我希望你们能收到我的几个字。我是在临时拼成的桌子上写信的，周围堆满了乱七八糟的东西，因为我要给军官们做饭。我建了一个窝棚，我定好了菜谱，还要去采购、摆好餐具，而我所付出的如此的热忱，得到了饿鬼们大声欢呼的回报。

刚刚来到陆地，由于军需部门的滞后，我们只好求助于船上，他们的慷慨让我们对付了第一天的饭。我在连里搞了四顶栖身用的小帐

烟台（《画报》1860年9月22日）

篷,分别给中尉和少尉使用,帐篷有一米高、二米宽,我们得四肢并用地爬着进去,几张席子就当作我们的床。但是真没想到,所有的倒霉事儿都让我们赶上了。我们睡下时,天还是晴的,过了一会儿,几道闪电把天空照得通亮。来者不善的大朵乌云先落下几滴雨做个预告,紧接着大雨倾盆,穿透了帐篷,把我穿在身上的大衣、法兰绒浇得连一根干爽布丝都不剩。雷雨终于停了,我们重新看到了希望,正在这时,海上传过来持续不断的沉闷声响。霎时间,一阵狂风掀起了我们的四块篷布,我们死死地压住拉住以免被刮跑,但白费工夫。这是我见过的最大的风。帐篷刮走了,我们这才"欣慰"地发现,原

芝罘营地及附近
(《远征中国图集》图版四,1861—1862年战争档案)

芝罘营地,1860年6月10日

银茶壶

来遭到厄运的不止是我们，整个营地都是同样的情况。我们跟在帐篷后面追着跑，想办法认出自己的来。最后阵风停了，我们尽量把剩下的破烂儿拴牢，但是，雨又下了起来。于是，我们所有的人、所有的东西，再次全部湿透。黎明时分，大家才看清夜里遭受的破坏，简直是损失惨重，因此我们决定把帐篷拴得牢牢的，而我则用席子重新搭了房子，这下就不用再爬着进出了。

你也许觉得我既伤心又烦恼，但是根本没有。昨天晚上，我的感冒和帐篷一起被连根拔除，而且完全是笑着准备午餐的。这顿午餐没有面包、没有酒、没有很多别的东西，我们拿酸模叶做成色拉，还有很多其他乱七八糟的东西。这些东西都吃完以后，我将去市场采买。但是，当我们这些在船上待了半年的五千多人被撒到岸上时，把当地人都吓跑了，其实他们本来对我们态度蛮好的，所以我担心会两手空空地回来。我做了一个庞大的计划，准备好好做一顿晚餐。我对我们厨子的手艺不太信任，所以我要自己动手加工面团。我看到在我下方五十米的地方，海水在美丽的细沙海底滚过来滚过去，假如不成功的话，将要浸到海水当中的不是我这个人，而只是我下厨时面临的种种难题，我要从中汲取力量，力争做得更好。

这种新的生活真正充满活力，让我深深地沉迷其中。海阔天空，我们敞开肺大口呼吸。我从现在开始就要到周围的村子里走一走，好给自己搞一个家禽饲养场。我们手里没有铜钱，我就把自己的银圆切割成小块，但其中损失不少。幸亏我们现在每天额外多出9法郎，所以能够接济得上，而且还能攒下一些钱。

我们将来很可能要跑到很远的地方找给养，甚至烧火的木材。我们所在的山上可谓一无所有。当地人害怕我们，真是遗憾，他们的村子看起来能提供很丰富的资源。现在我们仍然需要船上给我们供水，我们的石头山上一点儿水都没有，真是令人难以忍受。上帝知道我们有多么需要水，因为此地只要有风，就会漫天尘土飞扬。我们的茶壶永远都是满的，但没有糖。天热得可怕，所以我们上午9点停止工作、下午3点开工，中间这段时间里不许出来，不许出现在阳光之下。

在我们石头山的顶上，有两处石头建筑，其中之一是一座很小的炮台，它的旁边有一座小庙，冉曼将军连同他的参谋班子因陋就简住在庙里。这儿的东道主倒是真不错，因为，庙里的神像的确都很美。

我们是6月1日那天从吴淞出发的，8条船一起走。我们一路上只用风帆，所以速度很慢。6日下午5点，我们终于在芝罘东边的海湾里抛锚。7日，我们进行登陆准备，8日，已经全部上岸。

5月29日那天，我们再次来到上海看望比索内（Buissonnet）先生，因为我们最终找到了他的地址。他给了我们很多报纸，还有菲利克斯神父内容丰富的讲演稿。我们在他那儿吃的晚饭。我相信他会在任何时间任何地点帮助我们。太平军当前，老百姓都逃走了，而我们只有一支二百人的舰载步兵能帮他们一把。

亲爱的菠莉娜，我现在是在完全属于中国人的地方，还没有受到欧洲人影响的地方。此处没有戴着小圆帽的买办，只有中国人和我们。我们自己建起了营地，将从此处出发冲向白河两岸。让我们期待，至少到了那里，我们将受到大炮声的迎接。我认为这事儿肯定不

芝罘营地，1860年6月10日

用等上两个月。请原谅我的信没有什么条理，字也写得很乱，再过几天，等我有了躲避烈日和大雨的地方，我会给你寄一张平面图和详细的文字说明。

今天，你所能得到的就是我的思念，我要把思念从这个希望之地、未来之地，也是流放之地，遥寄给你们。流放，是除了军人职业本身的各种苦难之外最让我感到沉重的负担，因为我想念家人，多么好的家人，这才是唯一真正的幸福！我们相亲相爱，让家庭无比温馨，也让我这个流放者想家的时候更加痛苦。我的好姐姐，请你祈祷上帝永远保佑我。

居斯塔夫住的地方离我很远，我们各自忙着建营地，没有时间见面。不过这会儿，他正在我这儿，但只有一个原因：他没有墨水了，这种物品的短缺已经波及每一个人。所以让我们的思念乘上风的翅膀，一起飞向里昂，不用两个月的时间就能到达你们身边；而在此处，风让我们晕头转向，非常可怕。强大的风力始终不变，12个小时从大海吹向陆地，12个小时从陆地吹向大海。相比之下，阿维尼翁（Avignon）的西北风简直就是和煦的微风了。我可以向你保证，各种传染性疾病肯定一去不复返了。

我们将面临的考验是严峻的、真实的。在这个地方，既没有牛，也没有羊。我们需要的牛羊都是从日本来的，其中的损失加上运输的花费，导致（对管理部门来说）价格奇高。虽然这有大量的猪、鸡、鸭，但是它们的主人都逃走了，我们只有这些数字安慰自己。不过，到目前还是有人给我弄来了12只鸡、2只鸭和1只65磅的猪。这是我的士官们跑了3法里的远路，到处搜寻，才有的大丰收。老百姓本来不愿意卖这些东西，但是我们把钱留下，然后把这些活物带回来了。鸡鸭一共花了3块银圆，猪花了1块银圆。

我们未来几天的生活都有了保障，我也可以喘口气歇一歇。水果很少见，蔬菜不如法国的好。有小萝卜，我们都当大萝卜吃。在我们的石头山上没法种菜，再说我们也没有任何种子。

德·塞雷（de Séré）先生已经被安排在我们旅做随军神父。能跟他这么近，让我非常安心。另外，这些天当中，我没有去看任何人，每个人都"原地不动"。至于我们营里的人，因为在6个月期间躲都躲不开，所以此时是可怕的反弹。另外，营地的布置毫无章法，相隔几步的距离都无法见面。在凸凹不平的土地上，每人各显神通，给自己弄一个容身之地。

今天，我只给你写信，亲爱的菠莉娜。如果上帝能给我更多的闲暇，我会接着写信。在此之前，请你代我问候家人和朋友，拥抱你们每一个人。到富尔维埃尔礼拜时别忘了我，你们都知道你们就是我的幸福所在。再见，再见了；这是一封在大风中写的信！你看信的时候，眼睛里会进沙子，你在信上刮一刮，就能得到货真价实的中国土壤。

L.d.G.

（6月10日于烟台）

烟台，芝罘营地，1860年6月18日
（8月25日于里昂收悉）

亲爱的妈妈：

我的上一封信经历了风雨和忙乱。现在，我背靠着床，坐在席子上，席子下面就是石头；但愿不像上次那样遭遇风雨和忙乱，信也能写得更工整一些。但至少，我身上都是干爽的，头上还能遮阳挡雨，因为我的房子已经建起来了。如果这会儿没下雨的话，我就会到外面，给你们画一张房子的草图寄回去。可我现在只能简短地描述一下。

八根竹竿，每两根一组在一端固定在一起，拿第九根竹枝做成房脊，这样构成的房架牢固地固定在地上。然后，在每根竹竿上再绑上横梁，再在房架之上盖上双层席子，牢牢地缝住。后面的三角"山墙"也同样用席子封住，前面的则留作大门，用席子做成活动的门窗，可以随意开合。为了能待得更舒服，我让房脊比大门高出几尺，白天利用这个高度展开一张大席子作为遮棚，晚上折叠在房顶上作为外套，一物两用。

总之，我与另一位少尉共同居住的房子，外形和警察的帽子差不多。高2.3米，长2.65米，一个人可以待得很舒服，两个人就稍显勉强。但不管怎么说，我们终于有了遮风挡雨的地方，这是最重要的。这不是我唯一的杰作。我给我的鸡鸭建了一个窝，到现在已经有了14

只鸡鸭，将来还会有更多。然后，我建了一间厨房，几乎不亚于豪宅里的厨房。另外还搭了个窝棚，作为餐厅、客厅等，现在快要做好了。竹竿和席子是仅有的建筑材料，在营地里消耗的数量大得惊人。我把四周的土地做了整理，把自己稍微围了起来。我让人在门前铺了大量的沙子，在我们当床用的五张席子下面铺了半尺沙子，这样我们就可以防止潮气的侵袭。另外，在雷恩的时候8团一位军官送给我的那张小床，我也用上了，四处流动的空气，让我感觉很好。

建设营地，加上我要负责餐食，甚至要亲手做饭、当营房管家，还要担任周值班军官，让我在这个星期里忙得不可开交，根本没有时间休息。我几乎没有时间安排自己的事儿，哪怕是打开箱子把东西晒一晒。唯一一件让我极其快乐的事情，是每天早上在海里洗个澡。凌晨4点半，沿着蜿蜒曲折的小路来到山下，下到海里。在礁石当中游上几个来回，所有的疲劳都一扫而空。这一个星期终于过去了，各种额外的任务也差不多完成了。一切顺利，我们挺了过来。长官甚至宣布说，我无愧于祖国。这一切都是因为另外三个赖……懒惰的军官。不过应该告诉你们，我们连长喂过鸡鸭，给咖啡炉加过热水。

但我吃得好，睡得香，所以，尽管水很差，气温变化剧烈，我身体很好。我精神状态没有受到什么负面影响，此处只不过是生活在乡下，还有乡下的各种匮乏和不便。

最终没有允许士兵进城。我们找到了当地官员，并且向他保证我们没有恶意。我们得到他的许诺，他地盘上的百姓为我们营地提供物资，并把店铺打开营业。此时，百姓们已经给将军送来了猪、禽、羊，我们也都分到了一些。店铺都重新开门了，市场上有了蔬菜，鱼非常便宜。请你们想象一下，两条鳎鱼只要25个铜钱（3个半苏）。

烟台，芝罘营地，1860年6月18日

若是有了鲜肉，我们就什么都不缺了。鸡鸭先不用忙着吃掉。在商铺里，能买到糖、蜡烛、绳子、钉子、茶，总之什么都有。我昨天买了2只非常漂亮的带托盘的瓷杯子，那种透明效果以前从未见过，只花了300个铜钱（35个苏）。这是运气。等全部店铺都开门了，我再去搜寻一番，买些东西。我打算在前往白河的时候，把行李都存放在这儿。此处，所有的东西都是中国的，没有任何欧洲的影响。我们用中国家具装备我们的房子，整个营地的景象真是没法形容，所有的建筑物都是席子做的，几乎全部散布在礁石之间。

昨天是星期天，在营地的最高处，特雷加罗（Tregaro）神父背靠着小炮台做了弥撒，我则坐在自己茅屋的门口参加了弥撒。特雷加罗是总随军神父，他将在营地里与塞雷神父在一起，塞雷神父曾过来看过我两次，但我太忙了，还没有回访过他。勤务工作并不重，值班的事儿也不很经常。在大庙里有一个岗哨，另一个岗哨设在村子入口，村子的所有道路都被封住了。营地的作息时间很怪，上午9点休息，下午3点上工。都以为大家会睡觉呢，其实在屋里，大家还是像没那回事儿似的照样做自己的事儿。

苦力们已经到了。我们一共招来了一千个苦力，让他们做最苦最累的活儿。他们编成五个连，每个连由一名少尉当连长。他们将减轻我们的负担，好让我们的人有时间休息，因为要干的活实在太多了。已经有人病倒了，疲劳、脏水、前所未有的气候剧变，加上小帐篷不足以遮风挡雨，都是导致生病的重要原因。

这封信将由回到上海的"加龙河"号带走。我希望这么积少成多，能给你们写上8页，包括每一个细节。你们看报纸就能得知将军们的报告。我真希望自己能画画。这里的景色很漂亮，人们的穿着、长相、习惯，都令人感到新鲜。若是能把我见到的东西都装进去，我会给你们带去很多乐趣。

这封信要走了，请您替我拥抱每一位亲属和朋友。我在中国的小茅屋里想念着你们，此时此刻，你们在法国都怎么样呢？告诉波莉娜，我这些天读了勒迈特关于战争的思考。读这本书正好赶上我们要走向战场的时候，真是个好兆头，更让我充满信心。

再见了亲爱的妈妈，再见。

L.d.G.

烟台，芝罘营地，1860年7月7日
（1860年9月12日于里昂收悉）

亲爱的爸爸：

从现在起，我都要把信写好先存起来，因为我们往往在信使出发的当天上午才得到通知。这样的话，信就有可能写得很长。你们5月11日的信是这个月5日（星期四）到的，但4月27日的信都没有收到。你们肯定早于我们已经从报纸上得知，载着这个日期信件的船在锡兰沉没了，乘坐这艘船的两国公使，把行李都丢掉了①。我则损失了你们的信，而且这个损失无可挽回。这是我每半个月的食粮，我宁愿舍弃一切，也不愿舍弃它。

---

① 葛罗男爵和额尔金勋爵在锡兰乘坐的"马拉巴尔"（Malabar）号刚驶出加勒角即沉没，乘客均获救，但行李都丢失了。

祸不单行。就在那艘船在锡兰失事之时，我们最珍贵的一艘宝船"快帆皇后"（Reine des Clippers）号也毁于一场可怕的灾难：底舱的一桶烧酒着了火，火势越来越大，倒霉的船员们一边与船内的大火搏斗，一边与船外的暴风雨抗争，船最终在澳门的锚地搁浅，所有的乘客都得救了。船上是一个工兵连、两个炮兵连，但船上的货物，包括弹药、药品、500张病床、8000套过冬用的军大衣、皮鞋和各种急需的物资，全部化为乌有。

这艘船是最漂亮的商船，由政府租用。另一艘船，装载煤炭的"亚历山大"号，遭到中国海盗抢劫并被烧毁，而在旁边经过的美国船居然没有出手相救。

我们很高兴能够安全到达此地，没有遭受任何损失。从你们的信可以看出，你们以为我已到达白河，事实上不是这么回事。我们仍然待在美丽的芝罘营地，已经有一个月时间了。但出发的日子已经不远。营地的面积扩大到原来的三倍。中间是炮场、工兵器械、仓库、面包房、屠宰场，好像已经建立了一年似的。土地经过了平整，道路也已经建好。总司令终于在5日那天来了。我们在营地脚下，通往烟台的路上，为他建设了一个完美的总部。锚地里每天都是满满的。请你们想象一下，"威悉河"号克莱雷舰长，4月8日从法国出发，现在已经到了。"迪佩雷"号明天到达。海军司令也已经就位上任，他乘坐的是一艘名叫"西贡"（Saïgon）的小汽船，载着他到处跑。

我们身处世界上最美丽的地方，一边是海湾、半岛、礁石，20艘船，再加上来来往往的其他船只；另一边是烟台、炮兵的场地、舰载步兵的场地，还有三个村子被高山环绕在当中，山坡和山顶之上生长着一些杉树。我似乎在此地看到了我们博若莱的群山。

我们在此处的停留，是持续进行的作战行动的一部分。透过窗户，也就是小屋四周留下的窟窿，是迷人的风景。此时此刻，我看见两条汽艇正在驶来，其中一条汽艇拖着8条小船。两个星期以来，我们的船在不停地抓来这样的小船。我们已经搞到60多条了，它们将用来运载给养和马匹，并送我们上岸，因为这些小船吃水都很浅，能让我们尽量接近岸边。

风和雨都消停了，我们的生活真的非常舒服！但千万不能让我们在这个中国的卡普亚城中彻底睡熟。我心里常常想着法国，而这样想的时候只有担心，因为我觉得，法国最近接二连三的事件，比我们将在白河遭遇的战事更加危险。我希望能尽早开始行动，尽快地回到你们身边，我真切地感到，回到法国比在这里有更多的事情要做。

有人说到月底就开始行动。"威悉河"号来的时候，运来了8艘炮艇。我们驯养了个头较小的日本马。我不相信清朝廷准备和我们谈判，现在我已经对他们有一些认识了，我预感会遇到很多困难。中国人非常灵巧、能干，所以，我们每天所见的他们在小型土木工程上使

炮艇在土伦港拆散装船，在芝罘卸下重新组装（《画报》1860年3月3日）

烟台，芝罘营地，1860年7月7日

用的技术，肯定也会被应用到防御工事上。我们另外还得知，五道由木桩、铁链、巨大的草绳——因为只有中国人知道怎么做——组成的障碍，已经把白河口封锁得严严实实。所以，根据一些军官的意见，我们可能得另外选择进攻地点，从背后攻下炮台。这种事儿我们法国人可做不来。英国人在离这儿有20法里的营地里等着我们，半个月前，格兰特将军①曾来看过我们。

  这段时间里，中国人已经从惊慌中恢复过来，他们回到了家里，所以现在的市场供应充足，除了牛和羊；军需部门也只给我们供应了三次牛羊肉，因为他们要优先运输马匹，然后才能运牛。尽管如此，我们仍然是大餐不断，特别是7月1日以后。我已经卸下了负责餐食的职务，因为我们中尉是个做饭的高手。我们杀掉了那头猪，吃到了非常美味的血肠、香肠，还制作了火腿。咖啡很香，茶壶永远都是满的，没有什么工作可做。营地每天都有新面貌。我自告奋勇为我们营建了一处图书角，在四天时间里，用席子、竹竿和小竹枝搭建了一个非常漂亮的小屋。它位于营地的最高处，从那儿能看到四周漂亮的景致。这处图书角已经在上次分发信件报纸时交付使用。现在，我得想办法给我的小屋换个地方，它离厨房太近，气味熏人。因为做这些事儿要经常采购，所以我对烟台已经非常熟悉，对中国人的了解已经不亚于我对英国人的了解，还买了不少不值钱的小玩意儿，并且，已经和我最经常买东西的商人**建立了友谊**。每天，我都有一部分时间花在这些好朋友那儿，和他们喝喝茶，抽他们的烟袋，摸他们的下巴。用这种办法，我把他们的铺子翻了个遍，让他们把所有的新鲜玩意儿拿给我看。

---

① 霍普·格兰特（Hope Grant，1808—1875）将军，英国远征军总司令。

从营地这儿看过去，烟台有点像勃艮第的某个村庄，房顶都是一样的形状。房子都建得很结实，用的都是好石料，而且里面都很干净。中国人，除了发音不标准，学习法语很容易，喝茶的时候，我们就相互上课。相同的需要，会产生相同的行为，能看到这一点真是有点意思。他们也是采用十进制计数：10，20或10的2倍，30或10的3倍，数目字的组成都是相同的。我们需要的词差不多都学会了：布、棉花、线、钉子、铁……只是没有呢绒和毛料。鱼非常好，东方的海岸一般都是如此。水果非常丰富，特别是杏。出于谨慎，我们都是煮熟了吃。一早一晚，我都在下边礁石群中下海。这是我的度假季节，而且是免费的。

我几乎没有时间去访友，也极少读书。不过我利用中午睡午觉的时间，看完了迈斯特的第二卷。午饭之后，天气极热，如果有耐心的话，我要在床上待两个小时；如果要出去走一走，就在帽子上再遮上头帕挡住阳光。在平原上，要比我们四面环海的高地热得多。

我去打了三次猎，感觉如同在我们家里的山上打猎。第一次，我们一共看到了六只鹌鹑，打到了三只。我打了一只野兔和一只鹌鹑。第二次，我没有开枪。第三次，我们到山脊上去寻找大松鸡，结果只打到了一只狐狸。打猎的这几天里，我们都凌晨4点出发，8点返回。过了这个钟点，太阳就太毒了。

这种一直忙忙碌碌的生活让我保持身心健康，这跟待在"罗讷河"号舰上全然不同。当时，无所事事，闲极无聊，胡思乱想，反而身心俱疲；现在，总有事做，一刻也不得闲，无论陆地还是海上，总有新鲜事情发生，就差听到枪响了。这种征战中的生活，远胜其他生活方式，每时每刻都觉得自己有所作为、有所成就。

烟台，芝罘营地，1860年7月7日

我的小屋就是攒起来的一个架子，如今挪到了我们连长旁边，我们两个屋子之间的空地成了鸡的活动空间。今天是星期天，上午举行了军人弥撒。博韦先生命人用席子制作了一个礼拜的牌位，下面用土堆做底座，背靠着炮台。牌位的下面放了几条长凳，参谋部人员就座。乐队演奏了宗教乐曲，合唱团唱了摩西的祷辞。参谋部人员都穿着大礼服。天气棒极了，我们俯瞰着锚地，有三艘船正在驶入。这个景象让我们心情振奋，在十字架脚下，我们与祖国同在。这样的日子里，你们也在参加同样的神圣仪式。

有人通知说，信使明天就走。是"普雷让"号把信带到上海，交给15日出发的邮船。

差不多可以肯定，军事行动将于25日开始。所有的马匹都到了。我们买了很多骡子，它们都很强壮，我在法国从未见过同样的骡子，在中国则有很多。我们还不知道将用什么办法运输我们的物品，也不知道会不会在天津过冬。但不管怎样，我不会带太多东西。

锚地里有35条船，商船还没有到达。这里有两位随军队行动的法国商人，他们每样东西都至少卖一块银圆。除了雪茄，他们没有我需要的东西，有了配给的份额和市场的供应，我们的生活物品就足够了。我们的食物很健康，根本瞧不上政府提供的熏肥肉。鸡、蛋、鱼是我们的基础食品，这还不算各种干鲜蔬菜。所以，我已经胖得吓人，但下海游泳让我很壮实。

出发去白河之前，我想把信都写出来，为此我要花上几天的时间，如果不去打猎的话，就把上午的时间都用上。每天晚上吃过晚饭，我们四个一起出去散步，到8点钟再回来参加点名，然后就寝。我们的小屋是唯一一个雨水淋不透的，下雨的时候，我们就躲在里面，充分享受免受风雨侵袭的幸福。

此时此刻，我看见"雪崩"号正在驶进锚地，后面拖着一只大驳船。有一天，在烟台，我遇到一个中国人，他的脖子上挂着一枚富尔维埃尔圣母圣牌。你们完全可以想象，当我在如此遥远的地方看见如此神圣的形象，我有多么惊讶、多么喜悦。真是个好兆头。

英国海军部队的司令贺布将军24日过来看我们，格兰特将军是26日来的。22日的晚上，一位叫蒙费朗（Montferrand）的副营长得急症死了，他是个非常出色的小伙子。我们就把他葬在大广场上，陆军和海军将领、参谋部人员参加了葬礼，营长做了简短的致辞。现在，我们的病号很少，最初几天的混乱早就结束了。

本地的清朝官员们来拜访过将军，为了了解我们的意图。他们说总督会过来。他们的举止很得体，但同时战战兢兢。

冉曼将军在军校与您同期，这是他的副官告诉我的。我经常见到年轻的德·贝尔尼（De Bernis，埃尔维［Hervé］），他刚刚晋升为下士，就住在我的附近。他很受人追捧，也有些自视甚高。但他是个讨人喜欢的小伙子，我们常谈起家乡。

现在，我们终于到了首次打仗的前夜。到了8月份，肯定会听到清军的枪声了。下个月的信使，就能给你们带去我们首战告捷的消息。《画报》杂志应该给你们刊登我们营地的图片，我们这儿可不缺少给它投稿的艺术家。这些东西一定要好好地替我留着。德·布耶上尉画了很多画，有些画非常精彩。他还画了很多寺庙和里面的神像，这些神像样子怪得令人难以置信，而色彩非常鲜艳。

既然不会画画对我来说是一大遗憾，我于是成了建筑师和厨师。我们现在拥有：一只羊、一只鹌鹑、一只金丝雀、一只打猎时弄来的小野兔、一条狗，总之是一个完整的大家庭。营地里没有哪个士兵不养狗、养猫，还有双脚拴在帐篷桩子上的鸡和鸭。加起来，营地里总共有三千只公鸡，它们在半夜一点的时候一起打鸣儿，令人难以忍受。

在这儿我们买不到刀具，如果能给我寄来的话，那就解决我的大问题了。万一我把自己的刀弄丢了，那就将是世界上最倒霉的人。有一位遭此厄运的军官就不得不花4个银圆，买了一把只值30个苏的刀。

［……］

再见了，亲爱的爸爸。温柔地拥抱您，拥抱妈妈、姐妹们、亨利、所有的亲戚和朋友。再见，但愿那些汽船不要出事。请您像我一样，把信都编上号。

L.d.G.
7月8日

烟台，芝罘营地，1860年7月23日
（9月29日于荣希收悉）

亲爱的菠莉娜：

我的下一封信，落款地点将是白河，将会告诉你我们首战告捷，而且我希望，能具体说一说我的战功。

明天24日的上午，第1旅的部队开拔；25日，第2旅；26日是我们，我们将由船只送到此次长途跋涉的最终目的地。永别了，芝罘大营，我们将抵达另一处海岸，但也许那里就不会如此好客了。

英国人在北直隶湾北岸的大连湾扎营，我们两军船队将于26日在海湾当中汇合，然后一起前往登陆地点，登陆地点在白河河口稍北的地方，是一条叫北塘河的河口。具体行动计划是在一个星期之前，两国军队的将领经过侦察之后制订的，而且严格保密，所以我们一无所知。

19日，星期四，两国的公使、格兰特将军、蒙托邦将军、贺布将军、沙内将军举行了作战会议，会上决定了26日是两国全部部队会合的日子。海军的部队有点措手不及，他们不习惯如此匆忙行事，但不管愿不愿意，物资、装备、马匹等所有的东西都要装船。"威悉河"号上面拆散的炮艇都要组装起来，但一个星期的时间是根本不够的。我们另外有五艘大型炮艇："龙"号、"警报"（Alarme）号、"雪崩"号、"弹丸"（Mitraille）号，还有一些小汽艇上装了一门炮，也将作为炮艇使用。

英国人有18艘炮艇。不过，我认为目前情况下炮艇似无必要。即便是小船，要接近岸边也非常困难。在某些地方，离海岸还有3法里的距离时，水深就下降到只有1尺。在离登陆点4法里的地方，大船就要停下，我们要在水里走很远才能上岸。我对自己的长筒靴很有信心，而没有长筒靴的，可就倒霉了。

一旦与英国人汇合，我们就能组成一支强大的舰队，他们大约有200条船，我们有50条。锚地里一片繁忙。在登陆行动中，那些大船将无法发挥任何作用，除了让自己的船员们下船。登陆的海军有700人。总的算起来，并没有很多士兵投入一线作战，勉强有4000人。在这

烟台，芝罘营地，1860年7月23日

儿，我们得留下250人的守卫部队和100个病号，这说明我们对烟台的中国人还是相当信任的。病号将逐渐转移到别处。我们一走，那些在我们身上赚钱赚疯了的商人就要破产了。

登陆行动将通过小船进行，我们大约有80多条船，这些船能尽量接近岸边。从大家行事的态度上看，我们急于结束远征，有可能是欧洲的事态促使将军们抓紧时间。如果8月1日开始行动，我们就能有充分的时间富余，可以不必在天津过冬。如果能在冬天前往交趾支那，就等于抢出一年的时间，我就能提前一年与你们重逢。欧洲发生的事情，让我尽早回家的愿望更加强烈。事态发展得如此迅速，我都无法预期，等我们回去的时候，欧洲会是什么样子。我们应该为自己的家园而战，能在需要时保卫你们，而不是在此地与中国人为敌。上帝保佑！

我们将重新登上"罗讷河"号，计划用48小时到达目的地。我们必须慢速航行，因为每艘汽船后面都牵引着小船。

我非常担心炎热的天气。最近这些天的温度一直是28℃至30℃，因为我们在崖顶，一直有海风，所以感觉温度不是很高。等到了白河，深入陆地10法里，身处白河两岸的稻田和沼泽之中，会怎么样呢？我们现在的营地远离沼泽湿地，已经受了不少蚊子的罪。

我有一张从白河至天津的详细地图，是从冉曼将军那儿复制的，我给你留着。随着战事的进展，我会把重要事件发生地点的地图寄给你。

炮兵进行战前准备，行动之迅速令人刮目相看。每一门线膛炮都由四匹马牵引，这些体型较小的马棒极了，而且很听话。骑兵、宪兵、辎重以及所有的人都有自己的马匹，我们也有马，是中国的小马。有一匹马驮着我们的行李，另一匹驮炊具。我们的行装加起来也并不重，但对这些小牲畜来说还是太重了。

我真舍不得我的小屋子、席子、小领地、漂亮的风景和清新的空气，还有我的金丝雀、鸽子、小鸭子。至于羊和鸡，我们都吃掉了，以免与它们洒泪而别。

18日，星期三。今天收到了你们的信。法国到底怎么了？真是前所未见。我气愤已极，但有什么用呢？在这个文明的时代，加里波第这样的强盗居然成了英雄！而我们的报纸竟然支持英国人的心腹！我喜欢你们的信，能让我了解很多事情。报纸一旦读过之后，我就完全丢在一边。你们寄来的信，我的确丢了一批，它们随着两位公使掉到了海里。

上一封信寄出以来，又发生了很多事情。下面是我的日记：

7月8日，7点钟在紧挨着炮台的礼拜堂作弥撒。已经开始从"威悉河"上把拆散的炮艇卸下，为此动用了一些小船。9日，"敢闯"号、"信息女神"号抵达，参谋长上岸。

10日，失事的"快帆皇后"号上的部队抵达，有1个步兵排、1个工兵连、1个预备炮兵营。他们都穿着水手的粗布工作服、拿着水兵的武器。我们很同情这些倒霉蛋，两手空空到达此地，开始艰难的征战。"迪佩雷"号抵达。格兰特将军到访

让-巴蒂斯特·路易·葛罗
（Jean-Baptiste Louis Gros, 1793—1870）

他的外交生涯始于查理十世时期，曾出使拉丁美洲和英国，1857年春被拿破仑三世派往中国任特别专员，1858年6月与额尔金勋爵一起与清朝廷谈判《天津条约》。1860年，原以为外交生涯已告结束，却被拿破仑三世任命为赴华特使。

烟台，芝罘营地，1860年7月23日

我们的营地，受到21声炮响的迎接，傍晚时离开。

11日，葛罗男爵乘"杜舍拉"号抵达。"迪佩雷"号的乘客下船，他们是北非骑兵和非洲猎兵。德·内韦尔雷先生来到冉曼将军身边就职。我认识了德·达马斯（de Damas）先生，非洲猎兵部队就是他率领的。我接待了杜舍拉先生，他的职务是在率领苦力的海军上尉身边担任传令士官。

12日，头天晚上很热，今天有雾，像11月份的早晨。雾整天都没有散。"普雷让"号载着邮件前往上海，另一艘汽船也出发前往白河进行侦察。我继续下海游泳，这是我每天的快乐时光。

13日，"复仇女神"号抵达，它是一艘大型护卫舰，巴热海军准将就在这艘船上，另有"复仇"号载着最后4个连的步兵抵达。蒙托邦将军前往英军大营，次日返回。

15日，星期日，气温29℃，上午7点做弥撒，下午4点给炮兵参谋长加里少校下葬。今天开始加固通行的工事，以便封闭地峡的入口。

16日，30℃，我再次见到格里韦尔（Grivel）。年轻的德·贝尔尼给我介绍了他的表弟，猎骑兵士官德·托克维尔（de Tocqueville）先生。去白河进行侦察的部队返回。额尔金勋爵来此地住3天。一个来自广州、给军需部门当译员的中国人，连同30个苦力，开小差跑掉了。

17日，邮件到了。18日，分发邮件。加里少校的物品被出售，我买到全新的袜子。每个连分配了两匹驮马，我可以与内维尔雷一道骑马散步了。我和他，还有将军的副官拉弗夫上尉，一起吃了晚饭。

19日，大风，大雨，大雷雨。帐篷都被雨淋透了，只有我的小屋抗住了雨水。格兰特将军和贺布将军抵达后，开了重要会议。天气转好。我与内维尔雷一起骑马散步，遇到了各位陆、海军将领，他们也在骑马散步。

21日，酷热。22日，30℃，7点做弥撒。马匹装船。我与冉曼将军一起吃晚饭，有人写信给他，通过芒德里耶（Mantelier）先生提到了我。

23日，我写这封信，今天晚上，我要收拾箱子和背囊。我们的伙食一共花了6块银圆，你看，我们还可以存一些钱。这相当于30法郎，而且吃的比法国任何一家花70法郎的包伙都要好。除了配给的份额，我们有大量的面包，葡萄酒随意喝。军需部门卖给我们的葡萄酒每升0.45生丁，酒也相当不错。我们拿红薯当土豆吃，这是中国人以很便宜的价格卖给我们的，有土豆味但要甜得多。我们有充足的杏、李子、苹果，但质量不如法国，也有一些葡萄，但都不熟。山里有很多野葡萄，这就说明人工栽培才能出好葡萄。

我很少再去打猎。经过6个星期的休息，有这么好的空气、这么好的伙食，我的身体非常好。我们已经准备好，迎接任何作战的考验，从今往后，肯定没有这么舒服的日子了。我们将有什么样的遭遇呢？我们一直在干爽的地方，未来却将身处沼泽之中；将来鸡鸭都没有了，我们将只有饼干和熏肥肉。10万至15万的清朝军队已驻扎一年，肯定已把方圆20法里的地方吃得精光。除此之外还有酷热：我们的盔形帽正好派上用场，四周围上薄平纹头巾，还能起到遮挡阳光的作用。我也不能再下海游泳了。但不管怎么说，在如此优越的条件下度过了6个星期的时间，我不该有什么抱怨。我原先根本没有想到，下海游泳的计划能够实现得如此彻底。

我跟你说起过挑水的人吗？我们远离水井，士兵们又不爱干杂活，所以他们就让中国人给他们运水。于是，中国人很快做起了水的买卖，营地里挤满了赤着双脚、光着脊梁的挑水人，花10个铜钱（1个苏）就能买到从相当远的地方挑来的两桶水。还有一些卖醋的商人，我们教他们用法语吆喝"卖醋啦"（vinaigre）。另外还有剃头的，挑着竹扁担，一头是一把小扶手椅，另一头是一只圆形的小炉子，上头放着水盆。我们教他们用法语说"剃头的"（perruquier）。他们不会发颤音r，结果说成了péuquier；他们还总是把哑音e带出元音来，所以vinaigre被说成vinaigleu。

我们雇了很多当地人来营地干各种活计，帮厨，洗衣，运来沙子铺院子，为私人运水，等等。我们雇他们或一天，或两天，花几个铜钱就行。我认为他们不太老实。

士兵们在"过家家"，玩得不亦乐乎。每个人都养了狗，的确是很小的狗，更不用说还有鸡和鸭，这些活物都被绑上了双脚，到了晚上，营地里热闹极了。然后还有猫、乌龟、鸽子、鹰。这儿有很多鹰，中国人把鹰拿到市场去卖，所以几乎每顶帐篷都能看到一只鹰。

我们连只死了2个人，我们营一共死了3个。此地气候宜人，雨天很少，但一到下雨时，就看见我们可怜的士兵，只能躲在无法完全挡雨的小帐篷里。

［……］

请向在包括塔朗塞（Talancé）、阿尔斯（Ars）、比希（Bussy）等各个地方的亲友转达我成千上万个问候。

居斯塔夫一切都好。我们有两块山羊皮可以在睡觉时垫着，我得想办法阻隔地上的潮气。我的刀磨得很锋利，左轮枪和短枪也都状态良好。我心里很平静，相信上帝能保佑我。

北直隶湾,"罗讷河"号上,1860年7月25日
(9月29日于荣希收悉)

亲爱的亨利:

这封信还是在"罗讷河"上写的,但下一封,我希望能给你讲讲我们最初几次作战的情况。

昨天早上7点,营地里只留下了我们曾经停留的记忆。8点钟,我们已经登上"罗讷河"号,再次住进我们原来的地方、原来的舱室,好像从未离开过似的。101团和102团在我们之前就上船了。这一切都好似被施了魔法一样,装备、物资、人员等等,居然都塞到了船上,连海军的人对此都很惊奇。如果小船不算在内的话,我们有50条大船,其中作战舰只35艘,载着大约1万人。连海军在内,国家养了1.8万人,但所有这些人中,端刺刀上前线的勉强够7000人。

我们的船塞得满满当当的。底舱里有50匹马,它们占了很多地方,结果士兵们只能各显神通,自己找地方安身。另外还有弹药、给养,我们根本无处落脚。

忘了是否跟你说过,前几天有一艘俄国护卫艇送来了他们驻北京的公使Kichenef亲王。他参观了军营,与将军共进午餐,当天晚上离开。

我们这条船拖着两条小船,其实每条大船都是如此。我们排成三条纵队,并且马上就与英国人会合。星期五晚上我们到达指定位置,

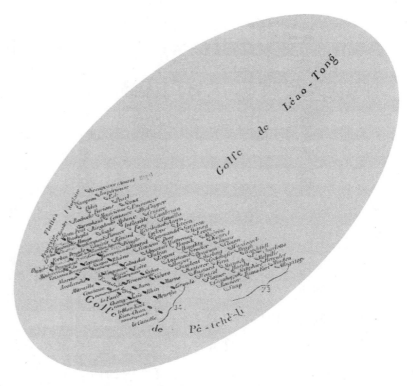

在北直隶湾集结的法英两军船只（"罗讷河"号位于下起第三列的中间）

很有可能到星期六或星期天，就能听到我们大炮的怒吼。所以我离开芝罘的小山包时，并没有感到伤心，因为我们终于前往一个正经的目的地。未来究竟如何，计划到底怎样，我们一无所知。我们所知道、让我们听起来如此悦耳的话语是将军向我们少校所言："我打算动用很多猎兵。"我们将尽力而为。到了8月25日，即我的圣名瞻礼日那天，我们可能已经到了天津，上帝，那得多热啊！

我见到好几次率领非洲猎兵的达马斯上尉，他是与德·内维尔雷先生一起乘"迪佩雷"号过来的。皮卡尔舰长用一种奇怪的方式欢迎我们，他把我们叫过去，也没有什么客套，让人给我们宣读了海军制定的船上乘员守则。另外还向我们宣布，我们最终有可能乘他的船返

吕多维克的信

回法国，此事并没有让我们多开心。我们要考虑的是其他事情。

在战斗的前夜，光荣的前夜，我用整个的心拥抱你们每一个人。真是遗憾，无法用电报把这儿的事儿告诉你们，庆祝妈妈的圣名瞻礼日。

你的，

L.d.G.

北塘，1860年8月7日
（10月16日于荣希收悉）

亲爱的妈妈：

大功告成。我们在岸上站稳了脚跟，清军惨遭失败。整个事情，要从我们从芝罘出发之时，也就是我上次写信的时候说起。

7月24日早上7点，我们整个营一起登上大驳船，8点钟就已经重新登上了"罗讷河"号，回到原来的地方、原来的舱室，仿佛我们从来没有离开过似的。猎兵也返回到底舱，但他们发现那里已经有了新的乘客：60匹马、30头牛。这还不算它们的草料，就已经塞得满满当当，所以没有给他们分发吊床，即使有了吊床也没有地方安放。在哪安身，如何睡觉，他们只能自己想办法。

25日，另一部分部队和参谋部人员上船。

26日，在沙内、巴热和卜罗德几位海军将领的率领下，我们组成

1860年8月1日在北塘登陆（版画，没有时间地点，现藏法国国家图书馆）
8月2日进入并占领北塘村及炮台。

8月7日信

吕多维克画出了登陆地点、穿过淤泥带的路线及通往北塘的堤坝，并标明了他的位置：在北塘村的东南，位于桥和炮台之间，守卫堤坝的前沿阵地。

吕多维克的信

1860年8月1日联军占领的北塘炮台（菲利斯·毕托[①]摄）
炮台内景，包括炮台之下格兰特将军参谋部及锡克骑兵的帐篷。

三个船队出发。早上6点，32条船离开芝罘锚地。到傍晚，我们能看到英国人的船队，但距离还很远。

27日，我们逐渐驶近英国船队。傍晚，我们在与英国船队相距三四海里处下锚。

28日，早上7点开船，9点，在距白河口7法里的地方下锚。英国舰队全速向我们驶来。当他们与我们排列在一起时，共有150艘船，场面极为壮观。我们每行动一步都会出现耽搁延误，此时尚不知道何时开始登陆。大家苦苦等待，最后一次侦察行动已经结束，将领们正在开会，进行最后的部署。

星期天，狂风大作，仿佛牛角都会被风刮飞似的，沸腾的海面好像豌豆糊在翻滚，根本看不到陆地。上午举行了一场弥撒。然后，开始卸下炮艇的桅杆。

我接待了一位来访的英国海军上尉，他叫德·马尔索（de Mareseaux），是一个很讨人喜欢的小伙子。在圣奥马尔的时候，我曾与他的姐妹们跳过好多次舞，那几位英国女士在给她们兄弟写信时很热

[①] 本书中毕托所摄照片的说明引自安娜-劳尔·瓦纳维贝克（Anne-laure Wanaverbecq）2005年在里尔举办的展览目录《菲利斯·毕托在中国：1860年战地摄影》（*Felice Beato en Chine, photographier la guerre en 1860*）。

北塘，1860年8月7日

心地谈到了我们（包括贝吕纳，他当时也参加了圣奥马尔的社交活动）。此人各个方面都非常得体，言谈、举止、气质都非常法国化，而很少英国派头。他带着三位炮兵军官来参观我们的船。

已经通知我们31日实施登陆。终于到了30日，我们到了最终的抛锚点，所有的船只到达距陆地5法里处。这个地方，到白河河口和到北塘河口距离相等。但陆地非常低平，要登上桅杆才看得到。我现在上桅杆已经如履平地，在那上面，能远远地看到白河的各个炮台，能清晰地分辨出8座。岸上有几座村庄，还有我们将率先进攻的北塘河口，有很奇怪的海市蜃楼的感觉。

我们都在装箱子。命令说，明天早上4点，101团的210人、102团的500人、舰载步兵500人、猎兵营、一个山炮连、一个4磅炮连，将乘坐由小汽船牵引的炮艇登陆。

次日，31日，4点钟，大家都行动起来。我们喝了咖啡，口袋里装上面包，等待驳船。但海况很差，天空雾气蒙蒙，有命令说暂停登陆行动。

此时我们已经背上背包、所有的物品装箱完毕，还要在这个牢房里待上24个小时，大家都感到万分沮丧。白天里，听到了几声炮响，不过这是为了迎接俄国和美国公使的到来。

八面来风都可能影响到海况，很难预测何时才能风平浪静，所以我决定睡个踏实觉，到早上都不起。我的确睡得很熟，次日凌晨4点听到大风在绳索上的呼啸声，加之大雨如注，我翻了个身继续睡。

但到了7点，突然听到喊声：背上背包，背上背包。士兵们动了起来，都很高兴能逃离让他们喘不过气来的"罗讷河"号。我跳下床，穿上大靴子。驳船靠了上来，我们既没有面包，也没有酒，也没有咖啡，最终，有一块面包落在手上。我就着一口烧酒吃了几口面包，把剩下的放在口袋里准备白天吃，紧接着跳到驳船上。

我们一直淋着雨，到9点半才离开"罗讷河"号。有船把我们牵引到"龙"号炮艇，由它牵引我们整个营。卜罗德海军准将就在这艘炮艇上，炮艇艇长是布尔古瓦（Bourgois）海军上校，他也是所有炮艇的指挥官。总司令在一艘名叫"金山"的小汽船上，在我们的前面。

行动到11点钟才开始，我们向3法里半之外的陆地前进。为了避免在沙洲上搁浅，我们行驶得很慢，而且不能偏离很窄的航道。英国人有30多条炮艇和船牵引他们的部队，和我们齐头并进。雨停了，太阳出来了，又把我们晒得够呛。

我们渐渐地看到了岸边，此时离海岸已经很近了。守卫河口和村庄的两个炮台向我们发射了几颗炮弹，把我们从麻木中惊醒。我们用黑布把桅楼挡住，掩护部署在那里的射手。我们最终停船的地方与那些彼此紧挨在一起的炮台很近，我们原以为炮艇会把我们放下，然后向气势汹汹的炮台开火。炮台上是一圈墙垛，高出墙垛之上还有两座内堡。炮台建得很坚固，外表看上去很利落、很结实。炮台上有很多旗帜随风飘扬。

这时，炮艇的艇长下令把拖的驳船解缆，让我们沿着岸边向炮台以南的方向靠近，那个方向有几个高出水面的小土丘，总司令就站在其中一个土丘上。我们停下船，大家都纷纷跳到水里，水有半腿深，也有的地方到了肚子。我把长靴在膝盖以上的地方扎紧以免进水，幸亏我走过的水只有半腿深。此处只有7连（我们连）和8连，我们急着往岸上赶，因为只要停下来，就会陷在淤泥里。在这种淤泥中走了大约四分之三法里，我们就来到更硬实的地方，此处的干土刚刚高出海

北塘，1860年8月7日

面，所以目之所及，仅有的凸起之处是无数个坟头。死人都被安放在土地之上，以免浸在水中，上面盖着一个锥形的土堆。没有一点绿色，也没有遇到敌人。二三十名鞑靼骑兵在从北塘到白河的堤岸上奔驰，离我们有1500米，我们没有开枪。还有一些全速逃离的马车。两个英国连随后抵达，虽然身处水中，他们仍然排列整齐。

我们一边等着敌人，一边坐在地上，把腿擦干净，把身上晒干。蒙托邦将军来到部队中间，他跟我们一样脏。没有什么喝的，只有海水，里面有成千上万个小虫。

英军的半个连和我们排被派出，成散兵线提前行动。让我们走在前面，倒不是为了侦察，而是为了在淤泥里找到能走的路。大批部队跟着我们，同时，其余部队还在陆续上岸。蹚过最深能没到肚子的水洼，我们终于来到堤坝上。于是，我们放开大步，绕过炮台，向村庄前进。

堤坝很窄，布满了车辙。我们分成小队继续前进，同时整个旅从水中走出，在堤上集合。我们这些前哨由参谋部的杜潘中校率领。冉曼将军跟他的旅一起前进。夺取村庄的命令没有下达，英军部队安安静静地跟着我们走。在距离村庄500米的地方，一道栅栏拦住了我们。我们停下，等着全部部队到达，可队伍的尾部还在水里挣扎着呢。杜潘中校派我和其他4个人，走在我们排的前头，看一看前方到底是什么情况。我只看到村里走出几个好奇的人。太阳正在落下，我一脚把栅栏踢开，接着占领了看门人的屋子。天已黑了，我们不想走得更远。我被派出带着10个人来到离村子一百步的地方，守住堤坝并进行警戒。整个大军就在堤坝上、在潮水达不到的高地上宿营，他们的脚边是水，脚下是淤泥，身旁是坟堆，被海水反复浸泡的土地发出难闻的气味。除了海水，只有敞开的棺材里还积存了几滴雨水，没有任何可以喝的东西，而且也没有任何柴禾可以烧火。

我们派出一大批带着武器的勤杂部队到村里找水和木材。对我来说，倒是幸运得很，身边就有一幢小房子。我找了一些草和木头，让人拿过来，生了一大堆火，把衣服烤干，又煮了咖啡，我们所能做的仅止于此。咖啡加上一点饼干，这就是我们两天里的伙食。

中国人给我们弄了一点儿水，我是第一个拿到的，剩余的部分给了别人。

在四面环水、气味呛人的沼泽地里，能用草做个床，用火的热气驱散臭气，我感到惬意极了。身上盖着毯子，法兰绒大衣盖在肩上，我睡得非常安稳。走过沼泽地时，我的靴子灌满了水，但我穿了36个小时。

夜间，英国人在村里进行了侦察，他们带回了几面旗子。然后，杜潘中校带着10个人也搞了侦察，我把进村时抓住的几个中国人给他当向导。他往炮台那边去，那些中国人跪在地上，阻止他去看某些地方，而在这些地方，我们第二天发现了很可怕的装置。他捡了很多旗子，还让中国人找了两门炮回来，因为这些炮是木头的，用小独轮车作为炮架。他把这些东西拿给我看，于是，我睡得更香了。

第二天一早，我喝了咖啡、吃了饼干当早餐。中国人都沿着村边逃走了，带走了长着小脚、几乎站都站不稳的女人们。狗成群地跟着他们，从村里逃出来的猪在我们周围乱窜。

8点，部队动起来了。英国军队走在前头，最先进入村子。一个工兵连首先把炮台入口处的装置拆除了，原来是一些80厘米直径的炸药包，装在防潮用的方形铁盒当中，只要用一块翻板把击锤敲在碰石上点火，整个装置就会爆炸。这种装置，在炮台入口处放了两套，在每个坡道脚下放了两套。

将领们都到村里来了，他们把村子一分为二，一半给英国人，一半给法国人。英国人的队伍很长，在每个团的后面，都有一个苦力团给他们运行李。我欣赏那些印度兵。

9点，轮到我们的部队进村，我仍然处在前哨的位置。

我忘了跟你说，在夜间，那些炮艇趁着涨潮的时机开进了河里，往炮台里打了几炮，想引逗他们还击。此时，杜潘中校正好在炮台里。炮艇白费了力气，他们准备到白河再打。

我们看见可怜的炮兵部队走了过去，他们昨晚整夜都是在沼泽里度过的，因为他们的炮都陷到了泥里。他们当了一回好汉，费了好大的劲，把陷得比人还深的马匹救了出来。我从未见过这样的地方，相比之下，拉布莱斯（La Bresse）该算是沙漠中的绿洲了。请你们想象一下，一个水塘接着一个水塘，有的是半干的，外加几条没法走路的堤岸。对我们现在所在的浅海滩，你们只能有一个大体的概念：无穷无尽的平地、水、坟堆。在这些水面上，形成了非常奇特的海市蜃楼效果，更增添了此地的怪异。

此处距离白河与距离船队一样远，能很清楚地看到炮台，距离大约有2法里。从这儿到那儿，我们看到中间有一个很大的村庄，由一座鞑靼军队的营垒守卫。我想他们正在那里严阵以待。

终于到了2日中午，有人来换班，我前去看看住的地方。我们连长和其他军官住进了当地一位官员的家里，是村里最漂亮的房子之一。村里所有的房子都是泥土房，但这座房子是砖墙瓦顶。有三处院子，其中最深处的院子有一个小花园。我们位于两重院子之间，两个院子之间有穿堂风，所以我们的屋子里很凉爽舒适。我们就用这位大官的瓷器吃饭，坐在大椅子上，面前是漆面闪着油光的大桌子。在这个厅的两边是两间卧室，卧室里有巨大的扶手椅、大箱子和漂亮的家具。箱子里装满了各种各样的东西，做活的笸箩、针线、剪刀，全都是仓促当中扔下的，其他各种正常的物件都在原地放着。

我们在中国人的大床上睡觉。这种床其实是用砖砌的炉膛，占了卧室三分之二的面积，三面是墙。床有80厘米高，覆盖着毛皮或席子，冬天时，炉膛里烧的火把床烤得很热。一般情况下，床上坐两个人，中间放上一种很矮的小桌，桌子上放些东西。这种地方很舒适。中国的女人们就这样在床上过冬。

我们发现了一些很漂亮的瓷器，一只很漂亮的盆，几只大花瓶，一些帽子、无边帽。我拿走了那只盆，但花瓶太大了；还有由铜和玻璃做成的漂亮灯笼，呈蝴蝶形，色彩艳丽。我得想办法带走一只。

我们在院子深处搭了自己的厨房，我们有面粉，喂牲口的粮食和草料。我们最缺的是水。在这个地方，既没有井水，也没有泉水。居民收集雨水，储存在水缸里，但因为水里有很多虫子，所以水很快就变臭了。我们找到了两缸相当好的水。几乎没有人像我们这样能找到好水和舒服的住处，村里的房子跟街道一样，与粪堆无异，没有水，没有酒，没有面包。

不过星期四那天，占好了房子，我就去看望内维尔雷，他正在与将军一起吃饭，将军住的地方不如我们的好。将军给了我一块面包、一杯酒，还从来没有什么礼物能让我如此高兴。

看到可怜的当地居民拒绝跟我们来往，真是一件可怕的事。如果他们留下来了，我们就可能不会动他们的房子和财产，如果他们需要，我们还会与他们分享饼干。还有一些女人被他们用不同手段杀死了，我们发现这些可怜的女人被闷死在轧棉花机下面的箱子里，有一些双手被捆、头朝下淹死在水缸里，还有一些被鸦片毒死。

狗跟人一样，都被吓跑了，它们在村子外面成群结队地到处跑，睡在坟堆里，把坟扒开吃死人。他们在大水洼中间游荡，渴死在那里，给沼泽地臭烘烘的空气又增添了腐烂的气息。我们把在村里到处晃荡的猪打死了几只，所以有了鲜肉吃。这里的人没有别的肉。我们也找到了几只鸡，但对于两万人来说，东西太少了。我们收编了几头驴，给我们的两匹小马减轻一点负担。

3日早上，第1旅的一千人和一千名英军出发进行侦察。在通往白河的半路上，他们发现了一座鞑靼军队的营垒守卫着一个村庄。鞑靼部队发起攻击，战斗持续了3个小时，他们用臼炮和比斯卡延长枪向我们射击。我们法军有1个人被打死、7个人受伤，英军只有几个人受了伤。

我们没有发起更猛烈的进攻，以免此时把战线推得太远，所以11点就撤了回来，大家都对初次作战感到骄傲。我们已经做好了准备，需要时前往增援。我们在炮台里发现了能点火的弓箭，这种武器非常危险，箭身上涂了硫，铁制箭头很长，能射500米远。

英国的将军住进了炮台，锡克骑兵则全部驻扎在院子里。这支骑兵部队很壮观，尤其是他们的马匹，那些人很英俊但更怪异。有英国人在，我们并不显得出色，他们更有秩序，做事更讲究方法。他们什么都不缺，从来不打无准备之仗，而我们则常常是胡来蛮干撞大运。

我们每天都从船上卸下给养、弹药、火炮、马匹。我们的行李终于到了，从现在开始我们将有一段时间远离海军。

我们发现了那位官员藏东西的地方，里面装满了毛皮、衣服、棉袄、丝绸绣品。我们身处丝绸和鼬皮的海洋里，其中最美的东西被我们几个分掉了。我拿了两件缎子里儿的漂亮皮衣；好几套极美极轻的缎子衣服；白色的丝绸衣料，上面有精美的刺绣。我们发现了整匹的黑缎子，我给姐妹们拿了一匹。我给帽子上加了一块22米长的缠头布，但几乎没有增加重量。我已经有了让很多人获得幸福的资本。我们还发现许多整匹的英国细麻布。我拿了一打手帕，因为我还从未见过这种东西。整匹的蓝色棉绒布，我们都没有动。这些东西足够我们尽情挥霍，当我们在丝绸的海洋里畅游时，士兵们在旁边面对大量的棉花都惊呆了。这家里还有一座英国挂钟，我们把它上了弦，它走得准极了。我们还发现了英国造的一把遮阳伞和一把雨伞。请亨利耐心等待，等我的箱子一到，他准有能在化装舞会上大出风头的东西，不过还要等上18个月甚至两年，我担心它们会被虫子吃了去。

天气经常不好，堤坝上难以通行，但这是通往白河的唯一通道。星期天晚上直到星期一晚上，我们要在村口站岗。星期一上午，我们到那座营垒进行了一次侦察。出现了十几个鞑靼骑兵，我们向他们打了几枪，他们策马跑掉了。我们确认了将对我们非常有用的一座桥没有被切断，这正是我们一直想弄清楚的。

站岗时收到了信，是6月份的，有您的，妈妈的，贝尔特的。这个珍贵的包裹没有在新加坡丢失，真是太让我高兴了。感谢你们及时写信来，我也不会错过任何一班信使。

我得把信放下了，因为我必须到参谋部走一趟，打听后天的进攻计划。我们得带上两天的口粮。

满怀柔情和喜悦地拥抱你们，我满怀信心，希望下一封信告知你

北塘，1860年8月7日

们初战的喜讯。

相信你们每一个人。

L.d.G.

北塘，1860年8月8日

白河（河口），1860年8月23日
（11月2日于荣希收悉）

亲爱的妈妈：

幸运与不幸！这封信将同时告诉您我们迅速得胜的整个过程：我交上了最不可思议的好运，也遭遇了最严酷的失望。好运是，荣誉从天而降，为妈妈的圣名瞻礼节献上了一束鲜花：这个荣誉既不是军衔晋升，也不是十字勋章，而是因为8月14日上午攻占炮台而于15日受到军队的表彰。

下面就是事情的过程，但我的笔绝没有作战行动那么鲜活生动。

12日，两天大雨之后，北塘成为漂浮在烂泥塘上的村庄，道路已经无法通行，英国将军终于与我们的司令达成一致，决定明天出发。晚上，出发的命令下达。

12日，早晨，我们5点吃饭，因为作为先头部队，我们必须与英军由施塔夫雷（Staveley）将军率领的一个旅一起出发。一部分应在我们右翼行动的英军部队必须在我们之前出发，但他们花了很长时间才磨磨蹭蹭地走出北塘。我们等到9点，才踏上通往新河的路，路很烂，已经被路过的炮兵踩得没了模样。最近这些天，我们变成了真正的海军，我们的腿就是船。

离开北塘1法里，路已经完全被淹没，在平原上不知何处是路，只有熟人才能在水洼和泥塘当中认出路来。地上已经完全饱和，雨水根本渗不下去，本来需要强烈的阳光把地晒干，结果最后两天的雨在我们面前造了一片巨大的湖。我每天要无数次地感谢我的靴子，在这个地方只有这种鞋才行得通。

11点，我们遇到了两座碉堡。第一枪已经打响了，我们连位于最左侧，我们想绕过那些工事。半个小时以后，几小股英军在炮火支援下，占领了碉堡。在碉堡后面的鞑靼骑兵撒开缰绳全速逃走，我们的榴弹炮和步枪给他们的队伍造成了大量死伤。

在到处都是咸海水的烂泥里急速行军，我们简直渴死了。

下午2点，我们到达新河村，此处有一座守卫村庄的营垒。我们射出几发炮弹肃清了敌人，然后在村子周围、在鞑靼军队的帐篷中间停了下来。疲惫不堪的士兵们利用小憩的机会冲进村子里，接着就是杀猪，并把所有的东西洗劫一空。

将军来视察地形。下午3点钟，我们沿着一条堤坝前往侦察，这条堤坝通向一座带有雉堞的巨大建筑。我们要去看一眼它到底是什么。此时在它外面逡巡的骑兵部队，看到我们架起了两门炮，急忙跑了进去。

守卫白河口诸炮台全景（《画报》1860年11月24日）

白河（河口），1860年8月23日

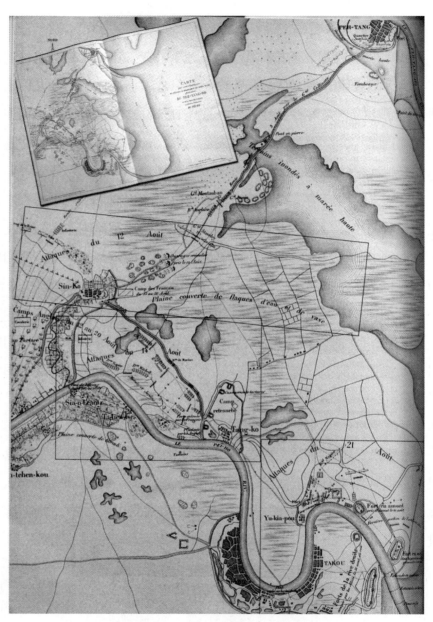

1860年8月12日至21日北塘周围的军事行动
(《远征中国图集》图版五,1861—1862年战争档案)

白河口周围的行军和作战
吕多维克从北塘的前哨阵地经堤坝前往新河村，又从左岸去往塘沽。

在相距800米的时候，我们的炮兵和清廷的塘沽炮台交了火，所有的炮弹都落在我们身边，落在堤坝两岸的水里，我们终于看到了水里到底是什么东西。将军认为，此时不宜把我们的作战位置进一步往前推，其实这本来也是不可能的，因为在四米宽的堤坝上，不可能再往前推进。

我们就在新河村的护城河前面扎下方形营盘，护城河的水差不多是可以喝的。我们的行李没有到，只有士兵们弄来的东西可吃。我们把鞑靼人的帐篷铺在地上，拿一些草，把自己裹在毯子里睡觉，脚冲着火堆，鞋子和腰带都不离身。

营地呈方阵形，司令位于中央。这一天，柯利诺旅没有参战，它是第二天早上与其余的炮兵以及我们的行李一起到的。临时仓库仍设在北塘，存放给养、军官和士兵的大件行李。

新河村距离白河有2公里，它和北塘一样肮脏泥泞，但村子四围都是菜园，一直延伸到河边。我们驻扎在村子之外，在光秃秃的平原上，附近有很多坟堆。我们就在那儿过的夜，头枕着坟堆上露出一半的棺材，周围到处都是水渠和小溪，到处有死马和猪。

13日，我们对白河实施了侦察。对方已经布置了小船和火炮，阻

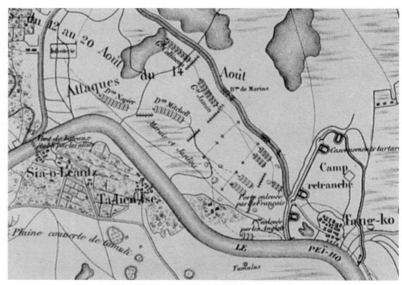

8月14日，吕多维克参加对炮台的进攻

碍我们对塘沽炮台的行动。

凌晨3点钟，我们连拿上武器，出发进行侦察。但极为幸运的是，在营门口我们被拦住，这就使我们在第二天的行动中获得了打头阵的位置，这一天我们要进攻塘沽，而打头阵是非常重要的。

13日晚上8点，下达了第二天上午进攻的命令。先头部队由一个工兵连、我们连和8连组成，其后是炮兵，以及运送梯子的苦力。法军将在英军的左侧前进。

在通往白河的堤坝与白河之间，有一个2公里宽的地带，其间沟渠纵横，有很多水洼。但由于有两个晴天，土地已经晒得硬了。在夜间，我们架了几座桥，以便火炮通过。

14日早上6点，我们沿堤坝的右侧前进，并为部队开路。我们将在离炮台2公里的平原上集结。此地离新河约4公里。

柯利诺旅的一部与2门炮在堤坝上成纵队前进，清军只在堤坝上等待着我们。英军在我们的右侧，挨着白河。清军在河的对岸架起6门炮组成的炮组，加上船上的火炮，对我们实施骚扰。他们用一种手持的轻型小炮（ging-hol）向我们射击，炮弹有桃子般大小，英军的炮兵和步枪手则从白河左岸向他们还击。

6点半，我们向炮台发射第一发炮弹。炮兵在最前面，我们连和第8连成散步线向炮兵提供支援。我们一点一点地前进。感谢上苍让我在这一天经受战斗的洗礼，感谢我的靴子让我走过无数个水洼。

向白河右岸轰击的英军炮兵终于把敌人的小船打得着火了，他们的炮也哑了，其实我们也不太在乎他们。炮火发出巨大的轰鸣，火箭呼啸着升空向炮台飞去。清军的炮弹大都从我们头上飞过，在我们身后集结的部队受到的威胁更大。

我们一直向炮台靠近，现在只有500米了，我们来到炮兵部队中间，开始向敌军炮台的墙垛和火炮开火。

有四面巨大的旗帜飘扬在大门之上。三面旗子倒下了，但最大的那一面还在。这时，我远远地看见英国人开始向右边行动。我告诉正在我身边的炮兵少校，他对我说："戴加莱先生，请您快带着猎兵看看我们炮击的效果。"我被一颗跳弹打中了，报告了连长，没有新的命令，我们继续前进。为避免在这个开阔地带暴露在炮弹之下，我们跑步向前，往大门冲去。但桥被炸断了，沟有4米宽，深度不详。沟岸很陡，由护坡木支撑。

我原以为跟在后面的工兵会用梯子重新架通通道，但我犯了一个非常愚蠢的错误，没有第一个跳过去。我们连的一个军士没有犹豫，他跳进水里，我的士官长跟上他，我也跟了上去。我在水里游动，以免陷在泥里。我感觉到靴子从上面进水了，而水深一直到我的肩部。

我像溺了水一样挣扎着,想攀上沾满黏土的护坡木,结果护坡木被拽了下来。我想抓住树枝也没有抓住,树枝还打在我的眼睛上。我使出吃奶的劲儿挣扎。正在我要沉到水底的时候,一个找到路的军士向我伸出了手,我最终成为第一个冲过去的猎兵军官。而当我正要向那面白色大旗冲过去的时候,施密茨中校抢先几步,第一个把旗抓到手。

门口堆满了敌军的尸体和残肢。在一个我们的炮弹打不到的角落里,隐蔽着500多人。一见到我们,他们立即沿着与我们所在的墙相对的墙边逃走。由于这处炮台,或者更确切地说这个营垒,周长有4公里,我们根本无法切断他们的退路。我们浑身是水,筋疲力尽,根本跑不动。另外,地面上到处都是曲曲折折的壕沟,让我们寸步难行。他们中有很大一部分,认为我们追得紧,就从城墙上跳了下去,还有一些最终逃走了。我们打死了一些人,抓住了十几个。我们与英国人一起,一直走到了营垒的尽头。

河另一侧的炮台向我们发射了几枚炮弹,然后我们集合起来等待下一步命令。在我们的周围,到处都是死人和伤员。营垒的一侧就是河,河面上布满了死尸。营垒中央,有一个被炮弹打得千疮百孔的小村子。在一幢房子后面,我们发现了一个刚刚自刎身亡的官员。我拿了他的火药壶。

火药壶

我们缴获了十多门铜制火炮,其中有一门口径很大的火炮。很多箱子里装着炮弹、炸弹、火箭、弓和箭。我们难以理解,为什么他们抵抗的时间如此之短,而我们一方只死了1个人,伤了14个人。

因为进展顺利，我们想乘胜前进，攻打下一座炮台，英国人则声称弹药不足。最终，部队沿堤坝返回新河。

曾担任先锋的两个连现在作为后卫，结果我们到很晚才回去，因为炮兵花了很长时间才把每一门炮都弄出来。我向你们保证，当天晚上，我睡了一个好觉。这对我来说是美好的一天，我冲在第一线，经受了战斗的洗礼。

15日早上6点，21声炮响向我们宣布今天是皇帝节。9点，感恩弥撒，然后是发表嘉奖令，如下：

8月14日战功嘉奖令

8月14日，凭借联军英勇的共同进攻，远征部队达成了总司令将军的目标。塘沽营垒被攻陷，已落入我军之手，敌军遭受重大损失，仓惶逃窜，我们缴获铜制大炮十五门。

炮兵火力猛烈，各炮连射击精准；本茨曼上校依次去到各炮连进行指挥，直至距敌战壕400米处；施密茨中校率领的冲锋梯队作战勇猛，奋不顾身地直扑障碍。以上表现尤其值得赞扬。

军队在皇帝节前夜为节日献上了厚礼，司令将军对全军深表满意。

谨对以下表现特别优异之军人予以表彰。

［猎兵第二营，戴加莱少尉，以及数名上尉、中尉、士官和猎兵。］

16日，第1旅前往北塘，领取6天的口粮，海军已经把给养送到北塘了，我们则需等待军需部门组织好运输手段，才能听令前往领取。来到此地的第一天浪费太多，我们已经没有任何新鲜食品了。

白河（河口），1860年8月23日

18日中午，我们正在帐篷中安静地休息，突然命令全营行动。我们急急忙忙向河边前进。架桥兵和工兵，以及200名海军，已经和埋伏在果园和菜园中的鞑靼军队交上了火。

原来我军正在准备在河上架一座浮桥，我们已经实施了所能想象的最漂亮的渡河行动。准备用来建设浮桥的各种小船小艇都已停在河岸上，我们把船推到水里，在架桥兵的帮助下，用各种工具划船过了河。我们来得正是时候，海军部队已经四面受敌，我们急忙穿过菜园、篱笆，向敌人骑兵扑去。道路已经被很宽的壕沟切断，土都堆在壕沟的后面呈雉堞状，他们还在土堆上支起木头作为掩体，藏在掩体后面用轻型小炮向我们射击。这么多"街垒"，我们必须一个一个地攻克。

果园完全跟旺代（Vendée）的土地一样，每隔一百米就被长满了水草的壕沟切断。敌军完全可能把我们全部杀掉。我们一条沟接一条沟、一棵树接一棵树地把他们逼退，向他们抵近射击。他们放弃了果园，退到身后一片大平原上去。我们把他们的连队赶到一起去了，在我们的周围，有三千敌人的骑兵。我们第一次看到他们的便携小炮，6门已经成功过河的榴弹炮前来支援我们营。我们已经无法再往前进攻了，于是我们退守果园，分散开来躲藏在树后，并从四面把果园守住，这个阵地是我们的了。我们很高兴能迅速打下这场漂亮仗。此次交锋我们当中有1人战死，4人受伤。

这样一来，我们就占领了白河的两岸，并且在有完全安全保障的情况下架好了桥，负责攻打白河右岸的部队将从桥上渡河。也正是因此，我们拥有了世上最漂亮的果园，我们的帐篷就是葡萄架，能摘到杏、桃、苹果，脚下踩着洋葱、生菜、萝卜、西葫芦、黄瓜、豆角、

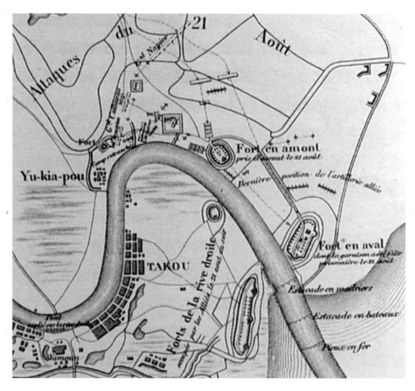

8月18日，吕多维克所在的营在架桥兵的帮助下越过白河，
进驻右岸 Chiao-Lan-Tza 果园

白薯、山药，等等。中国人的耕作技术一流，我们开心地享受一切，因为我们已经很长时间没有新鲜食物了。

在这个天堂般的地方，我们没有什么真正禁饿的东西可吃，因为我们出发的时候什么都没有带。原以为只是一个小冲突，晚上就能返回，但事情不那么简单。面对那一片平原，我们必须小心翼翼地守住防线，鞑靼军队如果有胆量，可以从平原上向我们进攻。此时，101团负责收起我们的营地，并把我们的背包和帐篷一直送到了河边。但天色已晚，加之每个连要轮流过河拿自己的东西，所以我们连要等到明天早上。我们浑身软绵绵地躺在美丽的果树之下，用睡眠打发饥饿的胃。

整个晚上，远处一直有火光，炮台周围接连传来爆炸声。这是清军在炸桥。我们面前的平原是一片坟地，布满了坟墓，左边是新河的炮台和河口的塘沽炮台。村子右边，各处成片的果园中间，鞑靼部队把所有必须丢弃的东西都付之一炬。

在更好的物资到来之前，我们仍然依赖此地的菜园和果园。梨子和苹果已经熟了，葡萄也即将成熟。能来到这些地方，我感到一种真正的幸福，因为在新河，我们的遭遇实在悲惨，没有任何东西可吃，而且环境恶劣。的确，我们此时既没有面包也没有肉。军需部门已经焦头烂额，部队要渡河、穿过沼泽，他们已经无计可施。对我们来说，有这些丰盛的水果却没有葡萄酒，实在太不应该了。

19日，到新河去找我们的行李，以便能好好住下。我终于把我们的行李送过了河。

20日中午，6连和7连（我们连）拿上武器准备参加对Si-Kou炮台的侦察，这个炮台就在我们14日攻下的塘沽炮台的对面。冉曼将军率500人前往。敌人放我们接近，然后向我们射出30多发炮弹。第一发炮弹从内维尔雷的脑袋上方飞过。我们发现他们的射击方向相当准确，射程很远，而且炮弹口径很大。他们也发射了几颗榴弹，但效果不佳。

我们呈散兵线走在最前面，后面是101团和海军的队伍。真是天大的幸运，我们没有任何人被击中，但炮弹就落在我们周围，有时是齐射，有时是跳弹，在我们头上乱飞。我们没有放一枪，也没有放一炮。我们只需仔细看着，同时听着炮弹的呼啸声，计算出它应该落在什么地方。将军看过了他想看的东西之后，我们就像来的时候那样大摇大摆地撤回了。

塞雷神父当时和我们在一起。我们的两个好神父，特雷加罗和塞雷，总是和先头部队在一起，因为他们离开后方就是为了冲在火线上。

我们侦察过后，清军以为我们会在晚上发起进攻，所以天刚一擦黑，他们就在炮台周围扔出火罐用来照明。在我们看来，这与烟花没什么两样。

但到了21日，随着清军防线的陷落，我立战功的希望也完全破灭了。

那天早上3点，系泊在河口的炮舰向左岸的几个炮台猛烈开火，我们的炮兵、柯利诺旅和英国的一个师也发起了攻击。我们在自己的营地就能听到震耳欲聋的炮声，但不知道是向哪里打炮。8点半，地面上的火力取代了海军的火力。10点，柯利诺旅把旗帜插上了炮台，比英军部队早了20分钟。

近身战斗非常激烈。清军战斗到只剩最后一个人，那人用手往下扔炮弹和榴弹，然后用长矛和短刀殊死自卫。我们有170人受伤，30人战死。可怜的杜舍拉就是这次战斗中死去的。他第一个冲到炮台顶上，被长矛结结实实地刺了很多窟窿，半小时之后死去。随军神父赶到为他做了最后的赦罪。

我们等了48个小时，没有任何战事的消息，因为互通消息实在是太难了——直到把桥架好。

其他清军完全吓傻了，所以位于河口的第三座炮台未做抵抗就放下武器。守卫炮台的士兵们把枪、炮都包装、捆扎好，想卖给我们或者扔给我们。

1860年8月21日，大沽炮台法国军队冲锋的缺口（菲利斯·毕托摄）

晚上，住在右岸的直隶总督过来听候我们的发落，他交出了右岸的全部炮台，这些正是远远超过其他炮台的最为重要的炮台。因此，我们本来位于最前线、准备大干一场的部队，发现自己建立战功的希望彻底破灭。我希望这只是暂时的休战。直到目前，也确实是这种说法。我们已经把牛的犄角抓在手里了。

昨天，几艘炮舰逆水而上到达天津。白河在涨潮时有30米宽。我们在如此短暂的时间里就完全掌控了军事形势，既让人高兴，也令人失望。报纸上关于此战事的报道，肯定能比我告诉你们的更详细。

我得想办法去一趟新河打听消息，看望受了轻伤的博韦先生。可怜的杜舍拉18日那天还和我们在一起，他带领着运送梯子和担架的苦力们。他还给了我几个大桃子，我们俩在果园的树下聊了两个多小时。21日那天，他仍然率领苦力们，第一个冲上炮台的胸墙，然而此

1860年8月21日，大沽炮台同一缺口的内侧（菲利斯·毕托摄）

处最终成了他的葬身之地。他长眠于此，远离祖国6000法里。另外，在任何地方，他都是冲在最前面。对他可怜的妈妈来说，这将是多么可怕的消息！他是个非常讨人喜欢的小伙子，本来有无限前途。

有人说我们将在月底前往天津，在天津城脚下扎营。

丰饶的生活重新开始了。中国人给我们送来羊、鸡、蛋等等，但一直没有葡萄酒喝。我们在这儿一切都好，除了雨天。一下雨就哪儿也不能去，膝盖以下都会陷在稀泥里，而且潮湿难耐，尤其是在晚上。另外，这儿蚊子太多，我的手和胳膊肿得和大腿一般粗。蚊子的数量之多并不奇怪，此处简直是它们的天堂福地！到处是水洼、长满水草的泥沟，外加半死不活的中国人。18日战斗的次日，我们发现一个中国人，虽然水已没到脖颈，他却一动都不敢动。我们把他拉了起来，发现他的后背中了一颗子弹，小腿肚也中了一颗。我们把他送去救护。那么还有多少这样的人呢？我们不知道，但一想起来就特别不舒服。

到现在还没有信来。不过这会儿信应该到了，但要绕过6个水塘，路要更长一些。今天要收集我们写的信了。他们催得急，下次写信时再说说下步行动计划。

刚接到命令，要派出500人前往天津，只有番号靠前的6个连乘炮舰走。我很生气，那我们留在这儿干什么呢？

再见了亲爱的妈妈。再次温柔地拥抱您，祝贺您的节日。

希望能缓交信件。我想让心情平静下来，告诉您我将出发。再见。

L.d.G.

8月24日

Chiao-Lan-Tza营地（在世上最美丽的果园里），
1860年8月27日
（11月29日于荣希收悉）

亲爱的菠莉娜：

信使出发时发生的荒唐事儿，抵消了给你写信的快乐。几乎每次都是这样，虽然信使出发的时间大家早就都知道，但每次大约提前四五天就急急忙忙地让我们把信交上去，结果我们总是很难心平气和、从从容容地写信。

不过这一次，我很高兴昨晚跟我们说，信可以一直写到今天下午2点，这样我就可以告诉你，昨天晚上已经收到了你们6月份的来信。我感到莫名的幸福，读着你的信，读着妈妈、爸爸、卡米耶和贝尔特的信，真是酣畅淋漓。在那两个小时当中，我已经不在中国，而是在你们中间……

我想办法了解到我们可怜的朋友杜舍拉最后时刻的情形。我见到特雷加罗神父，他在21日那天表现不凡，到达炮台的时候正好遇见了杜舍拉。当时，杜舍拉在炮台入口的右侧，躺在血泊之中，正如我上次所说，他身上被长矛刺中了好几处，右脸颊也被刺穿。神父想给他解开腰带让他轻松些，但他请求神父不要那么做，因为他太难受。神父给他鼓劲，之后又为他赦罪。可怜的人几乎无法说话，最终死在他的长官、苦力指挥官布维埃（Bouvier）中尉的怀里。我会去找布维埃再了解一些情况。

但不管怎么说，能够向你们复述特雷加罗神父的话，把他临终的情况转告给他妈妈，仍然让我感到欣慰。

我要找人了解他坟墓的位置，再替那些爱他的人们、那些永远无法前来他流放之地的人们，去给他献上祈祷。

在24日的信中，我曾谈到去天津的6个连。按照后续命令，我们到现在仍然原地待命。25日，将军带着101团的500人出发了。英国人已经有1500人到了那儿，而且是23日就到那儿了。他们从不放过任何机会体现自己的能干，同时也令我们时常有一种感觉，即我们只能完全听凭他们的摆布。他们如此瞧不起我们，让我非常气愤。21日那天，法国的旗帜比英国旗提前20分钟插上炮台。立功心切的额尔金勋爵、贺布将军、格兰特将军急急忙忙跑过来，跟柯利诺将军握手。蒙托邦

Chiao-Lan-Tza营地（在世上最美丽的果园里），1860年8月27日

将军倒是1个小时以后才来。

英国人没有浪费时间，攻占炮台半个小时之后，他们向右岸炮台的中国指挥官派出代表，拿刀架在他的脖子上，强迫他命令所有炮台投降。

总督彻底投降，交出了一切。我们派人炸掉了河上的拦阻栅，拆掉了掩体，毁掉了防御工事。我们在第一个炮台里发现了180门炮，其中许多是去年他们从英国人手里缴获的。缴获的两艘炮艇也找到了，其中一艘已被改装成"放火船"，在行动中被炸掉了。

英国人表现出令人难以置信的进攻性，而法国人则节制温和得多。

在所有的炮台里，我们共缴获520门炮，其中180门是铜炮。柯利诺将军说，塞瓦斯托波尔的防御并不比此处更可怕，换了别人防守，也会给我们造成同样的麻烦。

清朝官兵原以为我们的人数是实际数的十倍之多。让他们产生错觉的原因是，我们的阵地跨越白河两岸，北塘和新河之间运送给养的队伍来往不绝，他们因此以为不断有新部队到来。所以，他们投降时恳请我们，到了天津，不要提及我们的人数，而且带到天津的人数不要超过2万。将军假意表示将做出让步。若真是让他们带上那么多人，保准抓瞎。

我在24日信里所说的那些炮火猛烈的炮艇，其实除了发出噪声之外并没有发挥什么作用。而且当时贺布将军是在岸上，与格兰特将军在一起，只有上帝知道假如他没有离开自己的岗位，是否就可以做些什么，特别是为去年的失败报一箭之仇。

我要把没法写在信里的很多事情和细节，留到回法国以后讲给你们听。看到我们的付出被英国人抹杀到如此地步，实在令人难以忍受，而英国人在此地已经非常强势，恨不得把一切揽入囊中。去谈判的是他们，发号施令的也是他们。总之一句话，我们打开了中国的大门，却只是为英国人开了路。请你相信，凭借英国人的实力和支配欲，他们会充分利用我们的。而我们法国人，只能起到敲边鼓的作用。在克里米亚，大家指责他们由于辎重庞杂而行动缓慢，但正是这个因素在印度挽救了他们，所以在此地他们始终占据上风。我们一大早出发去打仗、去冲锋，都没有饭吃，但他们不是这样。而且，要弄到给养，我们需要一个星期，他们只需要两天。他们的物资配置比我们齐全。

我在很短的时间里，在一个很小的圈子里看到了很多东西，这足以让我对此次参战感到高兴，我从中学会了以小见大。即使我得不到十字勋章，得不到晋升，我也将大有收获。我将永远保持14日的荣誉，它对我的未来将大有裨益。

在交趾支那，在马达加斯加，我们能有什么作为呢？既然有人说印度发生了起义，我们会到印度助他们一臂之力吗？对此只是想想而已，法国只懂得幻想。

我不知道到了天津城要干什么，我们此时在果园里过得非常惬意。我们收拾了露天的亭子，在里面吃晚饭、睡午觉。每天早上，我们来到菜园里的市场（免费市场），喜欢什么就摘什么。葡萄渐渐熟了，今天上午我摘了一串，足有2公斤，恍惚有置身伽南福地之感。

驻新河的部队向我们索要蔬果，我们的回答是："来，看，拿。"他们就带着篮子来了。

丰盛的生活再次降临，我们甚至有了酒喝，不过要到新河去取。我们每天都能吃到美味的血肠，有一位士官是个好杀猪匠，让我们得到此种享受，他还给我们制作了火腿。

我很高兴能写信一直写到下午2点，本来还想给吕多维克舅舅写封

Chiao-Lan-Tza营地（在世上最美丽的果园里），1860年8月27日

信,但他们又来催促把信交上去,所以我就不能写了。我也不再给其他人写信了。不过,你们来信我是欢迎的。如果没有你们的信,英印快邮就可能停止营业了。

请把我的消息转告科尔贝(Colbert)、贝尔图(Bertoult)、图尔农(Tournon)各家和左邻右舍们。我会利用没有战事的闲暇把我的白纸都写成信,和朋友们重新热络起来,期待与他们重逢。这是唯一需要用脑的地方,因为此处除了昨天送到的烂报纸,找不到一本书籍。

向祖父和塔朗塞、比希、阿尔斯等地的亲友表示深切的情意。

请你们去安慰可怜的杜舍拉妈妈。

再见,我要去找德·皮纳先生,把附在你们来信当中的那封信交给他。天气晴朗,我身体很棒。

再见,再见,我亲爱的小姐姐。

L.d.G.

天津城下的营地,1860年9月8日
(11月13日于荣希收悉)

亲爱的卡米耶:

我的下一封信会从北京发出,因为明天一早6点,我们就要向北京挺进。战事进展到了新阶段……我们要推翻古老的大清帝国、推倒它腐烂的支柱,亲眼看着这个腐朽的庞然大物轰然倒下。为达此目的,我们只需让这座天子首都和神圣之城威风扫地,让他们不放在眼里的

"蛮夷"的旗帜，飘扬在他们面前。

且不说我们是怎么来到天津的，让我先说说我们为何要重新开战；许多人原以为能在半个月内结束远征，但实际上我们没有做到，而是投身新一轮冒险，踏上未知的征程，走向梦幻之地——北京。

使节们的谈判已经持续了一个星期。清朝廷原本答应了所有条件，两位特使即将各携1000人进京，其中包括400名猎兵。我已经准备出发。多么幸运啊！

昨天，我去天津城里走了走。来到总部看望布耶的时候，发现所有的人都在匆忙地收拾行装，他们要在今天即9月8日的早晨5点出发。

原因如下：前天，正当双方要签署条约的时候，清朝使节突然声称他们没有得到必需的授权；会谈开始之前，他们忘记了请求授权的步骤……你完全能够明白我们的两位特使有多么失望。清朝官员偷着乐，他们把我们蒙了、骗了，尤其是耽搁了我们的时间。当时我们就不太明白他们为什么能轻易地答应所有的条件。

但是，现在该看我们的了，决定权已经转移到将军们手里，要让大炮来谈判。赞美上帝！这一次，一路上我是会如以前那样两手空空像个傻子，还是会有所收获呢？不管怎么说，我们的行动将达到很大的规模，我们要向北京进军，所以此行的意义绝非其他行动可比。

我们也可能面临非常复杂的局面。皇上可能逃离北京，也可能被人暗杀，也许等我们登上北京的城墙时，却找不到可以谈判签约之人。不过，这不是我们的事。我希望，我们前往北京，占领北京，并在那里过冬，因为这个季节海上已经无法通行了。这样的话，我们只能再推迟一个季节返回法国。情况每天都可能生变，我又想到后续可能走的海路。由于推迟返回，也可能让我们走苏伊士，从那儿再去叙利亚①，这两地只有一步之遥，坏事就变成了好事。这样一来，亲爱的姐妹们，你们还得再耐心地多等待半年时间。他们将把我像羊一样，脖子上挂着红巾送回法国，虽然蒙托邦将军已经花光了政府拨给他的经费。我们将打头阵，从此地到北京需要六天时间。

天仍然很热。我们特别难以适应的是一种灼人的热风，热得让人青筋暴跳。

以上仍然是信使出发前三天写的信，但是，我们明天一早就要出发，所以必须预先做好一切准备。

8月29日10点，我们离开了白河右岸，转道新河，在那儿过了一夜，拿上了三天的口粮。

30日早上，3点起床，4点出发。我们沿着白河左岸走了一阵，接着就走上以前没有走过的道路，拐来拐去，走的距离是直线的四倍。天很热，大地平坦，光秃秃的。沿着河边能看到几处果园，其他地方都是沟渠纵横的草地。若赶上下雨，肯定就不能从这些地方走了。

9点到11点，我们在太阳底下、臭水沼地的旁边休息。下午3点，到达宿营地，是一个村子的村口，有三座新建的棱堡，但已经被弃。我们找不到柴火来煮汤，水也很差，这真是当兵之苦。

次日5点，我们重新驮上骡子，上路，穿过村子。感觉好像穿过布雷斯的村庄：房子都是木头和土坯建造的。另外，方圆20法里之内看不到石头。

9点到12点，在靠近白河的一个村庄里休息。烈日当头，水没法

---

① 拿破仑三世治下的叙利亚之战。1860年春，德鲁兹派在黎巴嫩和大马士革屠杀马龙派基督徒。衰落的奥斯曼帝国无力维持秩序。面对此次屠杀事件在法国引起的强烈反响，拿破仑三世派出六千人的远征军，试图让黎巴嫩恢复平静。在各种宗教之间恢复秩序以后，部队于1861年夏撤回。马龙派教徒始终对拿破仑三世的法国所起的和平作用心存感激。

喝。这地方一直是平的，一直是草地。不过我们也穿过几块高粱地和玉米地，本来还能感到有小凉风不时地吹过，结果高粱地和玉米地把风吸收殆尽。

这条路说是有4法里，实际走下来有7法里。有很多人掉队，路上还死了3个人。

沿着白河走了一段时间之后，下午3点半，我们穿过一个村庄，看到联军的旗帜飘扬在一左一右两座炮台的上方。这两座炮台是崭新的，宽大的射击孔空空如也，大炮可能被埋起来了，将来我们会找到的。看起来，原来应该有18个炮位，12个在下层，6个在上层的内堡里。有两条很深的壕沟连着高墙，我们就在高墙脚下扎营，炮兵和工兵在炮台之内。壕沟里的水尚可。

英国军队沿河的右岸走，他们在我们的对面扎营。中国人送来了大批蔬菜水果，所以我们不该有什么不满。我自己收拾东西，准备休息，没有任何事情能像走路这么累。我们吃得很差，因为大家都已经筋疲力尽，但还需要很多喝的，特别是提神的饮料如咖啡、烧酒。水普遍不好。我又吃了些东西，因为已经有了经验，所以吃得相当不错。我们可怜的骡子支持不住了，不得不再买几匹，以便打仗。我们不在乎钱，俗话说，需要就是法律。我们每个月能拿到400法郎，而花得很少。然而，当我们需要什么东西的时候，必须付很多钱：一瓶一公斤的食用油，要两块银圆；一瓶一公斤的醋，一块银圆；半磅肥皂，一块银圆；一磅糖，一块银圆；一个笔记本或一个刷子，一块银圆。好比说银圆是最小的单位，没有任何东西低于一个银圆。我们大把花钱，根本不算计，这就是我们每天的生活。

行军开始，就是开战，我们杀了一头猪，有了火腿，杀了一只羊，有了羊腰子，桌子中间放着装满水果的篮子，可以随便吃。中国的吃食和市场上的东西都不贵。除了蔬菜，他们还卖给我们胡椒、粗红糖（代替白糖）、他们自己产的肥皂。很多东西都能买到，但是没有葡萄酒和烧酒这两样在战争中昂贵却有用的国产货。

我还从来没有如此看重这两种我们法兰西的物产。只要有那么几天喝不着，只要有那么几天除了变质的饼干和苦咸水之外没有任何东西可以果腹，你就会知道这两样东西有多好吃。

我前面说过，昨天我去了天津，得知第二天就要出发去北京，我就放弃了到城里去逛的念头，这座城市其实与上海很像。我去了总部，看望勒布尔少校；去了英军司令部，看到他们所有的大人物都聚在一起。然后我去看了居斯塔夫，他与连队就住在这儿；他身体很好，对事情的进展感到特别高兴。他的信里有很多细节，所以你们也会知道这些细节。而我的信只能写得短一些，因为要做的事儿太多了。我去天津，是骑内维尔雷借给我的马去的。我把自己的速写簿交到了他手上。他虽然懒，但友情至上，他会在簿子上画上几笔。

通过最后一班信使，我收到了B. 德·谢纳莱特（B. de Chenelette）的信。我已经开始写回信，也给其他人写回信。你知道，我现在把这一切都停下了。请把我的消息转告塔朗塞、贝勒罗什（Belleroche）、蒙莫拉（Montmelas）、阿尔斯和比希的各家。我本想写信给埃普瓦斯（Epoisses）、贝尔图、阿洛尼奥（Aronio）夫人和科尔贝，但我只能想想而已。一旦将来能有点空闲，我会接着写信，把欠的债都还上。

我猜想你们正在收获葡萄，我在这儿也能饱餐葡萄。我期待明年回家时，能有好酒喝。

英国军队中有一半人病倒了。我们这边情况要好得多，虽然水果和冰①搅乱了军营。花一个苏，就能买到2公斤冰。冬天里，此地的冰肯定少不了。

当地的风土人情，我就不在信里详细写了，我要留到回家时给你们讲。我身体一直很结实，因为需要东跑西颠，所以无法待着不动。我会带着好身体回到法国的。

再见，拥抱你们每一个人。

等我们一到北京，推翻那个三千年的帝国就给你们写信。

再次告别，亲爱的姐妹们，请向祖父表示敬意。

想念你们每一个人，亲戚和朋友。

L.d.G.

八里桥，1860年9月22日
（用铅笔写的便条，11月28日于荣希收悉）

亲爱的爸爸：

一场战斗和一个战役，一切顺利。我们现在离北京4法里。

我们没有信使。他们同意把这个便条放在英国邮件里。

不久之后到北京再写长信。

L.d.G.

交给英国信使的吕多维克字条的信封

---

① 冰不干净而引发了疾病。——译者注

八里桥大营，1860年10月1日
（12月14日于里昂收悉）

亲爱的菠莉娜：

你们7月26日所写的带给我好消息的信，你知道我是在何处收到的吗？这些信于9月26日到达一个我们原来不知道的地点，即从21日起就被我们占领的八里桥。上次我用铅笔写的便条就是从这儿由英国人帮忙带走的。这儿还没有法国信使。那天在桥上，我遇到了勒布尔少校，他告诉我英国的信使当晚就离开。多好的机会！我当时骑着马，从他的笔记本上撕下一页，请他把那张虽简短但极为珍贵的便条装好信封、写上地址。

关于我们离开天津以来所发生的闻所未闻的奇幻经历，我有无数件事、无数个细节要告诉你。我们亲历了最不可思议之事，而现在，我们即将出发去进攻或去烧掉世界上最伟大、最著名、最不为人知的首都。再过一个星期，这座新特洛伊就会化为乌有。与清朝廷的狡诈相比，希腊人的伎俩简直什么都不是。

占领北京之前，我唯一要做的，就是把在此之前发生的事儿一五一十地告诉你们。但愿手头的纸还够用。我们的信使4日出发，英国的信使9日离开。我希望能利用这段时间把北京的命运告诉你们。

我现在是在鞑靼人的帐篷里写下我的印象，这些印象将构成我们战事的第二个部分。从它的目的和冒险性来说，这场战事已经变得至关紧要、规模宏大，尤其是出乎意料。

尽管与你们的距离越来越远，但没有人能比我更感到幸运，因为这场战事终于在夺取了炮台、眼看行将结束之际，陡然真实起来，令人欲罢不能。此后，虽有几次胃疼，但我的健康毫无问题，这要感谢上帝。我们的身体面临很多危险，比如18日和21日，我们整天都没有吃东西，只能靠很烈的烧酒撑着；而且从饼干到米糕、从蔬菜到水果，食物无常，饥饱无度，喝的水只能从漂着鞑靼人马死尸的沟渠里弄来。

幸运的是，我们现在有很好的鲜肉吃。我们弄来的牛肉非常棒，葡萄酒也来了，炉子也架起来好几天了。我们已经把长满虫子和霉点的饼干扔在一边。

居斯塔夫身体和精神都非常好。

下面我要一天一天地把离开天津以来的事情写下来，请你仔细地跟随我的叙述，肯定会感觉非常有意思。我最后一封信是写给卡米耶的，我记得是9月8日。

9日，早上5点，我们把军用物品放在骡子背上，踏上陌生的北京之路。我们穿过城郊、白河和天津城，当地人都看呆了。我们渡过了大运河，穿过一连串郊区，之后就是一条沿着白河的堤坝路。还没有走出最后一处居民区，我们已经行进了很长的距离，所以我们将在仅距离天津4公里的地方野营，但此地条件极差，没有柴火，没有水，气温高达34℃。行李很晚才能到，我们就在大太阳底下等着。此地很平坦，但没什么好看的，仅有的农作物是高粱和棉花。道路的状况过去是、将来也必定是最低等级的小路。房子在外表看起来都很糟糕，居民都长得一个模样，面色苍白，满脸病容，令人怜悯。他们给我们拿来水果、鸡鸭，居然还有冰。大家毫无节制地吃冰，很多人都因此生了病。为了后面打仗，我没有吃。

10日，可怕而艰难的一天。军队被编成两个梯队前进，我们殿后。行进的队伍拉得很长，直到8点才轮到我们离开营地。已经有通知说，今天的行程是8公里至10公里。天很闷，要下雨的样子，气温35℃。本打算用两个小时的时间走完当天的行程，所以午饭和行李都走在了我们的前面。我们走啊走，每走一步都以为到地方了，每个人都喘着粗气，累得不行。很多人得了痢疾，我的肚子也疼得刀绞一般。最后到了下午3点，我们才到达浦口的宿营地；从早晨到这会儿，胃里只有一点咖啡和水。

帐篷刚刚支起来，雷雨骤然而至，雨水冲进我的帐篷，冲进士兵们的帐篷，宿营地地势低洼，顿成泽国。我的床离地刚刚够高，每个人只能自己想办法躺下，大家把鼻子藏在大衣里，躲避透进帐篷里的雨水。

做饭是甭想了，因为在打仗时，所谓的厨房就是在地上挖个洞，天就是屋顶、就是烟囱。我们把饼干浸在葡萄酒里，这就是我们的午饭和晚饭，然后我们裹着大衣，等着老天爷给个好天气。

11日，我们留在浦口。太阳晒干了道路和我们的物品，我们吃到了一点热的。

12日，我们沿着河行军，地势始终很平。道路就在没完没了的高粱地中间，高粱的茎叶很壮，高度有10尺至12尺，这是当地唯一的作物。高粱挡住了视野；本来有一丝风能让我们呼吸更畅快一点，也能驱散路上一直包围在身边的尘土，但这丝风也被高粱地挡得严严实实。

队伍穿过很多村庄,村民们都躲了起来,家家关门闭户。到处是一派衰败的景象,没有一座新房子。穷困表现在方方面面。

清朝廷的谈判代表一直努力重启谈判,他们始终都在那儿。这是为了延迟我们的行动呢,还是为了刺探军情?

今天行军路程很短,我们过了白河边上一个叫杨村的小村庄就宿营了。晚上已经很凉。

13日。我们也是走了很短的路程,过了南菜村以后就宿营了。树木越来越多。司令住到了一座庙里,庙很漂亮,但已十分破败。我们在里面发现了粮食和各种物资,村子里还有清澈干净的水。此处的白河很浅,我们弄了一些小船,用来运送病号和给养。

14日,我们连继续殿后。路上,我们在美丽的树木当中,就着一口很棒的井吃了饭。这一整天不算艰苦,令人欣喜的转折总能不时地出现。我们已经看到越来越多的树木,还看见一些蓖麻植株。路况依然很差,等到雨天,这种路肯定是没法走的。

3点半,我们到达河西务,英国人已经占领了此地。他们一直比我们提前一天,村子已经被洗劫一空。我们在村外的河边扎营。鞑靼军队在距我们前方5公里处,我们能看见他们的营地。

15日和16日,我们仍驻在河西务。清朝廷方面愈发强烈地要求谈判,他们无疑是想防止首都遭到我们这些"蛮夷"的亵渎。我们利用这个休息的时机,修理各种物品,也让牲口休息一下,它们太需要歇一歇了。对我们来说,牲口是个大问题。我们一切吃的、住的、用的,都由它们驮着。它们的鞍具很差,驮鞍使它们受了伤,让我们很难充分发挥它们的作用。我们弄来一头很棒的灰母驴(灰烬的那种灰色),它还有奶水,而且比我们的骡子还高大。此时,我们的驮队包括一匹马、上面说的母驴、一头公驴,还有一红一灰(斑点)两匹大骡子。我们到附近的村子走了走,所有的东西都被英国人抢光了。东西并不贵,但居民们都吓坏了,他们对欧洲人留下了很坏的印象。我们看见他们蹲在房顶上,眼睁睁地看着他们的东西被抢走。他们运气不好,战争没有给他们什么好处。

两位特使声称已经奠定了良好的签约基础,只要完成最后的手续即可,这一步骤将在距北京4法里的通州进行。然后,我们将从通州出发,庄严隆重地开进北京。届时,将由一个猎兵营、一个工兵连、101团的一个精兵连和一个4磅炮炮连组成仪仗护卫队,101团、12磅炮炮连和火箭兵将留在河西务。他们都要决定把我们最后两个连留下了,但感谢上帝,最终还是我们的意见占了上风。大家都争着去北京,对选上的人都很嫉妒。

17日,由上述800人组成的队伍上路了,我们超过了前面的英国人,也超过了我们的行李运输队。天气很好,路面变成了沙质土,到处都能看到鞑靼军队宿营的痕印,他们就在我们前方不远处。我们看了好几座寺庙,如同其他地方一样,都已经成为废墟了。中国人根本没有心力去维护他们的庙宇,所有的庙都是一副破败相,几个衣衫褴褛、灰头土脸的和尚(从他们被剪掉的辫子可以辨认出来)站在庙门口化缘。不过也有几座庙宇保存得好一些,能看出中国建筑的鲜明特色,但积存了好几个世纪的灰尘,掩盖了精美的雕刻和古老但色彩鲜丽的雕梁画柱。

我们在一个叫马头的小村宿营,在高大的树下支起帐篷,附近就有一座寺庙,里面能找到清水。白河一直在我们的右边,离我们有100米。站在路边,我们能看见路上走过的一切。到了晚上9点,英国人的行李队伍还没有过完，而他们的部队顶多有1000人。行李是他们的一大麻烦，需要一支军队提供保护，同时使另一支军队不堪重负。

同日，使团的两位秘书和军需官杜比（Dubut）前往通州，准备购买给养。同去的还有：一位会计官（带着2000块银圆），炮兵上校富隆–格朗尚（Foullon-Granchamps，前去准备兵营），翻译官杜吕克（Duluc），一位参谋军官，一位蒙托邦将军的传令官，以及一位编外人员即科学委员会主席洛图尔（Lauture）。

到了18日，我们离开马头3个小时之后，才觉察到清朝廷的卑鄙手段究竟低劣到何种程度。8点半，突然有人阻止队伍前进，并且下令让行李运输队往后撤退到一个村子里。又发生了什么呢？

使团的两位随员德·巴士达（de Bastard）先生和德·梅里腾（de Meritens）先生，以及那位参谋军官和传令官，刚刚从通州回到将军身边，他们在通州受到了冷遇，而且处在鞑靼军队的包围之中。鞑靼军队的战线一直延伸到很远的地方，这令他们非常吃惊，但由于身上带着清朝廷给公使的紧急信件，所以清朝官员还是把他们放行了。还有人说，这些信件就包括和约的条文草案……

清朝官员们声称，其他人都不能回来了。

英国人也有官员在前方，其中包括译员巴夏礼（Parkes），此人由于对中国和中国人有很深的了解，所以在这场战争中发挥了很大作用。有人说他本来是可以脱身的，但他义无反顾地想办法减轻被俘人员的痛苦。清朝官员都了解他，也都很怕他。

我们急忙做了一些防御部署。将军把他不足600人的队伍做了安排，猎兵营的一部分不动，看守行李，我们则隐藏在路右边的矮树丛里。敌人猜不到我们人数很少。登上高处，我们可以看见遍地都是鞑鞑军队的步兵和骑兵，它的左翼正在前进并向我们迂回包抄过来，已经不到200米了。

我们每个人都在思考清朝廷的这种出尔反尔是何原因，这个圈套到底意味着什么。在我们看来，有一件事情已经十分清楚，即外交再次失败，战争仍将继续。每个人都很高兴，这对我们来说是又一个胜利，是新一轮的冒险……

位于我们后面的英国人连忙往前赶，占据我们左边的阵地，迎击敌人的右翼。

我们不动声色，等待第一声炮响。我们似乎在说，中国的先生们，请出手吧。9点半，对面接连传来6声炮响，我们闻声行动起来。有人说，他们是冲着一位英军上校开炮的，因为他骑着一匹快马从他们队伍中逃了出来。

我们没法知道前面的敌人到底是什么样。我们成战斗队形前进，炮兵居中，越过篱笆和矮树丛，向一个筑有工事、聚集了很多鞑靼骑兵的小村庄合围。我们发起冲锋并拿下了小村，把炮位上的敌人全部杀掉。然后进攻阵面转向左方，继续前进。在刚刚离开的小村里，有一道工事与一个我们能远远看见的村庄相连，工事上部署了火炮。我们沿工事两侧继续前进，逐个夺取这些火炮。

第二个村子四面设防，炮弹枪弹像冰雹一样向我们飞来，一个人在我身边倒地。鞑靼骑兵两次尝试向我们发动进攻，冲在前面的骑兵想给后面的骑兵做出表率，带领他们一起冲锋，但都倒在我们的枪口下。我们始终沿着工事向左展开阵面，我们的炮兵把敌人的大炮都掀掉了。我们的进攻行动配合密切，一直冲到了敌防御工事脚下。只要拿下第二个村庄，我们就能解除敌人针对战场的炮火威胁，因为我们的左边是连接两个村庄的工事，右边100米处就是白河。我们要扫清这个狭窄的地域，逼敌人一步步向后退，把火炮一门接一门地夺过来，炮还是热的，而且有几门炮非常漂亮。我们把装着火药的箱子、载着炮和弹药的车子统统推到了壕沟里。他们的野战炮非常奇怪，炮安装在四轮大车上，由五六匹骡马拉着，这种牵引装置粗糙得很。整套装置机动性很差，而车上的炮的机动性更差，没有任何瞄具，也没有任何改变射向的机关。所以我们马上认识到，避开这种炮击的唯一方式是向它猛冲，离它越近，危险就越小，所有的炮弹都从头顶之上飞过去了；向它猛攻，它就根本没有时间再次装填，一次刺刀冲锋就能打垮他们的士气。在第二个村庄，他们都埋伏在房子里，我们就是用这种办法把他们制服了。

我们夺得了许多骡马自己留用，在我们连就有一匹鞍辔齐全的鞑靼宝马。我们还夺得了80多门炮。

英国人整天都在战线之外的地方，与这条线平行前进，每遇到有可能对我们实施包抄的敌人，就命令锡克人往前进攻，他们始终没有找到真正的作战地点。等我们结束战斗，他们还远着呢。

下午2点，我们停止前进，已经完全控制局面，但也饿得跟狗一样。大家就在乱七八糟地漂着人马尸体的水沟里，用浑浊的泥水解渴。

在这场光荣的战斗中，只有一位军官达马斯先生阵亡。他带领着非洲猎兵冲在前面，被一颗子弹穿透了身体，半个小时之后就死了。他是个讨人喜欢的年轻人，英勇无畏，表现出色。我请亨利向德·圣特里维耶（de Saint-Trivier）夫人表示诚挚的哀悼。

还有一位军官负了伤。在这场战斗中，我们只有这么少的伤亡，真是奇迹。战斗发生的地点叫张家湾。

弄咖啡的时候,我们的兵在一个敌人的马具里发现了我们猎兵的马枪和圆顶帽。我们开始为被俘者的命运担忧起来,因为有一个猎兵就是跟那位会计官一起走的。逃出来的那位英国军官说,他曾看见,载着2000块银圆的那头骡子被抢劫的时候,那位猎兵还有那位会计官像狮子一样反抗。真替他们担心。

我们连被安排在运河另一侧的一处高地上担任警戒。此处的地貌已经有所不同,有一处处沙丘,夹杂着灌木丛,到处都能看到鞑靼军队骑兵路过和扎营的痕迹。

我们的行李晚上到了。午饭和晚饭都有一股异味。我们睡在柳树丛下,晚上用来避寒,白天为了遮阳。在另一边,地很平坦,很开阔。

天边燃起大火,鞑靼人把他们弃守的村庄全部烧掉,我们还不时地听到爆炸声,他们无法带走的火药也都炸掉了;我们还发现了被藏在沙子里、存放在箱子和筐里的火药。

吕多维克在张家湾的帐篷(加斯东·德·内维尔雷绘)

从我们所在的高地,能看到远处有一个类似旺多姆圆柱的建筑,大约有十三四层楼高,位于通州一座寺庙的上方。我们离那儿有2法里。

19日,我们停下不动,写信给101团、

18磅炮炮连和火箭兵，让他们从河西务赶过来。所有这些人，我们都需要。

我和连长再加上几个人，到前面的一个村子进行侦察。我们只看到安静的村民，周围的田野空无一人。看到我们的刺刀，充满爱心的村里人给我们拿来了鸡、鸭、猪和一些蛋。我们让他们把这些东西扛在肩上，还让他们带上喂马的粮食。我们的餐桌就这样丰盛起来。另外，我们还弄来两匹马，晚上，其中一匹跑掉了，我在土丘当中追了它两个小时，简直是一场真正的障碍赛。最后，当我拼着全速赶上它的时候，右腿被它踢了一脚。此时我只好放弃，急忙回来，涂山金车按摩。伤情并不严重，但让我卧床不起，在当时的情况下，真是令人恼火。但我对山金车的作用还是有信心的。

准备作为仪仗护卫队的柯利诺将军和102团的一个连，从天津出发，于晚上到达。他们的外围是一个作战纵队。

20日，在床上待到烦躁的一天，幸好当天没有开拔。旅的其他部队与我们会合。头一天，我在追马的时候，一直往前跑了2法里，曾看见一个四面围着果园、菜园的漂亮小村。此地的地势略有起伏，让我们对此还不习惯的眼睛备感新鲜。

现在说说21日，战斗的一天。天气很好，我们清晨5点半出发，我没有往水壶里装烧酒，而是装了山金车。我没法走路，腿和脚踝还包扎着，于是得以享受我们的驮鞍马，把它牵出三天前所在的马群……

7点，远远地看到了敌人。我们要占领进攻阵地，所以绕过通州；在我们的右边，能看到通州的城墙。

英国人成纵队走在我们的左边，在我们的前面也有很多人。周围的地势很开阔，有几处零星的树丛。高粱已经收割，留下离地一尺高

八里桥大营，1860年10月1日

的茬，所以平地上到处布满了小尖桩，严重妨碍人马的行动。

鞑靼军队背靠着大运河，我们是看不到大运河的。他们的大批主力在一座桥上，这座桥是从通州前往北京的必经之地。

柯利诺将军率领4磅炮炮连和第4、第5猎兵连一起行动，位于一大批鞑靼兵占据的房屋和庄稼地的左边，我们与他们之间有大约1500米的距离。

2连占领了一座房子，从那儿向敌人的主力和朝我们打炮的敌炮兵射击。我们营也逐渐展开，位于我们后面的101团开始行动，此时鞑靼骑兵也动了起来，全速向我们发起攻击。

鞑靼骑兵迅速向我们靠近，蒙托邦将军在我们中间大喊："猎兵们，冲啊！"负责护卫他的全体士兵都把刀握在手上。当鞑靼骑兵离我们大约100米时，我们开始猛烈地齐射。12磅炮炮连到了，随即摆开阵势，火箭兵也参加进来。此时，万炮齐鸣。我们的12磅榴弹扫平了大地，把清军的队伍撕开缺口；火箭的效果令敌人惊恐万分，一匹匹战马，有的扬起前蹄，有的摔倒在地，有的止步不前。我们向前推进，敌人都逃跑了，他们还想从右边向我们进攻，但没有什么效果。

当我们在此处作战之时，柯利诺和他的小股部队发现自己也面临威胁，他的前方是一个被黄色旗帜①围在中间的大官，正在勇敢地指挥部队作战。柯将军只有两个连的猎兵，4磅炮炮连还远远地落在后边，他顽强地坚持着，士兵们组成一个个相互支援的小方阵，毫无惧色地面对从四面八方冲过来的骑兵。猎兵们寸步不退，这时炮兵到了，及时射出的炮弹横扫战场，鞑靼兵一步一步地向后退却。这时，将军可

---

① 不同颜色的旗帜代表满族的八旗。

以发起反击了。这一天当中，我们的敌人确实表现出很大的勇气，他们顽强抵抗了很久。

一向很了不起的英国人，今天却始终在我们后面3公里外，位于与我们的战线垂直的方向上。他们的作用是防止我们被包围，仅此而已。但战斗的关键阵地即八里桥，是我们拿下来的。我们从各个方向向桥的方向冲，冒着弹雨来到了运河之上。清军的炮兵和射手占据着运河的对岸，向我们所在的道路纵射。于是我们分成散兵线，连续向对岸射击，扫清这股敌人。但鞑靼兵都藏在很高很密的庄稼地里，我们很难发现他们，而他们却可以向我们抵近射击，而且坚信自己可以躲开我们的刺刀。我们坚决地还击，幸亏他们行动笨拙，武器低劣，所以我们并没有遭受什么损失。老天保佑，这真是奇迹。我们就这样相互射击，一共持续了25分钟，直到炮兵赶来了。炮兵向桥头射出了几发榴弹，桥上的汉白玉栏杆被炸飞。这座桥很漂亮，只有一个桥拱①。

柯利诺将军冲上来，朝我们喊："猎兵们，跟我来！"我们顿时冲上桥头，跟我们一起冲上来的还有一个连的掷弹兵。我们一口气冲过桥去，脚下踏着敌人的尸体。在桥的中央，躺着一个鞑靼大官，身上穿着黄色的长袍。就在刚才，我们还看见他张牙舞爪地发号施令。通往北京的路在过了桥之后立即向左拐去，于是我们来到左边的村子。在右边，是一座面积很大的营地，由帐篷和草房组成，里面还有很多大炮，都被我们夺了下来。地里到处是鞑靼兵，都被我们杀掉了。在村里的路上，也是同样的情况。我冲进帐篷营地里，有三个清军想近

---

① 实际上，此桥有三个拱，但从227页毕托所摄照片看，另两个拱在当时几乎看不到。在下页内维尔雷的素描上，也几乎看不到左边的拱。

八里桥（加斯东·德·内维尔雷绘）

距离向我开枪，我用左轮手枪干掉了其中的两个倒霉蛋。这多亏我骑着马，抢先了一步。我们最终把跟前的敌人都肃清了，完全控制了村子和营地。由于没有骑兵追赶，我们向逃跑的大部队开炮，而柯利诺将军不仅很有眼光而且非常冷静，他派人向总司令报告我们已经占领有利阵地。此时已是正午，只有到了这会儿，才允许我们在高粱地里稍作休息。

我们的伤员很少，只有三四名猎兵受了伤。士兵们陆陆续续抵达，在村前聚集。我们抓了一百多名战俘，而在死去的清军当中，最惨烈的是那些被烧死的。我曾看见一个人在高粱地里被活活烧死，垂死的挣扎中，他身上的皮肉带着火一块块地掉下来，但是我残忍地没有立即把他杀死，为此我现在还在自责。

假如清军还有发自内心的感情，那么我都可以做奴隶。那是战斗开始的时候，一个脸朝下趴在地上的伤兵，在我与一门12磅炮之间坐起身来，向一位炮手射击，炮手胸部中弹倒地。你肯定能想到，我们当时有多么愤怒，他的肚子顿时挨了十刺刀。在更远处，我们发现了藏在房子里的伤兵和士兵，毫不手软地把他们全部杀掉。有一个长得鬼头鬼脑的小鞑靼，发现自己四面受敌，有人用枪托打他，连长用左轮手枪顶着他的脑门，布尔吉尼翁用刀逼在他胸前，于是这时他向我的马头扑来。我用棍子打了他，但他挺住了，士兵们都以为我要处置他，就把他放开了。他跟了我四天，晚上就睡在我的脚边，殷勤乖巧，显得很机灵。不过到了第五天，他发现没有什么可怕的，便逃走了。

9点钟我们喝了咖啡。正当总司令从村外走过的时候，几个清兵从村里出来，向他的儿子——当时正靠近一所房子——抵近射击。我们立即冲到村子里，把能看到的人全部杀掉。我们还当场枪决了战俘，这就使当天死去的清军达到一千以上。从营地的面积上判断，在距北

八里桥（菲利斯·毕托摄）

八里桥大营，1860年10月1日

京一法里以外的地方，还有很多清朝军队，我们面对的敌人应该足有6万之多。我们找到的火药、弹药、给养、粮食和草料，均数量巨大。所有的大炮都被丢下了，有几门炮非常奇特，是锃亮的铜制品，装饰着历史人物场面。他们还有一种很厉害的机器，一辆四轮车上安装了4门、6门或8门长筒小炮，炮的长度是2米至3米，口径有苹果大小。这套装置只是看起来吓人，它没有什么机动性，装填一次需要很长时间，所以只有第一次射击能有些效果，而且还需要敌人来到面前50步的距离。

下午3点半，各支部队已经在营地里各就各位。我们营住进了一处由草房组成的营地，四周是堑壕和掩体。营地里，做饭炉灶里的火刚刚熄灭，桌上的饭吃了一半。我们把这些东西全都扔了。草房里堆满了衣服、物资、武器、各种玩意儿，还有梳子、牙刷、指甲刷，简直怀疑它们都是从巴黎买来的。我在一只中国式短袜的里面发现了一个能合起来的小镜子，而那只短袜藏在一只粮食袋子里。我看见各种梳妆用品、香锭、扇子、马笼头、纸张，如果把我们到手的东西一一列出，将是个多么奇怪的清单！

我安顿在一间草房里，省去了支帐篷的麻烦。我在屋里感觉不错，里面很干净。我们的行李是晚上8点钟到的，幸亏我的士兵都在背包里带着吃的，要不然等到晚饭，我们就都饿死了。

不论如何，我们已过了通州半法里，离北京还有3法里半。我们这支小部队位于两座城市之间，可能被大批鞑靼军队包围着。我们一点都不敢大意，负责警戒的部队比战斗部队都要多，因为四面八方都要站岗。我们要在这个地方待上几天，因为我们必须等第2旅以及弹药、燃烧火箭和围城用的装备。这种强制休息对我的伤腿大有好处，21日这一天，这条腿可吃了不少苦头。其他事情我也不想错过，这些事都有许多乐趣。既然要来到像北京这样的名城脚下，岂能不经历新鲜奇怪之事？

我们营地的周围都是树，所有的人都住在鞑靼大帐篷里。我们也拿了几顶帐篷，盖在我们的草房之上，能更好地遮阳挡雨。

清朝官员又来千求万请地希望我们延迟行动，他们还没有想到我们此时暂停前进的真实原因。葛罗男爵和额尔金勋爵就住在我们旁边，他们一直在一起。

额尔金是个德高望重的人物，在战斗中，他始终待在格兰特将军身边。他是个长脸，肤色红润，须发皆白，五官非常标致。21日，当我们还没有完全控制战场、英国人尚在远处的时候，高贵的勋爵就一路小跑来到我们身边，及时了解战况。8月18日和21日、9月18日和21日，我们真的帮了他们很大忙。我们可不像他们那么慢腾腾的。

22日，我们继续杀了不少清兵，一切进入马枪射程范围的，都被立即干掉了。我们与通州建立了联系，清朝廷的谈判代表一直不肯说出他们抓走的人到底在哪儿。他们说这些人在北京，他们不想在签订条约之前放他们回来，而我们不想在他们放回之前签约。所以最后还是大炮说了算。

我们把通州人吓坏了，这座城市规模很大，人口众多。城里送来了很多头牛，在营地附近开了市场。结果是，我们不在当地抢那么多东西，生活也过得去。运送我们全部物资的小船都要从城下通过，船只陆续到达，我们终于有了面包和葡萄酒。

通往北京之路的路面，是古老辉煌中国的珍贵遗存。路有18米宽，建在厚厚的一层路基之上，上面铺着大块的石板，石板有一尺厚。但是，由于三四百年来一直没有维修，很多石板已经散落到路边，还有很多石板已经脱散开来，反正，乘车走在路上，肯定不会舒服。

通州的城墙有十四五米高，是砖砌的，但已经非常破败。城门始终关着，直到我们来到门前才有人费劲把门打开，因为两扇门已经蛀蚀得很厉害了，然后，守门的拿起木棍，把好奇围观我们的老实巴交的中国人赶走。我们在远处就看见的塔的确非常高，共有20层，层与层之间有飞檐相隔。走近了再看，塔非常脏，很破旧。陈旧、灰尘、废墟，无处不在的衰朽令人心痛。这是一个走向衰落或者处于转折之中的民族，在我们面前，它在做最后的挣扎，用毫无用处的夸夸其谈拒绝我们的任何提议，借以向我们展示力量，但到了明天，只要我们出手，就能大功告成。

我想，这是我最后一张"洋葱皮"薄纸了，以后再写信，恐怕要让你们花更多的钱。不过，这样的信还是物有所值，没有其他人想要北京的来信，我想你们是不会向邮递员拒收的。我记得，我把铅笔写的便条交给勒布尔少校那天是23日，这位好友应该把日期写上了。

曾经向我们预告北京此季坏天气的气象爱好者们，都完完全全弄错了，这会儿天气好极了，只不过近两天狂风大作，夜里很凉。上天对我们太好了！天边是美丽的山脉，应该在七八法里开外。大概就是从这些山里采来了汉白玉和石料，再修建了周围地区的道路、桥梁、房屋，以及为数众多的坟墓。这些坟墓才是在中国得到最精心维护、最属于中国的东西，大人物的坟墓从北京一直排到此地，它们一般都安置在整齐的树木丛中，其中有一些的外围还环绕着带有奇怪雕刻的大理石廊柱、大门、水渠，水渠上有做工精美的小桥。

可是死在平原上的可怜的鞑靼兵却得不到这样的墓地，他们跟死马乱七八糟地堆在一起，由临时聚拢在一起的战俘胡乱地埋起来。死后24小时，他们一个个便黑得跟炭一样。没有比这些更让人恶心的了。

我在站岗的时候，得了最要命的牙疼病。我们连里有一位上尉治牙疼很有办法，我请他出手，但他弄了三次都不起作用。我其实是得了很严重的牙肿痛，现在已经好了。

有两匹马鞍辔齐全，每天利用这个方便条件，我去看了看通州周边的一些地方和英国的营地，他们在我们前面一法里半的运河对岸扎营。

市场有相当充足的蔬菜、水果和家禽，葡萄没有天津的好吃。另外，我们也尽量避免吃水果，这是有原因的。一个清朝官员负责管理市场，听从我们的指令弄来各种物资。

26日，我们吃到了面包……

我们营前往侦察，一直来到了距此地十五六公里的北京城下，据估计，城墙有15米高。我没有参加侦察，因为我的伤腿仍然影响行动。

28日，感谢上天把我从孤独中解救出来：你们的信到了，是7月28日的。在如此荒僻的国度，在距离法国如此遥远的地方，能看到你们妙趣横生的长信，是多么幸福啊！我们的通信随时都可能中断。海湾里还能行船吗？我们会在这儿过冬吗？我们与自己的文明世界能保持什么样的联系？必须承认，我们的处境相当棘手：总共只有6000名欧洲人，正在准备烧掉世界上最大最古老的都城，我们不知道明天是否还有吃的。冷天已经来了，我们一无所有，所有的东西都在一只小箱子里。为避免陷入绝境，先要抓住眼前的荣光。与当前欧洲可能发生的重大事件相比，我们现在参与其中的事件仍有某种价值。

一年之前，我看到了巴黎——首善之都——一派欣欣向荣的美好景象。明天，我将看到正在衰落的北京。这座神奇的城市必须拿出某种神秘的东西，才能令人相信它的力量和坚韧。明天，我们就要它面目全非，捣毁支撑它的腐朽支柱。

今天我看到了一种奇怪的组合。俄国公使、格兰特将军同时出现在总部，所以我们看到非洲骑兵、锡克兵和哥萨克兵也同时出现在大门前。

我在夜间站岗值班。大雨下了整整12个小时，我们浑身湿透。白天，我在布耶和皮纳先生那儿待了一会儿，他们都是很可爱的人。总司令对我非常好，他有好几次都在打听我的消息。

在收到你们来信的同时，我还收到了菲利浦先生的信，信是你们在弗约（Veuillot）一同吃饭的次日写的。他还寄来自己的和德·吉托（De Guitaut）先生的肖像照。你不知道，这两位40岁的朋友表达的思念之情，让我多么感动，他们比20岁的朋友还想念我。我要趁这班信使还未离开就给他写回信。

30日是规定清朝廷交还被俘人员的最后期限。假如弹药已经到达，我们就会立即动身。英国人的物资已经到了，里面有大量的火炮、臼炮和弹丸。看到这些东西，通州的居民一脸的不安。天气多雾并且潮湿，不少人病了，是水果害了他们。我们从布雷斯特出发时，每个连满员是104人。上次打仗时，只有45人，减员如此之快，简直不敢想象。我们所有的部队集中在一起，顶多只有2000把刺刀、18门炮可以对敌。不过也就需要这些东西。英国人跟我们一样，他们的确是把由欧洲人组成的最强大的兵团打发回去了。

我们把一个生了重病的上尉留在路上了。可怜的拉维拉特是乘"罗讷河"号来的，得了两个月的疾病而没有在意。在新河，他就是被强迫退出战斗的。

昨天，第2旅到了，是与运弹药的车队同时到的。我们想明天或后天就出发。我们将把行李都存放在一个村子里，以便轻装行动；我们将把城市周围的鞑靼军队赶出来；占领阵地之后，我们将炮击北京城。他们还在假装进行谈判，不要上了他们的当。

也许英国的信使能告诉你们远征的结局。

必须抓紧时间，冬天的问题已经十分紧迫。我们得准备在北京或天津过冬，已经没法指望上海了。遇到寒冷的天气，我们的船就必须离开，只有到了明年春天才能再次见到它们。远离我的文明世界、令人生畏的这个冬天，到底会怎么样呢？信使们还能来吗？

请你们把能找到的报纸、书籍、杂志寄给我，这些东西邮局能寄，比如《两世界评论》（Revue des deux Mondes）杂志，让我知道远离我的那个世界都发生了什么事情。

塞雷神父给我看了约瑟夫的信，他们二人堪称知心挚友。我很高兴有这位朋友，他让所有的人都喜欢他。

我想这封信能平安到达里昂，但愿它不像葛罗男爵在锡兰那样沉没到海里。这26页信应该能让你们清楚我们现在的处境。等到签订和约，我将给每个人写信。我在北京的手迹肯定会有一定的价值，会补偿我迟迟不写信的过失。

居斯塔夫一切都好。公务繁忙，不是做这个就是做那个，我们几乎没有时间见面。

八里桥大营，1860年10月1日

向祖父表达我的敬意。问候塔朗塞、阿尔斯、比希的亲友，不要忘了任何人。拥抱你们每个人。

昨天我站了三个小时的岗。

L.d.G.

10月2日。我们大后天（5日）动身，准备向前推进2法里。我们勒令清朝廷交还被俘人员，如果他们拒绝，我们就开始炮击。6日，我们就能知道一些结果了。我们在此处留下大件行李和一个连，只带着必要的东西出发，等有了固定的地点，其余的物资再跟上来。

昨天，我与居斯塔夫一起去了通州买皮货。寒冷的天气来得很快，但这只是刚开了个头儿。我买了一件浅灰色的坎肩，此地的毛皮既漂亮又很便宜。我打算过几天大家下手大开杀戒的时候，再把东西置办齐全，那时候，我们人人都是大富豪。

我不敢要你们寄任何衣服鞋袜，因为我不知道这些东西如何、何时能够到达，也不知道我们会在这儿一年还是两年。真遗憾没有从法国把我所有的东西都带过来，这些东西本来在航行当中都是很有用的；其实在这儿也一样，我们现在只能想穿什么就穿什么，或者应该说，能穿什么就穿什么。另外，我也没法把每天所见的新奇玩意或值钱之物全部寄给你们，但即使我有一千两银子，也要放弃在一边。在骡背上，宁放一瓶酒，不放一块金。

假如我们能随心所欲地在北京城挥霍，也许我们能弄到一些运输工具。

再见，再见。一个星期以后，英国的信使将与我们的信使会合。

你的，
L.d.G.

1860年10月3日。我们把9月份的军饷都交给了财务官。我们不知道拿钱干什么。等到了合适的时机，会再把钱还给我们。

博韦上尉从天津回来了，他的伤已经好了。

北京，1860年10月20日
（12月26日于里昂收悉）

亲爱的爸爸：

我想告诉你，我们在北京。这要从何处说起，又到何处结束呢？

我们绕着北京城转了很长时间。现在，我们一炮未发，已在北京城的北面，驻扎在距城墙100米的巨大的鞑靼兵营中，逼迫他们接受我们的条件。还没有人进入城中，在得到更充分的安全保障之前，我们还不太想进城。我们已有23个同胞（20个英国人，3个法国人）是横着从北京城出来的。

我在距此3公里的露营地收到了你们8月12日的信，我们在那个地方住了5天，为攻城做各种准备。谢谢卡米耶建议把你们那儿的凉爽给我寄来，但她想不到，她的祝愿到达之时，我正在单薄的帐篷里瑟瑟发抖，连帐篷都随时可能被在欧洲从未见过的狂风卷走。

我想说，冬天已突然降临。几天令人窒息的炎热过后，北风越过中国东北的高山和荒漠，给我们送来冰天雪地的全部寒气。此外还听说，这种风也让附近的海域进入冬天，它会刮上四五个月。要是我们

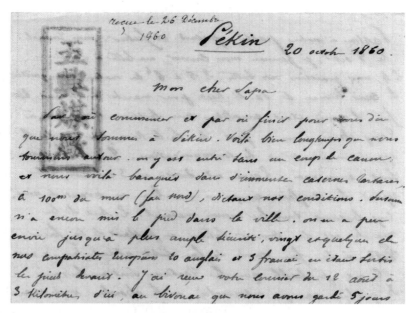

书信手迹

能在北京过冬，那该是多么温馨的景象啊！

来看一下我的日记吧。

10月3日，我写完了给菠莉娜的信。4日，我们给靴子上了油。5日和6日，我们离开八里桥的营地往前行进。这次，部队是完整的。我们留下一个连在通州，一个连在八里桥，以保持联络畅通。所有的行李都跟我们一起走。部队分成三支纵队，与在前方一法里处扎营的英国人会合。

这次行军的目的地是绕过北京，从我们正对着的北京城东面转往城的北面，我们猜测鞑靼军队就驻扎在那儿附近的防御工事里。

但那一天我们什么都没有发现，只看到一个大城市的郊区，有很多村子和菜园。但总的来说，并无特别值得注意之处，地势仍然平坦，庄稼长势很好。

在距离北京城东北角2公里处有一座巨大的砖场，我们就在砖场的周围露营，砖场有围墙，像是某种防御工事。三座高耸的砖窑成了我们的瞭望台，从那里我们能静静地观赏世界上最美的城墙，一座座高大的城门，和一座俯视着极为平坦的城市的人造山[①]。

这一幅美景的尽头是由西北向东北延伸的山脉，距离我们有四五法里，我觉得好像是看到了布热山（montagnes du Bugey）。

6日，天气极好。你们大约在比希庆祝圣布鲁诺节（la Saint Bruno），而我们清晨6点就开始行军。所有的行李都集中在砖场，由一个连看守。英国人在我们的右侧，我们的左边可以说紧贴着北京的城墙。我们绕过城墙向外突出的东北角，那里是高大的方形角楼，覆盖着四角翘起的绿色屋顶。角楼上是一排排的窗洞，装着木制的窗板，窗板的中间可看到白色圆圈，那是模仿炮口用来吓人的。

一路有很多鞑靼军队的行踪，到处都能看到他们路过和露营的痕迹，但一个人都看不到。他们到底死哪儿去了？

9点，我们来到一处很高的防御工事的脚下。这是一座驻军工事的一个侧面，但它总共只有三个面，第四面就是北京的城墙，里面空无一人。我们不知如何是好，既然如此，就先松口气，于是吃了早饭。然后，按照将军的命令，我们开始了一场一气呵成的强行军。

有人说我们是去攻打皇宫。好吧！路上，我们遇到一辆大骡子拉的车，一个鞑靼兵扔了武器，把车丢在一边，飞快地逃走了。但没有任何东西能阻止我们行进，队伍越走越快。

晚上，我们走上了一条由大石头铺成的漂亮马路。路的左右两旁是墙壁、园子、华丽的房屋，房屋的高大和舒适是我们迄今为止从未

[①] 应指景山。——译者注

见过的。我们穿过一个很大的村庄，在它的另一侧，我们看到绿树环绕的一潭碧水。

突然，传来一阵枪声，有几个鞑靼人守卫在一座宫殿的入口，我看到一个受伤的海军中尉从身边走过。天已经完全黑了，先头部队来到一座华丽的庭院，庭院的周围是金色的游廊。毫无疑问，我们已经进入皇帝陛下的日常幽居之所——行宫圆明园。

我们在拒马包围之下的梅花形树丛中露营。我们烧了拒马，照亮这处不同寻常的阵地，等到天亮，我们会发现这是什么样的神奇所在。空气中有一种危险气息，不明就里的我们无法安然入睡。事实上，我们难道不是将与4亿人的偶像呼吸同样的空气吗？

这位偶像或许刚刚来不及穿外套就逃走了，但意外和离奇并不因此有所逊色，甚至还夹杂着一点悲惨。我们直到晚上9点才吃上晚饭和夜宵。我们没有宿营用的秸草，宫殿是用不着这些东西的。要等到白天，我们才知道自己身在何处，我们将在这华丽宫殿的门口醒来。

7日，我们来到美妙的仙境，仿佛置身于《一千零一夜》的灵感之源。

两头铜狮子在宫殿门口欢迎我们，从艺术角度来说，它们乏善可陈。之后，我们走进一连串院落，院落四周围绕着色彩艳丽的彩绘游廊。庭院里铺着整齐的石板，摆满了铜制的珍禽异兽。我感觉，所有的造物都在此得到展现。

走过上述院落，我们来到一处处园林，园林当中随处可见怪石嶙峋的假山、花木掩映的楼台以及树林和湖泊，湖心岛上建有宫殿，条条小溪之上皆有精美的桥梁，蜿蜒曲折的小径纵横交错，把我们带回到起点。此外还有飞檐挑角的宫室，遍地都是大理石和雕梁画柱，我们简直目不暇接。

总司令首先带着他的参谋人员进去了，把整个园子仔细检视一番。宫殿内富丽堂皇，成千上万的艺术品和珍稀宝物堆积如山，还有大量欧洲的工艺品：被擅长搜罗乌木及各类木材的中国人镶了镜框的威尼斯镜子、路易十四及路易十五时期的挂钟、嵌着钻石的怀表，以及诸多美得无与伦比的铜制和瓷制的中国器物。

我留意到一些木制的房间隔断，20法尺高、1法尺厚，镂空雕刻，上面是用珍贵木料雕成的上千只飞鸟在树叶丛中嬉戏的图案，枝叶的精细生动令人难以置信。在这方面，中国人是顶尖高手。木器榫卯拼接之精巧和各种绣品上图案之丰富，中国人同样无敌。

木制的天花板美轮美奂，隔板、墙壁，都是木制的，并且上面都涂着油彩。多么壮观！多么耐心而精细的做工！我们看到的中国，正是故事和屏风曾经向我们描绘的样子，只有极少数欧洲人才能有机会亲眼见到它。

圆明园在北京城西北4法里处，除了从前的耶稣会士，从未有欧洲人走进过这座宫苑。我们在此处发现了大部分被俘者的衣物，包括富隆-格朗尚上校的肩章，军需官杜比的衣服，锡克兵的物品和马匹。

尽管有士兵站岗，但渐渐地，大家都溜进各间宫殿，为这次奇特的旅行收集若干小纪念品。

我首先进入一间厅室，在那儿发现了一枚巨大的绿玉御玺，印玺上半部是用同一块玉石雕刻的犀牛，我把它当礼物送给了冉曼将军。我找到了一把匕首和一块四百年前的铜制怀表。这块表我也上交了，但留下了另一块依伯利（Ilbery）表，它非常漂亮，瓷面上画着迷人的工笔彩绘。

北京，1860年10月20日

所有这些欧洲物品大概都是使节的礼物。饰有珍珠和钻石的怀表、布尔（Boule）挂钟、镜子、油画、戈布兰（Gobelin）挂毯、肖像画、音乐盒，都不计其数，我们好像置身于法国王宫的陈列厅中，不过风格是路易十五时期的。我既没碰钻石，也没拿珍珠，只取了几样可爱的艺术品，有翡翠、白玉、景泰蓝瓷器和漆盒。

我们找来马匹和车辆运东西，但因为我们有4个人，所以只好在物品上加以节制，打算到了北京再加以补足。

皇上的财富就堆积在无数个厅室当中。这个厅里都是挂钟，那个厅里全是怀表；再那边是丝绸厅、皮草厅，这些衣服足够全部中国人穿戴了。更远处是燕窝厅，还有一间则摆放着皇上的笔和墨。另一处是瓷器厅，再一间是腌制的果脯、数以百万计的小摆件等等。看着这眼花缭乱的景象，我的眼睛都瞪大了。我看到了，真正看到了，也拿了一些珍宝作纪念。

营地里遍地都是丝绸、家具，还有士兵刚上好发条的挂钟，几个世纪以来，它们还是第一次发出报时的声响。大兵们拿着一堆怀表或艺术品四处招摇，他们用几个银圆的价格卖出那些镶着钻石和珍珠的物件，有一件价值500银圆的皮衣只卖3个到4个银圆。我没在意这些东西，打算留到进北京城再说。何况，面对如此多的宝物，我的口袋也太小了。

晚上，我们把一块精美的银线提花黄色丝毯铺在地上当作桌子，把在法国都很少见的4台绝好的布尔挂钟充当烛台。这套进餐用具真是价值连城，不过晚饭过后，就轻蔑地将它们一脚踢开。

我拿了一个皇上的蓝釉底铜镂雕鎏金马鞍、一支极珍贵的当地款式中国步枪，还有若干小玩意，我就不一一列举了，给你们留个惊喜。再说，我也不知道这些东西到底是什么。

巨大围墙之内的各处宫殿当中，最后一处宫殿是两百年前由耶稣会传教士修建的，属路易十四时期风格，墙上挂着戈布兰挂毯。我们把这一宝藏（或是它的一部分）据为己有。我们先和英国人分享，之后又在自己人中正式做了分配，我的那份是一块约值500法郎的银锭。

大兵们从来没有如此腰缠万贯，畅游在黄金、白银和各种极为华丽的布料的海洋中。他们吃着皇上的燕窝、果酱和果脯，甚至还吃了他的鹦鹉。他们用皇上的笔墨写字，然后全部打碎、糟蹋掉。这些情况，此处只说个大概，其中的详情，得等到我退休后，用我漫长的晚年说给你们听……

在6日的行军中，我们和英国人失散了。他们没能跟上我们，或者是走错了路。假如在抵达圆明园时遭到抵抗，我们只能独自迎战。可他们一得知有东西可抢，立即闻风而至，还带来大车和干活的牲口，并提出所有东西都得平分。早在上个月18日和21日那两天，他们就已经把难打的硬仗丢给我们，只想着拿好处了。他们一到，就一窝蜂地冲进宫殿，将所见之物全部洗劫一空。不过，他们只找到了我们剩下的东西，因而恼怒至极。这一次，我们理所应当地得到了补偿，但这并不是惯例。

8日，那么多拿不走的东西，看够了也摸够了，于是我和几个军官冒着种种危险，踏上了一次艺术之旅。

沿着精美的石板路，我们穿过整片庭院、园林和宫殿，前往我们之前在1法里外看到的几座山。其中一个山顶上有一座美丽的瓷塔，我们去的正是这座山。来到山脚，便置身一连串重重叠叠、一座高于一

北京，1860年10月20日

座的宫殿与寺庙之前。

这是一个真正的仙境，一个成真的梦幻，一种不可思议的东西。

第一座寺庙位于山脚，占地广大。在最深处，有一尊从平地高至屋脊的大佛，周围环绕着上千尊小佛，呈金字塔状层层排列，极其华贵夺目。灰色景泰蓝制作的大象和真象一般大小，驮着同样瓷质的宝塔，人和神在塔内嬉戏。庙中到处都是灯，有瓷质的、铜雕的、青铜制的等等。巨大的厅堂是模拟钟乳石洞穴而建，在人造山石的凹凸起伏之中，还有不少佛像。我从一尊佛像的脖子上取了一条巨大的白绸巾，以及若干宝石、青金石碎片等。

这些寺庙层层叠叠，直到山顶，周围环绕着迷人的庭院、美丽的

圆明园附近的琉璃塔（菲利斯·毕托摄）

树林、河流和瀑布，这是何等壮丽的景色！我们发现，寺庙之间有大理石台阶相连。第二处寺庙前的平台与第一处寺庙屋顶同高，以此类推。从白色大理石平台望出去，可以观赏到各处寺庙黄色或绿色的琉璃瓦，而且每隔一段距离就凸起一个瓷质的塔尖。

站在只有一座寺院的山顶，可以看到东南方的北京城非常漂亮，从那儿一路看下去，是连绵不断的别墅、湖泊、树林以及屋顶闪闪发光的亭子。西北方向则是光秃秃的山岭，岭上布满了坚固的工事。长城也应该离这里不远。总之，我们脚下是皇家宫殿和它占地广大的附属建筑。

在山洞深处的箱子里，我们发现了用黄绸包裹的四幅巨大的画轴，它们有25英尺长，20英尺宽。画面是栩栩如生的三世佛，用的是类似戈布兰挂毯的手法，画工令人赞叹，但材质是丝绸，并且是最精美的那种。我们简直以为是一幅牟利罗（Murillo）的油画。这四幅画之珍贵，说它价值连城都毫不为过。要是能把它们送给里昂博物馆，该是多么富丽堂皇的礼物①！但要将它们运走，对我而言又

三世佛
（吕多维克发现的四幅画轴之一）

---

① 吕多维克本人在父亲的抄件上作了一个注释："这些画轴由蒙托邦将军进献给皇后，做了枫丹白露宫两个房间的天花板和另一个小客厅的天花板。我把它们交给将军就是为了献给皇后。"如今这些画轴仍在枫丹白露宫，其中三幅在中国馆的天花板上，第四幅在漆器厅的天花板上。

北京，1860年10月20日

是多么无能为力！我只找到几个中国人，帮我把它们扛到了总司令那里。如果他把画送到巴黎，肯定是所有物品中最漂亮的，有朝一日，我也会骄傲地带着你们到卢浮宫去欣赏它。

我曾拥有又送出了多么值钱的奇珍异宝啊！

我们拿到了皇上的所有文件：与列强签订的条约、给臣子的诏书等等。我们很想跑到外交部以解读这些天书为乐……

9日上午，看腻了成堆的财宝，看够了惨烈的毁坏，我们用乐队开路，整队离开了。刚离开最后一道围墙，意外的一幕突现眼前，仿佛数天来的不可思议还在延续。靠宫殿最近的附属建筑中，巨大的火苗和烟柱从门窗窜出来，一场大火在树木的助燃下迅速蔓延，多么绝妙的景象，对我们来说就像是一串烟花。面对如此美妙奇异的宫室化为灰烬，我念了一句"requiescant"①，可再多的钱也无法把它们归还给天子了。

我们抵达圆明园的时候只有几头骡子，离开时却有长长的车队跟随，皇上和官员们为我们提供了车辆和马匹。如今我们连拥有了10匹骡子和5辆大车，这支车队日后还要为我们把给养从北京运往天津，因为沿途道路都已经完全被毁了。我们自己没有什么东西，但我们尽力把抢来的东西都运走。而许多人不知道如何处理他们的财富，比如有一位海军士兵，他拿了价值6万法郎的银锭带不走，于是送给了他的中尉，但中尉也没法拿。

在皇宫的时候，舰载步兵承担了本该由我们履行的职责，负责守卫宫门，而实际上，他们的兵一直在吃水果。

下午1点，我们来到英国军队的左侧，在北京城北面3公里处，跨

---

① 意为"愿死者安息"。

着通往城门的大道扎营。

清朝廷送还了洛图尔先生和4个士兵。

10日,寒风凛冽。我们的行李从砖场送达。

11日,寒风越发猛烈。我们负责站岗,借宿在一个鞑靼人家里,以便好好睡上一觉,这已是好多天来难得一遇的事了。

我忘了告诉你们,我在圆明园还拿了两件很好的皮衣。一件是漂亮的白猫皮、绿绸衬里,长度直到脚跟,大小足以在身上绕两圈,却只有不到两磅重。一件西伯利亚狐皮、黄色绣花绸衬里,我把它留下了。然而,这件适时而至的"外快"仍不足以抵御彻骨的寒风,我最终恐怕只能把自己裹在皮衣堆里。

圆明园内的园林(《画报》1860年12月22日)

北京,1860年10月20日

10日，我们在距城墙100米处开始架起大炮，为谈判和最后通牒造势。

12日，从八里桥运来的给养抵达，同时还有你们8月12日的来信。从岗哨下来，我看了你的、妈妈的、姐妹们的信，还有一封是贝尔图的，它们给我的欢乐更胜于皇宫中的瑰宝，这是我唯一的心灵食粮，因此我"吃"得非常香甜。

我们的营地完全成了市场，英国人泛滥成灾，他们愿意出任何价钱购买士兵们出让的小玩意。可惜，士兵们猛赚来的钱都吃掉了。那些东西卖得比在巴黎还要贵，所以我没参与。

13日，清朝廷投降了。中午时分，101团的一个营和英国的一个营看到城门打开了，于是占领了包括瓮城在内的整个城门。他们在至少有15米厚的城墙之上架起多门大炮，城墙上还发现了多门铜制大炮，于是他们将这些炮口转向了城内。

不知道我是否告诉过你们，北京城的北半部是鞑靼城，皇宫在鞑靼城的中心。我们居高临下地面对北京城，尚未能进入城中。从城墙上望去，我们看到一条极长极宽的街道，还有假山和掩映在茂密树丛中的房顶。只有将军们可以进入城中。

在城墙周围转悠的时候，我发现了一个卖鸡蛋的小贩。我买了好多个鸡蛋。杂七杂八的伙食和连日睡在潮湿的稻草上，让我的身体出现不适，这些鸡蛋对我恢复健康帮助不小。寒冷对我很有好处，我现在状况绝佳，只是两手都冻裂了。

15日，天寒，有雾。我们拔营起寨，来到距城墙500米处，进驻不久前还被鞑靼军队占据的大木屋内。屋子很脏，遍地是断箭残枪，但不管怎样，此地能躲避寒风。我们在角落里弄了个隔间，比起我们的帐篷，这就是个舒适的小空间。

刚到这个地方，我们连就被派去站岗，我把东西都乱七八糟地丢在那儿。结果回来时，一个装着最漂亮、最贵重玩意儿的小箱子不见了。虽说盗贼被盗，现世现报，但总是感到不舒服。

15日晚，清朝廷用棺材送还了18具英国人和法国人的尸体，其中包括富隆-格朗尚上校。每具尸体上都有受过酷刑的伤痕，以如此方式送还战俘，真是骇人听闻。

16日，我们得知工兵利维（Livet）上校的死讯。他因为得了痢疾，当时被留在天津。17日，我们在附近的俄国人墓地为那4名英国军官下葬。风大得吓人。格利维尔从天津到达，他过来看我。他很好。

火烧圆明园之后的清漪园（菲利斯·毕托摄）

18日，奇冷无比。英国人去了圆明园中某些我们没见到的宫殿。他们劫掠一空后，就把圆明园烧了，烟雾像一张巨大的幕，在北京城上空展开。清朝廷送还了军需官杜比和财务军官阿德尔（Ader）先生的尸体。

有人想出一个主意，让我们在城墙下演习。清军对于这种演习应该完全不懂，而对我们来说，这比北京城里见到的任何东西都奇怪。也罢：si vis pacem, para bellum①。也许我们能提前两天得到和平呢。等演习过后，我将带上30人护着几辆大车到乡下再抢一次。我在冉曼将军那儿吃了晚饭。

明天，负责建军营的人员将出发回天津，因为看起来我们要在那儿过冬，但愿我们到达天津之前不会冻死。按说我们在那儿的日子肯定不好过，我至少还带着书，有足够时间把它们都背下来。

11月1日，我们将从这里启程，不容改变，这也是将军们给公使的最后期限。如果25日清朝廷还没签条约，我们就会放火烧城，然后出发。大家还记得1812年的法俄战争，清朝廷的策略和那时的俄国人是一样的。

我觉得中国皇帝受制于几方相互冲突的势力，所以才会时而犹豫不决、时而固执强硬。

希望我还会看到更多新奇之事，将在下一封信里告诉你们。

再见了，亲爱的爸爸。谨向所有的人致以最深切的情意。

L. d. G.

北京，1860年10月30日
（12月26日于里昂收悉）

亲爱的贝尔特：

我非常高兴，今天遇到了勒布尔，他告诉我给你的信可以一直写

---

① 如果想要和平，就得准备战争。

到明天。因此我将利用这个机会,感谢你们今天早上带给我的种种快乐。这芬芳的花束和你们8月26日的信给我带来了无限柔情,让我心中充满喜悦。保护完好的小小花束是如此简单又意味深长,我已经很长时间没有体会过这么激动的感受了。

而后,我钦佩菲利浦先生的品行,这才叫奉献精神!他在信里对里昂年轻人的优柔寡断大发雷霆,他为自己的20岁感到惋惜,希望不会再为自己的40岁而后悔……亨利本该和他一起去,那样的话他们就能一起做饭吃了。

你们瞧,正当天主教在欧洲被颠覆、教皇在罗马受到威胁之时,我们却在北京确认它的胜利。就在昨天,我们在修复之后的教堂里唱赞美诗,庆祝天主教重获信仰自由和传教自由。

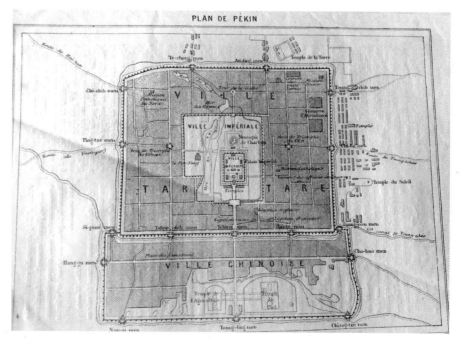

吕多维克带回的1860年北京地图

北京,1860年10月30日

从北京城墙上所见的北京城内（菲利斯·毕托摄）

前天，被俘者在天主教墓地隆重下葬，墓地里立着汤若望、利玛窦等神父的华丽墓碑。北京和北直隶的主教们带领上千名中国信徒参加，还有庞大的军人队伍助阵。这一情况与来自欧洲的消息全然不同……

25日，我把一封给艾米莉（Emilie）舅妈的信交给了英国邮差。写信时，我因长了个肿块而痛苦不堪。不过，考虑到信中宣布的喜讯，亲爱的舅妈应当会原谅这封信写得缺乏条理吧。

清朝廷在20日告知我们令人满意的决定，俄罗斯公使在其中帮了不少忙。幸亏清朝廷这么做了，不然就会等来我们的炮弹和火箭，而他们巨大的木结构城市就会像火柴一样燃烧起来。

这天，我们也得知9月18日被抓的杜吕克神父已经在八里桥被斩首了。就在我们经过那里之前，一个身受重伤的鞑靼将军把他杀掉为自己报仇。

你们要感谢英国邮差，让我能继续从北京给你们寄信，如果这封信和20日的那封同时抵达，那一定是我们的船太重了。但不管怎么说，你们会多收到几页信。

我接着要告诉你们，我们要去上海过冬，这真是无与伦比的幸事。102团将同101团一个营的工兵和炮兵留在天津，而我们将同101团的另一个营以及参谋部一起去上海。舰载步兵前去广州，归海军将领指挥，可能是为此后远征交趾支那做准备。

因此，我将向你们靠拢数百法里。邮件仍然会送到上海，而我们将是最先离开的部队。能朝着法国航行是多么幸福啊！我希望在上海能找到"埃斯特尔与王后"（Estelle et Reine）号，还有我的羊毛袜。还会有多少东西抚慰我们的灵魂与情感啊！且不说还有比索内以及其他商行……或许我们还能去宁波和苏州呢……

总之，明天11月1日，我们就要动身。我们将在天津稍作停留，

在北京的城墙上（菲利斯·毕托摄）

北京，1860年10月30日

随后就尽快前往上海。当然,所有这些都有赖于清朝廷言而有信。他们是为此吃了苦头的,除非他们又有了新主意。现在,每天早上已经开始结冰,雪已经覆盖了山顶。明天,我们的大件行李会先于我们出发,如果它们在路上停下来,我们会追上它们的。

北京城墙(加斯东·德·内维尔雷绘)

今天早上收到你们的信时,我正因肿痛即将痊愈而高兴。四五天以来,我相当消沉,抱怨这难以忍受的病痛把我拴在屋里(棚子里)而动弹不得。不过还得感谢上帝,从战事开始就一直保佑着我,我原本可能跟很多人一样染上痢疾。可怜的拉维拉特9月初就被撤到了"罗讷河"号上,他和病痛抗争了三个月,不愿认输。于是他被送回法国,也不知他能不能抵达。不过他会尽力坚持到底,他是布列塔尼人(Bretons)的性格,始终因为担心自己拖累大家而无比痛苦。希望在他踏上祖国的土地、与家人重逢之后,能很快恢复过来。

确实,干我们这一行,必须保持平静,不能事事争强好胜,这是保持健康的方法。如果我回国时还是少尉军衔,当然令人伤心,我一定要做得更好,但我必须健健康康地回来,这是一旦失去连政府也无法归还的东西。

所以,我没有跟自己太过不去。如果上午出了大力,晚上就尽量好好吃一顿,如果衣服太湿,我就生个火烘干……在军队里,有一条重要原则就是:当你已经很好地完成了任务,那就不要为了奖赏而做得过火,应当让精神放松,让肉体自由。我心中充满对法国、对天主的爱和责任，你们会看到这样的我回到法国，即便不是"披红戴花"，至少也能容光焕发。至于荣誉勋章，天主想让它来的时候自然会来。我刚刚亲历了许多奇妙的大事，已经从中得到了奖赏。

告诉亨利，在北京发生如此大事期间，可怜的蒙蒂耶和他的连队一直待在通州看守物资。四天前，他来和我们会合，身体健康，还胖了，因为他一直生活得很有规律。居斯塔夫脸色红润得让我们妒忌，让那些黄皮肤的鞑靼人恼火。我忘了告诉你们，皮纳先生在宫殿大门挨了一刀，右手手腕被砍掉一半。他现在好多了，我希望情况不是太严重。

21日早上8点，我们做了露天弥撒。天气奇冷无比。我第一次走进北京城，不过仍然是在限定的范围内。我登上城墙，进城的入口位于挡住城门的环形堡垒的侧面，所以，此处有两道城门、两道城墙。主门的上方有一座两层飞檐的门楼，在它对面的围墙之上，是另一座类似的门楼，用作兵营，101团的一个营和英国人的一个营从13号起就驻扎在那里。20门炮朝向北京城内，好让鞑靼人老实点儿。大炮对一条又长又宽的街道形成纵射，街上挤满了鞑靼人，他们拖着浓黑的大辫子，颧骨突起，长着冷冷的黑眼睛，神色狡黠轻蔑。在这条街上，我们可以向前走100步。街上横着拉了一条细绳，以挡住鞑靼人，但101团的乐队向他们奏起了乐曲，对于如此享受了巴黎人的待遇，这些人显得十分惊讶。

记得曾告诉过你们，城墙有15米高，12米至14米厚。我们在城墙上发现不少很棒的铜炮，不过炮架非常糟糕，已经坏了一半，它们都被漆成了红色。

22日，天寒地冻。我们去接收为死去的俘虏支付的400万赔款。

23日,我去看了一座大理石建筑,就在我们特使所住的寺庙旁边。不过,我拐到了总部,几个中国人正在和将军会谈。这两个所谓的中国人其实是两位主教孟振生(N. S. Mouly)和阿努伊(Anouille),他们对此地熟悉已极,提供了许多宝贵的提示,而且他们的相貌也很可敬。但也要小心,他们在这个地方生活了20年,已深受中国风俗习惯的熏染,甚至相貌与当地人都很像。此外,我还看到一些鞑靼人的行为举止颇有欧洲人的优雅风范。

24日,上午5点半,英国特使举行了隆重的入城仪式,21响礼炮宣告英中条约签订。

恭亲王(菲利斯·毕托摄)

25日,法国特使隆重入城,总司令身穿大礼服,葛罗男爵戴着大盖帽,穿着短大衣,参谋部和大部分部队都参加了,整个队伍十分庞大。那些精心收藏着展现路易十四时期服饰图册的中国人一定会觉得,此时的衣服和那个时代的相比黯然失色。同样由21响礼炮宣告法中条约的签订。每个人都获准一睹皇上之弟恭亲王①的尊容;从此我们可以在整个北京城内自由来往了。

26日,没有新情况。娱乐活动非常丰富,我们晚上7点睡觉。

28日,盛典。送还的被俘者遗体将在圣土上安眠,两位主教在前

---

① 八里桥战斗过后,皇帝离开了北京,并向年仅26岁的弟弟恭亲王授予全权。恭亲王聪明灵活,与联军进行了谈判,避免了北京被占领,并签署了条约,结束了法英的远征。

1860年10月24日①，法国特使葛罗进入北京签署条约
（《画报》1861年1月5日）

准备在北京的天主教墓地举行葬礼（《画报》1861年1月9日）

① 原书如此。据信件内容，法国特使似当为10月25日进入北京。——译者注

北京，1860年10月30日

引领，许多法国和英国的军官陪同，将他们送到了天主教的墓地。俄国公使也在送葬队列中，我们还看到了许多中国基督徒。

这座由耶稣会士在17世纪末建造的墓地保存完好，位于北京西郊，距城墙有1公里。前一天已经派人过来，清理了墓地里遍地的树莓和灌木丛。我们仿佛置身于一座法国墓园，可以看到许多当时耶稣会神父和基督徒的精致陵墓。我给你们寄了一片在墓地里捡到的柏树叶。

特雷加罗神父发表了非常感人的演说，演说内容与我们亲历的种种离奇事件有密切关联。

29日，倾盆大雨下了整整一天一夜。位于鞑靼人居住区与汉人居住区之间的天主教堂已经修复，以便重新做礼拜。一开始，是为死去的被俘者做追思弥撒。然后，演唱了庄重的感恩曲，庆祝取得的胜利，并感谢上帝重新开启教堂。两三千个法国人在距离祖国6000法里

修复后于1860年10月29日重新开放的北京主教座堂（加斯东·德·内维尔雷绘）

的地方，在有两百万"皇帝的顺民"的首都中心唱起圣歌，真是令人激动。一位自愿到中国传播福音已达20年的主教，给我们讲了几句话，他也是法国人，其发自内心的喜悦溢于言表。

所有这些新闻将在冬天——在意大利事件导致的无所事事之时——到达你们那里。你们或许会有时间想想我们，还有我们正在做的这些事。

30日，我从北京城的这头穿行到另一头，包括鞑靼城和汉人城。这是一片巨大而热闹的废墟，我会在下一封信里跟你们谈这个，不过能在什么地方写这封信，我就不知道了。

居斯塔夫很好，我也一样。很高兴今天收到你们的邮件，以及路易可爱的信。我晚些时候会给他回信。

代我向祖父致意，向所有人问好。亲切地拥抱你们。

告诉让娜特不用担心，我已经成为一个好厨师。

我在巴诺拉（Barnola）手上买的法兰绒衬衫是整个部队里最好的。请他给我留一些同样的衣服，下次打仗用。

向在塔朗塞、比希、蒙莫拉以及里昂的所有朋友们问好。多么幸福啊！后天我们就将踏出归程的第一步。相对六千法里来说，五六百法里好像不算什么，但这已足够令我在期待之中得到安慰。

再见，再见。

L.d.G.
1860年10月31日

天津，1860年11月10日
（1861年1月11日于里昂收悉）

10月31日以来，没有任何新鲜事。那天，我给贝尔特寄了一封信，通过英国特使的信使带走，他能在香港赶上前一班信使。

这封信的落款是天津，表明我们已经到了此地。从各种迹象来看，我的下一封信将从上海发出。我们只是路过这儿，先有个休息的地方，然后再找长久的栖身之地。

我们11月1日上午向北京告别，开始撤离。水沟里已经有了一厘米厚的冰，但灿烂的太阳让我们很舒服。在6天时间里，我们行军40法里，顺利到达天津，每天寒风刺脸，在上冻的地上休息。我们再次见到张家湾和八里桥战场，六个星期之前，我们就在此地经受烈日的炙烤。我们仅有两次在房子里宿营，但房子既没有门也没有窗。其余几天，我们没有打扰那些躲过战火、有人居住的房子，而是在冻土上另搭帐篷。有那么两天，风很大，吹干了道路，使我们的行李能够顺利抵达。若是下了雨，我真不知道此时行李能到哪儿。我们走得很快，还是越早到越好，自从我们到达此地，简直要冻掉手脚。

6日中午，我们进入天津城，满怀喜悦地向炮舰桅杆上飘扬的法国国旗敬礼，它们是将我们送到大船上的开路先锋。我们占据了白河和大运河之间由中国人腾出的所有房子，我们头上终于有了屋顶，重新找到了一些干净东西，还有没有破洞的袜子，也能让我们舒适一些。

所有的东西一齐涌来。除了驻扎于此的欧洲人之外，中国人给我们提供了大部分食品，肉类很棒，还有葡萄、栗子和大量便宜的野味，另外他们还制作了点心、果脯以及无可挑剔的糖制品。

请原谅我写得这么细，但这是我们生活的基础。我们需要安逸的生活，便去追求安逸，也因此懂得了什么叫安逸。

信使已经到了，是和我们同时到的。我找到住处的同时也拿到了爸爸、妈妈和贝尔特的信，爸爸的预见性真是惊人，他的信里写着"你接到这封信时，正在做这个做那个"，而那些正是我们在做的事儿，这已经是第三次了。在最近的信中他说，"我想你们已经到了过冬的地方"，而此时距离我来到这间分配的房子仅过了几分钟。的确，我们将继续前进，但大部队要留在这儿，而我们本来也是要留下的。

英国人紧跟着我们离开了北京，他们不会在这儿停留。老天真是待我们不薄，没有下雨。海上的状况随时可能生变，这促使我们赶快动身。明天，11日，我们将登上炮艇重返"罗讷河"号。如果海况不是太坏，我们终于要重返法国了。到了上海，我们就离你们近了400法里！

四天以来，我们在当地乱七八糟的各种铺子里买小玩意。我买的东西不多，以免行李太多。

到了上海，如果有机会，我会精挑细选一些好东西并装箱、发运。我得把箱子重新整理一下，以适应长途旅行。

居斯塔夫很好，蒙蒂耶也一样。一旦到船上安顿好，我就给你们写信。我的身体状况很棒，我有各种各样的皮衣，足以御寒。

天津，1860年11月10日

向朋友们问好，拥抱你们每个人。我时间太紧了。

有人说我们回程可能会经过苏伊士。

再见了亲爱的朋友，拥抱我的吉特（Guite）。

L.d.G.

"罗讷河"号上，1860年11月14日
（1861年1月11日于里昂收悉，致母亲的信节选）

亲爱的妈妈：

11日星期天早上5点，我们在黑暗中离开天津，向登船处的炮台方向出发，我们9月初曾在那儿扎营住过几天。

8点半，我们全营上船，一半上了小汽船，一半上了炮艇的拖船，我们连在倒数第二位出发。不过，我们接连超过了其他船只。下午3点，我们到达白河河口的大沽炮台。海很美，太阳还很高，将军下令向海上前进，"罗讷河"以及船队就在2法里之外。下午4点半，我们已经靠上了"罗讷河"号。船在等待我们，只能等到明天。而我们回到了早已熟知的地方，仿佛从来没离开过似的……

三个连队比我们晚一个小时到达，至于其他连队，因为到达大沽时间已晚，没有能来到海上。

但12日的天气很坏，没有人能出海，他们只好委屈地待在几乎无处立足的小炮艇上，居斯塔夫和他的连队就在炮艇上。我真为他担心，舱室里只有我一个人，我等着他们。

昨天，13日，他们终于在下午4点钟抵达，比我们晚了48小时。我们又在"罗讷河"号上聚齐了，从此可以躲避风雨，能做的只有吃、喝、睡，与过去的3个月截然不同。

［……］

冉曼将军来到上海，柯利诺将军坐镇天津，蒙托邦将军要到日本转一圈，然后再到上海复职。

你们不知道我有多么高兴能去上海，去到有神父和欧洲人定居的社会中，让我的精神有所寄托。

吕多维克在11月14日信上的签名

据说率领交趾支那征讨行动的沙内将军要求增加一个猎兵营和两个炮兵连，行动将于明年3月开始。但欧洲发生的事大概会使计划生变，我觉得事态可能越来越严重，让我把时间耗在此地很不划算，而回到你们身边，我会有很多事情可做。

负责向皇上运送中国皇宫战利品的委员会将跟这班邮船一起出发，委员会由一位少校、一位参谋部上尉、一位战列兵中尉和一位骑兵士官组成，皮纳作为海军军官参加。委员会将于1月中旬到达法国，真希望自己也在其中。

［……］

"罗讷河"号上，1860年11月14日

仍在"罗讷河"号上,大沽前的锚地,1860年11月27日
(1861年1月25日于里昂收悉)

亲爱的爸爸:

请您和我一起诅咒大海吧,没有比这更可怕的了,它让任何东西都动弹不得,包括我的信。到现在,我们已经等了两个星期了。还会等上多少天呢?我们只能通过生气、发脾气来打发时间。海军真是我的死对头,若是有气无处撒,我会憋死的。

11日晚上船时,我们以为只需等大家都上了船就出发前往目的地,而一直到此时此刻,我们都原地不动。缆绳在淤泥里睡觉,我们的呼喊无法到达海军将领的耳朵里。的确,从他那方面讲,他也痛恨三天两头的糟糕海况,而海军要装船的东西实在太多。但我们的部队已经到齐了,为什么还要把我们扣住不动呢?我们就这么等着,借口是我们的驳船要帮助完成装船任务。可耻的借口!所说的驳船已经完好地固定在我们的甲板上了。部队的条件很差,底舱里已经满满的了。

本应在20日或21日到达的信使,似乎故意要晚来一个星期,这还是从来都没发生过的事。我们冻得发抖,白河的天津段已经封冻了,但这种情况仍然没有让他们快点到来。冉曼将军还在天津,等到最后一刻才动身。如果把我们留在岸上,我们至少可以参加皇上赐给军队的节日。这事儿太奇怪了,我们对此所知甚少,因为我们被丢在滔天海浪之中。

蒙托邦将军于22日晚登上"福尔班"号,23日与他的参谋部前往日本，在那里消遣一番，然后再去上海。假如我玩点儿心思的话，本可能成为他随从中的一员，那将是一次与他共度的奇幻之旅。德·布耶先生一起去了，他肯定会带回来漂亮的素描。但我更愿意矜持自重，充分利用将军对我的好感，假如它能让我早些回到法国的话。

载着你们9月28日信件的汽船终于在今天中午到了。军邮官都被召到旗舰上，但我们的军邮官是空手回来的。将军不肯把寄给天津邮政主任的箱子打开，真是令人绝望。眼看着你们的信往天津去了，它们什么时候能回来呢？你们的上一批信是6日到天津的，算起来我要有整整一个月看不到你们的信，还不知道什么时候能再看到呢。船上军官们看到的报纸上，有些消息能让我跳起来。恰尔蒂尼（Cialdini）①的胜利让我心碎，菲利浦先生一定是阵亡了，总之，他必是历尽艰辛。据说，他们像狮子一样英勇作战，我绝对相信这一点，但这是多么卑鄙的圈套，多么残酷的杀戮！

没想到这么伤心的时候，你们的信偏偏无法到来，它们本来会让我振作，告诉我与报纸不同的消息，告诉我所有的真相。我气极了，离你们那么远，无依无靠。

不过我居然有一个幸运的机会，聊以减轻我的期盼，让我更有耐心。今天上午，亨利和约瑟夫的信由他们信得过的那位猎兵交到了我手上，他与另外25名猎兵经过两个月的航行到达此地，一直还没有上过岸呢。跟大家一样，他们也认为"罗讷河"号上的状况不是很好。让我们在政府的船上当了一个月的囚徒，这是对我们辉煌胜利的奖赏，但这样一来，我们就几乎没有时间在上海进行休整。相比"罗

---

① 恰尔蒂尼，意大利将军，1860年9月8日卡斯泰尔菲达尔多战役期间皮埃蒙特军队的统帅，打败了教皇的部队。

仍在"罗讷河"号上，大沽前的锚地，1860年11月27日

讷河"号上的生活，我更喜欢在北京城周围的野营，在船上让我变傻了。

一开始，我得了重感冒，这是我在陆地上从未遇到的事情，虽然天气冷热无常。到了上海，我要闭门不出，让自己恼怒的心情平复下来，然后我要释放一下打猎的欲望，从中国人带到市场上的大量野味来看，可打的猎物肯定不少。在天津，我们用一块银圆可以买一千只云雀，用同样的价钱能买三只野兔，还有鸭子、野鸭等等。而用我的枪就能以更低的价格吃到这些东西，同时还能得到很多乐趣。

我听别人读的报纸上说我们遇到了失败，我希望在此问题上，你们能与我们一样平静地对待，希望你们根本没有相信这种话。

葛罗男爵25日乘"杜舍拉"号走了，他将去往马尼拉、西贡，再经苏伊士返回法国。至于交趾支那，可以预料，那儿的国王已经得知了他的兄弟——中国的天子——因为我们所吃的苦头，尽管他拥有无数个难以战胜的鞑靼兵。他应该已经做出了明智的思考，路过西贡的葛罗男爵将引导他找到和平解决的办法。

真是奇怪，9月18日那天，皮埃蒙特人可耻地叛变了，同时，我们也上了清朝廷的当。唯一不同的是，此处的欺骗者为自己的伎俩付出了代价，我们昂首向前，把十字架插上北京的楼顶，而彼处，叛变者的胜利动摇了卡皮托利山（Capitole）的楼宇。

这个月的21日，是我离开里昂的一周年。这一天，我比往常更想念你们，也回想起我亲身经历的各种奇异之事，想到在欧洲发生的同样奇异之事，而这些事情有可能改变整个事态。我有的是时间做梦，但在此季节里，被这片海框定的梦想并不是玫瑰色的。

我们的书都在舱底的箱子里，因为我们原以为在船上的时间不过五六天。给你们写信，也没法想写多少就写多少，因为我的手总是冻僵的，而且根本无处取暖，只有吃完饭的那会儿感觉暖和点儿。饭食的蒸汽，加上43人齐聚在餐厅里，能产生一些热气，但至少有35张嘴点着火、冒着烟，那样的环境令人无法忍受，于是我们被迫逃到甲板上，而甲板之上，要么雨雪交加，要么寒风凛冽，我的感冒就是这么得的……

有人通知寄物品的箱子到了。我希望，你们说的邮包就在某个箱子里。我想要看到的是你们所有人的照片，这是你们答应过的，只要它们没有到，我就会不停地索要，这是我在流亡生活中唯一的安慰，你们不能拒绝。我将通过第一班信使给姐妹们和亨利寄去200法郎，可以说，照片的钱是中国皇上替我出的。我不知道当他把银锭丢在圆明园的时候，有没有想到这一点，反正我的姐妹们先用着。战利品的其余部分我先自己留着，以便给他们买点中国货。

如果我的信里没有什么新消息，你们只应该埋怨海军。我们过着与世隔绝的"隐居"生活，只有海浪撞击船舷的单调声响冲击着我们的耳鼓。

请向祖父致敬，向塔朗塞、比希、阿尔斯、里昂的所有人问好。再会。

L.d.G.

仍在"罗讷河"号上，大沽前的锚地，1860年11月27日

吴淞锚地,"罗讷河"号上,1860年12月5日
（致母亲的信节选,1861年1月25日于里昂收悉）

亲爱的妈妈：

不管怎么说，仁慈的上帝毕竟待我们不薄，不过我倒不认为这是因为我们的功劳。对于这封信，你们不需要多想，信的落款就告诉你们，海军将领已经修正了自己的错误，而我们已经到达上海的吴淞口，所以我现在的心情已经平静下来，平静得像我们离开白河之后一路上的大海。

同一班信使将把我愤怒的情绪、安详的心情和多写的几页信带给你们，因为我们到的及时，赶上了正要出发的邮船。原因如下：

29日星期四，"加龙河"号带着整个船队的信和船上的部队出发了。因为白河结冰，天津的信件没有到。29日晚上，这些信件经陆路抵达大沽，随后到了海军将领手中。此时，他选中了"罗讷河"号，向我们发出了救星一般的出发命令，我们欣喜若狂，全体兴奋地热烈欢呼。

30日上午，开始行动。我们起了锚，准备下午开船，但浓雾把整个船队裹得严严实实。真是飞来横祸。

直到中午，我们一直冲着浓雾无奈地大喘粗气；明丽的太阳终于驱散了雾气，照亮了平静如镜的大海。12点半，螺旋桨开始转动，我们的船从密林般的船队当中轻轻滑出，把它们抛给悲苦的命运。

30日是个星期五，航行非常顺畅。海上也风平浪静，我们的航迹如同在湖上一样，传播得很远。12月1日早上，我们亲切地向薄雾缭绕的芝罘半岛问好，然后继续赶路，在夜间绕过了山东半岛，向南航行。白河的严寒过后，是来自大海的暖意，温和的海风甚至把两天前还冻得僵直的缆绳变得柔软起来。但最能得到放松的还是我们向着法国的心，螺旋桨每转上一圈，就能离法国近一点，我们吞掉距离的速度比汽船还要快。既然有如此美梦，为什么还要醒来？3日傍晚，铁锚在扬子江口落下。但路还远着呢！

4日上午，我们沿着宽阔的河道小心翼翼地前行。两岸地势很低，在甲板上几乎看不到陆地。我们找了一位引航员。河口处，蔚蓝的海水已经变成黄色。探深的结果表明，江水很浅。我们仿佛航行在货真价实的杏酱当中，涨上来的海潮与下泄的江水相冲撞，搅起了河底的淤泥。

我们终于接近了长江的右岸，再往前就是黄浦江汇入长江的河口。我们正赶上最高的潮位，及时通过了河口沙洲。

下午5点，铁锚在吴淞落下。再次开航，目的地只有法国。

但，什么时候呢？

［……］

就在我们在此地无所事事之际，欧洲发生了什么事呢？

这是我正在思考也是最让我担忧的问题。菲利浦先生怎么样了？我每天最牵挂的、想得最多的就是他，希望有一个确定的答案。

［……］

上海，1860年12月20日
（1861年2月12日于里昂收悉）

我亲爱的菠莉娜：

我心里满是想对你说的话，最为难的是要怎么将心里话一一道来，这么多的事，这么丰富的感受！

［……］

每次收到来信，爸爸的4页纸会告诉我最近的时局，贝尔特的家庭日记会说家里发生的各种事，你们的文字堪称世上最吸引人的连载作品。读了你们优美的长信，我再也不用去看那些愚蠢的报纸了。不过，我饶有兴致地读了《里昂通讯》（Gazette de Lyon）停刊之前最后的思索，我与居斯塔夫一同为它的结局悲叹。我们也读了主教们极具说服力的辩护，看到世上仍然有这么顽强勇敢的人，这令我们感到安慰，但他们能让风暴停息吗？难道不是要上帝来主持正义吗？有多少背叛、渎职、被姑息甚至纵容的罪行，逃过了人间的审判……

我非常高兴荣希①的收成这么好，你们信里说的冰雹和霜冻，曾让我深感绝望，但上天依然眷顾这片土地，我为我们大家衷心感谢上帝。

不过，还是应该告诉你我现在在哪里。我曾答应你们，只要找到足够暖和的地方安顿好，就给你们写信。但那些负责准备营房的人觉

---

① 里昂附近的一个村庄。

得，我们不需要什么舒适条件，也可以从4个月的征战奔波中恢复过来。为避免我写信数量骤减，就权当已经安顿得很舒适了吧。

7日，天刚亮，就开始让我们上岸，没有一个人需要别人叫醒。我们沿着黄浦江的堤坝行进，此地到处都是稻田，还有树林环绕的美丽田庄。

耶稣会神父在上海附近开的孤儿院
（法国耶稣会档案）

两点半，我们抵达上海，这里停泊着上百艘船只。我们先后穿过美国城、英国城，最后在法国领事馆的院子里停下来，稍事休息并找寻向导，因为我们需要向导帮助找到我们在郊区的破屋子，它们位于欧洲城的尽头。

穿过刚被太平军烧毁了一部分的郊区，就来到了被我们营用作住处的寺庙。上面所说的这处郊区叫董家渡，我们的住所就在可敬的耶稣会神父隔壁。分配给我们两个连的寺庙颇为别致动人，不那么动人的是房屋的陈旧破败，透过屋顶能看到天空，风雪雾气毫不客气地通过门窗不请自来。三天里，我们在楼梯的平台上吃饭，居然还有人腆着脸在墙上大书"餐厅"二字。用作厨房的屋子根本没有烟囱，我走进去几乎什么都看不见。在这个不亚于露天的屋子里，我结结实实地患了一场感冒。

长话短说，为了能比艰苦的征战生活过得好一点儿，我只好死命地去逼那些神父。而为了摆脱我的死缠烂打，他们在自己的房子里给我找了间屋子。墙壁不再四面漏风，这就够了。我不用再跟上级多费口舌，而是自己想办法保护自己。对我这个小人物来说，神明的住处

徐家汇教堂（法国耶稣会档案）

我可担待不起，只是我比这些先生们怕冷。

我们所在的街区跟穆夫塔尔（Mouffetard）街没什么区别，整个夏天里霍乱肆虐，它是人类各种苦难的渊薮。此外，还有这个季节连绵不断的雨，我们天天跋涉在泥水里。你可以想象，出色的猎兵们得到了什么样的住处，他们在每次战斗中可都是冲在最前面的！

与神父们比邻而居，这是一种补偿，各种方便之处可谓前所未有，他们不仅帮我们买来住下所需的东西，还充当我们的翻译。许多从未见过这种情景的军官，不知道如何面对这些"人民公敌"，他们穿着中国人的衣服，简单纯朴，热心地为所有人服务。

这几天出了一点太阳，稍稍驱走了湿气。弥漫在城市与郊区的臭气真是无法形容，幸好这会儿是冬天，如果是夏天，肯定难以忍受。

交趾支那问题已经空前尖锐。有人说我们将参加征讨，但另一方面，也不宜完全放弃上海。太平军就在不远处等待机会，一旦我们转身离去，他们就会夺取这个城市，将其洗劫一空，连欧洲人的商铺也不会放过。从商贸角度看，这是很严重的问题。当地居民请求我们留下，保护他们，假如我们愿意将太平军赶跑，他们会给我们数以百万计的金钱。我们在这儿威望极高。

在太平军最近一次的进攻中（当时我们还在白河），有一位神父被杀，许多基督徒被害，基督教在徐家汇的学校遭到劫掠。虽然现在已恢复平静，但我们一旦离开，又会全面陷入混乱。这些起义者也热衷掠夺，尤其是掠夺钱财。因此我们一刻都别想得到安宁。

如果参加对交趾支那的征讨，就是在重返法国的道路上往前更近了一步。如果由我们的一位陆军将领指挥，我对这条路是不怕的；但是，万一落到海军手里，真是让人后背发凉，恐怕就无法脱身了。

从日本回来的人都说，那是个很棒的国家。前天，蒙托邦将军率领参谋部抵达这里，他们都非常兴奋。日本壮丽的景色让他们大饱眼福，在内海中，他们走进一片盛开的山茶花丛，真是个人间天堂。他们带回的各种宝贝，特别是漆器，个头都很大。德·布耶先生给了我几件精美的瓷器。

最近几天，到处都张贴着中文版《北京条约》。看样子，中国人对他们皇上的不幸遭遇似乎并没有感到气愤，那些经我们许可得以看到圆明园遗物的人甚至无比兴奋，因为要不是我们，他们永远都不可能看到那些东西。

这里没法找到精美的瓷器，大型瓷窑都被太平军毁了，仅存的成品，也随着商人的到来而消失。

我还没能去打猎，但这并不妨碍我品尝野味。这儿的野味并不贵，野鸡非常多，质量也不错。我很快就会去"拜访"它们。

最初几天，听到教堂的钟声和时钟的鸣响，让我非常惊喜。神父们的教堂就在我们隔壁，因此，这些久违的声响我一声都没落下。此外还有其他让人厌烦的声响，尤其是敲锣的声音，锣声整夜不停，为的是赶跑小偷。中国人用尽一切的巫术，制造出各种噪声，就为了防止无赖的侵扰，因此想必这样的人为数不少。

有一天我见到了克拉夫兰（Clavelin）神父，他来中国已经17年了。他在梅朗（Mélan）认识了莱昂（Léon）。住在这里的博尔尼耶

上海，1860年12月20日

1860年上海传教团主教博尔尼耶

（Bornier）主教大人是个非常出色而可爱的人，我很喜欢去看望他，他对我也特别友善。勒迈特神父相当能干，为人单纯，对谁都倾心相待，他简直一个人就能统治整个中国。拉瓦里神父很有魅力，能统领一切，包括管理寄宿生，教孩子们唱歌，用竹子制作管风琴，等等。

通过这些神父的介绍，我们得以稍稍了解中国。在宗教仪式上，看到中国的神父举行祭礼、神学院的学生唱弥撒、中国基督徒专注地跟着他们祭礼，真是觉得既感动又奇特。

神父们给我们找了个小服务生，他很聪明，也是基督徒。当然，我们教他一些法语。

我不知道英国报纸的说法是不是和这里的一样。这儿的报纸上说，法国军队没有参加战斗，一切都是英国军队做的。住在这儿的法国人听到的都是谎言，因此也质疑我们挂着军旗到底做了些什么。我们不得不跟他们讲战斗的经历，告诉他们，我们"善良老实"的盟军是如何一遇到战斗就不小心走错路，一听说有东西抢就第一个到场（皇宫那次除外）。英国人撒起谎来真是卑鄙无耻，不幸的是，这种事常常发生。

阅读报纸上刊登的"中国来信"让我乐不可支，它越来越向我证明：让两个人以同样观点看待一件事有多么困难。世上有多少个人，就有多少种观念。

住在我们街区的中国人都是我们的朋友。他们中有许多基督徒，常来看望我们。他们会几个法语词,我们会几个汉语词,相互间的谈话总是很好玩。

在可敬的神父们那里,我看到了《世界报》(*Le Monde*),听到了各种消息,富有教益的谈话涉及方方面面。

我焦急地等待着下一班信使,他很可能带来进军交趾支那的命令。如果想利用这个适宜的季节解决西贡危局,现在是时候了。

自从恢复了良好的饮食习惯,我的身体又强壮起来,唯一缺少的是博若莱的好酒。我在这儿遇到不少好心人,结交了不少好朋友。我就住在教堂旁边,有足够的力量战胜此地的恶。期待8月份的到来,让我回到你们身边,一起庆祝我的圣名瞻礼日。

向我祖父致敬,问所有人好。

再见,再见。

L.d.G.

上海,1860年12月21日
(致亨利的信节选,1861年2月12日于里昂收悉)

亲爱的亨利:

很长时间以来,我一直想要单独感谢你写来的长信,就是你拜托在里昂车站遇到的五位猎兵带来的那封。

[……]

我得跟你说,我手里曾经握着一大笔财富,若你看到,会和我一样心碎的。我把御玺献给了冉曼将军，它的质地是一种我不认识的宝石，价值约十六万法郎，甚至更多。我们在北京拿的东西当中，有好几件是这种质地，中国人非常珍爱。所以，我手里曾经拥有的财富，足够给每个姐妹置办一份嫁妆了。一想到她们，我就更加生气，因为错过了也许是一生中唯一给她们幸福的机会。我们的家训"宁舍财富，不舍善心"，仿佛就是为我们而立。

至于我自己，一剑在手，别无所求。但是，看到我所爱的人遭受痛苦，我会十分难过。你可不要像我那么傻，如果你得了财富，可不要喂了狗，没有人会感激你。等你发了财，你再遵从你慷慨的心的指引。

［……］

假如我们能在法国过冬，我会心满意足，因为我能享受精神上的愉悦，它对我至关重要。在此地，不管有事没事，烦恼无处不在。所以，我宁愿快点去交趾支那。我坚信自己不会遭遇危险，仁慈的上帝会保佑我，直到目前，它一直宽厚地让我毫发无损。

我们将见识到新的风物，新的天地；我们会看到另一种气候，另一种面孔，甚至另一种盟友——西班牙人。认识了英国人之后，研究西班牙人肯定很有意思。

居斯塔夫运气真不错，去了一趟日本，这个国家那么美！他会带回多漂亮的东西啊！

［……］

请你们把《画报》，以及所有关于中国的画，都好好留着。

再见，亲爱的弟弟，加油，坚持。

你的，
L.d.G.

上海,1861年1月3日
(2月25日于里昂收悉)

亲爱的卡米耶:

你们的信还没有到,我越发等得不耐烦了,我迫不及待地想知道你们对白河事件的看法。对信使的期盼已达到顶点,因为它能带来有关晋职的消息,其中有些内容已经从英国人那边知道了,比如我们少校晋升为中校,孔德(Comte)上尉晋升为少校,等等。再说,这些事儿你们两个月之前就知道了。

我想从现在起,你们的信要寄到交趾支那才能找到我,因为我们已经做好准备,一有命令就立即出发。我们已把猎兵营和8—10门炮借给海军。

这次远征可没有那么吸引人,首先是因为,这次行动是由慢条斯理的海军指挥,而海军最擅长的就是把我们拖得筋疲力尽;其次是因为,部队还没有休息好。实际上,一年多来,我们很少得到连续的休息,也没有办法回到原来自由自在的生活。我们本来想在此地积蓄力量,返回法国,而不是去往别处。但,还是让上帝决定吧。你们比我们更清楚我们将去做什么,所以我只限于在事情确定以后,把事实告诉你们。

我们营的健康状况不太令人满意,大家在战斗中已经非常劳累,发了大财又忘乎所以,现在疾病来袭,原因是这里非常潮湿。天不停地下雨,房子四面漏风,脚始终泡在泥水里,诸如此类对健康不利的状况还有许多许多……我真担心大家只能装在小小的盒子里返回法国。

现在正是前往交趾支那的最佳季节,等到了3月份这个季节就结束了。但在此之前我们是准备不好的,我指的是海军,他们没有足够的能力为军队提供给养,所以现在肯定是束手无策。我们已经在中国北部与英国人并肩战斗,将来要与西班牙人共同面对交趾支那人,这场战争可能会很漫长,那就再好不过了。我渴望着,只要我参与其中,就一定尽最大努力,多走一些地方,为未来积累资本。如果我们去顺化(Hué),我希望能有福分为姐妹们搞到珍珠项链,补偿我在圆明园的过失。

1月4日。千呼万唤期盼的信使终于在昨天晚上10点到了。我们拿到了信,我拿到了你们11月10日的所有信件,一封吕多维克舅舅的,一封吉托先生的以及一封贝尔图的。他写了这封信,真让我高兴啊,对我来说,他给我上了一堂生动的哲学课。我们营长做得不妥,才导致我的失望。我本来可以获得十字勋章或者晋升军衔,但他认为我太年轻了。至于说晋升军衔,他答应按资历把我排在前面,这样的话,就能保证他自己不受任何不良影响。我如今觉得真的没有必要表现突出,最好是随大溜,仅做必须要做的。

交那些没有血性的朋友是非常危险的事,对你的坏处远大于好处。少校就是这样的人,他只是表面上支持我,实际上害我被全营看了笑话,不过那些真正受他照拂的人做的傻事也让他颜面扫地了。到了交趾支那,我得小心,不要无谓地冒生命危险,也不要因图虚名而上当。我今天得知,我原来在建议名单上,这是少校说的,但他又说,因为我太年轻,所以没有排在前几位。我感谢他对我的好意,感谢他把我列入按资历提升的名单。我相信推荐我的是总司令，他是想助我一臂之力的。我不太明白是什么原因，但无论如何我都要努力利用这个优势。整个部队只有10枚十字勋章，所以将军像珍惜自己的眼珠一样非常珍惜它。即使我们能与他一起去交趾支那，我也不会受此诱惑，我要开始追求实实在在的远大目标。

孔德先生将担任营长，他很内行，没人能动摇他的地位。部队里每个人都有出头之日。他有6法尺高，身体虽胖但很匀称，性格像大理石一样冷峻，外人从不知道他在想什么，我们拭目以待。

信使没有带来让司令前往交趾支那的命令，也许海军将领得到了这份命令。我很高兴此时能在上海，我在此收到的信件，对我们最重要的作战行动都有反馈。下一批信件将向我们描述法国对战事重启的惊讶反应，肯定会让我们大笑一番。听到别人还在谈论对我们来说已经过去四个月的事情，感觉有点怪怪的。

你们完全可以期待收到一只箱子，这事我过去没跟你们提过。我在北塘时的确利用一些战利品做了一只箱子，但箱子还在我身边，只能跟着我一起回法国，这是最有保证的途径。但最不可思议的是，这事已经在法国传了一圈。有人给德·布耶写信说，我的箱子让人看着眼红，让他也这么做。他们就是这样揭露我的卑鄙无耻。

我要给菲利浦先生写信，感谢他在文章里写我们这些"志愿军"，这是一篇杰作，我要好好留起来作个纪念。我还欠一封给叔叔婶婶的回信，但我以我的主保圣人发誓，下一班信使出发时我将补偿这个过失。

我这几天忙得要死。好心的居斯塔夫去日本时，把他作为军械官的任务交给了我，我和一位炮兵上尉做了两次装备检查，每次都是从

上海，1861年1月3日

上午8点弄到下午3点。

我的居住条件得到改善已经有好几天时间了。我买了一只炉子,在法国只需10法郎,在这儿花了我80法郎。我必须生一炉旺火,以抵御寒气和过堂风。我让人用布料把床围起来,然后神父们给我弄了一张中国床,我总算有了一个比我的身体宽的床。

尼古拉·马萨神父
(《画报》1860年10月13日)

尼古拉·马萨(Nicolas Massa)是一个难得的人,他的活力和乐于助人是我从未见过的。通过他,我解决了一切生活必需品,但这可不是白来的,因为相比于照料我的身体,他更愿意关照我的灵魂。本来有马萨五兄弟在上海传教,另外四个人被杀了,他也差点丢了性命。尽管大腹便便,他仍然到处跑。徐家汇的学校被太平军抢劫,有20人负责护校,但上海的指挥官命令他们在太平军面前撤离。放眼望去,学校只剩残垣断壁。

大户人家都逃走了,做生意越来越难,我们的到来让本地的生意稍有起色,但无法扩展得更远。据说英国人不再支持太平军了,认为他们实际上就是一帮强盗团伙,但情况仍然令人担忧。神父们已经与传教团失去了联系,他们只能偶尔偷偷地打听到一点消息。等哪天我们抬脚撤离,太平军随后就到,扫荡一空。这样上海的港口对我们有什么用?交给无所作为之人,当然无用。在此地,我们需要一个能代表法国的有为之士,能自行做出重要的决定,而不是必须等待上级回复,等上四个月,这种答复已经完全没用了。

我很高兴蒙蒂耶晋升中尉,他是个很好的战友。至于下一次机会，我对自己的福星有充分的信心，虽然它有些把我忘了，我要时时缠着它提醒它。我不想无功受禄。

拉米·德·拉夏佩尔（Lamy de La Chapelle）先生刚刚与他的船前往西贡。12月22日那天，他曾来吃过午饭。如果他是直接回法国的话，我就能托他带一只箱子回去，因为他是个靠得住的人，但也许他停留在外的时间比我们还要长。我在此地什么都没买，商人们都逃走了，并带走了所有的东西，这里已经找不到任何好东西。

圣诞节那天，我们热闹了一番。上午8点半，博尔尼耶主教大人主持了盛大的弥撒，有很多军官参加，我们的军乐与管风琴、合唱团轮流演出。这个仪式让我心里很满足，好像回到了法国似的。他们还为我们演唱了《上帝护佑我王》。晚上，我参加了庄严的圣体瞻礼仪式，仪式过后，我跟神父们一起吃了点心，跟他们谈了很久，一旦沉浸其中，我就流连忘返。等下次写信，我会详细地说说这些神父，还有我的邻居们。

我想你们能看到《画报》，上面刊登着事情过后为我们刻的版画，请把《画报》给我留着。请给我寄一个小本，用来继续做笔记。

1月1日，早上6点参加弥撒，祈求上帝从新年第一天的黎明就保佑我。8点，我们去欧洲城区，向当局祝福新年。天气还说得过去，但中午仍然冷得要命。我还去向主教大人和神父们拜新年。下午2点，我返回欧洲城区，受到蒙托邦将军的接见。他待我非常和蔼亲切，让我去他的住处，还给我看在日本买的东西。德·布耶给我看了他的画和日本的风景。

我又回到神父们的住处，见到了克拉夫兰神父，他是上帝在中国的忠实仆人，是我们在神父团体大画廊里看到的那等人物，他还谈起

上海，1861年1月3日

与莱昂在一起的往事。当地的官员们来向博尔尼耶主教大人祝贺新年。上海的道台是二品官，戴着粉红色的珊瑚顶珠，他姓欧。跟他来的还有一位武将、两位判官。他们都很不一般。神父们把我介绍给他们，我跟他们握了手。此事令人心有所动。另外，大家对神父们如此看重，表明他们在本地大人物的心目中有很高的威望。

虽然天气不好，但我身体很好。

向祖父和各位父辈的亲戚问好，祝所有的人新年好。也许不久之后就会向你们宣布向交趾支那出发的消息。

再会，再会，拥抱你们。

L.d.G.

上海，1月4日

上海，1861年1月18日
（致贝尔特的信节选，3月15日于里昂收悉）

亲爱的贝尔特：

我得感谢神父们给了我这张信纸，它将给你带去我的千万种柔情与感谢，感谢你写来饱含感情的长信。我的所有箱子都已打好并且运走了，我已经没有任何东西，我们明天就上船。现在，我们再一次完全落在海军手里，完成一小段七八百法里的航程。交趾支那人把西贡围得越来越紧，我们必须尽快赶过去。

说实话，我还挺渴望走出上海的泥和水，去往另一个国度，那里的确很热，但它的植被与我们在巽他海峡所欣赏的景致是一模一样的。

不过，我舍不得邻居们，我在这儿重新享受到家的气氛、祖国的气氛。此时收到的信，让我重温祖国的一切，读信的过程中，我与它们完全融为一体，你们在信中回复了我在天津写的信，也回应了我的首次战斗，写得真好。

［……］

你们告诉我那么多消息，其中亨利的离开①是件大事，奉献是多么光荣的事情，而圣父之所以强大，就是因为精神力量的强大。卡斯泰尔菲达尔多的失败就是因为装备太差，那些东西如何抵挡得了三支大军的四五百门线膛炮。全身心的投入就是最好的抗争，这种奉献一定会得到回报。菲利浦先生眼光准确，深明事理，我很高兴亨利参军离家之事得到了他的赞同，亨利将在各种未知的表面之下发现世界的真相。可家里只剩下你们姐妹几个了！你们的牵挂，除了我这儿，还有罗马。

［……］

大家都认为我会得到勋章，可我却不这么看。在这儿，也有不少人向我表示安慰，他们都曾目睹我在战场上的表现。但我依然在等待，我不强求任何东西。世界就是这个样子，并非每次都能碰上好运气。到了交趾支那，我要努力表现得更好，因为是按资历排名，我再也没有好心的德·拉波特利先生帮忙推荐我参加选拔。

我们明天10点就登上驳船或炮艇前往吴淞，回到破烂的"罗讷

---

① 1860年11月，亨利离家志愿参加教皇军队，这支军队不久后被命名为"宗座侍卫军"。

上海，1861年1月18日

河"号上。舱位分配再次更新，我们船上将有800人、40匹马，同时出发的船上有的只有10个人。后天，20日，我们就开船，所以我不能指望上船以后还能给你们写信，那就太晚了。

据说我们只负责解除西贡之围，扩大周围的地盘，然后将尽快经苏伊士回国。上帝保佑！但这样一来，我们将仅限于在交趾支那挽回面子，而不是为了什么实实在在的成果，这是政府的事儿。我倒是愿意赶紧回到法国，首先是为了看看你们，其次是为了参加在欧洲的大战。

[……]

附近的中国人看到我们要走，都十分担心。太平军正等着我们离开就闯进来，再说他们已经离得不远。

[……]

我10日在蒙托邦将军那儿吃了晚饭，他待我十分亲切；11日在再曼将军处吃了晚饭；12日，举行了出发仪式。

我住处附近的中国人今天都来向我道别，因为我曾是让他们安心睡觉的保护伞。我告诉他们，我们将向交趾支那人开战，他们都很惊讶我们要跑到那么远的地方打仗。我用铅笔画了一张地图，说明要去的地方，他们都不敢相信。他们舍不得我们走，但为的是保住自己的命。

[……]

向每个人致敬。再见。我爱你们，希望你们幸福。

L.d.G.

R'R'R'晚上版,"罗讷河"号上,1861年1月20日
(致父亲的信节选,3月15日于里昂收悉)

部队已经上船,但出发推迟了。吕多维克利用这个机会给父亲写了发自中国的最后一封信。信里说他们即将出发,还讲了自己的担心和日常生活的琐事。

明天,"敢闯"号、"茹拉山"号、"罗讷河"号将启程驶向西贡。风向正好,航行会很顺利。每条大船都拖着一艘炮艇。此次破天荒的准时行动,使我们能赶上1月到3月这个最适宜的季节。据说过后我们有可能从苏伊士经过,如果一切顺利,达成预期目标,我们就能赶回法国参加8月15日的阅兵,但是,前程未卜。这样的水里头,谁知能钓上什么鱼?

我们船上有海军和猎兵,共700名士兵、45名军官、40匹马,还有100立方米的行李。

我早就知道,上次受到嘉奖之后,我和其他人都上了晋升的名单,但没有任何结果。最近的推荐名单会不会有更好的结果,我不知道。总司令对我评价很高,他本人表示对我非常满意。他跟我说曾在战斗中注意到我的英勇表现,并说这对我有很大好处。在我们营,有人对我非常不满,因为我跟大官们关系很好,但我又很傻,没有充分利用这种关系。我还是太爱面子,所以没有提任何要求,甚至没有要求与我直接相关的评语。

［……］

向祖父致敬，向每个人问好。我满怀希望地走向交趾支那，将在那里走进我的23岁。10天到12天之后，我们就能到那儿。

居斯塔夫很好。再见了亲爱的爸爸，拥抱你们每一个人。

［……］

L.d.G.

西贡，1861年2月11日
（3月28日寄达里昂）

亲爱的妈妈：

这是《保罗和维吉妮》（*Paul et Virginie*）里的场景，有棕榈树、椰子树、硕大的仙人掌、榕树，有林中茅屋，还有香蕉树下的野蛮人。现在写信给您的正是鲁滨孙·克鲁索（Robinson Cruso），脚踩在一个旅人所能见到的最棒的陆地上。

经历了最颠簸的海上航行之后，我们终于来到西贡。在这里，天空是银白色的，太阳灼热的炙烤幸有茂盛的植被稍稍缓解。重新读一读《鲁滨孙漂流记》吧，里面描绘的画面正是我眼前所见，我感觉自己无力描写出那样的景色。

从上海来到这里的航程波折不断：1月21日，我们离开吴淞，船后还拖着26号铁质驳船。入夜时分，我们驶出河口进入广阔的大海，品味到同我们的老相识——海上颠簸——重逢的喜悦。

西贡河景(《画报》)

晚上8点,炮艇的牵引绳断了,害得我们找了一整夜。转天,恶劣的天气又使我们为重新牵引而大费周章。我们被这个事故耽搁了24个小时,过后才继续向南航行。此后的几天里,接连下了几场暴雨。我们终于完全告别了中国北方的寒冷。

浓雾让我们难以确定方位。24日傍晚,行至台湾岛的北端,我们只好折回大陆的海岸线,继续航行了两三天。27日,距离香港还有25法里。28日,炮艇又耍弄了我们一回,它竟然在我们不知不觉的时候灌满了水,夜里11点,艇首突然昂起,艇体垂直下沉,我们全被拖向海底,幸好此时缆绳断裂,船体最终只是剧烈晃动了一阵,惊醒了所有沉睡的人。国家因此损失了10万法郎,而对于需要这艘炮艇的远征军来说,损失同样惨重。不过,我们倒是很高兴摆脱这个拖慢航速的包袱,可以借着有利的风向努力追回被耽误的时间。此后我们直接驶向南海,驶入东京湾①,并一路沿着海岸航行。

30日,风势逐渐增大,雾非常浓。我们突然发现我们已经在岘港

---

① 北部湾的旧称。——译者注

西贡,1861年2月11日

稍稍往南的地方了，那儿离交趾支那海岸不过两千米。万幸的是，天色渐晴，我们看到了绝美的海滩和青翠的山峦，但疾风和海流让我们向海岸直冲过去，于是我们不得不尽全力，以免发生灾难。风势依旧，船体像果壳一样摇晃颠簸，在我印象中它还从未晃得如此厉害。因此，2月1日，在我们试图绕过富贵岛（Poulo-Cecir-de mer）时，它突然耸立在面前，差一点与我们迎头相撞。冒着折断桅杆的风险，舰长撑开所有船帆，开足马力，借着机器的力量我们逃过一劫，并向湄公河入口的圣雅克（Cap St. Jacques）角①驶去。

交趾支那

　　法国人从十七世纪开始涉足印度支那半岛，主要表现为耶稣会传教人员来到此地，但直到旧制度的最后几年，他们才在此地培育出真正的国家利益。按照1787年11月的一份条约，路易十六同意支持阮福映建立阮朝，但相继成为共和政府和执政府体制的法国，从未通过上述支持换来应得的土地。

　　十九世纪上半叶开始，当地对基督徒的迫害逐步增多，并对贸易往来设置障碍，引起了欧洲列强的不满。西班牙与法国一致同意组织军事远征，里戈·德·热努伊将军率军队于1859年2月夺取西贡，巴热将军同年秋取代里戈。但安南人的抵抗始终十分顽强，很快就使作为粮仓和要地的西贡成为欧洲人最重要的立足点。另外还有一个重要原因是，为了保住这个立足点，法国人和西班牙人不时把防卫另一个主要基地岘港的部队调到西贡。岘港是个环绕同名海湾的小半岛，军队在那受到了当地人极为强硬的抵抗。一年当中，

---

① 越南称Mūl Nghinh Phong，迎风角。——译者注

> 法国人多次试图解围，也付出了巨大的伤亡代价，但最终均以失败告终，并于1860年3月决定撤离岘港。西贡遂成重中之重。
>
> 正是为了支援被围困在西贡的部队，1861年，由沙内和巴热两位将军率军征讨交趾支那。猎兵第2营参加了此次行动，戴加莱少尉于1月20日再次登上"罗讷河"号，两个星期后到达西贡港。
>
> 2月登陆的增援部队帮助法国和西班牙部队夺取了防御西贡的整条战线，从而迫使嗣德帝于1862年6月5日签订和平条约。法国除获得基督徒的权益保障外，还得到割地和贸易等利益。
>
> 1863年8月，柬埔寨国王与法国签订保护条约。由此奠定了法国在印度支那半岛的殖民统治。

2日早晨8点，我们终于驶过圣雅克角，驶入那条发源自中国西藏的大河河口。抛锚时，我们遇到常驻此地的护卫舰"迪东"（Didon）号，小型汽船"白河"号，还有"敢闯"号、"茹拉山"号，以及准备出发前往暹罗湾回法国的"吉伦特"号。

在这里我们得到了令人悲伤的消息——"威悉河"号在10法里外的沙洲上搁浅了，这艘船本应为我们送来所有因"快帆皇后"号失事而损失的物品：衣物、鞋子、药品等等，这些眼下比任何时候都紧缺的必需品。幸亏在目前所处的纬度，用香蕉树叶蔽体即可。

克莱雷舰长在船上坚守了9天，竭尽全力与大海搏斗。最终，当他最后一个下船时，狂暴的海浪吞没了这架巨大的铁制机器。可怜的克莱雷舰长沮丧至极，所以我还没敢去看望他。

现在的气温是28℃，"罗讷河"号停在圣雅克角的三座山峰附

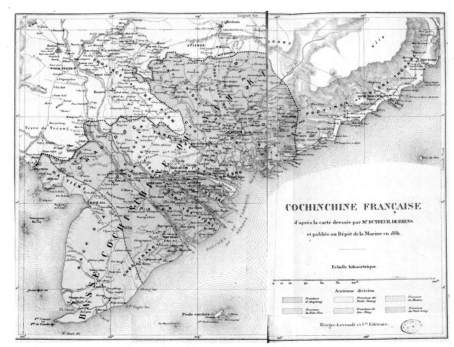

法国占领的交趾支那

转引自：Léopold Pallu de la Barrière, *L'expédition de Cochinchine en 1861* [《1861年远征交趾支那》], nouvelle édition, Paris, Berger-Levranlt, 1888。

近。山峦覆盖着绿色植被，岸上的植物一直延伸到水里。在一处小港湾的深处，坐落着一个精巧的小村庄，茅草屋掩映在椰树树荫下。

3日，早上6点，我们跟"吉伦特"号同时开船，但它的目的地是法国！我们沿着又窄又深的河道溯流而上，有几处地方，岸上的树枝几乎触手可及。我们仿佛进入巽他海峡的某处狭窄水道，窄小逼仄的程度跟我约一年前写信讲到的地方差不多。从"罗讷河"号的甲板上望去，景色宜人。

下午3点钟，我们到达西贡，城里的房屋都掩蔽在椰子树以及各种各样的树木之间。法国国旗飘扬在一片绿色的海洋之上。

在停泊处，还有"拉普拉斯"号、"普利茅盖"（Primauguet）号、"火河"（Phlegeton）号，它们已经在这儿窝了很久。我还再次遇到了"埃斯特尔与王后"号。

我们身处绿色树木的环抱当中，风景美极了。然而城市在当地官员的命令下已被严重破坏，他们发誓一片瓦都不给我们留下。我们乘着用整根树干挖成的漂亮独木舟登岸。我和布瓦西厄、蒙蒂耶一道，准备到一处寺庙里吃饭，此处驻扎着海军的一个连。这群倒霉鬼看到我们后，一个个目瞪口呆，他们根本没想到我们会来，因为他们已经很久没有得到外界的消息了。对他们来说，我们是真正的大救星。他们大概有四百人，被分成了众多小股部队，像走失的孩子一样散布在西贡漫长的防线上，与敌人的战线形成对峙。他们驻扎在一处处加固的寺庙当中，这些寺庙互不通联，想要互通消息就必须出动战斗力很强的队伍。与此同时，他们每时每刻都要保持警觉，只能闭上一只眼睛睡觉，食物也只有船上的物资，越南人拒绝卖给他们任何东西。他们得不到任何外界的消息，整整7个月没有收到只言片语，上一批信还是一年前收到的。他们的船停在这里，由于形势紧张，既不敢去新加坡也不敢去香港。除了在西贡周围的岗哨，我们还有无数艘武装的大小船只，守住每条河流和支流的出入口。

自从征讨岘港以来，这里所有的军官都生病了，有的现在还在发烧。参加征讨的三千人，回来时剩下八百人，16个连也只剩下4个。他们修了路，修了工事，但当地人都不见了。

此地生机勃勃，因尚未开发而物产丰富，尤其是一年两季的大米，是全亚洲最好的。此地市价2法郎的大米，在澳门和香港可以卖到15法郎，跑一趟船就可以赚到46万法郎。

西贡，1861年2月11日

在这里，即使是躺在游廊里一动不动，也能从肥沃的土地获得百万法郎的收益；人手也不缺，雇用一个劳力即可获利一千法郎之多。因此，我们必须攻城拔寨，烧毁村庄，把野蛮怯懦的原住民彻底制服。我希望，其他人将前来收获我们的成果。

从军事角度看，西贡的港口可谓得天独厚，它位于内陆14法里处，紧靠又窄又深的河流，只消两艘战船就足以抵挡世界上所有的舰队。法国人终将在这片海域拥有一处港口，而英国人在此地域港口众多，西班牙人拥有马尼拉（Manila），荷兰人拥有巴达维亚（Batavia）①，葡萄牙人拥有澳门。我们将拥有最好的建筑木材和各种物产，总之一句话，足够为所有的——我们的还有别人的——中途站提供物资。多么神奇的国度！在几法里开外，我们就可以看到大象、老虎、狮子、水牛、蟒蛇、白鹦、火烈鸟等那些最为罕见甚至叫不出名字的飞禽走兽，还有住在能防备猛兽的茅屋里的野人。

我们来这儿做什么呢？来解西贡之围。当地官员对此事寸步不让，他们甚至比清朝官员还要顽固。清朝官员心高气傲，不屑做精心的防御，仿佛只消一瞥便足以将我们歼灭。安南人则自认为十分弱小，不放过任何防御措施。他们开始切断我们的给养，谁敢卖给我们一只鸡，就会掉脑袋。

交趾支那人真像忙碌不停、勤劳工作的蚂蚁。两年间，他们围绕西贡建起长达30公里到35公里的坚固包围圈，前后都有炮台和棱堡，平原上遍布陷阱和这些野蛮人所能想象的各种防御设施。

所以这四百个防守西贡的海军什么都干不了，只能保证城市不再落入敌手，然而在夜间，安南人还是会通过盘根错节的藤蔓，像蛇一

---

① 雅加达。——译者注

样溜回来，他们分成小股队伍，放火烧毁大炮射程之外的茅屋和房舍，还常把我们离开阵地几步远的军官和士兵掠走。

他们的战线配备了从新加坡买来的炮，那是他们唯一的火力。在发射两三次之后，面对冲上来的刺刀，他们只好落荒而逃。的确，他们此时真的像游蛇一样溜走，我根本无法想象怎么才能捉住他们。因此我也更担心，我们可能撑不到原来所说的那么长时间。

其和（Ki-Hoa）的防线建好之后，他们又在几法里之外的地方修筑了新的防线。我们必须拿下美萩（Mỹ Tho）和边和（Biên Hòa）——位于两条水路上的重要城市。也许我们不得不前往顺化和东京湾。下封信里我会画一张图，让你们跟上我们的行动路线。

我们4日登陆之后，面对敌人的防线，在几个据点之间安营扎寨，从而把这些据点连接起来。我们住的是只剩下房顶的寺庙和破屋，通风很好，屋顶帮我们抵御了白日的阳光和夜晚的潮湿。香蕉树、椰子树、槟榔树、番木瓜树、罗望子树、榕树的绿荫包围着我们，带着槟榔香气的微风从身边吹过。我们在巨大的棚子下面把床铺上，然后在周围挂起蚊帐，这里蚊子多得吓人。

虎皮鹦鹉、猴子和蜂鸟在我们头顶的枝丫间玩耍。夜晚很凉爽，也很舒适。我几乎把多雨泥泞的上海抛在了脑后，如今，哪怕用黄金交换，我也不会放弃来到这个国度的机会，这正是人们梦想野人、原始森林、藤蔓……之时的梦中之国。

我们只能靠罐头过活，因为我们弄不到鸡蛋和鸡，也没有任何新鲜食材。我们吃得不多，但所见甚多。夜晚，树上落满了萤火虫，像是发光的蠕虫，有成千上万只。简直跟歌剧院中仙境的灯火一样。

这片土地上唯一不好的地方是它的原住民。他们面黄羸弱，身患瘰疬和麻风病，我们只见到扭曲的四肢和鸡胸驼背，竟没有一个人身材正常、不生疮斑。真是让人恶心。他们的皮肤多为褐色或黑色，头发竖着，有钱人穿着中式褂子和肥大的裤子，裤腿一条是红色的，另一条则是黑色或绿色。有人戴帽子，也有人不戴。戴帽子的，戴的都是用蒲葵叶或棕榈叶制成的锥形斗笠。这群可怜虫嘴里不停地嚼着一种叫作"betel"的东西，它是由蒌叶、生石灰和槟榔制成的。咀嚼后唾液是红色的，染红了嘴唇，但染黑了牙齿。这里的烟叶味道很好。他们的主食是稻米，有10个铜钱就能维持一天的生活，而一块银元能换3000个铜钱。这些铜钱实际上是锡制的，一个男人只能拿起两千到三千枚的重量。

我们已经不再在乎仪表，都尽可能穿得轻便凉快。在中国戴的帽子已被弃置一边，我们换上当地人的装束，戴蒲葵叶制的斗笠，但做了改造，加了一圈箍以便固定在头上，这样就既能遮阳，还能让头发透气通风。

上午10点到下午3点之间，我们足不出户，这是午休时间。我们清晨即起，充分利用尚感凉爽的时间。最初几天里，我们疯狂地喝水，而现在，逐渐适应了酷热的天气，开始有了节制。味美思酒是我们最爱的饮料，它对身体有益，已经取代了苦艾酒。我们还钟爱椰汁和掺了罗望子或甘草的柠檬汽水，但不能喝太多，而没有这些东西又忍受不了。还有一种美丽非凡的树，我忘了告诉你们，叫金凤花，树干呈绿色，上面开满了硕大的红色花朵，从远处看宛若熊熊燃烧的火焰。

5日，我在"埃斯特尔与王后"号船上跟德·拉夏佩尔先生共进午餐。我们得知了可怜的罗克弗伊的死讯，短短几天之间，天花就要了他的命。这对我们来说是最惨重的损失，他具备军中鲜有的气质：

正直和忠诚，这让他跟所有人都能交上朋友，我甚至想不出他会有死对头，而上帝知道，这在我们这一行里是多么少见。只能说好人不长命，真遗憾在他弥留之际我没能守在他身边。

6日，我在钟楼寺跟费茨-詹姆斯（Fitz-James）中尉共进午餐，他与西班牙人一起在那儿。那是最靠前的阵地，两个月前的一天夜里，曾遭到大部队袭击，但他们英勇地击退了敌人。

这批西班牙兵人数不多，顶多有150个至200个，由一位中校指挥，这些人领我们的军饷和食物，他们没有船，连商船都没有。其中只有军官是西班牙人，士兵则是马尼拉的他加禄人，他们很守规矩，打起仗来也是好样的。

钟楼寺离安南人最近的据点只有800米，工事坚固，不时与对方进行火炮对射。这里靠近中国城，因为凡是做生意的地方，就有中国人落户安居。他们已经在那儿有了一座我见过的最漂亮的寺庙，该有的东西，他们什么都没有省略；而这座庙，因为还是新的，所以美轮美奂，跟中国国内倒塌在废墟中的寺庙完全不同。

钟楼寺可怜的守卫者离西贡城5公里，孤悬于此已经有八九个月了，周围只有接连不断的埋伏，因为安南人精于此道。夜晚，守夜人在平原上来回游荡，手里拿着报警用的锣，这种锣实际上是挖空的木头，声音很响亮。

费茨-詹姆斯中尉精于绘画，有一本关于交趾支那和安南人的画集，非常精美，那是他花了很长时间画成的。但他也在岘港染上了热病，每五天发作一次。

对岘港的征讨骇人听闻。他们在沙地的帐篷里待了整整8个月，没有一株草，更没有一棵遮阴的树。地面温度高达65℃，只能靠熏肥肉维持生命。因此，岘港成了2000条生命的坟场。

西贡，1861年2月11日

"钟楼寺"要塞（《画报》1861年6月1日）

在这里，每天都会分发金鸡纳酒，无论官兵每天早上都能喝上一小杯。我们想各种办法过得尽可能好些，比如，每天我们都会享受到棕榈顶芽沙拉，这种东西非常美味，需要砍倒大树才能获得这种果实。按一棵树每年收入2法郎计算，我们一顿沙拉价值40法郎，连皇上都不能常吃这么贵的沙拉。而实际上，我们既没有牛排也没有牛里脊。

炮兵部队在6日登陆，安南人还从没见过这种场面。我也的确不知道，炮兵在我们眼前的灌木丛中能施展什么本领。

沙内海军少将在7日乘"欧仁妮皇后"号护卫舰到来，同来的还有瓦苏瓦涅（Vassoigne）将军，他将是我们的统帅。随沙内的舰船从香港带来了我们的信件。我只收到爸爸去年12月10日寄出的信，信很长，也很有趣。可惜没有收到您和姐妹们的，当然不是每封信都能顺利寄达，也许你们的信还留在邮费未付讫的那一批里。

航行中尽管颠簸，我还是写了十四五封信，其中有一封写给阿尔斯的几位堂姊妹，我给她们的回信太迟了。

10日，我拜访了"欧仁妮皇后"号的舰长德·拉普兰先生。他是冉曼将军的好友，而冉曼将军曾把我举荐给沙内少将，如果沙内想在陆军当中找一个传令官的话。我请求舰长在沙内少将面前再提一下我的名字，探探口风。那可是个美差，有可能因此获得一枚十字勋章，还有晋升中尉的机会。说到十字勋章，我还真需要得到一枚！我已经23岁了，时不我待，要想趁年轻获得勋章，而现在获得荣誉的疆场就在我眼前了。

着野战服的法国士兵
(《画报》1861年5月25日)

10日是中国的新年，店铺全部关门，所以在他们过节的两三天里，我们什么都别想买到。

11日，今天是我进入24岁的第一天。这一年将会发生什么呢？我将这一年献给上帝，愿它赐予我至高的荣誉。这也是没有冬天的一年，我脑海中留下的将是不变的春天，这样下去我以后要数着春天计算年龄了。但是，算了吧，这个恒常不变的春天没准为我最后的日子换来悲惨无尽的冬天。

酷热还没那么难以忍受，我就像身旁的椰子树一样健康挺拔，只是，不要把我们丢在这片繁茂的植物当中自生自灭。11日早晨，沙内海军少将下船登岸，舰载步兵和水手们也陆续登岸。锚地或者说河上日渐拥挤，景象非常热闹，护卫舰、大型运输船和大大小小的炮艇聚集在一起，桅杆与岸边的枝叶交错掩映。安南人笑不出来了，我们自然很高兴看到军队集结，越早开始放烟花，越早看到压轴戏。

沙内海军少将很兴奋，看样子也想干脆利落地了结此事。我们能投入3000人至3500人，足够发动进攻，但实施占领还远远不够，要保卫胜利果实不被神出鬼没的敌军夺回，也需要大量的守军。岘港的情况也是如此，上午攻下的敌阵晚上却不得不撤离，就是因为没有足够的兵力进行守卫。

我们从大清早就开始行动，因为9点之后外面就热得没法待了。士兵们都不背包，穿着短水手服和帆布裤子，头戴斗笠，我穿一件白色帆布短上衣，我们的样子都难看死了。我们的兵对这种生活倒没有什么不满，他们都在大口呼吸生活的气息，唯一不足的是，我们只有熏肥猪肉可吃，但可以爬到椰子树和香蕉树上寻找甜点。这种新生活让他们感到讶异和新奇。每个人都身体健康，我们已经没有病号了。这个地方跟上海是多么不同啊！在那儿，我们在四处漏风的屋子里冻得发僵；在那儿，似乎永远阴雨连绵；在那儿，我们阴郁、愁苦、无所事事。而在此时此地，我们放心地让鼻子露在外面，不必担心冻坏也不担心雨水滴在头上；在此时此地，长筒靴太过奢华，我们都穿帆布拖鞋。

至于打猎就不要想了，我们没有多余的力气可以浪费。而且这里遍地都是草丛掩盖着的深坑，一不留神就会栽进去，更别说还有可能跟小股敌军撞个正着，然后被刀割断脖子，最近被抓走的两位军官就是这么死的。我们的一颗人头价值三百块银圆，那些安南人肯定会埋伏在灌木丛中伺机动手，而我们既看不见他们的行迹也听不到他们的声音。十四五法尺高的仙人掌丛中能藏下一个连的安南人，足以跟一个营的法国人相抗衡。夜晚我们只能结伴外出，手里还要握着左轮枪。

居斯塔夫也很好,他常开心地四处转悠。我们两个离得不远,两个连是一个生活单位。

再见了,亲爱的妈妈,热烈地拥抱您、爸爸还有亲爱的姐妹们。现在你们的牵挂要走过漫长的路。

L.d.G.
西贡,2月12日

西贡,其和要塞,1861年2月26日
(4月11日收悉)

亲爱的菠莉娜:

在回复这封信时,你可以由衷地祝贺我脑袋依然好好地长在脖子上。两天来,从我身边飞过的子弹和炮弹着实数量可观。又有两场战斗将载入我的人生记录,24日和25日是值得纪念的两个日子,尤其是昨天。即使跟欧洲军队打仗,也不会比这场战斗更困难。夺取其和要塞,无疑是我们来到此地之后最艰难的一次行动。胜利的代价是250条人命,但这是一场完胜,西贡城彻底解除封锁。这方面的大问题已经解决,两天时间里一切尘埃落定,而我毫发无损。眼下看来,这是令人满意的结果。

先跟你说说烦心事吧。7日我只收到一封信,是父亲12月10日寄出的,你们的信在路上耽搁了,17日才到。不过我收到了加斯帕

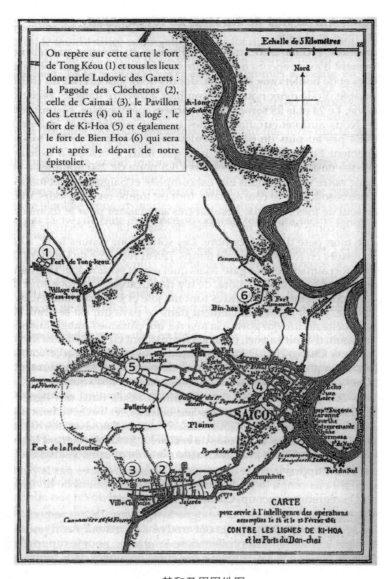

其和及周围地图

此图可见戴加莱信中所说的几个地点：1. Tong Kéou 要塞；2. 钟楼寺；3. 李树寺；4. 他曾住过的文人营；5. 其和要塞。①

转引自：Léopold Pallu de la Barrière, *L'expedition de lochichine er 1861*, nouvelle édition, Paris, Berger-levrault, 1888。

---

① 原文还说6是作者走后夺取的边河，但边河不在这张图上。——译者注

尔·德·贝利尼（Gaspard de Belligny）的一封信，内容很亲切也很快乐。18日，12月28日那班信使终于到了，里面却没有给我的信，你们能想象我当时有多失望吗！你们的来信是我的快乐所系，我每时每刻都在盼望。在如此美丽的国度，你们的信让我尝到双倍的快乐。身处引人遐思、撩人想象的大自然当中，心灵更需要得到抚慰。现在的等待是徒劳的，要是它们被寄往上海，天知道什么时候才能回到我手上。这么久收不到你们的信让我痛苦万分，这还是头一次，而这就是我们离开大部队的后果。

自上次给你们写信以后，我们一直待在西贡前线，等待船只到来并准备好各项工作。整个白天，我们躺在吊床上胡思乱想，抵御如火的骄阳和酷热的压迫。清晨和傍晚，我们东游西逛或接待别人来访以打发时间。

我们得知了柯利诺将军的死讯。他死于天花，据说没能得知自己晋升少将。整个军队都很怀念他，他是个勇敢的战士。

船只比我们先一步行动，它们溯流而上，开炮将两岸的据点夷为平地。小型炮艇驶入更小的支流，靠近内地的各处堡垒，大炮不停地向各个方向射击。与此同时，我们在敌人防线对面架起80磅炮，接着试射了几枚火箭，能打到六七公里远。我们急不可耐地等待开火的时刻。

周六下午3点，我们离开营地来到中国城另一端的李树（Cai-Mai）寺附近，此地往北，正对着安南人防线的一翼。我们计划从防线的西端绕过去，然后从背后对几个大型工事发起攻击。

周日凌晨4点，起床号响，5点半的时候上路，准备天亮时发起进攻。我们只用2个小时就攻破了防线，以及位于防线西端、沼泽边缘的

西贡，其和要塞，1861年2月26日

一座堡垒。双方的火力都很猛。我再次抓住机会，穿越茂密的竹林、拒马和陷阱，第一批冲到敌方堡垒。敌垒围墙上沿布满尖竹桩和密实的荆棘，我们向上攀爬时，遭到竹桩和荆棘丛的阻拦，衣服被撕得粉碎。等爬到最高处，身上只剩长靴还完好无损，幸亏早上把长靴穿上了。靴子很结实，所以双腿才免于被壕沟和陷阱中的各种尖刺划伤。

这一步进攻伤亡很大。瓦苏瓦涅将军受了两处轻伤，不得不先行撤离，交出指挥权，但没有人有能力承担这个责任。这时，沙内海军少将站了出来，他有一个非常能干的家伙做帮手，这就是我们的参谋长德·库尔斯（de Cools）先生，他一步一步地告诉少将应该怎么做。但由海军指挥我们，让我们非常不舒服，他们跟出了水的鱼一样傻。

西班牙的中校也受了伤。我们有50多位士兵和几位军官撤出战斗，我们营损失不大。一进入敌阵地，我们就对逃跑的敌人进行阻击，一旦他们逃到广阔平原上，我们就没法追击了。9点钟，我们停止行动，我们这会儿的敌人是太阳。我们吃了午饭，等着最毒辣的太阳过去。下午3点，我们向一处怀疑有埋伏的树林搜索前进。我们穿过一片漂亮的平地，这地方长着草，准备改造成稻田。我们不知道到底要往哪走，所以走走停停，犹豫不定。最后在树林边上，我们遭到枪击，有步枪，也有火铳，然后，我们远远地看到一支侦察队，队伍的前面有4头大象开路。我们相互对射了几枪，直到晚上，我们在炮火中就地露营，子弹就打在我们的盘子里。

月色皎洁，敌人终于不再进攻或打枪，我们也安静了下来，我把毯子裹在身上，度过了一个甜美的野营之夜。

昨天早上，天刚刚亮，我们派出一批散兵进入树林。安南人一直严阵以待，各个方向都响起枪声。我们集成一群，向一处两侧部署火力的突出建筑发起进攻，它的最高处有一个很大的工事，周围是一群隐蔽在竹林中看不出来的小碉堡。我们正面迎着猛烈的阳光，但阳光还不是最猛烈的，铁片和铅弹像冰雹一样倾泻而下，我们的散兵全部投入了战斗。

西班牙步兵和舰载步兵居右，刚登陆的几个连居左，炮兵居中，我们作为预备队为炮兵提供支援。我们悄悄地接近。炮兵未能把土堆后面隐蔽的敌火力打掉，散兵们因为没有得到强有力的支援，向各个小碉堡涌去，他们宁愿与敌人近战也不愿被敌火力压制而无法还击。但这些小碉堡相互通联，还受到大碉堡的保护，所以战斗极为残酷。竹林、陷阱加上几道设了尖桩的壕沟，阻挡了进攻者的脚步。我们每时每刻都以为最大的工事被拿下了，因为我们听到占领一个个小碉堡的欢呼声。炮兵不再射击，我们距敌工事还有150米，武器放在脚边，子弹像雨点一样飞来。我们连有2名猎兵同时倒下，又有2名少尉倒下，但他们的伤都不重。一小群人正在顽强地向一处火力猛烈、防守严密的工事侧面持续进攻，眼看着这个壮观的景象，我们一个个都跃跃欲试。

终于命令传来，猎兵第6、第7连放下背包，发起冲锋。我们赶上前去解救在敌军工事脚下筋疲力尽的舰载步兵。中校倒下了，还有几位军官和士兵也倒下了。在遭遇敌军三次齐射之后，我们在一处小碉堡重新集结并向敌人的胸墙冲去，掀掉荆棘丛，搬开拒马，四肢着地从陷阱的空当爬过以免跌落其中。我们进入壕沟，小心翼翼地避开尖桩，同时把它们拔掉，在盘根错节的防御体系中开辟一条通道。安南人从侧面向我们掷出投枪。最后我们登上最高点，像蛇一样从竹丛当中穿过，猛扑到最大的防御工事当中。

这时已经没有了任何抵抗，所有的人都逃走了，他们从胸墙上面往下跳，有些人被尖桩钩住，这些东西本来是用来防备我们的。我们同时占领了工事的另一侧，从那里向逃跑的敌人射击，还打掉了一个小碉堡的火力点，它正在阻挡从另一边过来的海军部队。

工事里堆满了尸体、武器、投石机、投枪，一大批圣艾田（St. Etienne）工厂生产的状态良好的燧发枪以及子弹、火药、旗帜。我们发现了12支海军用的卡宾枪、2本猎兵教范、一面法国国旗和一些地图。他们当中有法国人，可能是从船上开小差过来的。在发起冲锋时，一个猎兵搭上了梯子，只听里面有人喊："放梯子可以，但你不要上来。"

我们所在的防御工事像欧洲的一样利落、规整、坚固，包括凸角堡、连接墙、掩蔽射击孔和防卫侧翼的碉楼；在内部，有一个极为坚固的内堡，在这个内堡之内，还有一个更小更令人吃惊的内堡。如果在此处设防，我们要拿下它来就更困难了。

不论是勇敢精神还是战争艺术，安南人都非常强。我甚至要说，即使在法国，我们的附属性防御设施也无法做得像他们这样。但我们获得了大胜。

从此处据点到西贡，还有15个同样复杂的据点，周围同样是各种各样的防御手段，各工事之间互为犄角，相互防卫。我们拿下的这一处应该是他们最后的防线。如果从西贡那边开始打，我们就不会取得成功，而将有长达12公里的各种障碍需要扫除，那样的话，我们将全部战死。

这是一场漂亮的胜仗，虽然代价高昂，但大获全胜。通往边和的道路被切断，我们的船连续48个小时向逃兵打炮，可惜我们未能把大象抓住。想搜索安南人，但不知道他们在哪，只能误打误撞。我们在此地待两天，然后将把周围扫除干净。我看我们没空跟这些野人们谈判，因为这要持续很长时间。

这是个很让人喜欢的地方，覆盖着美妙的树林，房舍看起来很舒适，甚至堪称豪华。在一个农家，我们看到了来自法国的餐具杯盘，还有一些当地的物品，很好看也很精巧。我拿了一枝圣艾田工厂生产的燧发枪，这种枪很不一般；又拿了一个很特别的子弹盒，一个大官用的阳伞。如果我们要去美萩和边和这两个省会，我们就会充分利用在圆明园获得的经验。我在此次战斗中最大的战果就是自己毫发无损，只不过因为两夜没睡好加上两个不轻松的白天而感到疲劳，但今天感觉很好，非常好，两天的战斗让我精神振奋，晦气一扫而空，真是太好了！居斯塔夫的情况也是一样。

今天上午，我们埋葬了一位昨天死去的海军中尉（德·拉莱尼耶尔［de La Reynière］——原注）和几个士兵，我们将所有牺牲的人都埋在了一起。安南人通常都把自己人的尸体带走，但这一次没有来得及。他们已经把尸体的腿都捆上了，准备运走。我们用大车把整个战场上的尸体集中起来，放到了大沟里。与这样的车马相遇，真是不同寻常，尸体上都有很可怕的伤。

这两天里气温不是特别高。整个部队都进驻工事内部，我们有了很好的住处，大家很高兴。法国国内是不会懂得这场胜利的意义的，他们几乎不知道交趾支那是怎么回事，而此时我们正在夺取世界上最漂亮的殖民地，它享受着千百条江河溪渠的滋润，比印度还要美、还要富。

下一次，我要跟你们说说整体的情况，可眼下这会儿，说说我们光荣的胜利就足够了。写字的时候我的手还在发抖，如此激动的心情

西贡，其和要塞，1861年2月26日

连神经都能感觉到。真够刺激的。

西班牙部队里的他加禄人是一些勇敢的小个子士兵，他们的人损失了四分之一，另外在24日他们的中校（帕朗卡〔Palanka〕——原注）受伤，25日少校（奥拉贝〔Olabé〕——原注）受伤。我还要说一遍，我们的战绩是前所未有的胜利。我们之所以表现得如此勇敢，那一定是因为我们对那些人有深深的蔑视。我们并不了解他们，但只要闭上眼睛向未知之地猛打猛冲，这样总会取得胜利。现在，我愿意在此地待上一年，参加战斗。我再次爱上了战争，已经把疲劳抛在脑后，重新开始这种甜美的战争生活，而且在此处打仗比在中国还要惬意，大自然是如此美丽。此处的战争比在欧洲的战争更漂亮，因为它面对的是未知的对手，是狡猾而勇敢的敌人的各种诡计。我要努力在此地建立军功，这是一个新的阿尔及利亚。

等我头脑休息过来再给你们写更长的信，还要寄一些地图，好让你们能跟上我说的故事。

向祖父和各位叔叔、舅舅、婶母、姨妈，向在阿尔斯、比希的各家致敬……

向每个人问好。把我的消息告诉左邻右舍，我没有时间给每个人写信。

我们将再现迪普莱（Dupleix）[①]和拉布尔多奈（Labourdonnais）[②]

[①] 迪普莱（1697—1763）被法国东印度公司派往印度，后来成为法国在印全部机构的总督。他的突出贡献是与当地王公建立密切联系，扩大了法国的影响。他成功迫使英国人结束对本地的治理，并在印度南部确立了法国的地位。但路易十五的政府不愿与英国开战，遂把迪普莱召回法国。因此，英国承接迪普莱的模式在当地实施征服政策。

[②] 拉布尔多奈（1699—1753），海军将领，被任命为印度公司马斯卡莱涅（今留尼汪和毛里求斯）总督，政绩斐然。他的主要功绩是在印度洋与英国作战，并夺取金奈（印度）。但他与怀有为法国扩张领土野心的迪普莱不睦，后来被罢黜甚至遭到监禁。

的战功。而此时此刻，我是复活千次之人，以高于死神千尺之身，拥抱你们。向让娜特、多米尼克问好，思念我热爱的土地。再见。

我不知道会不会被提名授予十字勋章，我担心受伤的军官们会令我被撇在一边。我运气不错，已经有两次都是我们连在最前面冲锋陷阵，这是个好兆头。请你们为我祈祷吧。在总攻的头一天，我去做了忏悔，特雷加罗神父就跟我们在一起。

附上三支小孔雀的羽毛。

再见，再见。胜利以后再见。

L.d.G.

西贡（交趾支那），1861年3月14日
（致玛格丽特的信节选，4月25日于里昂收悉）

[……]

24日和25日两天我真是冒着生命危险，我是第一批冲到敌堡胸墙的，用双手在各种障碍当中、在竹林当中打开缺口，给冲锋的部队打开了通道。我受到军队的嘉奖[①]，不过，我觉得我不会被推荐得到十字勋章。为什么？因为，当我们作为预备队，把武器放在脚边，说说笑笑地等待行动的命令时，几颗打偏的弹片擦伤了几位军官。有人认为必须将他们送去后方，我当然明白，受伤者应该得到奖赏的补偿，但

---

① 表彰的理由是："在1861年2月24日至25日进攻其和要塞过程中表现特别突出。"

这一次不属于什么光辉行为，这里面没有英勇的表现。一个被树丛后面某种天然之声惊起的人，也可能受到弹片或其他什么东西的伤害，但他并不能因此以英勇战斗为国效劳的名义被表彰，因为在这当中我没有看到闪光的行为，只看到闪光的炮弹。

　　参加一次为国家献身的艰巨战斗而没有受伤，真令人遗憾。你受了伤，就能吸引众人的目光，但我宁要身心健康而不要十字勋章。如果我能够挡住刀枪，我就一定这么做。只要我曾经听任一支投枪刺中我的胸膛，他们就不会拒绝给我十字勋章。但是，我不属于这样一类人：他们精确地计算出每一滴血值多少钱，然后声明自己的要价，再要求增加薪酬250法郎，这250法郎将用来买苦艾酒。这是很多人高尚情操的真实表达，他们扛了10年到12年的枪，终于有了足够的资历。他们自认为应该得到一切，并让别人也相信这一点，因为他们有从军20年的英雄壮举，就该得到十字勋章的奖赏，哪怕自己身上有各种各样不那么妥当的情况，比如欠债等。现在是十九世纪，活该我们倒霉。不要再去抱怨，要行动起来，因为公平不是自己就能来的，要想办法找人施加影响，要有靠山。如果我像很多人一样工于心计，本来会得到更多，但求人帮忙我绝对受不了。由别人去做好了。一次嘉奖相当于一次提名，而我们营除了我们上尉之外就我一个人得到过嘉奖，所以我一定能从中获益。我让他们去做，而我依赖上天……

　　现在，你们可能想知道，在我们居无定所的这几天里，我们都做了些什么。你们可能还想知道，我们是在什么地方承受火热阳光的炙烤。那么我把日记给你们好了。

　　27日，给菠莉娜写完信，我利用空闲时间仔细看了这处要塞和附属建筑的细节。在朝向我们防线的那一侧，有大量新建的工事，他们原以为我们会从那儿发起进攻。狡猾的安南人完全掌握了我们堡垒建筑的设计理念，建得很有章法，还增加了极富想象力的各种附属防御手段。当我们进攻时，要在他们连续不断的射击之下，通过90米至100米的距离，那上面布满了陷阱、尖竹桩、拒马、设了尖竹桩的壕沟、杂乱的竹堆。我寄一张草图，让你们对这种防御有个概念。等我有了准确的地图，也给你们寄去。

要进入西贡，我们得从一连串各式各样的炮台、据点旁边通过。如果是从正面进攻，需要拿下60座。按每天攻下4座、伤亡250人计算，需要15天时间、死伤3750人，刚好比全军的人数多一点。

28日，早上5点从其和的大要塞出发，去攻打西北6公里处的Tong-Kéou要塞。这个地方是个大仓库，存放着大量稻谷、铜钱、大炮、炮弹。上午7点，我们分成三路对它形成包围，它向我们打了几炮，但我们的炮兵立即就让它没了声息。8点，我们已经成了它的主人，并在周围扎营。这个要塞完全是按照欧洲方式建的，而且刚建好不久。里面存放着无数的稻谷和铜钱，稻谷可能会被卖掉，然后钱归我们。我们没能追上往大平原上逃跑的人，那需要很多骑兵。安南人都像蛇一样钻进了树丛。

下午3点，我们沿着敌人留下的踪迹上路（气温38℃），到处都能看到大象、水牛走过的痕迹，道路从遍布在平原上的树丛中间穿过。在吃了几公斤的尘土、走了三公里之后，我们到达Rac-Trah村。原本有一座炮台护卫这个村子，现在已经废弃了。道路绕过炮台，穿过一片沼泽，我们就在沼泽边上露营。我们抢了80头公牛、母牛和小牛。这儿的牛都是小个头，跟布列塔尼的牲口无异。在要塞里发现的铜钱和银锭我们都分掉了，我得了15法郎到20法郎。我们还在要塞周围发现

1861年2月28日占领的Rac-Trah要塞（《画报》1861年6月1日）

了8具被捆绑的基督徒尸体，他们的脑袋被砍下放在脚边，安南人就这样留下了他们刚刚离去的痕迹。

我接到命令，负责看守这批牲口。我用40个人把它们围住，并自告奋勇地杀了一头小牛。已经有两年时间没有吃到小牛肉了，所以午饭我为大家弄好了小牛排、小牛头、正宗的小牛肝，这是一场真正的盛筵。

3月1日上午，我们到沼泽地里侦察。下午3点，动身返回其和，而且今晚要在Tong-Kéou要塞过夜。上路时，我摇身一变，成了看管畜群的牧童，我必须在整个路上让我的方阵保持非常紧凑的队形，而这些牲口有一半是野的。

2日，我们早上8点到达其和，回到我们的木板房。有人拿来了1月12日从法国寄出的信（有爸爸、妈妈的，波莉娜和贝尔特的，还有相片）。从外面一回来就有这么多"访客"，这是最能让我消除疲劳的新鲜事。

3日，我以为有时间到处逛逛，就骑马去了西贡，在"罗讷河"号上吃了午饭，不紧不慢地在下午3点钟返回。刚回到木屋前，就发现所

交趾支那风光（加斯东·内维尔雷绘）

有的东西都已捆扎、搬运完毕，骡子已经驮上了东西，我只有时间把刀带上。我们营外加2个西班牙连和3门4磅炮，作为机动队最先出发，行李需要留下，只带上三天的口粮。我们将在Rac-Trah过夜，晚上9点钟到达。在露水当中，我们就着干草露营。4日，其余的部队于9点到达，我们则穿过那片沼泽，准备到Tai-Chou一个向前突出的高地过夜。5日，早上6点，我们向西行军，在稻田、树丛、环绕着村庄的绿洲里走了3法里。稻田棒极了，还有棉花和烟草田。到处都有甘蔗，但当地居民拿它没用。我们在Taï-Peu扎营。在此水稻之国，蚊子无数，且极凶狠，晚上没法睡上一个囫囵觉。

6日，我们到达小镇Trint-Ban，这是我们侦察的最后一站。我们发现它位于一大片稻田中间，旁边是一条将小镇连通大河的水渠，"龙"号炮艇停在距此处一法里的水渠里。这个地方是我们已征服区域的边缘，有很多老虎。房屋的四周都围着栅栏，是防老虎用的。与

西贡（交趾支那），1861年3月14日

其他地方一样，我们都是蚊子的猎物。但更难受的是，我们既没有葡萄酒，也没有烧酒，更没有面包，连饼干都没有，给养队没能跟上我们。7日，我们连忙原路折回，去找我们的给养。噢，幸福啊！我们找到了给我们运给养、面包、烧酒、土豆的马队。

我们双膝跪下，由于身陷困境，我们真不知道该拜哪路神。当我们一早一晚行军之时，不能睡觉之时，一直位于沼泽中间、露天过夜之时，我们需要吃、需要喝，特别是需要不掺水的葡萄酒。所以有酒的时候，我们尽情享受，所以我现在身体很棒。酷热难当，我们的人状态都不错，再说也只有最结实的人留下来了。正是因此，才让我们充当轻装机动队。除了我们，路上没有其他像我们这样的队伍了；要是让海军部队行军3个小时，肯定是把瘸子跛子留一路。西班牙部队都是精干的小个子，他们是来自马尼拉的他加禄人，穿着蓝条斜纹衣服，行军打仗都很利落。他们有点被海军瞧不起，但跟我们猎兵在一起，情况就不同了：如果一起宿营，我们就像一家人一样分享葡萄酒；如果只有水喝，我们晚上就唱歌，唱得比蚊子声还响。

8日，从Trint-Ban返回，回到Rac-Trah时，看到了留在原地的沙内少将和海军部队。我们要建一处堡垒，守卫那条沼泽路。

9日，我们冒着酷热和漫天的尘土回到其和。有人给我拿来1月份上半月的报纸，还有从上海转过来的12月26日的信。要是读不到你们对我在北京最初几封信的回复，那么贴心有趣的信，我该有多么伤心。晚上，和两个西班牙上尉一起吃饭，他们的的确确都是好人，为了我们，他们不惜当掉裤子，我们已经成了生死之交。因为很少有西班牙人讲法语，所以我们一起讲拉丁语，天知道那是什么拉丁语！我们把中学时学的拉丁语老底子都翻了出来，再加上一半法语，一半西班牙语，最后终于听懂了。大家握手、拥抱，喊着"战友万岁，西班牙万岁"。这晚我们开怀大笑，又备受感动。

在其和要塞，有一股要命的臭味。有些死人没有妥当安葬，有的被遗忘在树丛中，有的死在陷阱里，空气里都是腐尸的气味，幸好我们在这儿只待一天。海军把很多病号留在医院里，大约有700人，而猎兵的病号不到40人，其中还包括伤员。

10日上午，我们回到西贡附近的营地，住进绿色海洋当中的大茅屋里，准备在这儿休息几天。11日，晚上下了大雨。12日，同上。13日，无以言表的幸福。正当我以为一无所获而感到绝望之际，送来了1月28日的信（分别来自爸爸、妈妈、菠莉娜、贝尔特）、12日至28日的报纸和亨利的相片，这里面包含了很多人的幸福，让我从疲劳中恢复过来。我先要感谢贝尔特12日的信，感谢她好心地把亨利的信、主教的讲话抄给我。感谢你们每个人这么贴心地把精心挑选的报纸寄给我，我想英国人的画报应该刊登了很多中国的好东西，因为他们有一个非常勤奋的摄影师。另外，你们知道我有12张特别漂亮的风景画，这得感谢勒布尔先生。

我想亨利一定会有所作为，他的信说明他很有决心，他应该先做好一个普通的士兵，再努力长大成人。等到再次重逢，我们肯定有说不完的战争话题。何时才能等到我们六个都在父母身边的日子……

我不知道什么时候能回国。任务已经完成了一半，西贡省已经解除威胁，但为了让它的安全更有保障，必须拿下美萩省和边和省。美萩城离我们20法里，是一个非常富庶、靠近柬埔寨的省份，那里集中了全部稻谷生意，西贡省的人都逃到那儿去了。大家说这个城市也很富裕，我们原以为它会被放弃，很容易接近，但实际上根本不是这么回事。我们刚刚到那儿进行了侦察，城市远离河流，我们是走旱路过去的，路被好几座把守着的据点切断。单单为了到达美萩的郊区，就必须建7座桥，其中还要有3座大桥，但这还不算什么，因为城里还有一个大型堡垒，还有很多防御工事。

架这么多桥要两个多星期，我们要在稻田田埂上露营，而再过两个星期雨季就开始了，这样可能需要更长时间，那么到时候只能说再见。这个前景可是不妙。我们以前计算过出发的日期，应该是在一个月之后，这下子都要泡汤了。我耐心地等待夺取美萩。我的钱都会省下来，因为此处没有什么玩意可买，而且，到我成为"元老"的时候，可能最终拿到十字勋章。只是，我开始缺衣服穿，不过这儿没有女的，倒是怎么穿都不碍事。

在西贡我们有一些物资供应。我要去看看病，恢复健康，投入新的工作。我现在都认不出自己了，过去没法忍受酷热，现在什么都抗得住，这样的确是在透支。我还记得在"罗讷河"号上，赤道的酷热让我疲惫不堪，医生恳求我不再参战，而且可以提供各种证明，让我返回法国。但是，假如说这一年当中曾有人掉队的话，那绝不是我。居斯塔夫跟我一样健康，真是奇迹，是你们的祈祷给我们带来福分。

[……]

我们肯定会经苏伊士回国。军队很快就要在此地集结，而不是到新加坡。施密茨上校已经出发，前去安排我们从苏伊士中转事宜。

英国人肯定对我们的成功心怀嫉妒。此地比印度富裕，西贡又是世上最优良的港口。将来，我一定会因为征服这处殖民地而感到自豪，如同爸爸为阿尔及利亚感到骄傲一样，它将在法国各殖民地中独占鳌头。

向德·布瓦西厄先生、德·奈里厄（De Neyrieu）夫人致敬。替我拥抱让娜特和多米尼克。请告诉埃普瓦斯，别人的关心让我多么感动。

你的，

L.d.G.

西贡（交趾支那），1861年3月28日
（致母亲的信节选，5月11日于里昂收悉）

亲爱的妈妈：

原以为还有三天时间用来给你们写信，谁知刚刚通知我们明天一早5点就出发。事情总是这样。我不知道要去哪里。有人说是去边和，西贡省的北部边界，以阻止安南人在那个地方修建工事，而且我们自己也要建一个大型要塞。我们将在那儿待一个星期，部队由猎兵的三个连（第1、第7、第8连）、海军的两个连和半个炮兵连组成。

我们登上"茹拉山"号。我们还必须把那个地方扫荡一遍，弄清楚到底是怎么回事。这样一来，不便之处是，我只好把信写得短一些，而好处是改变一下生活的单调。

让我跟你们说说，你们的来信、姐妹们的相片、亨利获得嘉奖，这一切让我多么高兴。这么说他也有机会打枪，向坏人射击，这样的话我们不仅是兄弟，还是战友。我们是在同一个月受到嘉奖的，相差了两个星期。我也很高兴能看到报纸，浏览一番皮莫丹（Pimodan）先生的著作，这本书我要在路上读。

[……]

你们已经得知那三幅大画轴的消息了，它们已经安全送达。我原来就是这样想的，而且我请将军把它们送回去时也跟他说了。他很清楚是我把画轴给了他，上一次还跟我谈起过。他知道我的名字，还给了我很多帮助。据说他要走了，"福尔班"号已经前往上海接他，再把他送到苏伊士。我真希望他走之前让我晋升中尉，因为还没有人补上罗克弗伊的空缺。如果他在里昂停留，爸爸一定要去拜访他，并向德·布耶先生问好。

冉曼将军将任总指挥，并组织撤离。

那一天，看到从北直隶来的"山林女仙"号我们很激动，它带来了火箭兵、架桥兵、北非骑兵，还有150个病号，和一批没有部队的军官。他们是第一批撤离的，将从苏伊士走，多么幸运的人！至于我们，完全被海军的犹豫迟疑耽误了。如果总司令不从这儿过，他永远也想不到让我们撤离，而他从这儿过的可能性很小，因为他与沙内少将的关系很微妙。他应该会走马尼拉和巴达维亚。我要给德·布耶先生写信，请他到巴黎之后别忘了我。我在这儿跟西班牙人搞好关系，以便得到西班牙的十字勋章。

你们有意把我转给亨利的钱再寄给我，同时还说我的姐妹们不情愿把钱寄给他，对此我很生气。你们应该看到，我做得正合适。再说我这么做也不会让我没钱花。中国的玩意我已经多得拿不了了，你们不会失望的。你们跟我说可以向士兵们买，但他们早就什么都没有了，再说他们卖得比中国人还贵。我已经能弄多少就弄多少。我心里很清楚。我就等着你们打开箱子。

［……］

根据你们的描述，从中国回去的人受到了冷遇。大家听英国人的谎言听得太多了。是我亲手把画轴交给康普农（Campenon）先生的，而且是他找人做了稳妥的包装。从我选的东西，你们就能看出我的眼光。还有很多东西都送给别人了，包括一本鸟的图册，而道光皇帝的玉玺，还在冉曼将军手里呢。

我们没法预知何时轮到我们出发，必须先解决美萩和边和的问题，所以四天之前已经往美萩派了部队。据说美萩曾经乞求投降，那么在边和之后，如果沙内少将已经准备好，我们即可拔营起寨。我又一次鼓起勇气，因为这又是一次休闲时间，我能在此地得到很好的休息。我的身体状况正常，甚至可以说很棒，全营都是如此。有几天时间，霍乱曾经很严重，但已经像被降了魔法似的消失了。雨季提前到来，我们已经频繁遭遇雷雨。下雨时雨水像河流一样倾泻，瞬间就给久旱的土地偿清了雨债。

边和离此地有25法里的水路，要走20个小时。在"茹拉山"号上的生活是最为乏味的，在船上肯定状态很差。它是"罗讷河"号的姐妹船，但布置得更差。我们早就希望，除非是为了回国，否则千万不要在船上相聚。"罗讷河"号长期待在原地不动。北方的部队开始南下，"涅夫勒"号已经北上天津，去接一个战列团来到此处。

我们每天过得浑浑噩噩，无所用心，甚至连我们是基督徒都忘了，所以昨天我才偶然得知，现在正是圣周，今天是圣星期四。此地也有教堂，也有神父，但他们只在晚上出来，所以从来没有见到他们，他们的住处我们也不知道。此地所有的东西都有一种神秘感，大

西贡（交趾支那），1861年3月28日

自然把一切都掩埋在它丰饶无垠的绿色之下。不过星期天我参加了弥撒，特雷加罗神父事先告诉我，他要在医院病号的茅屋前做弥撒。我要想办法过复活节，但当然也可能不是在正日子，因为这一天也许我们将把祝福连同铁与铅一同奉送给安南人。

［……］

向祖父、叔叔、舅舅、婶母、姨妈、贝勒罗什一家、比奈（Binet）一家、加贝（Gabet）一家……致敬。千万份友情送给每个人、送给我的堂表兄弟姐妹。向蒙莫拉、谢纳莱特、武日（Vougy）……问好。

亨利懂得什么是荣誉，跟我一个步调，并要为你们所有的人创造幸福，请代我转达赞许之意。

再见，再见。

问候让娜特和多米尼克。

L.d.G.

交趾支那，Fou-Yen-Moth，1861年4月9日
（5月24日于里昂收悉）

亲爱的爸爸：

3月28日我在信里说准备在29日离开一个星期，是我搞错了，因为现在我们还在原地，离西贡10法里。我们写信的机会很少，所以我还是提前写信给您，以防万一。

如果此地不是这么与世隔绝，我会很高兴待在这里，它的确比西贡还美，因为地势有起伏变化，往前能看得更远。我们的驻地在一条河（西贡河）岸边的山丘上，山丘的基底是奇特的山岩。高大优美的榕树遮盖着我们的茅屋，空气很好，水非常清，有很多泉眼。居民们已经不再害怕我们，开始送来给养，有鸡、蛋、鸭、水果等，我们也可以从西贡弄来一些物资，所以我们现在状态良好。现在只是行李不齐全，因为行李都放在那边了，再就是没有中心营区的消息。

我们在西贡的营地肯定每天都会被水淹，至少此处的水是存不住的，老天知道会不会下雨。现在几乎每天的凌晨1点至2点，雷声就开始在天空的四面八方轰鸣，发出吓人的咔咔声，接着雨水猛地倾泻下来。直到雨水落下，空气都是带电的，我们几乎无法呼吸，汗水湿透全身。全天只有早上7点之前和下午5点左右还算舒服，但晚上又热得睡不着，空气里还充满各种叫声。首先是世上最美的一种鹳，有十几只在我们头上的树枝上觅食，发出吓人的叫声。然后是当地的各种狗，因为感觉到当地之王虎老爷在周围游荡而害怕，发出尖利而哀怨的咆哮和吠声。这里有很多老虎，当地人对虎怕极了，都不敢说出它的名字，非说不可的时候，就把它称作老爷。茅屋四周都围上了十尺高的栅栏和茂密的竹林，从日落到日出这段时间，在门外溜达是没有什么危险的。

Fou-Yen-Moth不只是一个大村子，若不是从村子中间走过，若不是永远种植在茅屋周围的无数棵槟榔树和榕树暴露了村子的话，我们都想不到这是个村子。茅屋极少建在山丘上，大都是在低地、在水边，或在穿村庄而过的水渠边上。涨潮的时候，船只几乎能达到任何地方，而高潮位时，潮水一直能涨到此处。在村子里，我们都是沿着水渠在竹林和香蕉树的浓荫中散步，踏着由一块木板做成的桥从水渠上跨过，有些漂亮的茅屋用的是优良的红木或乌木，像大理石一样光滑，木工都非常精细，有大量的镂雕工艺，里外透着亚洲酷热地带生活所必需的干净和舒适。在整个建筑结构中没有一颗钉子，梁柱与栓销、木板之间，都靠榫卯连接固定，墙壁都是活动的壁板，可以全部拆下，只留下屋顶以便通风，也可以在阳光强烈时全部关闭起来形成阴凉。

当地人并不像我们想象的那么不开化。他们没有铁路，因为不需要，但他们生活得很好，而且根据自己的需要生活。每个人都能活得很自在。这些人之所以不那么幸福，是因为他们的官老爷都是不折不扣的吸血鬼。

这个地方非同一般的富庶，首先从此处（比如）和其他地方的市场就能看出来，市场上什么都不缺：茶、胡椒、棉花、烟草、桂皮，等等，一切应有尽有。而且人们什么都不需要做，让它们自己生长然后收获就行了。当地人很少干活，我们看到，他们总是待在茅屋里，坐在席子上，抽着烟，嚼着槟榔。他们的烟草非常香，烤制得很好。安南人不用烟斗，都是抽自己用很美的纸卷成的烟卷，烟卷很长，呈锥形。

我写过他们的衣着打扮吗？他们留着长发，在脑后挽成一个髻，前面分缝，这是法国妇女晨妆的发式。至于鞋子，只是有点地位的人才穿着凉鞋，拇趾和二脚趾之间有个纽，引出两条鞋带，通过脚面，在后跟打个结。但走长路时，他们大都宁愿把这种凉鞋夹在腋下。穷人的衣服只是腰间围了一块布，大约遮盖身体的四分之一，其余部分都是古铜色。在正式的场合，如果不是很碍事的话，他们会戴一个很小的头帕。有衣服的人都穿着一种在右侧系扣的蓝长衫，和一条极其宽大的裤子，布料都是又轻又薄，只有大官才允许穿绸缎。我觉得总体来说，孩子们的眼睛和牙齿都很好看，特别是眼睛很大，黑得不能再黑，但年龄会改变眼睛的样子，槟榔会改变牙齿的颜色。

Fou-Yen-Moth有一个大市场，还有很多造船的。这是个木材交易中心，有很多我从未见过的木材，只用几根木头就能造一条船。虽然我不是木匠，但面对如此巨大的原木，我也爱得不得了，木材十分光滑，颜色纯正，纹理细腻。有一种用一根独木制成的很长的独木舟，真是独一无二。独木舟的船帮几乎跟水面平齐，只要微小的晃动就会翻船，但船工技术娴熟，从未出过事儿。我坐过一回独木舟，坐在中间抓得紧紧的，大气都不敢出，以免破坏平衡。

河上的风景非常美，水和树木融为一体。起伏的河岸和无比茂盛的各种植被，形成世上所能见到的最美景色。"拉普拉斯"号泊在"茹拉山"号旁边。这是我们的常驻点，我在那儿见到了费茨·詹姆斯。

在离这儿有一段距离的地方，有很多野生孔雀，但是，它们常常和老虎相邻而居，若想去猎孔雀，就得准备好与老虎照个面。只有海军的军官能用这个办法消磨时间，他们乘着小船过去，打死水渠岸边的孔雀。要是能找到五六个同道，我还打算去打一次老虎，但即使内维尔雷在这儿，他也不会再坚持去打虎。我再也没有机会了。

据说此地的老虎是亚洲最漂亮的。森林里还有很多鹿和狍子，但如何去找它们呢？至少要有一个连的人一起行动。我们只好去打树顶上大量的斑鸠和绿鸽子。这些鸽子的羽毛是绿色和蓝色的，反光呈金色，脖子和前胸呈灰粉色，它们的味道美极了。有时傍晚我们也在水边等着它们来喝水，这样的话我们的食物就会有所变化，替换一下一成不变的鸡和鸭。

一段时间以来，我们都在吃一种美味的水果——芒果。芒果的形状像一只杏仁，但要大20倍。它的皮是黄色的，不很厚，有一个扁平而中间略鼓的核，果肉有点像瓜或酥梨。我们顺着长的方向把果切开，然后像就着容器吃果汁冰糕一样拿小勺舀着吃。这种水果有益健康，大家百吃不厌。我们都望眼欲穿地等着榴莲的季节，它是真正的水果之王。橙子也很好吃，皮很厚，呈暗绿色，果肉甘美。香蕉和菠萝被扔在一边，我们都在吃芒果和橙子。如果此地不是这么酷热，如果在此地能见到你们，有你们和博若莱，这就是个好地方。假如我们能留住它，将是多么大的收获！法国真应该明白，我们在此地要比英国人在印度有更大的收获，西贡就是一支上了膛的枪，处在英国殖民地的中心。就是这个话，这是明摆着的。关于这个地方的印象，我不能说得更简洁清楚了。

约翰牛勃然大怒，因为它不瞎。所以在其和的辉煌胜利之后，他们在香港和新加坡到处散布谣言说我们吃了败仗，除此之外他们干不成正经事，路易十五和路易十六早把他们看透了。此地需要一位迪普莱或者拉布尔多奈，把法国当年在印度的英雄业绩继续下去。出于对祖国的爱，希望她的伟大光荣照耀全球，我渐渐地爱上了这个地方，但回国之后，这种爱令我叹息。这里的气候不适合我们的体质，生存本身成为巨大的负担，需要耗费我们大量的精力，甚至连呼吸都困难。生命消耗得太快，但又无法把耗费生命的活动做得很好。我愿意到处走动，但灼人的阳光在一天的大部分时间里把我关在屋内。不做事，身体都要损耗；要做点事，身体损耗得更厉害，这就是当地气候带给我们最可怕的后果。沙内海军少将要求3000人保卫胜利成果，因为需要1500人行动，另1500人什么事儿都做不了。

直到目前，我们营还算幸运，大家都挺过来了。相对于可能遭受的损失来说，实际损失不大，而且比海军的损失小，他们第一个月就死了8个人。已经到来的雨季对我们来说生死攸关。霍乱倒是过去了，随之而来的是恶性发烧，三个小时就能把人折磨死。其实完全可以采取一些措施加以预防，但士兵们不愿意多加小心。他们喝酒，把自己弄得很累，衣服湿了也不换，白天太阳当头、气温至少40℃的时候洗澡，夜间凉快时还裸身睡觉。在这儿，他们要参加修建内堡的工作。幸好，土壤没有问题。他们上午6点至9点、下午3点至6点干活，正是这项工程把我们留在这儿，将来还要留下两个舰载步兵连。Fou-Yen-Moth在左岸，西贡在右岸，这处要塞将是我们北部战线最东端的桥头堡，它将挡住通往边和的道路，敌人可能经过这条路过来威胁我们的工程，并使我们在距此地5法里、位于河流另一支汊上的边和遭到失败。

以下是29日登上"茹拉山"号之后的日记。孔德先生带领的部队由好几个部分组成：20人的工兵队；猎兵第1、第7、第8连；两个海军连；两个舰载步兵连；半个山炮连；苦力、救护队等。

"茹拉山"号与"罗讷河"号相同。正午12点，我们起锚。这么大的船，在宽度不到船体长度1.5倍且以曲折程度著称的河流上，擦着两岸的树木逆流而上，看起来非常壮观。下午2点，我们进入了所谓的内陆，来到一个很急的大拐弯处。船是根本无法灵活地转过这个弯的，船舷擦着河岸，我们站在船的最前面，可以从树上采花。由于土壤很松软，我们很快就脱离搁浅状态，下午4点钟到达Fou-Yen-Moth，在适时而来的小雨当中，抛锚停在"拉普拉斯"号旁边。但我们不愿意待在船上发霉，雨一停就下了船，占领了山丘上的茅屋和寺庙，彬彬有礼地把里面的居民送到门外。在路上，我们看到岸上有许多处据点，都是其和之战以后被海军占领或拆除的。

30日，一个连在侦察的时候挨了几枪。我在四周转了转，很高兴地领略到比较明显的地势起伏，视野更加开阔，景色更加优美。此地有成群结队的鹦鹉，在我们头上大声聒噪。在树上还看到大群斑纹松鼠跳来跳去，一点都不怕人。一位军官猎杀了一只犀鸟（kolao），这种鸟只有此地才有，身体是黑色，边缘是白色，大爪子，长脖子，一只大红脑袋，以及一只更大的冠，长相极为奇特。它的尾巴之下还有一个囊，装着黄色的液体，主要用来给喙上色。

这一天，舰载步兵的一个士兵在偷东西的时候，被安南人抓走了。晚上，他们还想再抓走一个离队的士兵。

31日（复活节），清晨5点半，部队出发。我们连是先锋。我们从一座被"信息女神"号摧毁的碉堡旁边走过，然后越过横在路上的木头路障，沿着一条窄路，穿过了很多林木茂密的村庄，我说林木茂密，是因为村里的茅屋都被密密的竹林遮得严严实实。在这个地方，一座城市，就是一处大森林。茅屋都位于真正的树丛当中，我们不知道要在何处下脚。每一处房子的四周都是密密的竹林，另外，这条路有很多地方被横放在路上的树木所切断。最终，我们来到一处平原。我们遇到一小队安南人，他们拼命地逃跑，向一群刚刚从一片树林中出来的散兵退去。他们开始向我们打枪，于是我们也散开，把子弹盒里的复活节蛋给他们送去，二百枪就结束了战斗。他们的火铳弹从我们的头上飞过。部队继续放心大胆地前进，我们走在平原上，右手是一条看似非常富庶的美丽谷地。我们穿过好几条大沟，沟里的溪水清澈纯净，是我们很长时间都没有见到的。

我们在Ben-Theou村休息，准备过夜，居民把他们的茅屋都丢给我们了。在这个地方，特别是进入每天都下雨的季节之后，最好不要露天睡觉，只有上帝知道那是多么凶的雨。被抓走的那个海军士兵回来了，他说自己被带去边和，在一个有几座大型石筑工事的地方。一个英国官审问了他，有人给他拿来吃的，然后把他放走了。次日，4月1日，我们明白了这是怎么一回事。正当我们要向边和方向出发时，突然来了一个当官的，手里擎着白旗。他送来边和省长的一封信，信中说先前已经提议讲和，并已经与沙内海军少将开始谈判，等等。但我们仍然上路，因为我们此行的目的是对此地进行侦察，了解前往边和的路上到底有什么障碍。的确，我们发现到处都有砍倒的树木，而且在一条位于树林与大沟之间的窄路上，出现了一处用竹子和土修建的胸墙，四周被栅栏围得严实，胸墙的各个部分互为犄角。如果换一种情况我们贸然前来，一定会遭到伏击，但我们看到在胸墙的另一侧有一群士兵，携带着投枪和带刺刀的步枪，正在快速远去，他们两人或四人组成一组，抬着投石机和小炮。

工兵打开一条通道，我们沿着路穿过一个很美的地方，有烟草田、桑树林和纵横的水流，景色十分秀丽，流经边和的那个河汊在谷底流过，视野能望见的对岸尽头是一连串丘陵。我们在上午9点到达边和河汊右岸的Dong-Wang村，村子建在一个比Fou-Yen-Moth还要高的小圆丘上，到处都是石子，圆丘被一丛山岩托出水面，山岩的下半部分就浸在河水里。在山岩之间，一处处精致的小茅屋鳞次栉比，掩映在树木和花枝之中。从那里看去，风景绝佳，左岸的景致令人心旷神怡。村子规模很大，茅屋环绕着圆丘，圆丘的顶端是一处市场。我们住在茅屋里，从我们的位置能看到那座山，边和就在山脚下，距此处2法里，我们甚至能看到它的旗帜。如果我们有足够的手段，如果我们有一支架桥部队和大口径火炮，本可以从此处对它发起突然袭击，但我们只有手头的3门小榴弹炮，因此不敢轻言能用它们击毁边和的城墙。

再说，少校已经接到了命令。复活节后的星期一和4月1日，我待在一座非常精致的小茅屋里，整天睡在水上，哪管它无休无止的暴风雨。

2日，我们一口气便返回了Fou-Yen-Moth。3日，开始建设要塞，上面要安装两门90磅的大炮。我们已经得到西贡的消息，沙内海军少将拒绝了和谈的会议，他已经看穿安南人只想争取时间。简言之，这三天和平的作用就是，让我们被抓的士兵平安归来，而对我们来说，则是让我们继31日遇到那些小麻烦后依然可以实施侦察。非常幸运的是，我们顺利地通过了那处"街垒"，如果当时必须打掉它，那么能活着回来的人就不会有这么多了。

回来以后，我们一直在建设要塞，还做过几次侦察，我顺便在附近优美的山谷里游逛。我们从西贡弄来了不少物资。天气仍然酷热难当。

当前最大的问题是美萩。两个星期之前我们派出了两支部队，现在他们不得脱身。西贡剩余的部队都走了，居斯塔夫他们连去了那里。

这个地方是一大片无法行路的沼泽，一望无际的稻田。每一条水渠上都有很多处障碍物，要想摧毁这些障碍是个十分巨大的工程。关于这方面，居斯塔夫说了很多细节，把他所写的加到我的信里，你们就能对此地的情况有一定了解。有一艘炮艇明天要出发去西贡,会给我们带来信件,同时还将把这封信带走,因为我可能从现在起到14日——从西贡前往新加坡的时间——就没有机会写信了。

我们想五六天之后就会启程回国。我费了很大的劲儿把这12页信写完,已经没有力气再给其他人写30封信了。汗水弄湿了信纸,我用了三块手帕去擦。

另外,我身体非常棒。向祖父、叔叔、舅舅、婶母、姨妈致敬,向所有的人问好。亲切地拥抱你们。

西贡,1861年4月13日
(节选自写给卡米耶的信,5月24日收悉)

我们返回西贡的原因是第4连出发去了美萩,那里的形势还不明朗,困难重重。"蒙日"(Monge)号的舰长布尔代(Bourdais)被一枚圆炮弹切成了两半。沙内海军少将每天都派遣援兵,在我们之前还有两个连要开拔。我们不会离开这里,因为无论如何都要留下些人驻守西贡。沙内海军少将明天跟瓦苏瓦涅将军一起离开,带着八九百人和全部炮兵部队。巴热负责指挥舰队。

我希望居斯塔夫也会写信,对于那边的情况,他说得更清楚。雨下个不停,他们肯定要湿透了。

我不知道700个步兵的到来会不会让我们离开。据说蒙托邦将军已接到命令,率领部队行经此地。他是来带我们一起走,还是要去顺化?无论如何,我很高兴能见到将军,如果要留在这里,跟他在一起,至少可以不那么烦恼……

西贡,文人营,1861年4月26日
(节选自写给贝尔特的信,6月13日于里昂收悉)

[……]

从Fou-Yen-Moth回来之后,我们一直在休息。我们换了住处,从杂乱的破棚子里搬出来,到了高处的文人营地(camp des lettrés),房间也更加干净、舒适。此地的地名来自它过去的用途。我们住的这些建筑从前是学者的居所,四周都是围墙,内部被划分成几处院落用于上课。我们在地上还看到许多排列整齐的小土墩,老师在最高处,学生环绕四周。

我们离西贡更近了,俯瞰这座城市,只要沿着一条美丽的公路下行就能到达那里。我们要在此处驻扎多久还不确定,要等沙内海军少将做出决定,这要等很久。我不认为蒙托邦将军会来这里,尽管他接到了命令。他完全可以设法不接受这个命令,直接前往马尼拉和巴达维亚,而不经停香港和新加坡;他可以躲开这个地方,也逃避为祖国服务的苦役。一个人一旦拥有军衔和勋章,政府便不要再指望他的爱国主义了,大多数人都这么想。而在我们这儿,大家更是直言不讳,说起来也都毫不难为情。个人利益排在最前面，尽管大家仍然列队宣誓，以身为法国人而自豪，大谈自己对祖国的爱，但条件是祖国为你们包办一切而你们什么都不用做。

如同其他各地一样，法国军队已经何等堕落，我们的祖国没有得到忠诚的效力。而英国，这个不发勋章甚至买卖官阶的国家，却得到更好的效忠。每个英国人心中都装着祖国的荣誉，国家利益高于个人利益，这正是我们对手的力量所在，尤其是在远离本土之处。在此地，每个法国人想的都是尽快离开。大家消极怠工，很多事情半途而废。如果我们当初下决心夺取顺化，现在应该已经拿下它了，用不着死那么多人、吃那么多苦头，一切问题也就会迎刃而解，不用攻打美萩和边和。本来签一项条约就能保证我们占领整个交趾支那，现在却需要军队在各处四散守卫、疲于奔命，这对一支经过一年征战又因残酷气候而劳累不堪的军队来说，确实困难重重。

我希望蒙托邦将军能来到此地，掌握全部军队，一举攻下顺化，签订条约。海军太过优柔寡断，眼见自己误入歧途，导致现在只能设法回归正道。然而现在人员缺口很大，还有许多病号，整个部队分散在两军对垒的战线上。我们营外加两个海军连还在这儿作为预备队。如果离开这里，要么抛弃一切，要么必须与独立于此地驻军的另一支军队一起开赴顺化，但最终为这些错误吃苦头的是我们。我们还将耽搁在此地，直到长官们最终懂得那些对小兵们都不言而喻的事情。海军先生们，除了在海上运送部队之外什么都不做，上了岸却要冒充陆军士兵、玩转战争。他们是跟我们一起累积战争经验的，当有朝一日他们取代我们成为军事家之时，将没有军队可供调动。水手的数量操纵战船尚嫌勉强，现在却还被当作训练有素的战士用于陆地战场，所

西贡，文人营，1861年4月26日

以在行军途中，大批海军随处掉队，在医院里，他们占了全部床位。将来我们需要中国人和他加禄人开动军舰，或者由我们的兵充当水手，这样一来，我们就无法从苏伊士回国了。

攻打美萩之战，海军大摆乌龙。中校率领队伍在陆地一侧发起猛攻，与此同时巴热从河上发动进攻。双方都认为遭到了激烈抵抗，而城里连一个安南人都没有。最早进城的士兵吃惊不已，幸好他们立即升起法国旗帜，这才停了火。他们就这样一门心思地相互炮击了一整天。我们本可以早半个月攻下美萩，从而避免人员疲劳和几位优秀军官的损失，比如"蒙日"号的布尔代舰长，在一次炮艇侦察中，对方打了三枚炮弹，其中一枚将他在甲板上切成两截。这跟岘港的德鲁莱德·迪普莱（Deroulede Dupre）舰长一模一样，攻击"复仇女神"号的三发圆炮弹中，有一枚让他送了命。

14日，我们得到了攻克美萩的消息。第二天，沙内海军少将和瓦苏瓦涅将军都到了，其实先前根本不存在抵抗。军队的主要任务是清除河渠中的障碍物，为炮艇开通水路，他们承受的袭击是暴雨而不是弹雨。我们这儿也是雨水不断，时而猛烈，时而平缓，不曾放晴。这场雨把我们死死地关在屋子里，令人绝望至极。到了傍晚，片刻的散步都不可能。此外我们还需要穿上衣服抵挡潮湿，想出屋门一步都要穿上长靴，以对付海洋一样的烂泥。

15日，雨还在下，仿佛要这样不停地下上半年。有趣的是，大雨让成千上万的昆虫出现在空中和地上，喜欢收集昆虫的人很快就能大丰收，每天晚饭时都有许多虫子在我们头顶盘旋，我的身上也有很多，我们已经不再对此大惊小怪，苍蝇、飞虫、蚊子、飞蚁，步行的、骑马的、坐车的，都赶来在我们的盘子里相会。而在旁边的床铺上，还安静地躺着蝎子、蛇和多足动物。

18日，炮兵从美萩回来了。19日，我们——第6连、第7连和参谋部——离开营地，住进文人营地。舰载步兵跟我们一起，4个人一间屋。这次和8连分开了，自从来到交趾支那，我们就一直在一起。现在，每人都能住在茅屋里，第一次有了家的样子。我说的茅屋是指在大棚子里划分出来的四个角落，当中的区域用作餐厅和客厅。我们终于可以不在别人眼皮底下脱衣服、写信、看书、思考了，这是精神上的一大进步。至少，当你不想看到任何人，可以关上门，要知道在目前的状况下，我们的任何事都完全暴露在大庭广众之下，不光是人，还有猴子、狗、鸡，乃至所有家禽，都在看着我们。我们有3只猴子，在我们腿上、桌上、床上自由来去，还有我从Trint-Ban带来的十多只新生鸡雏和它们的母亲，小鸡被做成了美味的烤鸡，母鸡则负责每天下蛋，只是蛋要下在我们的帽子和箱子里。所有这些动物都跟我们莫名亲近，我们的马匹，若是能进屋的话，也是一样，还有五六只鹦鹉每天用难听的嗓音歌唱我们的功绩，给我们带来不少快乐。德·拉夏佩尔先生在这儿寄养了一只山羊，这家伙利用我跟它主人的亲密关系也开始无法无天起来，甚至在我的床上撒尿。街上所有的狗都跟我们成了朋友，跑来跟猴子和山羊玩耍。

20日，"涅夫勒"号从北直隶来到此地，带来了101团第2营。他们来得正是时候，让我们轻松不少。他们在天津愉快地度过了冬天，虽然天寒地冻但不难忍受。那儿从来不下雨，灿烂的阳光缓解了严寒。充足的肉类、野味和蔬菜为他们提供了丰富的福利。他们不高兴来这里，从零下20℃过渡到零上40℃，这儿的日子可没有那么好。

21日，101团的那个营下了船，前往我们离开的那片潮湿的营地。

西贡，文人营，1861年4月26日

柬埔寨位于安南南面，中间隔着一条名叫柬埔寨的河流，这是那条源自西藏、将交趾支那分成两半的河流的一个分汊，它有无数条分汊汇入大海，主要的几支流经美萩、西贡、边和。美萩是安南的南方边境，再往南便是柬埔寨，它是一个独立的地方，向顺化纳贡。美萩被攻下之后，柬埔寨21日遣来使者允诺臣服。那人高大瘦削、面容英俊，头发剃得很短。柬埔寨人看着十分精神，长相跟黑人相近，肤色黑、鼻子扁平、嘴唇丰厚，他们的头发没有卷，但短而黑，习惯裸着胸膛和小腿，一块我不知道如何卷起的布遮住身体的其他部分。只有使者阁下一人周身围着一块花花绿绿的奇怪丝绸，但他没戴帽子。我猜想柬埔寨大概比安南发达一些，他们的车用的是有辐轮，拉车的公牛像马一样小步疾跑，而安南人则不然，他们的车轮还是实心的，拉车的是笨重迟钝的水牛。

使者由一顶无遮挡的轿子抬着，一个仆人给他撑起巨大的红色遮阳伞，二十来个士兵分立左右，手执日本军刀。轿子后面还有一队仆从，有的为他捧着扇子，有的为他捧着压纹镀铜、精致无比的银质槟榔盒。要不是对方有使者身份，我真想抢了那只盒子。几位军官带着一队骑兵，作他们的护卫队。

22日，第2连和第4连从美萩回来了，居斯塔夫状态好极了。

23日，前一天夜里刚从美萩返回的工兵少校阿利克斯·德·马蒂尼古尔（Alix de Matignicourt）突然死去，这对远征军来说是一个巨大的损失，他是对沙内海军少将最有影响的顾问之一。阿利克斯很和善，整个部队都喜欢他。他是在美萩累死的，因为他要弥补海军犯下的愚蠢错误，实在是累垮他了。是的，他属于过劳死。有用之人都死掉了，我一无是处，所以活了下来。

信使送来了你们的信件和相片，有爸爸、妈妈、菠莉娜、卡米耶、贝尔特和贝阿特丽克丝的信，还有报纸。对我来说简直是久旱逢甘霖。虽然议会从不发声，但报纸仍然很吸引人。

24日，我们给马蒂尼古尔少校下葬，他是倒在此地的第四位工兵军官。25日，沙内海军少将和瓦苏瓦涅将军也从美萩来到此地。海军部队有400人留守美萩，我们都庆幸自己没被留下。这个地方已经变成第二个多布鲁贾（Dobroudja）[①]。

眼下流言四起。有人说，对顺化的征讨已经决定，蒙托邦将军不日将前来会晤沙内海军少将。但也有人说将军根本无心接手这支疲惫不堪的队伍。他没错，我们确实已经精疲力尽。

包围顺化要比进攻大沽艰难得多，因为顺化的防御工事是按法国的方法，由法国工程师修建的，而且武装精良。我们需要等待新的援军，然而所谓的援军大概又要许久才来。在此期间，我们注定要在这毁灭性的气候里渐渐衰弱下去，这样一来，援军到来时首先要做的大概不是攻城略地，而是先补上空缺，去守卫我们已经占领的土地。

本来应该从顺化开始就由蒙托邦将军指挥，一举夺取顺化。在那里，他也可以监视中国，跟在上海一样。现在我们的军队太虚弱了，什么都做不成。如果现在离开，安南人很快就会回来，掀翻我们的巢穴。要是留下人手驻守，攻打顺化的人又不够。你们看，我们的问题就像世俗问题[②]一样难以解决，不同的是，我们要毫无顾忌地拿下嗣德帝[③]的世俗财产，并答应我们不要像在圆明园那样一无所获。如果

[①] 现分属于保加利亚和罗马尼亚的一个区域，历史上长期陷于领土和宗教纷争。——译者注
[②] 指当时非常棘手的教皇世俗财产问题。
[③] 嗣德帝，越南阮朝第四任皇帝，1847—1883年在位，年号嗣德。越南当时的首都在顺化。

西贡，文人营，1861年4月26日

我找到珍珠和钻石，就会拿大口袋来装，而且不会再把画册、玉玺等送给别人。然而我在顺化最为渴望的是一枚十字勋章，可以在回国时戴在胸前给你们看。我很久以来就想取代可怜的罗克弗伊的职位。但是，中国之役，要论资排辈，也就是说，我得指望上司当中死掉五个才轮到我，所以要等到很老很老才行。编制只有17位少尉，真让人气馁。如果按正常编制来到此地，我半年前就是中尉了。请给我寄些《军队报道》（*Moniteur de l'armée*）和其他报纸、小册子，以及杂志。我们能收到一些《争鸣报》（*Le Journal des Débats*）和《立宪报》（*Constitionnel*），但是很难拿到手。其实有你们的信就行，对我来说这就足够了。

昨天有人说101团的余下部队即将到来，大家也越来越多地说起蒙托邦将军很快将经过此地，但我觉得我们很难跟尚在中国的军队一起进攻顺化，特别是他们还有一部分要留在天津，因为布尔布隆（Bourboulon）将军认为没有得到足够的支持，所以不愿意去北京。此外，太平军的威胁愈发严重，因此还要留一部分人在上海。我们得靠自己掌控局面，中国皇帝对此无能为力，所以有人说，中国皇帝得指望我们。就算要回天津我也并不担心，那里气候宜人，而且再到芝罘洗上一季海水澡也蛮不错。我只是想念法兰西。

我们的厄运还没有到头，简直想要投诉我们营没完没了的行军转移了，真是倒霉透了，不知何时才会让我们不再把行李包拆了装、装了又拆。美萩来的瓦苏瓦涅将军认为我们在文人营地侵占了属于舰载步兵的地盘，要求我们搬到别处。

我们连将驻扎到李树寺。那个据点距此地2法里，在西贡防线的最左边，在"中国城"的另一侧。在那里，我们简直与世隔绝。不过总算有个意外的好处，那就是我们可能会住得很好，那是整个地区配置最好的据点。在那里憋了一年之久的军官们把住处安排得很舒适，因此接替他们的人就沾光了。我本来指望在孤独与静谧中好好休息，但情况可能恰恰相反。因为在信息闭塞的状况下我不知如何是好，所以我会常常到西贡去，我要买一匹马以便随时出门。我的下一封信就将落款"钟楼寺"，告诉你们我如何生活，或确切地说，如何无聊。我之所以说"钟楼寺"，是因为我肯定，要去的一定是这座堡垒。去李树寺的是第6连，钟楼寺则更近些，两地之间隔着一座中国城。我倒是宁愿去李树寺，尽管远，可是地势高、条件好，而且靠近通往西贡的中国渠。

连篇废话就写到这儿吧，我要收好箱子，再也不打开了。"茹拉山"号后天就要北上，至于它执行什么命令，到香港才能知道。我想它要跟在上海的部队会合。

我们对沙内海军少将的计划一无所知，你们在法国可能都比我们知道得多。

最真心地拥抱你们，再会。

爱你的，
L.d.G.
4月28日夜

西贡（交趾支那），1861年5月12日
（写给父亲的信节选，6月26日于荣希收悉）

我亲爱的爸爸：

我真是倒霉透顶。我不知道自己怎么得罪了上帝。我本指望在袖子上增加第二道杠作为您圣名瞻礼日的礼物，而且满心希望能够如愿以偿。8日，他们宣布蒙托邦将军已经抵达，我们本以为他要晚些才能到。我们刚刚失去一位中尉，德·贝吕纳先生，他死于恶性疟疾。这是令人惋惜的损失，德·贝吕纳先生是我们营一位真正的军人，是我的好友，也是居斯塔夫和我们这个小圈子的好友。但他的离去也留下了一个亟需填补的职位。

一得到将军到来的消息，我就从钟楼寺的破房子跑到"福尔班"号，问候德·布耶先生，并向将军致敬。他问我的第一件事，便是我在晋升名单上的排名。他和蔼可亲地同我交谈，说对我未能得到应有的晋升感到不平，最后几乎打包票说空出的位置该是我的，他只是还要等待少校呈报的报告。请您注意，将军要少校提供的是整体情况，而不是个别的任命建议。少校对此事也很小心，为了避免麻烦或有人说三道四，他的原则就是论资排辈。于是，同我先前预计的一样，他在最后时刻只向将军提交了两个最具年资的名字，再没有别的了。将军很不满，但是固执的少校毫不退让，于是将军最终任命了最有资历的那位，此人居然在同一天还收到了来自法国的十字勋章。我当时要是更聪明些，本该反对这项任命，告诉将军此人已经接受了勋章。一切论资排辈而不论其他，真是令人气馁。第二天，也就是9日，我在船上吃午饭时，将军对自己的无能为力十分懊恼，当时，"福尔班"号的舰长穆里耶（Mourier）先生在德·布耶先生的建议下，亲切地邀请我到船上共进午餐。大家都向我表示自己的不平，将军本人也几乎对我发誓，一定要在巴黎为我讨回公道。他吩咐德·布耶先生把此事记下，他自然乐意至极。然而鉴于我一向不走运，尽忠职守的结果或许只是竹篮打水一场空，姑且寄希望于他们的许诺吧。如果一无所获，我就脱掉军装，因为人们会认为我除了打仗，只是个无足轻重的倒霉军官。

经过一年半的艰苦考验，在我几乎筋疲力尽之际，为了得到本属于我的可怜军衔，我是否还要开赴顺化？蒙托邦将军同皇帝陛下以及陆军部长关系很好，将是我在巴黎的一大助力。德·布耶先生更是再亲切不过的好人，我应该好好感谢他时刻不忘帮我行方便的殷切之情。还有乔治（Georges）先生，一直给我善意、坚定的支持，帮了我很多忙。我要诚挚地感谢他们。

叫人恼火的是将军没能多待一天。一切都很匆忙，根本没有时间让我们深思熟虑，而我也缺少眼光。这件事对我的打击，加上9日奔波中（从这儿到西贡有7公里）太阳的暴晒，让我在床上病了两天，头疼欲裂，还发了高烧。但现在我已经恢复过来。

很遗憾您不愿给我寄《军队报道》，其实它跟我、跟我们每个人都有很大关系。我们已经了解所谓的军队整体情况，并且乐于知道军队里发生的事，这份《报道》会帮助我们掌握军队大家庭的变动。

亲爱的爸爸，我还忘记告诉您，我有很大机会获得西班牙勋章，如果两国政府有交换协议的话。因为我是西班牙陆军中校、女王陛下全权代表帕朗卡（Palanka）先生的好朋友，他友好地推举我获得"伊莎贝拉勋章"①。如果我能早一个星期被引荐给他，那么在其和战役以及我获得表彰时，他还会举荐我获得"圣费尔南德勋章"，并晋升为骑士。这自然是美好的愿景，然而我此时的"苦"日子是不会变成"蜜"月的，我只能自认倒霉。正如您所见，我离成功似乎总有一步之遥。我这个坦塔罗斯命何时才是了局？话说回来，若真的得到"伊莎贝拉勋章"，我自然会高兴地把它挂在胸前，但我的祖国该为其他国家为我颁奖而感到羞愧才是。不过，要到三四个月之后才能得知西班牙方面的结果，到底是久旱逢甘霖还是新的失望，还需要耐心等待……

蒙托邦将军是9日正午离开的，脚不沾地，匆匆忙忙。8日一整天，他只在岸上待了2个小时，匆匆忙忙地去了几个据点，视察了医院和救护队，在沙内海军少将那儿吃了饭。9日，他与大家告别，朝法国进发，他将在7月初回到法国。"福尔班"号将载他到苏伊士，途中他会访问几座印度港口。就这样，随着"福尔班"号升起的浓烟，连日来的流言蜚语全部烟消云散。现在将军离开了，顺化的事情泡汤了，大家都在散伙。参谋部离开了，获得了军衔、勋章和皇宫里的珍珠的人们一窝蜂地返回法国。我祝愿他们在祖国觅得良缘，尤其是，假如他们想获得比皇宫里的珍珠更有价值的珍珠的话，能与我的姐妹们结缘。

冉曼老爹也迫不及待地要离开，但这位老好人不知着了什么迷，坚持要取道开普敦回国。他大概是拜倒在某位英国小姐脚下了，要向她奉上自己的三颗星吧。他人很好，对我的一无所获感到惊讶。

---

① 吕多维克最终于1863年2月23日获得天主教伊莎贝拉勋位，并被授予"骑士"勋章。

至于我的那些大画轴，马尔戈（Margot）告诉我您已经建议省长把它们要过来。我希望您没有宣称它们是"我的"，尽管是我发现的，并且千辛万苦地将它们从假山上的大宝塔里带了回来，但我已经将它们交给蒙托邦将军带回巴黎。现在，它们与其说是"我的"，不如说是属于"他的"。发现它们的时候我立刻就意识到，这是我能献给里昂博物馆最好的礼物，但想到我无力把它们运回来，就只能放弃这诱人的、能代表里昂之子真心的计划，而把它们赠给了将军。如果它们最终能来到里昂，我将无比自豪和满足。

[……]

至于布瓦西厄，我们离得太远，我几乎见不到他，尤其是这几天我又生病了，整日忧心忡忡。我多么希望他能在我身边，我们一起读收到的信件，就能享受到双倍的快乐。我们还能轻松地分享日记、感受、快乐和痛苦，还有你们的消息。他是我真正的好朋友，有一个证据就是，其和之战过后，他真诚地祝贺我获得嘉奖。他的祝贺让我有些难过，因为我已经得过一次嘉奖，而我多么希望能有机会祝贺他一次。

但是现在，似乎要放弃任何取得新胜利的希望了，一切都停了下来。能确定的是，进攻顺化的时机已经交给陆军、海军将领进行评估，他们都觉得绝无可能。说到底，他们可能是对的，但其中也有不那么光彩的理由，即他们的个人意愿。法兰西以及它的政府，不善于彻底推行某种理念，也不善于将一项更需要耐心而非单纯热忱的计划推行到底。于是，本应为国家尽忠之人，却竭尽全力为自己谋利，一旦领到薪水、得到奖赏、实现野心，祖国便从此一钱不值。所以，如今，西贡的土地多么灼烧旅人的双脚，让他们想要返回法国！对这个

西贡（交趾支那），1861年5月12日

国度的谩骂与诅咒已经形成大合唱：尚未开化、无法耕作、不适宜实施殖民，不值得任何法国人为之流血，总之，没有人愿意承认它多么重要，因为没有人愿意留下。他们宁愿要法国的一方菜地，一处可以坐着吸烟的棚架，也不愿正视新世界的吸引：这个广阔的天地，准备迎接思想开放、胸怀宽广、渴望建功立业的人们，准备迎接愿意效仿英国、为祖国在海外开疆拓土而慷慨奉献的人们。对于那么多在法国苦苦寻找机会的年轻人而言，这将有多少资源啊！在中国，有许多英国商行，那里流动的金钱比佩雷尔（Pereire）和罗斯柴尔德都要雄厚。他们如何迅速发财，让我来告诉你。

每个商行都是一家公司，以五年为限，经营活动交给两三个合伙人，到期时，他们获得五六万英镑的收益即退出，然后转手他人，但流动资金并不会减少，相反，随着开拓新业务，资金还会扩大，无论商行大小，都是同样的模式……对我们这些离乡背井数年的法国人而言，我们可以看得很清楚。我们找到了一块宝藏，但不知道拿它怎么办。我们将满足于在此站住脚，拥有一座好港口。只是，我们还没有拿下边和，它将永远是我们的心头之患。

101团的余下部队正在来的路上，蒙托邦将军授意沙内海军少将让猎兵部队先行撤离。谁知道会怎么样呢？

我不再离开钟楼寺一步。日记也不再寄给你们了，千篇一律的老一套：雨、雷雨、雨、雷雨、暴风雨，一成不变。

［……］

再会，拥抱你们所有人。

L.d.G.

西贡,1861年5月26日
(7月16日于荣希收悉)

我亲爱的爸爸:

这就是运气。因为突发高烧,我几天前住进医院,现在恢复了,但还是因为征战的奔波而浑身酸软。"日本"号是前天(24日)靠岸的,船上载着101团和参谋部,以及炮兵和工兵的参谋部,等等。我要求离开,于是咔嚓一下,他们就在船上60位军官中间给我腾出了一个小位置。

我出发了。我紧跟着这封信走,所以信可以短一些,因为不久后就能亲口把信补充完整。德·拉波特利先生和德·昂德古尔先生都在船上,船上有大批军官。我们还需忍受酷热,但法兰西就在旅途的尽头。

我差一点就要搭乘载有许多病号的"索恩河"号,经开普敦回国。

我高兴得发狂。不要担心我的病,我吃得好极了。

我避开酷热,需要水疗以战胜疾病。你们要有思想准备,我要去温泉疗养一季,我必须彻底康复。

所有的人都在四散奔逃,这表明此处将一无所剩。我尽力履行了自己的责任,可以毫无愧意地离开。这是怎样的幸福啊!我即将回家拥抱你们!你们是否也满怀期待?

我会跟我的信一起抵达。我满心想着的只有你们。上帝施怜悯于我,我现在一切都好,除了……身无分文……

我将有很好的旅伴,尽可能享受乐趣。我再也无法待在这里,气温高达45℃,还有可怖的天气。我将在亚历山大再写信给你们。

4天前收到了你们4月12日的来信。张开手臂准备迎接我吧,感谢上帝把我拯救出来。

我会带着居斯塔夫买的东西,可能还有他的箱子。一个星期以后我们将抵达新加坡。

我的命运就在今天决定。

再会,热切地拥抱你们。我不知道该写些什么,也不知道该说些什么。

不久以后再见,不到两星期就能再次写信。

L.d.G.

新加坡,6月5日
(7月16日收悉)

亲爱的菠莉娜:

我正在路上。我们3日早上抵达新加坡。此处的邮件7日才寄出,把这封信带给你们,它是对你们4月28日来信——我是在这儿收到的——的回复。从现在起的一个半月之内,我得不到你们的任何消息,但每走一步我都离你们更近。这是怎样的幸福啊!我已经筋疲力尽，多么需要待在你们身边。我们将在烈日下从新加坡驶往亚丁湾，并在最炎热的季节纵贯红海。

我本来还有点指望政府会对我在其和的英勇表现有所报偿，但一无所获……虽然没有为祖国流尽最后一滴血，但我流了汗，然而她对此不大在意。我在此次征战中最明白无误的收获，是我在衰弱躯体中的灵魂。

我们营多可怜啊，从中国来时可谓完好无损，如今离开时却已经溃不成军。全营将分头离开，但连前来接他们的小船都装不满。

可怜的布鲁埃（Blouet）上尉上船时已经奄奄一息，我们还没有驶出河道，他就死了。

能在变成尸体之前离开这个可怖的地方，我真是做了一件好事。感谢上帝，我不会像可怜的拉维拉特那样让你们担惊受怕。我只想让你们为我准备好牛奶、带血的牛排，还有几瓶最纯正的博若莱葡萄酒，来弥补我血管里流失的血液。

拥抱你们、看到你们、听你们说话，正是这种种快乐给我的幸福，促使我提前踏上归途。但我大概不会在家里待太久，我想利用温泉疗养期最后的好时光。半个月之后我们再详谈。请写信到土伦，留局自取。

想到这近在咫尺的幸福我就欣喜若狂。过了明天（6日），我们就出发。从这里到锡兰要一个星期，之后休整3天；从锡兰到亚丁要11天，在那停留2天；再用7天就是7月5日左右，到苏伊士，载着这封信的邮船到此时才会超过我们。

如果亚历山大刚好有运输舰，我们就不会耽搁太久。我们要去看开罗和金字塔，我们将握住祖先亡灵的手，在我们身边，他们大概只

新加坡，6月5日

有小男孩那么高。如果有从亚历山大出发的邮船，我会给你们写信。

我跟居斯塔夫告别时，他一切都好。真让人吃惊，以他的性情竟从未生病，还是全营最生龙活虎的一个。我很遗憾就此与他分别，但我丝毫不后悔离开我们营和"罗讷河"号。跟其他东西相比，你们更重要，我的健康更重要。

我们在"日本"号上住得不错，但很拥挤，人太多了。因为我是病号，所以给我安排的铺位在一个宽敞的两人间里，此处有本地区能得到的最好的空气。

今天说得够多了，再过半个月，就能给你们讲东方见闻，关于在中国和交趾支那的无聊琐事。让我拥抱你，你们所有人。把我的爱带去比希、阿尔斯、塔朗塞、普朗蒂尼（Plantigny）、蒙莫拉、贝尔罗什（Belleroche）、蒙布里昂（Montbrian），还有埃普瓦斯等地……

很快再见面！有多久没说过这句话了，现在说此话也不算太早！

谢谢你的中国饰带，这是额外的补偿。

爱你的，
L.d.G.

加勒角（锡兰），1861年6月15日
（7月16日收悉）

亲爱的妈妈：

我们现在仍然走在邮船的前面，但我相信它肯定会超过我们，把

这份情况报告带给你们。

"日本"号是一艘好船,尽管逆风,我们一路从新加坡至此只用了9天。

6月15日,星期六,下午两点,我们在加勒角的海湾抛锚。八面风来,海湾里风浪很大,跟外海没有什么区别。"马拉巴尔"号(就是载着使节们失事的那条船)的桅杆仍然伫立在那儿,仿佛在提醒人们要时刻保持警惕。城市坐落在小小的圆形半岛上,依峭壁而建,配有大炮。风景非常美丽,锚地四周环绕着长满椰子树的山丘,海浪把泡沫送到椰子树之间。我在旅馆休息,条件很舒适,既能缓解九天来海上颠簸的疲劳,也为从此地到亚丁的十二天旅程养精蓄锐。这里遍布旅馆,挤满了乘邮船来的中国、印度和澳大利亚旅行者。

我的身体很好,因为想到与你们重逢就无比快乐,也因为舒适的海风缓解了燥热。这里白天夜里气温都在30℃以上。我仍觉得有力气从土伦步行回到荣希。

我在这儿遇到了蒙托邦将军的秘书[①],而将军本人则随船停靠在锡兰北部,没能来到此地。他的秘书穿过整座岛来这儿乘船,因为将军担心8月之前都无法回到法国。这件事让我心烦,因为他打算把我推荐给陆军部长,而我希望此事就在8月15日。在新加坡,我在报纸上没有看到其和之战后进行嘉奖的消息。我对沙内海军少将的心思一无所知。

现在,我满心只想着不久后就能拥抱你们。7月20日到25日之间,我们会到达土伦。

---

① 莫里斯·伊里松(Maurice Irisson),蒙托邦的秘书兼译员,后来以埃里松伯爵名义出版 *Journal d'un interprète en Chine*,中译本有《翻译官手记》(应远马译,"圆明园劫难记忆译丛",上海:中西书局,2011年)。

加勒角(锡兰),1861年6月15日

满怀柔情地拥抱您，期待见面时更好的拥抱。

吕多维克

开罗，1861年7月14日

亲爱的菠莉娜：

在海上再走一程，我就将回到你们身边，实现回家的梦想。我简直不敢相信自己的眼睛，再过半个月，我就会把你们拥在胸前。多么令人欣喜！为此，要花多少钱我都不嫌贵。回家时的激动，远远超过1859年年底将自己的命运托付给大海和未来时、走向中国和未知之境时的忐忑。荣归故里，回到挚爱却久别之人中间，想到此便叫我心花怒放。上帝如此仁慈，让我重新获得欣悦与幸福。

我们刚刚结束一场沉重的苦役。在巨轮"日本"号上，我们饱受颠簸之苦，轮番遭受炙烤和蒸煮的折磨，这还不算我们必须努力保持耐心，毫无怨言地忍受着逆风，忍受着威胁把我们丢在航行途中的设备故障。

7月1日，经历一场暴风雨之后，我们筋疲力尽地抵达亚丁。此地没有什么令人舒服的东西可言。放眼望去，只有英国人建在峭壁之上的堡垒，峭壁之干硬、陡峻超乎想象，像烤焦的巨岩矗立在沙海之上。

终于，3日那天，我们驶入著名的红海，至于它枯燥无味的景象，我以后再讲给你。机器彻底不干活了，活塞断裂，花了两天维修。我们不仅无法前进，还被海流带离了航线。不过昨天，也就是13日早上7点半，我们终于走到红海的尽头，驶入苏伊士。我们得知蒙托邦将军正在等我们，他已经在"乐土"（Eldorado）号上。我们接到命令，101团的人跟他一起上船。这些人昨天离开苏伊士，今天前往亚历山大。至于我们，下午2点钟，我们投入最棒的老朋友——铁路的怀抱，前往开罗，在沐浴、水果、蔬菜、舒适的床铺等久违的东西当中解除疲惫。现在，我洗得干干净净，肚子里装满水果，恢复了一些体力，正要进城游览。明天我们去亚历山大，确认"尤洛阿"（Ulloa）号能不能把我们全部接走。还需要等其他战舰到来吗？那样的话又要好久了！

我心心念念都是你们，是法兰西。知道她已近在眼前，我满心甜蜜。

爱你的，
L.d.G.

土伦，1861年7月24日

亲爱的爸爸：

我终于踏上法兰西的土地，很快就能到你们身边。今天下午2点，我们在美丽的港湾抛锚，回归故园的心情使一切显得愈发美丽。隔离检疫花费了3个小时，下午5点钟，我迫不及待地登上故土，直奔邮局，渴望知道你们自4月26日来信之后的近况……奥尔邦（Orban）先生接待了我，他是布绍（Bouchaud）先生的朋友。明天我要处理军队和体检事宜，跟海关打交道。我想，到后天傍晚，及时把物品托运完毕，就能赶上快车，周六一早抵达维尔弗朗什（Villefranche）。我会把出发时间通知亨利，这样我就可以拥抱他，带他一起回家。我回到你们身边之日，就是我们全家团聚之时。

我收到布瓦西厄太太一封非常感人的信，她详细地告诉我如何处理居斯塔夫的箱子。但我一只都没能带回来，因为我走得太匆忙。

着猎兵服的吕多维克·德·加尼耶·戴加莱少尉
（参加远征前几天在布雷斯特留影）

总之，到了星期六，便与往昔彻底告别，我将全身心地享受与你们重逢的幸福。归来之日，多么美好的日子！

不要担心热切的拥抱会把我压碎，我身体已经恢复得很好。

明天见，亲爱的爸爸，我将亲手把我温柔的爱抚奉献给每一个人。最后一次隔着信纸拥抱你们。

L.d.G.

附 录

让-菲利浦·雷

《画报》1860年12月20日刊登的进入北京的场面,实际上在北京城门未发生任何战斗。

吕多维克其人

从他离开巴黎前往布雷斯特和中国,直到他在土伦下船重新踏上法国土地的那一天,吕多维克的心始终与亲人在一起。每次有信使出发,双方都相互写信,倾诉思念之情。

从离开布雷斯特到停靠开普敦的两个月时间里,没有任何来自故土的音讯!所以,吕多维克1860年1月19日在信中描述了军邮官到达的场面,那让他激动万分。当他在寄来的邮包上认出父亲的字迹时,他是多么幸福啊!每一封信①,他都一读再读,细细咀嚼!

在世界另一端的荣希和里昂,每当当兵在外的人有信寄来,就是全家人幸福、激动的时刻,也是要与亲朋好友分享的大事,他们把亲友们请过来,一起读信。吕多维克的妹妹贝尔特负责记录全家的日记,每次接到信时,都有令人感动的记载。

在这个团结、友爱、笃信基督教的家庭里,吕多维克是个幸运儿。他生长在父母慈爱的目光里,他们念念不忘的,就是把传统家风中世代相承的荣誉感和责任感传给孩子们。

登船加入远征之时,吕多维克在信中向父亲写道:"假如要在出发时给您切实的安慰、让您放心,那就是向

菲利克斯·德·加尼耶·戴加莱(1805年生于戈隆比耶[Colombier],1896年卒于马洛尔–昂–于尔布瓦[Marolles-en-Herpoix])

---

① 吕多维克在19个月征战过程中收到的信都保存在家庭档案里。

您保证，我会像您信中所希望并悉心叮嘱的那样，永远凭着良心和荣誉履行职责。"①

他的父亲菲利克斯·戴加莱，1805年10月12日生于圣于连苏蒙莫拉（Saint-Julien-sous-Montmelas）镇的戈隆比耶村，7岁时进入圣西尔的少年军校，军事学学业表现出色，参加了阿尔及利亚战役和1830年7月5日夺取阿尔及尔的战斗。但1830年11月12日，路易·菲利浦（Louis Philippe）上台之际，他拒绝效忠，辞去军职②，在26岁时结束了军旅生涯。此后，在里昂、东博（Dombes）、博若莱等地，他在祖上留下的土地上继续生活。

1832年3月，菲利克斯迎娶路易丝·艾梅·勒莫·德·塔朗塞（Louise Aimée Lemau de Talancé），并在年轻妻子的房子里安了家。他们最大的四个孩子就是在这里出生的。

五年后，菲利克斯和全家迁到了特雷沃（Trévoux），此地是东博的首府，在安省（Ain），离阿尔斯11公里。这样一来，他离母亲和继承了阿尔斯城堡的哥哥普罗斯珀（Prosper）就更近了。阿尔斯城堡的历代主人及整个家族，一直与阿尔斯的本堂神父保持着十分密切的关系。

当让·玛丽·维亚奈（Jean Marie Vianney）③1818年来到东博这个小教区时，阿尔斯小姐④正住在城堡里。她不遗余力地支持神父的事业，无微不至地关心他的生活。她的兄弟弗朗索瓦·加尼耶·戴加莱

---

① 布雷斯特，1859年11月26日。（其实是在巴黎。——译者注）
② 菲利克斯的父亲德尼·费利西特（Deny Félicité，1776—1861）也辞去了副省长职务。他们都忠诚于查理十世，不愿在被正统派视为篡位者的路易·菲利浦治下效劳。
③ 让·玛丽·维亚奈（1796—1859），1815年至1859年任阿尔斯本堂神父。
④ 玛丽·安娜·哥伦布·加尼耶·戴加莱·德·阿尔斯。

（François Garnier des Garets）子爵生活在巴黎，因为笃信宗教并且生性慷慨，对堂区和教堂有大量捐献，此时这座教堂已经因为信众大增而显得太小了。他于1830年去世，无后；他的姐妹也在两年后去世，于是侄子普罗斯珀继承了他们的房产。普罗斯珀与他们一样，继续尽力支持本堂神父25年之久，直到兢兢业业的神父于1859年去世。

吕多维克1838年2月11日生于特雷沃，父母给他登记的名字是路易·玛丽；他的弟弟于次年出生。

路易丝·艾梅·勒莫·德·塔朗塞（1808年生于塔朗塞，1872年卒于里昂）

荣希

1842年，菲利克斯、路易丝和孩子们终于在自己家的房子中安顿下来，他们继承了一处位于圣于连苏蒙莫拉镇的名叫佩尔图伊（Perthuis）的葡萄园，并在只剩下一座门楼的房屋原址上建筑了主楼。家里最小的孩子玛格丽特于1842年在此地出生。

佩尔图伊后来改名为荣希，是一处15公顷的葡萄园，由五个家庭共同经营，按收益分成。在此地，吕多维克与姐姐、妹妹、弟弟亨利度过了幸福的童年。他跟从母亲接受了基础扎实的教育，他后来曾提到，父母都爱孩子，孩子们也爱父母，双亲是笃信上帝的基督徒，关于如何履行教徒的职责，他们以身作则，对孩子们言传身教……

吕多维克其人 351

1860年前后在荣希的全家福

学习时代

吕多维克9岁进入布朗神父在里昂郊区的寄宿学校，在那里学习了两年，然后进入米尼姆（Minimes）学校学习一年。12岁时，他与亨利以及表亲阿德里安（Adrien）前往阿维尼翁，进入耶稣会士开办的圣米歇尔中学。两年后，来到耶稣会士新开办的圣艾田（Saint-Etienne）中学。

1854年，耶稣会士在巴黎开办圣热纳维也芙学校，设预科班，第一届学生只有45个，其中包括吕多维克和居斯塔夫·德·布瓦西厄。学校位于鲍斯特（Postes）街18号的于涅（Juigne）公馆，耶稣会士早就在此处建立了一所初修院。

吕多维克顺利通过理科中学的毕业会考，并进入圣西尔军校。他属于被称为"皇太子届"的1855—1857届。

信念与献身

当22岁的吕多维克投身远征之时,他已经把父亲所教导的以先辈为榜样的价值观,化为自己的行动指南。

吕多维克带着对上帝和天意的绝对信念前往中国。对他来说,坚定的信念是他的力量、信心和勇气之源,也是他的义务之所在。他随身带着《效法基督》一书,在整个行程中,这本小书令他时时重温基督徒的各种义务。但他的虔诚不止于各种义务,更有真正发自内心的热忱。在十九世纪的后半叶,冉森教派的严苛戒律已经让位于对仁慈、悲悯的上帝的感激,让位于对圣母的诚笃信仰。

忠于信仰,既是他与亲人们共同的生活内容,也是将他与他所爱之人联系起来的纽带。家人为他祈祷,他知道,这对他来说是非常重要的。他在1860年4月19日的信中写道:"感谢你们那么多次到富尔维埃尔礼拜。"1860年6月10日的信又说:"到富尔维埃尔礼拜时别忘了我。"

每逢重要节日,吕多维克格外想念家人。离家之后的第一个圣诞节,他对船上"大海为地,天为穹顶"的弥撒活动激动不已。行程中每做一次庄严的弥撒,吕多维克都会记下自己激动的心情。

在信中,吕多维克每次都会记下自己的祈祷、参加的弥撒、与随军神父的会见、与传教士的来往,可以看出他与这些人的来往相当频繁。他心中对仁慈的上帝念念不忘,所以每当遇到神父和传教士,尊敬和亲近之感就会油然而生,每有机会就会与他们往

着宗座侍卫部队服装的亨利

来。能在新加坡与伯雷尔神父的传教团一起度过复活节，并能把此事告诉家人，让他感到非常高兴。

他谈到这些话题时，既简单明了，又审慎持重，同时也不乏幽默感。比如他说在临行前，到维亚尔神父那儿"办了手续"，暗示他向神父做了忏悔。路过上海期间，在谈到和蔼的尼古拉·马萨神父对他慷慨相助时也说："但这可不是白来的，因为相比于照料我的身体，他更愿意照顾我的灵魂。"

他认真遵从基督徒生活的各项要求，与他服务国家的责任感是紧密联系在一起的，他以同样的热忱、投入和信念对待这两种责任。他属于法国的贵族，悠久的荣誉观和效忠传统，以及家族中历代传承的价值观，已经被他内化于心。

菠莉娜与卡米耶
与后页的照片在1861年2月一同摄于里昂，吕多维克两个月后在交趾支那收到。

吕多维克这代人依然笃行这种责任感。1855年，他的堂兄，普罗斯珀·德·加尼耶·戴加莱·德·阿尔斯的儿子热昂（Jehan），在克里米亚战争中向马拉科夫堡冲锋时阵亡，年仅21岁。

1860年，当吕多维克还在中国战斗时，他的弟弟亨利也参了军，前往罗马加入保卫教皇的志愿军①。吕多维克1861年1月18日从上海写信说："你们告诉我那么多消息……奉献是多么光荣的事情……"

这段时间里的荣希和里昂，家中两位男子当兵在外，让父母和四个姐妹沉浸在激动

---

① 这支志愿军1861年成为宗座侍卫军。

和骄傲之中。1860年,菠莉娜28岁,卡米耶25岁,贝尔特24岁,最小的玛格丽特18岁。四姐妹与父母生活在里昂,也经常到荣希住上几天。

姐妹有时在信中说,这种生活有点单调,所以她们更强烈地感受到亲爱的吕多维克不在他们身边。菠莉娜1860年2月22日在信的末尾写道:"再见,满怀深情地拥抱你,你离得有多远,感情就放大多少倍。"在世界的另一端,吕多维克想尽一切努力让所爱的人获得幸福。这些人都为他骄傲,这是理所当然的,但还能做些什么来帮助他们呢?正如他们在信中所透露的,他们的家境并不十分宽裕,所以面对圆明园的巨额财富,吕多维克想到要给每位姐妹置办一份嫁妆。

在当时的上等社会,"社交关系"占有重要的地位。大家通过频繁的通信尤其是日常的相互来往,来维持这种关系。1860年,仍有一些人在每个星期当中留出专门的"接待日"。每个时代,都有特定的社交网!吕多维克一得知参加远征的申请得到批准,就立即四处拜访家族的亲朋好友,亲友们则对他嘘寒问暖,千叮咛万嘱咐。

良好的教养让他满怀自信,自如地与他人交流,所以,年仅22岁的年轻少尉能轻松地与参谋部里的上级军官乃至几位"大官"相互往来,这些人也很愿意款待他,但似乎并未因此而帮他晋升军衔……

远离家乡的吕多维克渴望了解最新的时局。家人就给他寄报纸、杂志,而定期写来的信更已成为大事件实录,从中也能看出他们共同的政治观点。

当时最棘手的大事就是信中屡屡提及

玛格丽特与贝尔特

的意大利问题：皮埃蒙特人想得到整个意大利，而英国人不惜一切地要推翻教皇和那不勒斯国王，所以怂恿他们到处制造事端。皇上似乎支持他①这么做，所以法国国内群情激昂，大家都希望皇上能让教皇保住自己的属地。"我们不知道该怎么办，只能等着。"②

因为法英不久前签订了自由贸易协议，而且都面临中东问题，且需要共同远征中国，所以法国与英国的关系也是他们特别关心的问题。菠莉娜写给吕多维克的信中，谈到德·布瓦西厄夫人来访："我们一边做着针线，一边谈起在中国的两位好友（吕多维克与居斯塔夫），谈及可能给此次远征多少产生一些影响的时局。比如说，假如法国和英国闹翻了，你们两个在那边会受到什么影响？"

当然，吕多维克和居斯塔夫两家真正关心的问题，是中国与交趾支那的形势。这两个家庭中都有一个儿子、一个兄弟参加战争，所以他们有同样的担心和焦虑。

众多的亲戚、朋友、熟人与他们一起关注时局的发展，分享他们的激动和喜悦。当吕多维克受到嘉奖的消息传开时，四面八方的祝贺纷至沓来，包括吕多维克的出生地特雷沃，那儿的人是看着他长大的。1861年11月3日，当荣军院的钟声响起，宣告中国之战取得胜利的消息传到巴黎和里昂，邻居们齐聚荣希，向他们全家表示祝贺。

吕多维克没法给每个人写信，但他知道，信里的消息很快就会传开。"请你们告诉我们的亲友……"，在每封信的末尾，吕多维克都会想到每位朋友、邻居。他提起各个庄园的名字，便与每一处庄园的主人亲近起来。塔朗塞（359页上图①）离荣希（359页上图②）1.5公里，那里生活着母亲的兄弟吕多维克·德·塔朗塞和妻子艾米莉

---

① 维克多·埃马努埃尔，皮埃蒙特国王。
② 父亲1860年2月21日信，表达了当时法国国内普遍的忧虑。

（"我的吕多维克舅舅和舅妈……"）以及孩子们。阿尔斯（359页上图③）有他的伯伯普罗斯珀、伯母朱斯蒂娜（Justine）和他最亲近的堂兄弟堂姐妹，其中贝阿特丽克丝和玛丽与他年纪最为接近。

与荣希同属圣于连苏蒙莫拉镇的比希，住着他的两个远房叔叔，议事司铎尼古拉·戴加莱和弟弟路易，他也是吕多维克的教父。在高地上的蒙莫拉城堡（359页上图⑤）属于图尔农一家。在长达两个世纪的龃龉之后，两大家族重归于好，而吕多维克对那位他称作"菲利浦先生"的人佩服得五体投地。吕多维克每次都不忘向贝尔罗什（359页上图⑥）送上真诚的问候，那儿也有他们的同族，但这个地方离维尔弗朗什更近。

1861年7月，吕多维克在土伦下船，幸福地踏上法国的土地，很快就回到荣希，沉浸在他所爱的家人的深情之中，而在此之前不久，亨利也已经从罗马回来了。玛格丽特在家庭日记中写道："6月和7月这两个月，将成为我们记忆中最为幸福的日子。我的两位哥哥毫发无损地光荣归来，全家和亲戚朋友在荣希欢聚一堂，尽享欢乐幸福。"

再往后。到了下个月，家中遭遇丧事。吕多维克的祖父德尼-费利西特在里昂去世，享年84岁。吕多维克一向对祖父十分尊敬，怀有很深的感情。

吕多维克和亨利重返军旅生活

1864年，贝尔特进入慈善女修道院，这位诚心向善的戴加莱嬷嬷在兰斯孤儿院担任院长长达三十多年。第一次世界大战期间，她把孤儿院的一部分改建成急救站以收治伤员，兰斯的居民一直对她心存感激。

1868年，大姐波莉娜嫁给亚历山大·珀蒂·德·拉波尔德（Alexandre

吕多维克的祖父德尼–费利西特　　吕多维克的长女嘉尔曼恩（Garmaine）与未婚夫路易·瓦卢瓦（Louis Vallois）1897年在图尔奈勒　　吕多维克的妹妹贝尔特·戴加莱，兰斯孤儿院院长

Petit de la Borde），从此随夫家生活在马洛尔-昂-于尔布瓦的图尔奈勒（Tournelles）。亚历山大是个豁达之人，经历过丧妻之痛，儿子又在15岁时夭折。与菠莉娜结婚后，他们曾有过一个儿子，但一出生就死了。菠莉娜经常把娘家人接到图尔奈勒城堡①长住，特别是父亲在1872年鳏居之后。卡米耶和玛格丽特都终生未婚，在姐夫亚历山大去世之后，都过来与姐姐同住。这几位"老姑姑"对吕多维克的大儿子让，也就是菠莉娜的养子，极为疼爱。

戴加莱将军辗转于各地的军营，最后于1901年定居巴黎。1927年，在妻子去世一个月之后，他在巴黎去世，享年89岁。荣希的产业传给了儿子让。

让与妻子法妮的大部分岁月是在荣希度过的②，他们把在图尔奈勒的产业传给了长子弗朗索瓦。

---

① 图尔奈勒城堡在第二次世界大战期间被德国人占领，1944年8月16日遭到焚毁。
② 他们的次子贝尔纳，即蒂埃里·戴加莱的父亲，在他们去世后继承了他们在荣希的产业。

维尔弗朗什-叙尔-索恩（Villefranche-sur-Saône）附近
（选自十八世纪末卡西尼［Cassini］地图）

贝尔罗什城堡　　　　　　　荣希　　　　　　　蒙莫拉城堡

让、法妮和他们的长子弗朗索　　上：吕多维克与妻子艾米莉·勒莫·德·塔朗塞
瓦1905年在图尔奈勒　　　　　下：塔朗塞城堡

吕多维克其人　359

普罗斯珀·德·加尼耶·戴加莱与妻子朱斯蒂娜

阿尔斯城堡

路易·德·加尼耶·戴加莱

比希城堡

戴加莱将军

从圣西尔军校毕业后，吕多维克·德·加尼耶·戴加莱少尉的第一个职务是在徒步猎兵第2营，1858年1月1日来到杜埃就职。这段时间，他先后驻过圣奥迈尔、雷恩和巴黎的军营。

1859年秋，皇上决定对中国远征，吕多维克志愿加入，并于同年12月与猎兵营一起在布雷斯特登上"罗讷河"号。

他参加了1860年对中国的远征和1861年对交趾支那的远征。由于参与1860年8月14日攻夺塘沽炮台、1861年2月25日在交趾支那攻夺其和，他两次受到远征军团的嘉奖。因为参加这两次战役，他又于1861年获得"中国勋章"，两年后获得天主教伊沙贝拉十字勋章[①]。

他于1861年7月24日在土伦上岸，之后，他晋升为中尉，在徒步猎兵第3营任职。1862年1月29日，他随部队来到罗马，见到了在宗座侍卫军服役的亨利。

1865年8月晋升为上尉，一个月后离开罗马，随即到万森（Vincennes）的徒步猎兵第20营任第1连连长。在万森射击学校培训时，获得陆军部颁发的优胜奖一等奖。

1867年1月，成为陆军部队尼埃尔（Niel）元帅的传令官，直到元帅于1869年8月去世。半年后，他重返布洛涅（Boulogne）省的猎兵第20营。

1870年战争期间。他上了前线，1870年7月21日到达蒂庸维尔（Thionville）。他所在的团被调归拉德米罗（Ladmirault）将军指挥的第4军团。吕多维克参加了波尔尼（Borny）战斗，并在格拉夫洛

---

① 在交趾支那，法国和西班牙并肩作战。

吕多维克与亨利　　　　在罗马期间　　　佩戴"中国勋章"与天主教
（1862年在罗马）　　　　　　　　　　　　伊莎贝拉十字勋章
　　　　　　　　　　　　　　　　　　　　　　（1863）

特（Gravelotte）战斗中负伤。不过他继续参加了在圣普利瓦（Saint Privat）的战斗。

他在梅斯（Metz）治好了伤，随即被任命为第一战列团营长，但在梅斯投降以后，他被押解到德国。在梅斯的短暂康复过程中，他遇到了第一任妻子玛丽·托米（Marie Thomy）。

巴黎公社期间。在德国被关押4个半月后，吕多维克于1871年4月1日加入麦克-马洪元帅率领的凡尔赛军队。他被分配在第38团。

他先后在沙蒂翁（Châtillon）、克拉马尔（Clamart）、巴纽（Bagneux）、丰特奈（Fontenay）、伊西（Issy）、蒙鲁日（Montrouge）参加战斗，受过两次嘉奖：4月17日，"因在1871年13日至14日夜间的沙蒂翁事件中表现出色"，受到第2军团和巴黎围城军团的嘉奖；5月1日，"因在1871年4月29日至30日夜间在夺取伊西公园的战斗中表现出色"，受到嘉奖。

第一次婚姻。1871年7月26日，吕多维克·戴加莱少校在梅斯的圣马丁教堂迎娶玛丽·托米，玛丽生于1848年1月1日。他们有三个孩

吕多维克的第一任妻子　　吕多维克与玛丽的孩子　　戴加莱上校
玛丽·托米（1848—1877）　嘉尔曼恩、让、保罗　　（1877年在圣奥麦尔）

子：嘉尔曼恩、让、保罗。

同年12月，吕多维克在休假3个月之后回到在里昂的部队，这对年轻夫妇也在里昂安家。两年后，他们回到巴黎，吕多维克任猎兵第9营营长。

1875年5月26日至1876年7月28日，他们在阿尔及利亚，吕多维克任米利亚那赫（Milianah）俱乐部主任。

1876年7月晋升为中校，被调往在圣奥迈尔的第8步兵团。

1877年11月29日，玛丽在圣奥迈尔死于结核病，年仅29岁，最小的孩子刚刚3个月。吕多维克最小的姐姐卡米耶照顾这几个孩子，直到吕多维克四年后再婚。

1878年8月，吕多维克被派往意大利方面军，参加重大军事行动，在那儿度过了8个月。此后，先后在枫丹白露、蒙塔日军营常驻。1881年2月12日晋升为上校，先后在昂热（Angers）和绍莱（Cholet）任第77步兵团团长，至1886年。

第二次婚姻。1881年12月22日，吕多维克在巴黎与玛丽·德·拉

戴加莱上校
（1884年在绍莱）

吕多维克的第二任妻子
玛丽·德·拉米娜（Marie de Larminat，1848—1927）

戴加莱将军
（在山地演习期间）

戴加莱将军的七个子女

米娜结婚。玛丽生于1848年1月17日，18岁成为欧仁妮皇后的伴妇，经历过两年辉煌的皇宫生活，直到第二帝国垮台。她对皇后非常忠诚，随着她流亡到英国，在她身边又待了九年[1]。此次婚姻有四个孩子：玛丽-路易丝、亨利、路易、希碧儿（Sybille）。

1887年1月11日，吕多维克晋升为准将，任土伦第57旅旅长，应召积极参与徒步山地猎兵营（后来更名为山地猎兵[2]）的创立。

在四年时间里，"他全身心投入这项工作：在萨沃伊、普罗旺斯

---

[1] 玛丽·德·拉米娜著有回忆录，去世后由女儿玛丽-路易丝·戴加莱出版，两卷本。
[2] 山地部队的创立是为了应对德国、奥地利、意大利三方的威胁。

图尔纳莱（Tournaret）山上的野营（皮埃尔·贡巴［Pierre Comba］绘，1892）戴加莱将军在左边人群中。

等山区招募山地青年入伍并加以实战训练，使之成为世上独一无二的精英部队，部署在边境地区。

……

戴加莱将军很有预见，连细节都考虑在内。他发明的深蓝色军服方便穿用，还带有实用的大披风和美观的贝雷帽，在冬天穿都很暖和"①。

1890年8月24日，吕多维克被授予荣誉军团第三级勋章，由在尼斯视察的卡尔诺（Carnot）总统亲自授勋。

1892年吕多维克晋升为少将，先后担任波尔多第35师、奥尔良第10师师长，蒙彼利埃（Montpellier）第16集团军、亚眠第2集团军

---

① "Silhouettes beaujolaises et caladoises. Le général des Garets (1838—1927)"（《博若莱与卡拉杜瓦名人录：戴加莱将军［1838—1927］》），*Le Réveil du Beaujolais*（《博若莱觉醒报》），19 et 26 août 1936.（"卡拉杜瓦人"指的是维尔弗朗什-叙尔-索恩镇的居民。——译者注）

军长。

1901年吕多维克担任最高军事委员会委员,两年后65岁时去职。此后,进入预备役行列,将全部精力用于经营圣西尔互助协会,帮助圣西尔军校校友家庭。

"退休后的将军全身心地投入这项事业,举办募捐舞会、晚会、音乐会,多方募集资金。虽然来源广泛充实,但他们的钱总是不够,都用作补贴和退休金了。众所周知,1914年战争给圣西尔的校友造成了大量不幸,帮助伤员、荣军、遗孀和孤儿需要大量资金,将军不知疲倦地四处奔走,成绩斐然。"①

穿礼服的戴加莱将军

戴加莱将军在之后二十多年的时间里一直从事这项慈善事业。1927年3月19日,他在妻子去世一个月之后,以89岁高龄在家中猝然离世。四天后,将军的葬礼在荣军院的圣路易教堂举行,依官阶、凭人品,尽享哀荣。

参加葬礼的人群中,有他的众多家人和当时的军界高层。在仪式上,圣西尔协会副主席发表了感人至深的致辞,报界对此进行了广泛的报道。

---

① 前引《博若莱觉醒报》文章。

所获表彰

荣誉军团勋章：

1869年："骑士"勋章

1871年："军官"勋章

1890年："指挥官"勋章

1898年："大军官"勋章

1861年："远征中国"勋章

1890年：公共教育勋位"军官"勋章

1894年：殖民勋章（交趾支那）

"远征中国"勋章

外国勋章：

1863年：天主教伊莎贝拉勋位"骑士"勋章（西班牙）

1868年：荣誉勋位"军官"勋章（奥斯曼帝国）

1869年：庇护九世教皇勋位"军官"勋章

1878年：圣莫里斯及拉萨尔勋位"军官"勋章

1909年：荣誉勋章（智利）

1911年：圣萨巴勋位"大十字"勋章（塞尔维亚国王皮埃尔一世亲授）

西班牙伊莎贝拉勋章

博若莱的一个望族

吕多维克一家的祖上原先生活在勃艮第,最早出现在博若莱的是15世纪中叶的一位皮埃尔·加尼耶,1488年至1489年任维尔弗朗什的行政长官。他与兄弟一起置下维尔弗朗什附近贝利尼堂区上的加莱土地,并在此地修建了具有防御功能的农庄。他的儿子让于1509年任维尔弗朗什的行政长官。让的儿子弗朗索瓦1524年继任该职。

弗朗索瓦·加尼耶(François Garnier,维尔弗朗什的行政长官,让的儿子),是家族中第二个取这个名字的,从父亲手中继承了加莱的土地。1562年在该城抵御胡格诺(Huguenots)的战斗中表现特别突出。"1595年,亨利四世赐予他契约式特许证书,根据证书,鉴于维尔弗朗什的长官弗朗索瓦·加尼耶二十年来对国王倾心效力,特许弗朗索瓦领有加莱土地,并向国王效忠。"①

他的后代因此拥有贵族血统,忠诚于国王。他的儿子亚历山大·德·加尼耶一生业绩不凡,他是国王的御马监、王室侍从、王太后侍从,1630年作为使节被派到英国国王身边。虽然他常在宫廷,但与博若莱始终联系密切。他从父亲手中继承了阿尔斯的领主权,并于

戈隆比耶

---

① *Notes généalogiques sur la famille Garnier des Garets*(《加尼耶·戴加莱家谱说明》), par M.-C. Guigue, Trévoux, 1861.

1609年买下圣于连苏蒙莫拉堂区的戈隆比耶地产。他的兄弟弗朗索瓦战功卓著（在德赛桥［Ponts de-Cé］、雷岛［I'île de Ré］抗击英国人），因为无后，将加莱的土地赠予亚历山大。

亚历山大的后人莱昂诺尔（Léonor）是骑士，也是加莱、阿尔斯、戈隆比耶的领主，因占有戈隆比耶领地而向奥尔良公爵效忠。后来，他把戈隆比耶传给儿子路易，把阿尔斯的领主权传给儿子让。

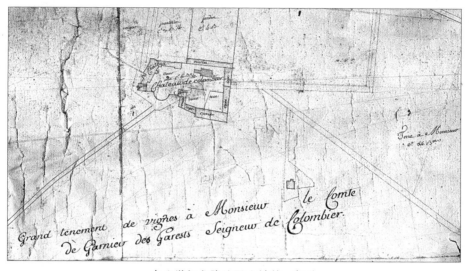

十八世纪戈隆比耶土地的一部分

十九世纪末，阿尔斯城堡的东立面（维尔纽［Vernu］摄）

阿尔斯领主让的儿子让·路易22岁时因表现英勇并受伤被封为让·路易骑士，1760年在爱尔兰海战中战死。他的儿女弗朗索瓦·德·加尼耶和玛丽·安娜·哥伦布继承了阿尔斯城堡及土地。加莱土地则被他们的兄弟路易·玛丽卖出，但家族仍保留原来的姓氏加莱。

莱昂诺尔的儿子路易继承了戈隆比耶和佩尔图伊。路易有10个子女，其中3个是波旁团的军官。他把戈隆比耶传给了儿子埃莱昂诺尔（Éléonor）。

加尼耶伯爵、戈隆比耶领主埃莱昂诺尔[①]于1715年8月17日出生，16岁成为王后的年轻侍从，在军队中表现出色，任国王军队的旅长、斯特拉斯堡（Strasbourg）要塞司令。

荣希

[①] 埃莱昂诺尔写给父亲的《关于七年战争的书信》（*Les lettres relatives à la guerre de sept ans*）1914年由L. 德·塔朗塞出版。

无论是在宫廷还是外出打仗，吕多维克的祖先们都始终与博若莱和东博的阿尔斯联系紧密。他们通过婚姻与当地的各大家族保持关系。

法国大革命也波及这个忠实于旧制度的家族。路易的长子在孔代（Condé）的军队中战死，次子德尼-费利西特很小的时候就放弃了军事教育，在复辟时期曾任副省长，但经济上的困境迫使他1822年卖出了家族中最好的封地戈隆比耶，这是他和妹妹共同继承下来的。

德尼-费利西特的四个儿子普罗斯珀、菲利克斯、弗朗西斯克[①]和塞蒂姆（Septime），是戴加莱家庭四个支系的起源。阿尔斯子爵没有直系继承人，在他与阿尔斯小姐去世之后，普罗斯珀恢复了阿尔斯这一支。菲利克斯是第二支的族长，也是吕多维克的父亲，在第二帝国时期，吕多维克接过了"战士之家"的火炬。

戴加莱领地及加尼耶谷仓

正如前文所述，贝利尼堂区上的加莱土地，自15世纪起即属于加尼耶家族，并于1595年由亨利四世册封为领地。此处农庄在卡西尼地图上已有标记（373页上图右上①），"加莱"现在仍是维尔弗朗什一个区的名称。在《博若莱维尔弗朗什的城墙》（*Les Remparts de Villefranche en Beaujolais*, Editions du Pouan, Gleizé, 2013）一书中，作者菲利浦·布朗什（Philippe Branche）描写道："加莱的地产是位于索恩河平原的一处农庄，距博勒加尔（Beauregard）老港不远。这是一大块四方形土地，有不同时期的建筑，比易受水淹的平地高出数米。北部是最古老的，但随着主人

[①] 弗朗西斯克·戴加莱（Francisque des Garets）娶了贝阿特丽克丝·德·弗朗克里厄，就是1859年11月22日信中所说的贝阿特丽克丝婶婶。

农业活动的减少，整个土地（在二十世纪末）都有很大改观。在贝尔蒂耶-若弗雷（Berthier-Geoffray）摄于十九世纪末的照片上看到的这座具有防御性质的门楼，在过后不久即因破旧而拆除，只剩下带有两块白色石头的大门，石头上的纹章推测是大革命时期凿刻上去的。"

还要指出，这座建筑在《加莱农庄》（*La Ferme du Garet*, Editions Carré, Paris, 1995）一书中有大篇幅的描写，此书是摄影家、电影家雷蒙·德帕尔东（Raymont Depardon）的著作，他的童年是在此地度过的。

菲利浦·布朗什另外还说明了加尼耶谷仓的来历，它在卡西尼地图中也被分辨出来（373页上图右上②）。弗朗索瓦·加尼耶1539年3月12日从丰克莱纳（Fontcruine）领主夏尔·德·圣阿穆尔（Charles de Saint-Amour）手中买下了阿姆勒（Ameles）谷仓，从此称之为加尼耶谷仓。

十九世纪末加莱农庄入口的门楼
（贝尔蒂耶-若弗雷摄）
可以看出大楼上的堞突和大门上方凿刻的纹章。

上图：目前加莱农庄的入口（左），纹章的残余部分仍清晰可见（右下）。卡西尼地图（右上）。

下图：加尼耶谷仓，修复的主建筑、楼梯角楼和带中立柱的窗子。

（菲利浦·布朗什摄）

博若莱的一个望族

"战争体验"的记录

吕多维克·德·加尼耶·戴加莱参加远征期间与家人的通信,首先是对一场空前军事行动的匆忙记录,但同时,这部通信集也提供了忠实的见证,让我们了解参加此次行动的人是在何种条件下经历这一切的。的确,从这位年轻军官在1859年秋前往布雷斯特准备出发,到1861年盛夏季节回到土伦,我们能够随着他日复一日的记载,身临其境地与他一起度过每一天。

关于此次远征,我们已经掌握许多来自英国和法国的文献,还有专治此段历史的专家们近期的著述①,对其主要内容已有相当了解,但这份特别的记录仍有助于我们更深入地认识它。尤为重要的是,如果我们充分重视这份记录中包含的"战争体验"——一个年轻人在被置于完全陌生之地的数年中对战争暴力的体验——那么它将为我们提供格外丰富的信息。

深入认识"战争体验"

吕多维克记述的核心是从8月1日北塘登陆到11月1日登船离开这一段时间,即真正实施作战行动的时段。在此之前是漫长的等待,其间因为发现许多新的地方、认识许多新的居民而不时遇到惊喜,但这种等待始终指向最终的战斗时刻,这才是他个人投身其中的理由,也是

---

① 参加远征的主要人物都留有回忆录,如柯利诺和蒙托邦将军,以及著名的德·埃里松伯爵以及阿尔芒·吕西的珍贵文字。近期出版物中有两部重要著作:Raymond Bourgerie et Pierre Lesouef, *Palikao*(《八里桥战斗》), Economica, 1995; Bernard Brizay, *Le Sac du palais d'Été. Seconde guerre de l'Opium*(《1860:圆明园大劫难》), Éditions du Rocher, 2003(中译本:《1860:圆明园大劫难》[修订版],高发明、丽泉、李鸿飞译,李鸿飞译订,上海:上海远东出版社,2015年。——译者注)。

整个远征的理由。而10月份一过，尽管戴加莱少尉已经远离法国长达9个月之久，尽管不仅要在海上航行，还要参加对交趾支那的作战，但记述内容的密度大幅下降，也暴露出叙事者已经逐渐感到厌倦，他对参与其中的各种事件已经不那么感到新奇。记述的节奏当然紧随着远征本身，但我们完全有理由认定，在他从未有过的战争体验中，情感冲击的顶点是战争的暴力，它既是战争体验若明若暗的前因，也是战争体验的真正终结，而不论整个远征行动在此后还将持续多久。远征推进的节奏与战争体验的节奏紧密关联，但不完全对应。远征本身是写信者真正的努力目标和关注对象，它只为他记述参战经验提供了条件。然而，要真正设身处地地理解吕多维克·德·加尼耶·戴加莱的战争体验，了解这些条件是至关重要的。

要深入认识这种战争体验，还要求我们采取一种新方法，这种新方法的产生在很大程度上得益于历史写作在近期的革新。我们大体可以参考两项重大改变，它们改变了历史学家看待战争尤其是殖民战争的眼光。在研究第一次世界大战的过程中，从大量的研究工作中生发出战争文化[1]这一概念。按照这种理论，战争文化可能就是战争本身极端暴力性的根源；就我们当前的论题而言，战争文化的分量尤为突出，原因就在于，殖民战争的战场可以被视为某种"经验场域"，正是在这个场域，产生了很多进行战争的新方式，其残暴性前所未有。

---

[1] Stéphane Audom-Rouzeau, Amette Becker, *14-18, Retrouver la Guerre* (《1914—1918：重逢战争》), Gallimard, 2000; Stéphane Audom-Rouzeau, "Historiographie et histoire culturelle de Premier Conflit mondial. Une nouvelle approche par la culture de guerre?" (《第一次世界大战的历史写作与文化史：一种通过战争文化的新方法？》), Jules Maurin, Jean-Charles Jauffret (éd.), *La grande Guerre 1914—1918, 80 ans d'historiographie et de représentations* (colloque internationale-Montpellier 20-21 novembre 1998) (《1914—1918年大战：八十年的历史写作与再现》[蒙彼利埃1998年11月20日至21日国际研讨会]), Université Paul Valéry-Montpellier III (E. S. I. D.), 2002, pp.323-337.

于是，面对无处不在的原住民，例外成为常态，在此状态下，施行极端暴力便有了"合法性"，虽说我们无法断言暴力的目的就是"灭绝"[1]原住民，但我们不难证明，这种行为长期存在的基础就是把敌人非人化。始于1830年的对阿尔及利亚的侵略战争以长期制服当地百姓为目的，主张把敌人非人化，即使这种政策并非始于这场战争，但至少是在这场战争被固化，这是毫无疑问的[2]。我们完全可以认为，第二次鸦片战争爆发后的一系列军事行动，对镇压、消灭等战争手法的扩散起到推波助澜的作用。另外，借助于人类学的研究方法，历史学家越来越致力于解释人在面对作战行动时的反应[3]，其目的是揭示某种"不变性"，同时充分注意到历史，即历史中的"变化性"，正是这种"变化性"使形成具体战争经验的现实千差万别。

至于吕多维克所做的实录，我们已经了解到构成其变化性的各种要素。对中国的远征具有非常特殊的历史背景，法兰西帝国确定了战争的目的，我们的主人公心悦诚服地予以接受。战争的多种动机之中包含了严格意义的宗教成分，即为传教使团提供保护，这使这次行动在他眼中具备了不容置疑的合法性。从圣西尔军校毕业不久的年轻少尉，深受贵族与宗教传统熏陶的吕多维克·戴加莱，既是战士，也是天主教徒，他有双重战斗使命。

---

[1] Olivier Le Cour Grandmaison, *Coloniser, exterminer: Sur la guerre et l'Etat colonial* (《殖民、灭绝：论战争与殖民地国家》), Fayard, 2005.

[2] Sylvie Thénault, *Violence ordinaire dans l'Algérie coloniale. Camps, internements, assignations à résidence* (《在阿尔及利亚殖民地的常见暴力——集中营、监禁、软禁》), Odile Jacob, 2012.

[3] Stéphane Audoin-Rouzeau, *Combattre. Une anthropologie de la guerre moderne (XIXe-XXIe)* (《战斗：现代（19—21世纪）战争人类学》), Seuil, 2008.

这种亲身体验的各种条件

与家人保持通信,并把通信与日记融为一体,书信的主人公一直在亲历战争体验并把它叙述出来。但为了更好地理解它的意义,我们必须把它还原到某种背景当中,这种背景既要考虑1860年8—10月间作战行动之前的众多事件,也要考虑包括主要敌手在内的同时代人的各种表现。

首先,我们必须明了,吕多维克将经历的体验必然有一个先决条件,我们可以称之为dépaysement①。我们用的是这个词的第一个义项,因为吕多维克·戴加莱在数天时间里就被置于完全陌生的境地。在"罗讷河"号船上的生活,是这个博若莱青年背井离乡的第一个体验。他迫不及待地体验船上的第一夜,同时也忧心忡忡,害怕船上太过拥挤,还担心会晕船,幸好他很快就发现自己并不晕船。12月16日向法国告别,也是向陆地告别,我们看到他们迅速行动起来,重建正常生活,努力适应新的环境,让它不再陌生,其中有个非常有利的条件,即船上还载着大批牲畜。从特内里费开始,吕多维克精心记录航行的每个位置,测算出离家的距离,而且通过这些做法掌握自己远离故土的流亡生活。从停靠圣科鲁兹、经开普敦和新加坡、最终到达中国的路途中,吕多维克·德·加尼耶·戴加莱有多次机会上岸,我们看到他每次都急切地重拾熟悉的生活,比如只要有可能就去打猎,他渴望从各个方面了解这些新发现的地方,尤其是富有异国情调的动植物和风土人情。

对一个参加远征、首次离开故土的青年来说,异国风情无处不在。在这个西方人与非洲或亚洲居民真正接触之前,我们看到,每次

---

① 大体上可理解为背井离乡的不适感。——译者注

相遇对他来说都是一个新发现。戴加莱此次旅行是他军官生涯的第一步，为他开启了辉煌的职业前程和幸福生活。从这个角度看，就能更好地理解他为什么对开普敦的社交生活倾注如此的热情。他陶醉于跟"英国小姐们"的来往，从更广的意义上说，他对英国人或荷兰人款待路过军官的殷勤深感惬意。通过这些快乐的时刻，他逐渐熟悉了一个参加大规模远征的法国军官应该有什么样的行为举止。他从一开始就预知自己应当承担的责任，并随着时间的推移，更加深刻地认识到如何体现这种责任。

很显然，他的dépaysement在"罗讷河"号抵达新加坡时愈发强烈。这里还不是中国，但已经到了亚洲。最让他惊奇的就是，此地的居民来自四面八方，从事的生计五花八门。我们看到，他特别注意指出英国人的特殊性，而且专门抽出时间去见那里的法国传教团并与他们"一起度过复活节"，这一直是他排遣越来越强烈的dépaysement的方法。从他1860年5月4日在香港写给贝尔特的信的第一句话就能看出，来到另外一个世界，他的感受是很尖锐的：

> 亲爱的贝尔特：
> 这封信确确实实是从天朝寄到你们手里的，给你们带去一个猎兵的消息。由于身处花的国度，他已经转变为"蛮夷"状态。

自从到了中国，他就作为一个细心的并且时常是好心的观察者，乐此不疲地描述各种稀奇古怪的事情。他多次提及英国人和法国人部署的实力、西方人在各个城市的存在状况、与原住民的接触交往，这些内容充分表明，吕多维克·戴加莱在多大程度上认同殖民者的普遍看法。他去过的吴淞村在他笔下"只是一个巴掌大的破烂村庄，有打鱼的，有得了麻风病的，有买卖稻谷的，有做点心的"，他很庆幸自己在那儿待的时间很短，而且"星期日这天，做过弥撒，上级视察过后"就可以透透气，享受一下周围的乡野和野味。他对当地人的描写也充斥着居高临下的优越感，这是那个时代的特征，它既表现出了白人的优越，也可以与当地原住民保持距离，因此原住民们无名无姓，均以集体面目出现。对那些看似顺从、实际是被外国先进技术吓傻了的男男女女，军人们既温和相待，又粗暴以对，往往将当地风俗习惯视为过时之物而完全看不上眼，并以长者的姿态对待这群尚未"成年"的民众：

> 一看到我们凶恶的样子，他们就赶紧跑开了，但随后，我们的随和亲切又让这些"天之骄子"放了心。我们往屋子里看了看，跟他们互相"问候"，再加上几支雪茄，让他们知道我们是法国人，是徒步猎兵。①

在投入战斗之前，吕多维克·戴加莱就真正体验了dépaysement，他远离家人，只有频繁的通信把他们联系在一起，把他置于家人的目光之下，但无论如何，毕竟远离"文明的"法国数千公里，数月都处于作战部队之中，他似乎脱离了约束。从此，他要与一个陌生的环境、与一个被他们瞧不起的民族打交道，他要在这样的背景下承担自己的责任。

但是，吕多维克·戴加莱为什么要参加这次远征呢？对这一问题的回答，正是准确领悟其战争体验所必需的第二个基本要素。实际上，吕多维克投身远征并多次参加战斗，这符合他的某种追求。依照

---

① 1860年5月29日信。

规范年轻贵族行为的诸种价值观（他的父亲曾因政权合法性问题放弃军人职业），促使他参加远征的首要动机就是荣誉感和责任感。法兰西帝国为其远征中国所宣示的宗教目的，亦契合吕多维克·戴加莱的心理，他对所谓上天赋予法国的文明使命深信不疑。同时，促使他行动的情感并不排斥一个初入行伍的年轻军官怀有合理的野心。经验表明，参战是获得荣誉和晋升的有效途径。最后也毋庸讳言，挥师远方，在征服一个国家的同时攫取一片土地，令人联想到发财致富的可能；我们的主人公毫不犹豫地将敌人的某个物品据为己有，或者每当占领一地都参加抢劫，就充分说明了这一点。就以上各个方面而言，似应指出，这些事件以及自己的行为，吕多维克·戴加莱都是通过写信的方式讲述的，这一点很重要。通过信件，他把自己完全展示出来，由亲朋好友做出评判。然而，他毫无保留地说自己在清朝官员的尸体上偷了火药壶，也没有遮掩自己参加了对圆明园的抢劫，这是因为，在他看来，这些行为完全符合普遍的意图和追求，即以胜利者的面目出现。在攻夺塘沽的战斗中表现出色而受到嘉奖、参加八里桥战斗、参加对圆明园的抢劫，这些行为在他看来固然具有不同的价值，但这都是他参战的具体体现，都表明他履行了自己的使命。请特别注意，他把许多战利品送给家人朋友，把一只玉玺送给冉曼将军，当然还包括进献给皇后的四个丝绸画轴，这些叙述使他的抢劫行为具有了"合法性"。此事深刻地反映了他的自尊心，并与他关于荣誉的概念有关，同样，他在看到晋升军衔或获得十字勋章希望渺茫之时深感失望，也反映了他的荣誉观。

吕多维克的战争体验既是某种dépaysement的产物，也是他追求荣誉的表现，又深受结构性和偶然性兼而有之的现实之影响。远征的物质和技术条件为决定战争行为的具体方式提供了第一个背景框架。具体说来，英国人和法国人在武器装备领域具有压倒性优势，这就对发起战争、进行战斗和看待敌人的方式产生了实际的影响。吕多维克·戴加莱看出清朝廷由于高估了欧洲投入的人数而采取了某些幼稚的态度，但他似乎并未看出，这种态度在多大程度上与双方悬殊的实力对比有关。清朝廷的防御设置以及所采取的战略，比如清军在八里桥设置的防御阵地，是决定年轻少尉战争体验的第二个重要因素。另外，在军队的等级体制中，他处于居中的位置，这就使这位年轻军官能够对外交和军事形势有清醒的认识，同时他又只能完全听命于上级做出的战略乃至战术决定，这就使他对事件的看法深受这些决定的影响，也常常由于这些决定而沦为一个旁观者，而我们从字里行间隐约看到，这个小野心家对此是多么不甘。

我们上文描述的各种要素形成了一个物质环境和一系列心理表象，这些心理表象一方面构成吕多维克的战争体验逐渐丰富的背景，另一方面最终转化为他的战争体验的形式与意义。

从北塘到八里桥：暴力的升级

我们可以将吕多维克·德·加尼耶·戴加莱在8月1日至10月31日的战争体验划分为三个时段，这三个时段能让我们看到这位年轻军官所承受和制造的战争暴力以何种方式逐步升级。这里面既有象征性的暴力，主要表现为对物质的偷窃和破坏，也有实质性的暴力，即施加于人体的暴力乃至杀戮。

8月1日，法英部队在北塘实施登陆。沙内和贺布两位海军将领在清晨6点下达了让部队转乘各类小船艇继而登陆的命令，马匹也由驳船转运，这些小船艇均由蒸汽炮艇牵引。此外，之前也已经预先下过命令，要求每个人携带6天的口粮，以及一份烧酒和一份葡萄酒。法国人和英国人商定，双方的部队各由2000人组成，法国方面已经决定派出两个炮兵连、一个工兵排和一个救护排。这里有一个值得关注的特殊现象，它源于优先性的剧烈冲突：由于各个兵种都要有代表，所以全部高级军官均参加登陆，而参加的部队只占总数的四分之一。

吕多维克·戴加莱直到上午7点才听到传递命令的喊声，要他们离开"罗讷河"号[①]。尽管参谋部已制订了计划，但届时仍需要随机应变。他只拿到了一杯烧酒，把吃了一口的面包留了起来，这才撑了一整天！在大雨倾盆继而"艳阳高照"的困难条件下，法国人慢慢地向岸边靠拢。船艇数量众多而泥滩之间的航道非常狭窄，所以必须小心行事。等船队越过了河口沙洲并在下午3点到达停船地点时，四位陆海军将领下达了上岸的命令。据吕多维克的记载，法英联军只遭到岸上炮台微不足道的几次射击，而行动一开始，他们就在堤坝上发现了敌军的骑兵，在部队从船艇下到水里时，骑兵们都逃走了。下船之后，往岸上的几百米路十分难走。部队每走一步都很困难，而水深不过到了腰腹部（对我们的少尉来说是大腿的一半），但淤泥让他们步履艰难。蒙托邦将军就在部队中间，吕多维克不无深意地写道，将军"跟我们一样脏"。赋予第一旅的任务是占领堤坝，吕多维克被派先行一步，以便"在淤泥里找到能走的路"。当地人已经逃走，部队未遭遇任何战斗，入夜时分在北塘村外宿营。和大部分人一样，我们的年轻军官当晚也没有进入这个未做丝毫抵抗的村子，大批部队进村是第二天的事。至此，主要行动已大功告成，吕多维克在一间废弃的房子里

[①] 据吕多维克在1860年8月7日信中所说。

找来木材，生了一堆火，准备在美丽的星光下伴着火堆过夜。正是此次行动，使中国对联军敞开了大门。我们不难猜到此次战事的参与者们有多么惊奇和失望，阿尔芒·吕西也对此感到"奇怪至极"[①]。吕多维克·德·加尼耶·戴加莱则写道村中空无一人，居民早已慌忙逃走，并提及远处"有一个很大的村庄，由一座鞑靼军队的营垒守卫"，还推测敌军已严阵以待。他觉得威胁还很远，而且看起来范围很有限，而产生这种印象还有一个重要原因是，8月3日的战斗是柯利诺将军指挥各部队进行的，吕多维克没有参加战斗，而是忙于登陆作业。

吕多维克·戴加莱没有参加此次战斗，所以他还没有经历战火的洗礼，不过他已经直面战争的暴力。其实，他已经亲历最初微弱的炮击并记录了8月3日战斗的情况（一个法国人战死）。与此同时，他突然发现了战争——至少是此次远征——的阴暗面。联军进入北塘之时，伴随着大量的卑劣行径：人身侵害之后是对各家房屋的偷盗、破坏和劫掠。我们知道，法国人和英国人都把责任推卸给对方[②]，他们唯一的共识是一同指责广州的苦力。不过，吕多维克·戴加莱信中没有相互指责的痕迹。他谈到了大部分纪实文字所反映的悲惨景象，内容非常详尽，我们无法肯定这些内容是每个记录者的亲眼所见，还是对他人记录的复述。我们的记述者描述这些场面时用的是间接语体，这就令人想到，他可能并没有亲见所描写的场面。另外，他假定征服者都具有人性（"如果他们留下来了，我们就可能不会动他们的房子和财产"），并把村民的自杀仅仅归结为由于惧怕受到侵害而采取的

---

① 转引自《1860：圆明园大劫难》（修订版），175页。
② 法国人的说法见阿尔芒·吕西或柯利诺将军，英国人的说法见巴夏礼或额尔金勋爵。

个人行为。不过，他没有隐瞒他们趁主人逃走偷了房屋里的东西，他本人与连长及其他军官住在一个官员家里。8月2日，即住进去的第一天，他就把发现的物品据为己有并打算运走。更有甚者，他详细地列举了在房子主人隐藏细软的地方发现的物品，还得意地炫耀"我已经有了让很多人获得幸福的资本"，明白无误地显示出他作为抢劫者的心安理得，同时，他已经对当地百姓遭遇的苦难无动于衷。一个具有牢固价值观的人发生如此重大的心理变化，只有一个解释，它是两个因素共同作用的结果：其一是dépaysement，其二是他想展示出我们前文所说的胜利者的姿态。尽管事后发表的很多实录对此类行径有所评论①，并刻意与其保持距离（虽说距离并不大），但这种态度在我们看到的信件当中没有任何反映。它是完全自发的现场实录，同时也是为了向亲友们表明，他的参战是多么恰逢其时、多么大有可为、多么胜利在望。在一个完全陌生并因战争状态而格外不同寻常的环境中，吕多维克·戴加莱全心全意地追求自己的目标。

8月14日，我们的少尉终于完成了战火的洗礼仪式，他23日写给母亲的长信对此有详尽的报告。我们已经知道此次战斗的概貌。联军12日离开北塘，14日一早向塘沽进军，法国人走左路，即通向中央大门的主干道；英国人走右路，是一条沿河的新路。法军中由本茨曼上校率领的炮兵准备在战斗中大显身手。据记载，总共有36门炮，一开始离敌阵1公里，而后前移至500米，从6点开始向敌军猛烈炮击（十几门4磅炮之外，还有火箭和山榴炮）。实际上，几乎仅凭炮兵就奠定了胜局。9点至10点的冲锋阶段，敌军的抵抗已经减弱，故而能迅速

---

① 对于这些事件，埃里松写道："这简直成了噩梦！在它面前，我们诗一般的征服与神奇冒险的美梦破灭了。"转引自《1860：圆明园大劫难》（修订版），178页。

取得胜利。在隆隆的炮声中，吕多维克·戴加莱身处冲在最前面的散兵当中。清军的炮弹就在他们的头上飞过；到达部署在最前沿的炮兵一线时，进攻的士兵向敌军开火。接下来的战斗，一般都认为是施密茨上校唱了主角。这位四十岁的参谋军官，曾在阿尔及利亚和克里米亚参战，勇敢地冲在进攻队伍的最前面，跳进灌满水的壕沟，奋力攀上胸墙。与此同时，工兵们正在猛攻城门。吕多维克不甘人后，第一批跳进水沟并艰难地爬了出来，他是冲在最前面的猎兵军官。不巧的是，施密茨比他抢先了几步，第一个冲上去，把我们这位年轻军官志在必得的敌方大旗抓到手里，事后大家只记得是他在塘沽的城墙上挥舞着三色国旗，但吕多维克在8月14日战斗中的表现，仍然使他获得了军队的嘉奖。这位年轻军官视荣誉高于一切，首次参战就"冲在前面"，这是他所能得到的最高奖赏。他已在战争中懂得，投身军旅生涯将会得到怎样的结局。我们可以假设，此时此刻的吕多维克，会感到自己圆满地完成了一个法国人、一个军人、一个儿子的使命。另外，他还因为躲过了危险，特别是在首次考验中表现出色而感到一身轻松。我们还知道，蒙托邦将军鉴于已经迅速取胜，提议乘胜进军，联军双方对此意见不一，最终英国人的意见占了上风，部队原地不动。我们的主人公对此没有发表看法，并以非常快乐、欣喜的语调叙述了随后几天的战事。不过，他对未能参加8月21日攻夺大沽炮台的战斗而深感失望，这种失望，加之他的一个朋友在战斗中阵亡，改变了他的心态。但我们千万不要以为，这几次战斗因为大获全胜就没有对他产生强烈的冲击。14日上午一走进塘沽炮台，他就看见"门口堆满了敌军的尸体和残肢"，联军为了完全占领炮台，继续追赶残敌，又杀了一些人，还抓了俘虏。从此，战争的每一步都伴随着死亡，比在北塘时所见规模更大，更加怵目惊心，"在我们的周围，到处是死人和伤员。营垒的一侧就是河，河面上布满了死尸"。信里接下来照例要历数缴获的大量战利品，而如下的场面描写，无论是内容还是简洁的用辞，都高度概括了吕多维克·戴加莱此时正在经历的"作战体验"的残酷性：

> 在一幢房子后面，我们发现了一个刚刚自刎身亡的官员。我拿了他的火药壶。

9月21日是著名的八里桥战斗，吕多维克·戴加莱参加了这次战斗。如果我们和安德烈·迪·皮克[①]一样认为，向敌人方向前进之时，即将正面迎敌之时，正是战争体验达到最高潮的时刻，那么，我们的主人公在八里桥就达到了他本人战争体验的巅峰。的确，他比以往任何时候都更直接地面对敌人，因此更面临着随时送死的危险。8月底以来，法英军人经历了从开启谈判到谈判失败的一系列变化，9月18日，他们出乎意料地得知清朝廷扣押了两国的谈判代表。我们的主人公虽然对这种"卑鄙行径"深感震惊，但只记录了外交官们的无能，和最终诉诸武力的"合法性"。在决定性的战斗开始之前的三天时间里，行军、交火、漫长的等待交替出现，某种程度上使军队为剧烈的冲突做好了心理准备。21日，法军黎明上路，上午7点刚过就与敌人相遇。通过吕多维克对接敌运动以及严格意义上战斗场面的描写，可以看出

---

① Charles Ardant du Picq, *Etudes sur le combat. Combat antique et combat moderne* (《作战研究——古代的作战与现代的作战》), Economica, 2004; Stéphane Audom-Rouzeau, "Vers une anthropoligie de la violence de combat au XIXe siècle: relire Ardant du Picq?" (《重读阿尔当·迪·皮克——建立十九世纪战争暴力的人类学？》), dans *Revue d'Histoire du XIXe siècle* (《十九世纪史评论》) 30, 2005.

八里桥成为了法国军队的战场。

此次战斗对法国人而言是一个经典战例，对我们的主人公而言也是如此，这让他以此为素材描绘了一个英勇战斗的场面。正当猎兵们向中国阵地逼近时，"鞑靼骑兵也动了起来"，"全速"发起冲锋①。步兵和炮兵一齐开火，试图阻挡和击退敌骑兵。同时，在左侧，柯利诺将军率领的猎兵也从同样的阵势中杀了出来。于是，全体部队向"战斗的关键阵地"，即敌人背靠的桥梁，实施包抄。两军之间并没有发生全线的正面厮杀，而是逐渐在靠近桥头的地方形成混战。联军方面组织进攻，但遭遇到敌人雨点一样的子弹炮弹，以及埋伏在周围庄稼地里的大量散兵射手的阻挡，双方激烈的对射持续了25分钟，直到炮兵赶到，打破双方火力的相对平衡，令联军占据了优势。武器装备的悬殊差距再一次极为明显地起到了决定性的作用，但这并不仅仅体现在炮兵的运用上，吕多维克多次提及清军"武器低劣""行动笨拙"。

法军遂在柯利诺将军率领下向桥发起冲锋，一举冲过桥去，夺取了对岸的敌营。必须指出，长官们丰富的经验和冷静的行动坚定了部队的信心，鼓舞了部队的士气。在每个关键时刻，长官的出现都会防止士兵的胆怯发展为恐惧和惊慌，并重申了军纪的极端严肃性。对此，战斗中的戴加莱有不止一次的记载。他自己目睹并让我们看到，蒙托邦在北塘与部队一起登陆，施密茨在塘沽、柯利诺在此处亲率部队冲锋陷阵，长官的姿态对部队克服胆怯心理确实作用巨大②。我们

---

① 据1860年10月1日长信所述战斗情形。

② 作战行动中士兵分散开来是战争的一个新形态，它直接影响到士兵的恐惧感及士兵与长官的关系，这种关系引起了军事专家的关注。Yves Cohen, *Le siècle des chefs* (《长官的世纪》), Ed. Amsterdam, 2013, pp. 172-173。

怎能想象，一个有过作战经历的士兵能不产生这唯一一种他不愿明言的感觉呢？夺取桥梁之后的描写再次言及，在猎兵们占领的地方，躺满了敌军的尸体。接着就是搜寻歼敌，把藏在帐篷和草屋里的敌人找出来，吕多维克·戴加莱用他的左轮枪（这是他第一次用）向两个清军开了两枪，并继续前行。他没有继续描写他枪击两个清军这件事，虽然这件事很重大。而隔了几行，他却描写了目睹几个清军被活活烧死的场面，并且因为没有帮助垂死之人尽快结束生命而自责。也就是说，虽然他并不隐瞒自己置身其中的战争有多么残酷，但他不愿在自己第一次直接杀人、违反不得杀人戒律的场面上多费笔墨。大家都明白，两军对垒使这种违禁行为有了"合法性"，而作者把自己的所作所为置于更普遍的杀戮暴行之中，使之混同于众人，无疑是重要的叙事技巧。

但为自己的行为进行辩护更需要把敌人非人化，而且我们完全可以推测，作者接下来讲的小故事就具有这个作用。这个故事当然指的是他遇到了"一个长得鬼头鬼脑的小鞑靼"，此人忘恩负义，被吕多维克救下一命之后就跑掉了。戴加莱意味深长地从中得出教训说，清军都没有"发自内心的感情"。其实，从他信中的很多段落都可以看出这种"非人化"的做法。只举一例，他在描写被"随便埋掉"的清军的尸体时，尸体的样子都透着低人一等：

> 死后24小时，他们一个个便黑得跟炭一样。没有比这些更让人恶心的了。

只有如此拉开距离——吊诡的是，这与他自认为正在从事正义事业的信念（法兰西帝国确定的战争目的，以及他们正在与扣押人质的敌人作战）是共生的——才能让我们的年轻军官这样露骨地历数他们战斗过后的各种"战功"，特别是22日这天：

> 我们继续杀了不少清兵，一切进入马枪射程范围的，都被立即干掉了。

最后我们再补充一点，上面列举的故事都促使我们产生这样的印象：法国人是当日的英雄。他们的优势在与清军较量时得到尽情发挥，对英国人也表现得淋漓尽致。英国人在21日这天的作用不时被提起，但目的是对他们予以全面的贬低。晴朗的天气也有功劳，既让原来的天气预报完全破产，更表明了"上天"对法国人的成功发挥了多大的作用。这些文字所反映的，恰恰是我们主人公的矛盾心理。他有很强的自尊心，受此驱使，他要在亲人面前展示自己。但是，面对很多难以言传的东西，他把自己的体验融入英雄故事当中，这个英雄故事展示了他所体验的暴力并为之辩护，而同时，对这位年轻军官必然经受的精神创痛却未着一字。

劫掠圆明园的再审视

此次中国之战因1860年10月7日和8日对圆明园的大劫掠而著称于世。吕多维克·戴加莱与参加远征的每个人一样，也是这场文化灾难的凶手。我们在此尽量避免评判他的态度，即不以任何方式对他的态度予以开脱或谴责；相反，将这种态度放到我们刚刚谈到的战争体验和背景当中将大有裨益。那么，为什么不能把吕多维克·戴加莱在圆明园中的所见，视为他追求荣誉和首次参战并取胜的结果，同时也视为他深陷其中的dépaysement的神奇产物呢？

被历史学家所还原且被吕多维克·戴加莱的记述①所佐证的史实告诉我们，发现圆明园的过程中有多大的偶然性。10月7日的早晨，远征的军人们看到了一个"美妙的仙境"，他们全都惊呆了。我们的主人公也惊叹道：

> 仿佛置身于《一千零一夜》的灵感之源。

还有什么言辞能比这更好地表明，他的dépaysement和追求得到了何种回报和结果吗？他紧接着描写让官兵们目瞪口呆的园林，坐落在园林中的宫殿，藏在宫殿中的奇珍异宝。而后，他若无其事地描写偷抢的场面，一开始，偷东西还是有组织有约束的，但很快就完全失控。吕多维克既不懊悔也不隐瞒他参加了抢掠，反过来，他认为抢掠的行为与种种战功一样值得大书特书（"我看到了，真正看到了，也拿了一些珍宝作纪念。"），因为这是胜利的标志，也证明了征伐中国的"合法性"。他多次表示因无法拿走更多的战利品而感觉遗憾，由于每个士兵的运输能力有限，而宝物数量巨大，所以在抢掠一番之后便大肆破坏。但除此之外，可以看出，这位年轻军官跟部队中的普通士兵还是有区别的。他拿了不少东西，但有些赠给了高级军官，还打算把抢来的东西分给家人。我们看到，他详细地描写了自己特别欣赏的宝贝，甚至与另外几个人进行了一次"艺术之旅"。总之，他与亵渎宝物然后一毁了之的普通大兵全然不同，与"只找到了我们剩下的东西，因而恼怒至极"，"将所见之物全部洗劫一空"的英国人更不可相提并论。正是在这种情况下，劫掠圆明园被我们的主人公置于他为之骄傲的一系列胜利之中。虽然严格说来此事不属于他战争体验

---

① 1860年10月20日信。

《吵闹》(*Le Charivari*)
(卡姆[Cham]所绘素描,1860年10月30日发表)

的范畴,但仍应参照我们对其战争体验的认识而对此重新加以审视。这里有同样的心理历程,有同样的偶然因素:圆明园远离北京城,里面没有居民,而且是在一场决定性的战事之后被发现的。各种因素的共同作用,使劫掠圆明园被等同于在战争中发横财;而丝毫未遇抵抗,又没有直接目击者对他们予以谴责,终于使他们对这最可耻的行径心安理得。

尽管吕多维克·戴加莱对所参与的一系列暴力行径表现得理直气壮,但是,假如没有10月29日在修复一新并恢复礼拜的北京天主堂中举行的象征性仪式作结,这些行径在他以及亲朋好友的眼中将是完全非法的。使命完成,一切重归正轨。这场欧洲基督教文明对一个不信上帝的群体的战争,最终取得了胜利,吕多维克·戴加莱通过在家信中的详尽描写,也将它从头到尾完整地呈现在我们面前。实际上,他压抑了战争期间自己内心体验的强烈震撼,而把笔墨用于更为一般化的叙述,其中充斥着殖民者的成见和军人的偏见。关于这一点,需要读者仔细体察这一如此真实的记载对他内心深处的揭示,并加以领会。

参考书目

著作：

1. Éric ANCEAU, *Napoléon III. Un Saint-Simon à cheval*, Tallandier, 2008
2. Raymond BOUGERIE, Pierre LESOUEF, *Palikao (1860). Le Sac du palais d'Été et la prise de Pékin*, Economica, 1995
3. Ninette BOOTHROYD, Muriel DETRIE, *Le voyage en Chine. Anthologie des voyageurs occidentaux du Moyen-Âge à la chute de l'Empire chinois*, Robert Laffont Bouquins, 1992
4. Bernard BRIZAY, *Le Sac du palais d'Été. Seconde guerre de l'Opium*, Éditions du Rocher, 2011

    中译本：［法］贝尔纳·布里赛著，高发明、丽泉、李鸿飞译，李鸿飞译订，《1860：圆明园大劫难》（修订版），上海：上海远东出版社，2015

5. Bernard BRIZAY, *La France en Chine du XVIIe à nos jours*, Perrin, 2013

    中译本：［法］贝尔纳·布里赛著，王嵋、丽泉、赵丽莎译，《法兰西在中国300年：从路易十四到戴高乐》，上海：上海远东出版社，2014

6. *Campagnes sous le Second Empire*, Bernard Giovanangeli éditeur, 2012
7. Jean CHARBONNIER, *Histoire des chrétiens de Chine*, Les Indes Savantes, 2002
8. René GROUSSET, *Histoire de la Chine*, Fayard, 1957
9. Henri ORTHOLAN, *L'armée du Second Empire*, Éditions Soteca, 2009

10. Claude VIGOUREUX, *Histoire d'une famille provinciale aux Temps Modernes : les Garnier des Garets*, Mémoire de maîtrise, Lyon III, 1989

画册：

1. *La Cité interdite au Louvre, empereurs de Chine et rois de France*, Louvre éditions, septembre 2011
2. *Napoléon III et l'Italie. Naissance d'une nation, 1848-1870*, Musée de l'armée-Éditions Nicolas Chaudun, septembre 2011
3. *Felice Beato en Chine. Photographier la guerre en 1860*, Musée d'Histoire naturelle et ethnographique de Lille, 2005
4. Xavier Salmon et Vincent Droguet, *Le Musée chinois de l'impératrice Eugénie*, Paris, Artlys, 2011

八里桥战斗(版画,无时间地点,现藏法国国家图书馆)

八里桥战斗(《画报》1860年12月8日)